L'échappée du désespoir

CAROL ERICSON

Une mariée à protéger

Traduction française de
LUCIE DELPLANQUE

BLACK ROSE
Harlequin

Collection : BLACK ROSE

Titre original :
EVASIVE ACTION

© 2020, Carol Ericson.
© 2021, HarperCollins France pour la traduction française.

Ce livre est publié avec l'autorisation de HARLEQUIN BOOKS S.A.

Tous droits réservés, y compris le droit de reproduction de tout ou partie de l'ouvrage, sous quelque forme que ce soit.
Toute représentation ou reproduction, par quelque procédé que ce soit, constituerait une contrefaçon sanctionnée par les articles 425 et suivants du Code pénal.

Si vous achetez ce livre privé de tout ou partie de sa couverture, nous vous signalons qu'il est en vente irrégulière. Il est considéré comme « invendu » et l'éditeur comme l'auteur n'ont reçu aucun paiement pour ce livre « détérioré ».

Cette œuvre est une œuvre de fiction. Les noms propres, les personnages, les lieux, les intrigues, sont soit le fruit de l'imagination de l'auteur, soit utilisés dans le cadre d'une œuvre de fiction. Toute ressemblance avec des personnes réelles, vivantes ou décédées, des entreprises, des événements ou des lieux, serait une pure coïncidence.

Le visuel de couverture est reproduit avec l'autorisation de :
HARLEQUIN BOOKS S.A.

Tous droits réservés.

HARPERCOLLINS FRANCE
83-85, boulevard Vincent-Auriol, 75646 PARIS CEDEX 13
Service Lectrices — Tél. : 01 45 82 47 47 - www.harlequin.fr
ISBN 978-2-2804-4966-3 — ISSN 1950-2753

Composé et édité par HarperCollins France. Achevé d'imprimer en mai 2021
par CPI Black Print - Barcelone - Espagne
Dépôt légal : juin 2021.

Pour limiter l'empreinte environnementale de ses livres, HarperCollins France s'engage à n'utiliser que du papier fabriqué à partir de bois provenant de forêts gérées durablement et de manière responsable.

1

April repoussa le tulle immaculé de son voile de mariée et enjamba le rebord de la fenêtre dans un froufroutement de tissu. Ses escarpins de satin blanc s'enfoncèrent dans la terre humide avec un chuintement. D'un geste nerveux, elle arracha sa coiffe et la dissimula derrière un buisson.

Elle inspira profondément, puis risqua un coup d'œil au coin de la maison et ne put retenir un frisson en apercevant l'interminable limousine qui scintillait sous le soleil matinal du Nouveau-Mexique. Le luxueux véhicule avait soudain des allures de corbillard.

Elle se mordit la lèvre, gâchant le reste de son gloss à la fraise. En décidant de prendre la fuite à bord de la limousine, elle résoudrait son problème immédiat : elle n'avait pas un sou en poche. Toutefois, la voiture était équipée d'une balise GPS ; il serait donc aisé de la suivre à la trace. Elle envisagea un instant de retourner dans la maison pour récupérer son sac à main, mais elle tenait trop à la vie.

Combien de kilomètres pouvait-elle parcourir à bord de ce véhicule sans se faire repérer ? Non, c'était bien trop voyant. Un peu comme la robe de mariée…

Elle palpa le côté de son bustier de dentelle, afin de s'assurer qu'elle n'avait pas égaré l'étrange petit disque de bois trouvé sur le bureau de Jimmy. Puis, elle tira son portable de son soutien-gorge et lança l'application de taxis. Elle sourit en découvrant plusieurs points sur la carte – ses sauveurs. Elle contacta le plus proche, puis se dirigea d'un pas tranquille vers le portail.

Elle devait faire preuve de la plus grande prudence, car Jimmy était toujours entouré d'une garde rapprochée très fidèle. Personne ne se doutait de rien, pour l'instant. Elle pourrait encore jouer les fiancées hésitantes pendant une dizaine de minutes. Après tout, cela faisait bien six mois qu'elle tentait de se persuader qu'elle était amoureuse de Jimmy !

Oscar, l'homme qui assurait la sécurité à la grille principale, se leva d'un bond à son approche.

— Une angoisse de dernière minute, mademoiselle April ? demanda-t-il en souriant.

— Je suis à la recherche d'une cigarette. Jimmy déteste ça, mais j'aimerais m'en griller une en douce, avant de décrocher pour de bon. La dernière du condamné, si on veut.

Elle ajusta le décolleté de sa robe et ajouta avec un sourire charmeur :

— Vous pourriez me dépanner ?

Oscar suivait ses gestes des yeux, l'air un peu hébété.

— Je… heu… oui, bien sûr.

— Merci, Oscar. Je vais sortir dans la rue, comme ça Jimmy n'en saura rien. Ce sera notre autre petit secret, n'est-ce pas, Oscar ? ajouta-t-elle, un doigt sur les lèvres.

Oscar rougit violemment, se souvenant de la fois où April l'avait surpris en train de fouiner dans le bureau de son patron. Il palpa ses poches avec précipitation, à la recherche de son paquet.

— Oui, bafouilla-t-il. Pas de problème.

Il tendit une cigarette à April, qui la saisit entre l'index et le majeur.

— Merci. Vous avez du feu ?

Oscar sortit son briquet et elle se pencha vers la flamme.

— Je vais aller la fumer dehors, annonça-t-elle en désignant le portail. Et si jamais Jimmy trouve que je sens le tabac... vous n'y êtes pour rien !

— C'est ça. On ne s'est jamais vus. Merci, April.

Il se précipita vers le portail, sans doute trop heureux de se débarrasser d'elle. Tenant sa cigarette d'une main et l'ourlet de sa robe de l'autre, April quitta la propriété et s'engagea dans l'allée qui menait à la rue. Le souffle court, elle jetait des regards inquiets autour d'elle, priant pour ne croiser aucun invité en avance pour la cérémonie. Tous étaient des connaissances de Jimmy.

Dès qu'elle fut hors de vue d'Oscar, elle lâcha la cigarette, l'écrasa du bout du pied, puis ressortit son smartphone pour envoyer un SMS à Adam.

Mariage annulé. Ne viens pas. Ne t'approche pas de Jimmy.

Son téléphone vibra soudain. C'était le taxi.

— Allô !

— Je suis à quelques rues, dans une Honda bleue. Dites... c'est plutôt chic, par ici. Je fais comment, au portail ?

— Je suis devant. Je vous attends sur le trottoir. Faites vite.

— Hum, d'accord.

Deux minutes plus tard, une Honda s'arrêta devant elle. Après avoir vérifié la plaque d'immatriculation et comparé la tête du chauffeur avec la photo sur l'application, April monta à l'arrière.

— Démarrez !

— Mais... on va où ? bafouilla le chauffeur, en croisant son regard dans le rétroviseur.

— L'arrêt de bus le plus proche. Non, attendez…

Sans portefeuille ni carte de crédit, elle ne pouvait acheter un ticket de bus. Et puis, il serait trop facile pour Jimmy et ses prétendus associés de la repérer. À présent, elle comprenait mieux pourquoi il était toujours aussi entouré.

Quelle idiote…

— Continuez à rouler pendant que je réfléchis.

— Ne me dites pas que vous vous êtes sauvée de votre propre mariage ! s'exclama le chauffeur.

— Si.

L'homme s'esclaffa.

— Comment vous appelez-vous ? demanda April.

— Jesse.

— Jesse, j'ai une proposition à vous faire, annonça-t-elle, en retirant le diamant qui ornait son doigt. Je vous échange cette bague contre la voiture.

Le chauffeur risqua un coup d'œil sur le côté pour examiner le bijou qu'elle tenait dans le creux de sa main.

— Joli caillou, mais c'est impossible. J'ai besoin de ce véhicule pour gagner ma vie. C'est mon seul boulot.

April se laissa retomber sur la banquette. Elle pouvait encore mettre la bague en gage pour en tirer un peu d'argent, mais cela impliquerait de se promener dans Albuquerque avec cette fichue robe.

— Cela dit…, hésita Jesse. J'ai un copain que ça pourrait intéresser.

— Vraiment ? s'écria April, en bondissant vers l'avant. Où habite-t-il ?

— À une quinzaine de kilomètres d'ici. Il s'appelle Ryan. Il cherche à vendre sa voiture et je pense qu'il pourrait accepter ce bijou, plutôt que du cash.

— Parfait. En avant.

Lorsque Jesse s'engagea sur la voie express, April

ouvrit sa fenêtre et jeta son téléphone sur le bas-côté. Elle ne pourrait plus contacter Adam, mais au moins Jimmy ne serait plus en mesure de la suivre à la trace.

Trente minutes plus tard, elle trouvait un accord avec Ryan. Cela se passa étonnamment bien et le vendeur accepta même d'ajouter quelques centaines de dollars en billets, pour conclure l'affaire. April forma un rouleau avec l'argent, qu'elle glissa dans le porte-gobelet de sa nouvelle voiture. Elle sortit également le jeton de bois de son corsage et le rangea à côté. Puis, elle se pencha par la fenêtre et demanda :

— Il n'y a pas de GPS ?

— Qu'est-ce que vous croyez ? s'esclaffa Ryan, les mains dans les poches. Vous avez vu l'âge de cette caisse ? L'affaire est conclue, aucun remboursement n'est envisageable.

— Je ne cherche pas à me faire rembourser, assura-t-elle en allumant le moteur. Indiquez-moi juste le chemin pour rejoindre l'autoroute I-25, en direction du sud.

— C'est le Mexique que vous visez ? interrogea Jesse en s'approchant.

— Peut-être… Vous n'avez pas oublié le reste de notre accord, hein ?

— Non, non. Si on me pose des questions, je dirai que je vous ai déposée au terminus de la gare routière, en ville.

— Voilà, c'est ça. Et pour la I-25 ?

Dès que Jesse lui eut indiqué l'itinéraire, elle s'éloigna rapidement, laissant les deux jeunes hommes sidérés. Au bout de quelques centaines de mètres, cependant, elle ralentit. Elle n'avait pas son permis de conduire sur elle et les papiers du véhicule étaient au nom de Ryan. Inutile de s'attirer des ennuis supplémentaires.

Elle avait assez d'essence pour quitter Albuquerque

et rejoindre Hatch Valley, qui était presque à mi-chemin de Juárez et de la frontière avec le Mexique. Là-bas, elle pourrait disparaître et mener sa petite enquête, même s'il était évident que Jimmy avait aussi des contacts au sud de la frontière.

Elle n'était pas la première de sa famille à s'enfuir au Mexique…

Trois heures plus tard, elle s'arrêtait dans une station-service à la sortie de Hatch. Elle fit le plein, puis s'acheta un soda dans la boutique. La caissière l'examina de la tête aux pieds.

— Vous êtes sur le point de dire oui ou c'est déjà plié ?
— J'y vais. C'est une journée magnifique, n'est-ce pas ?
— Hum, marmonna la femme en faisant claquer une bulle de chewing-gum.

April reprit son chemin vers le sud, en direction de Las Cruces. La frontière n'était plus qu'à quatre-vingt-dix minutes de route environ. Elle n'avait pas de pièce d'identité, mais cela n'avait jamais empêché personne de passer discrètement au Mexique. Soudain, elle aperçut les panneaux annonçant l'échangeur pour l'I-10 et Tucson. Une heure pour le Mexique. Quatre heures pour Tucson. Elle hésita un instant.

— Oh ! et puis zut !

À la dernière minute, elle s'engagea sur la bretelle de sortie et prit la direction de l'Arizona. Elle ne connaissait personne au Mexique. Et puis… comment résister à l'idée de revoir Clay Archer ?

Clay Archer chassa les mouches qui volaient autour de son visage et serra les dents en entendant son jeune collègue de la police des frontières se remettre à vomir. C'était fréquent, au début ; aucune honte à avoir. L'agent

Rob Valdez se redressa enfin en s'essuyant la bouche sur la manche de son uniforme.

— T-tu crois que la tête est dans le tunnel ?

Clay cracha sur le sol du désert.

— On le saura bien assez vite. Tu veux retourner au pick-up pour boire un peu d'eau ?

— Non, répondit bravement Valdez, toujours un peu verdâtre. Il faut que je voie ce qu'il y a dans le tunnel.

— Ça ne va peut-être pas te plaire.

Par-dessus ses lunettes de soleil, Clay examina le tas de sable et de terre qui marquait la sortie d'un tunnel creusé entre l'Arizona et le Mexique.

— Il faut que je m'habitue. Comme toi.

Valdez se frotta les yeux, et remit ses lunettes de soleil et son chapeau. Clay fit un pas en direction du cadavre décapité. La victime, une femme, était étendue sur le dos, un bras le long du corps et l'autre posé sur le ventre, les doigts recroquevillés. S'efforçant de respirer par la bouche, Clay contourna la mare de sang à la pointe de ses bottes et se pencha pour tenter d'ouvrir la main froide et raide du corps sans vie. Entre le pouce et l'index, il saisit l'objet qu'elle serrait et le dégagea.

— Qu'est-ce que c'est ? demanda Valdez, derrière lui.

Il était vert de peur.

— Ne viens pas vomir sur la victime, s'il te plaît, avertit Clay.

— Non, c'est bon, j'ai fini.

Toutefois, Valdez recula de quelques pas, comme par précaution.

— Une carte de visite, annonça Clay, en brandissant le petit disque de bois gravé d'une mouche.

L'insecte était d'un réalisme troublant, presque semblable à ceux qui volaient autour du cadavre.

— Las Moscas, marmonna Valdez, en jetant un regard

méfiant par-dessus son épaule, comme s'il craignait que des membres du cartel le plus dangereux du Mexique ne surgissent dans leurs 4-4. Pourquoi feraient-ils ça à l'une de leurs mules ? Et à une femme, en plus ?

Le monticule à l'entrée du tunnel s'effondra soudain et une main jaillit de la terre, dans une scène digne d'un film d'horreur. Ils n'avaient pourtant pas besoin de cinéma : leur horreur à eux était bien réelle et quotidienne.

Clay s'approcha pour accueillir Nash Dillon, qui s'efforçait de s'extraire du boyau. Il se redressa, retira le masque qui lui couvrait le visage et toussa. Il revenait les mains vides.

— Rien, annonça-t-il. Pas de tête. Pas de drogue.

Valdez poussa un gros soupir.

— Archer a trouvé quelque chose dans la main de la victime.

Dillon épousseta son uniforme vert. Clay lui tendit le morceau de bois sculpté.

— C'est l'œuvre de Las Moscas.

— Pas étonnant, marmonna Dillon en observant le cadavre. Et les raisons qui pousseraient un cartel à se débarrasser d'une de ses mules ne sont pas légion. Soit la fille les a doublés, soit elle a foiré quelque chose, soit elle a décidé de bosser pour nous.

— Non, elle n'est pas des nôtres, dit Clay. Pour autant que je sache, on ne fait jamais appel à des femmes.

— Ne joue pas les naïfs, Clay, répondit Dillon, en inclinant son chapeau vers l'arrière. Les gars de la DEA n'hésitent pas à se servir des épouses ou des petites copines, dès que c'est possible. Surtout quand les filles en ont marre du mode de vie de leur dealer de mari.

— Oui mais, ça, c'est la DEA. Nous, on est la police des frontières.

Clay releva soudain la tête, les yeux plissés contre la clarté aveuglante du désert.

— On a de la compagnie, annonça-t-il.

Les deux autres agents se tournèrent en même temps. Une caravane de pick-up et de SUV approchait au loin, dans un nuage de poussière.

— J'espère qu'il y a un légiste dans le lot, dit Dillon, en tapant ses bottes pour en chasser la terre. Il faut dégager ce corps d'ici. Cette jeune femme mérite un minimum de dignité, malgré la vie qu'elle devait mener.

Le convoi s'arrêta à une dizaine de mètres d'eux et l'endroit se mit bientôt à fourmiller d'activité. La police de Paradiso, trop petite pour disposer d'une division criminelle, ne se chargerait pas de l'affaire – pourtant, ce n'était pas les meurtres qui manquaient, sur cette portion de frontière. C'était au shérif du comté de Pima que reviendrait la rude tâche d'enquêter. Toutefois, comme à chaque fois dans les crimes liés à la drogue, Clay savait déjà qu'il n'y aurait ni preuve ni témoin. Juste une liste de suspects sans nom ni visage.

Clay observait les hommes et les femmes qui s'activaient autour du corps décapité, en buvant de l'eau à petites gorgées.

— C'est de la folie, grommela-t-il.

— Qu'est-ce que tu racontes, Archer ? demanda Espinoza, inspecteur pour le bureau du shérif, en levant le nez de son téléphone.

— Rien. Je me faisais juste la réflexion qu'il se passait des trucs de dingue, dans cette ville.

— *Paradiso,* non ? soupira Espinoza en haussant les épaules. Un vrai petit coin de paradis.

— Tu parles… Ce n'est même pas comme ça qu'on dit « paradis » en espagnol. Encore un gringo qui a voulu jouer au malin en baptisant cette ville.

Clay et ses collègues de la police des frontières remballèrent leurs affaires et laissèrent la scène du crime aux mains de l'équipe médico-légale et de l'inspecteur.

— Tu ne devais pas partir en congé ce soir, toi ? demanda Clay à Dillon.

— Si. Un rodéo dans le Wyoming. Tu sauras garder la boutique sans moi ?

— À moins qu'on ne retrouve la tête ou la drogue, je ne vais pas avoir grand-chose à faire sur cette enquête.

— La drogue sera déjà en vente dans les rues à mon retour, soupira Dillon, avant de désigner du menton leur nouveau collègue, toujours aussi vert que son uniforme. Tu penses que le gamin va tenir le coup ?

— Ça ira. Si je me souviens bien… la première fois que tu as vu un cadavre, tu n'étais pas beaucoup plus frais.

— Pas faux ! lui accorda Dillon en souriant.

Clay retira son chapeau.

— Ne va pas abîmer ta gueule d'ange pendant ce rodéo, lança-t-il en guise de salut.

Il se dirigea vers son véhicule, où l'attendait Valdez.

— Tu viens ou tu préfères prendre encore un peu l'air ?

— Je… je ne voulais pas monter sans la climatisation. On a terminé pour aujourd'hui ?

— Moi, oui. Toi, tu retournes au bureau pour rédiger le rapport. Vérifie avec les gars du shérif s'ils ont du nouveau, avant de l'envoyer à Tucson.

Au bout de quelques kilomètres, Valdez se mit à tripoter nerveusement son chapeau, puis finit par demander :

— Tu crois qu'on va retrouver la tête ? Qu'est-ce qu'ils ont pu en faire, les types de Las Moscas ?

— Je ne sais pas. N'y pense pas trop, petit. Sinon, tu risques de…

Il laissa sa phrase en suspens, incertain de l'avertissement qu'il souhaitait transmettre. Qu'est-ce que cela lui avait fait, à lui ? Était-il devenu amer ? Plus dur ?

Il soupira. Non, le travail n'y était pour rien.

Une heure plus tard, Clay se garait devant les bureaux de la police des frontières de Paradiso, une des nombreuses antennes du secteur de Tucson. Pour la plupart, les habitants de Paradiso préféraient rester dans une ignorance confortable en ce qui concernait les dangers de la frontière. La violence du trafic de drogues ne les affectant pas directement, ils continuaient à vivre comme si de rien n'était. Pourtant, des êtres humains connaissaient des fins tragiques et sanglantes à quelques kilomètres de chez eux. La bourgade vivait dans une bulle. Il n'y avait pas eu de meurtre sur le territoire même de la ville depuis… Courtney Hart.

Clay déposa Valdez, puis fit un crochet chez Rosita pour s'acheter un *burrito*. Lorsqu'il passa sa commande, Rosita lui demanda à voix basse :

— Il paraît qu'on a retrouvé un corps près de la frontière ?

Dès que la police de Paradiso était appelée, les nouvelles allaient vite. Clay comprenait : les habitants avaient le droit de savoir, même si la plupart s'en fichaient complètement.

— Malheureusement, oui.

— Drogue ? interrogea Rosita, les yeux soudain brillants de larmes.

Clay sentit son cœur se serrer. Le plus jeune fils de Rosita était tombé dans la méthamphétamine. Ça ne s'était pas bien terminé.

— Oui, sans doute une mule.

— Il paraît que ce serait une fille, cette fois ?

— Une jeune femme, oui. Elle a dû se faire des ennemis. Garde la monnaie, Rosita.

— Est-ce qu'il est possible de se faire autre chose que des ennemis, quand il est question de drogue ? demanda Rosita. Merci, Clay.

Clay lui adressa un petit salut de la main et sortit. Il déposa son repas sur le siège du passager et rentra chez lui. Son domicile se trouvait un peu à l'écart des lotissements construits après l'ouverture de la nouvelle usine de conditionnement de noix de pécan – la région était célèbre pour ses vergers de pacaniers. Tant qu'à choisir, Clay préférait ne pas vivre collé à son voisin.

Il tourna dans sa rue, puis s'engagea dans l'allée menant chez lui, mais fut obligé de freiner avec force. Une voiture d'un autre âge, arborant des plaques du Nouveau-Mexique, était garée devant la maison.

Soudain sur le qui-vive, il récupéra son arme dans la boîte à gants et attendit, sans couper le moteur. Les districts de la police des frontières étaient suffisamment restreints pour que des truands parviennent à découvrir sans trop de peine l'identité des agents. Lorsque la portière de la voiture blanche s'ouvrit, il retint son souffle, prêt à réagir.

Une jeune femme en robe de mariée en sortit.

Clay retira ses lunettes de soleil et se pencha vers le pare-brise. Correction : ce n'était pas une mariée. C'était *la* mariée. La mariée de l'enfer. April Hart en personne.

Laissant son arme dans le pick-up, il ouvrit sa portière et se déplia de toute sa hauteur. Il ne lâchait pas April des yeux, l'air méfiant. Celle-ci repoussa la masse de ses cheveux blonds derrière ses épaules et lui adressa un petit sourire, mi-figue, mi-raisin.

— Clay, ça fait plaisir de te revoir.

Qu'est-ce qu'elle espérait ? Une banderole de bienvenue ? De grandes retrouvailles larmoyantes ? Par précaution, il croisa les bras, juste pour éviter d'être tenté de la serrer contre lui, et hocha une fois la tête en guise de salut. Mal à l'aise, April ajusta le bustier de sa robe, qui soulignait sa taille fine et le galbe de ses seins.

— J'imagine que tu te demandes ce que je fais ici... dans cette robe.

— Laisse-moi deviner... Tu as fait un petit détour en te rendant à notre mariage, il y a deux ans, et tu viens seulement de retrouver ton chemin ?

Il eut un sourire sarcastique, alors même qu'il sentait une lame se retourner dans la plaie béante de son cœur.

— N-non, bafouilla-t-elle, en tortillant les doigts. On peut parler deux minutes ? C'est une longue histoire.

— Comme toujours avec toi, April.

Sans attendre sa réaction, il se pencha pour récupérer son repas et son arme, puis claqua la portière et remonta l'allée. Il passa sans s'arrêter devant elle, mais il l'entendit lui emboîter le pas.

— Au fait : quelqu'un t'a déposé un cadeau, annonça April. C'était déjà là quand je suis arrivée.

En effet, une boîte ronde en carton, recouverte d'un papier rayé rose et blanc, attendait devant l'entrée. Clay inclina la tête sur le côté et son pouls s'accéléra. Personne ne lui laissait jamais de cadeau devant sa porte. Surtout pas avec du papier rose.

— Attends, tu es chargé. Je vais la prendre pour toi, proposa April en passant devant lui.

Sa robe effleura son bras. Un pic d'adrénaline le poussa à tendre une main pour la retenir, mais le tissu glissa entre ses doigts. Cette fille lui échapperait donc toujours ?

— April, attends...

— Pas de problème, je m'en occupe.

Elle monta les quelques marches et saisit la boîte par son ruban.

— C'est lourd, dis donc.

Le couvercle lui resta entre les mains et le fond retomba sur le perron avec un bruit mat. Une tête coupée jaillit de la boîte et rebondit une fois, éclaboussant de sang la robe blanche, avant de rouler sur le côté, en direction de l'allée.

April poussa un cri interminable.

2

April sentit sa gorge se serrer et son cri s'étouffa dans un gargouillement inintelligible. Elle s'approcha de la rambarde, tenant toujours dans sa main le ruban rose du couvercle, qui se balançait en projetant des gouttelettes de sang partout.

— Oh ! bon sang, c'est la tête ! grommela Clay. Ne touche à rien !

Elle le regarda comme s'il était devenu fou et lâcha enfin le couvercle.

— C'est… c'est une tête coupée !

— Navré que tu aies dû voir ça, s'excusa-t-il en sortant son téléphone portable de la poche de sa chemise verte. Quelqu'un va venir s'en occuper.

— Quoi ? J'espère bien, oui !

April serrait la jupe de sa robe avec force, jusqu'à ce qu'elle se rende compte que le tissu était maculé de taches écarlates. Elle lâcha brusquement prise et croisa les bras sur son ventre.

— T-tu n'as pas l'air surpris. Tu as dit « c'est *la* tête ». Tu… connais cette tête ?

— Oui. Mais je ne pensais pas la trouver devant ma porte. Cela dit, je ne pensais pas non plus *te* trouver devant ma porte.

Il composa un numéro et attendit que son interlocuteur

décroche. Puis, tandis qu'il décrivait la situation à un collègue, il fouilla dans ses poches et sortit ses clés, qu'il agita en direction d'April. Comme elle acquiesçait, il lui lança le trousseau, qu'elle saisit au vol.

En entrant dans la maison, April posa les clés sur le guéridon près de la porte et ferma les yeux un instant. Rien n'était jamais simple, avec Clay. Le jour où elle décidait de lui faire une visite surprise, il fallait qu'il y ait une tête dans un carton devant sa porte. Elle rouvrit brusquement les yeux.

Était-ce de ça qu'il s'agissait ? Une visite surprise ?

Elle parcourut la pièce du regard. La maison n'avait pas beaucoup changé… ni les petites habitudes de Clay, visiblement. Une place pour chaque chose et chaque chose à sa place. Même les coussins du canapé semblaient attendre au garde-à-vous. April ne put s'empêcher d'en déranger un. Puis, elle passa en revue les photos dans des cadres, sur la bibliothèque, espérant vaguement y apercevoir son propre visage. En vain.

Elle sursauta en entendant une sirène retentir au loin. Quelques minutes plus tard, ce fut une véritable invasion. Elle jeta un coup d'œil à travers les stores pour observer les agents en uniforme qui se pressaient dans l'allée. La tête intéressait de toute évidence la police des frontières, car Clay avait presque semblé plus surpris de la revoir que de découvrir le cadeau ensanglanté.

Elle frissonna. Le travail de Clay n'était pas sans risque. Le secteur de Paradiso était petit et tout le monde, y compris les trafiquants, connaissait les agents. S'agissait-il d'un avertissement personnel ? Dommage, dans ce cas, car Clay était du genre à accomplir son devoir, quelles que soient les circonstances.

Soudain, la porte s'ouvrit brusquement, la faisant sursauter de nouveau.

— L'inspecteur Espinoza voudrait te parler deux minutes, appela Clay.

April lissa sa robe d'une main tremblante.

— La tête est toujours dans l'allée ?

— Oui, mais ils vont bientôt l'emporter. Je peux demander à l'inspecteur de venir à l'intérieur, si tu préfères.

— Non, ça ira si je reste sur le perron.

Il ouvrit la porte en grand. April sortit et souleva sa jupe pour ne pas renverser les plots placés pour délimiter la tache de sang laissée par la boîte.

Un Latino-Américain aux cheveux grisonnants leva les yeux vers elle ; il était vêtu d'un costume sombre et coiffé d'un chapeau de cow-boy. En découvrant la robe de mariée, il eut une mine ahurie, puis se reprit et lui tendit la main avec un stoïcisme très professionnel.

— Mademoiselle Hart, je suis l'inspecteur Espinoza. Archer m'a expliqué que c'était vous qui aviez ouvert la boîte et que celle-ci se trouvait déjà sur les lieux à votre arrivée.

— C'est exact.

Elle l'examina avec attention. Il devait être nouveau dans le secteur, car elle était presque certaine de ne pas l'avoir croisé, lors des événements dramatiques que sa famille avait traversés.

— À quelle heure êtes-vous arrivée chez l'agent Archer ?

— Vers 17 heures.

— Et le paquet se trouvait déjà sur les marches ?

— Oui.

— Avez-vous remarqué quelqu'un aux abords de la maison, à ce moment ?

Il baissa de nouveau les yeux vers la robe, presque malgré lui.

— Non, personne.

Soudain, elle claqua des doigts et s'écria :

— Le chien ? Clay, où est Denali ? Tu l'as toujours ?

— Évidemment, répondit Archer. Il a passé la nuit à la clinique vétérinaire.

— Il est malade ?

Espinoza toussota.

— Donc, vous n'avez rien noté d'inhabituel. Êtes-vous sortie de votre voiture ?

— Non. La route m'avait fatiguée, si bien que j'ai incliné mon dossier pour faire un petit somme. Clay est arrivé une heure plus tard environ. Je me suis réveillée en entendant son pick-up se garer derrière moi.

— Pourquoi avez-vous soulevé la boîte ?

— Clay avait les bras chargés. C'est vraiment important ?

Espinoza la regarda un instant, l'air songeur.

— Hart… Vous êtes la fille de C. J. Hart ?

April sentit son cœur battre plus fort.

— En effet. Et, ça aussi, c'est vraiment important ?

— Je demandais ça comme ça. Sinon… pourquoi la robe de mariée ?

— J'avais un mariage, ce matin, répondit-elle un peu sèchement.

— Il va falloir qu'on analyse le sang sur la robe. Il provient de la tête ?

— J'ai soulevé la boîte par son ruban, en pensant qu'il retenait le fond. Mais le couvercle a glissé et le fond du carton est tombé. La… la tête a rebondi et a éclaboussé la robe. Ensuite, j'ai lâché le couvercle.

— C'est dommage, marmonna Espinoza, avec une moue désolée. Pour la robe, je veux dire…

— Pas tant que ça. Je peux vous découper un pan de tissu maintenant, si vous voulez.

— Pas d'urgence. D'après ce que nous a indiqué Archer, on a une bonne idée de ce qui s'est passé.

Une autre camionnette surgit soudain dans l'allée et s'arrêta en dérapant sur le gravier. Dans un éclair de gyrophare, Nash Dillon bondit hors du véhicule. Il échangea quelques mots avec les hommes qui terminaient de placer la tête dans un sac, puis il s'approcha de l'entrée.

— Si j'ai bien compris, on a retrouvé la tête. Mais bon sang, Archer ! Devant ta porte ? C'est un sacré pied de nez qu'ils nous font, mon vieux.

— Il faut que je fasse installer des caméras de surveillance chez moi, soupira Clay. Denali n'était même pas là pour sonner l'alarme.

— Tiens, salut, April ! lança soudain Nash, en lui adressant un petit salut de la main.

Il reprit ensuite sa conversation avec Clay, comme si l'apparition de l'ancienne fiancée de son collègue, vêtue d'une robe de mariée maculée de sang, était la chose la plus naturelle du monde. Du Nash Dillon tout craché.

Lorsque l'équipe médico-légale fut repartie, l'inspecteur Espinoza tendit sa carte de visite à April.

— Vous nous déposerez la robe dans les prochains jours ?

— C'est promis.

Elle tourna les talons et retourna dans la maison, laissant Clay et Nash régler des questions d'ordre professionnel. Elle fit quelques pas dans le salon, puis se laissa tomber sur le canapé, serrant contre elle un des coussins. Qu'est-ce qu'elle fichait là ? La tête de cette pauvre femme devait être un signe. Elle n'aurait jamais dû venir chez Clay. Elle n'aurait pas dû se précipiter vers lui pour…

Pourquoi, au fait ? Pourquoi était-elle revenue à Paradiso ?

Même si Clay Archer était le seul élément positif de cet endroit, elle ne pourrait jamais recréer la magie qu'ils avaient partagée autrefois. Une magie qu'elle avait détruite elle-même, à grands coups de masse.

La porte s'ouvrit enfin et Clay rentra à son tour. Il retira son chapeau, puis se débarrassa de son baudrier et de son ceinturon. Son arme de service heurta le comptoir qui séparait la cuisine du salon avec un claquement métallique.

— Tu parles d'une journée…, soupira-t-il en passant une main dans ses cheveux noirs.

Puis, il brandit le sac en papier qui contenait son dîner.

— Je n'ai plus vraiment faim… Tu en veux ?

— Non, merci, répondit-elle, avec une moue écœurée. Qui était cette femme ?

— Sans doute une mule qui a cherché à doubler Las Moscas. On a trouvé son corps cet après-midi, à la sortie d'un tunnel qui traverse la frontière.

Il s'appuya contre le comptoir de la cuisine.

— Est-ce que ça t'intéresse vraiment ?

April serra davantage le coussin. Las Moscas ? Clay n'imaginait pas à quel point cela l'intéressait…

— Comment peux-tu être sûr qu'il s'agit de ce gang, Las Moscas ?

— C'est un cartel. Un cartel de drogue. Les types qui ont tué cette femme ont laissé une carte de visite dans sa main.

April déglutit avec peine.

— Une mouche ?

— Comment le sais-tu ? demanda Clay, surpris.

Elle haussa les épaules et s'efforça de prendre un ton anodin.

— « Las Moscas ». C'est ce que ça veut dire, non ? Les mouches ? Enfin, j'imagine que ce n'était pas une vraie mouche…

— Pourtant, je peux te garantir que ce n'était pas

les mouches qui manquaient... Pardon, excuse-moi, ajouta-t-il, en voyant la grimace d'April. Ils ont laissé une mouche gravée dans du bois.

April se leva d'un bond, s'emmêla les pieds dans sa robe et dut se retenir au dossier du canapé pour ne pas tomber.

— Ça va ? demanda Clay en s'approchant, l'air inquiet.
— Oui. Comme tu l'as dit tout à l'heure : tu parles d'une journée !

Clay se figea à quelques pas d'elle. Avec un soupir, il fourra les mains dans ses poches.

— Tu veux bien m'expliquer ce qui se passe, April ? La robe de mariée ? Ta présence à Paradiso ? Adam n'est pas avec toi, quand même ? Il a des ennuis ?

Son frère avait toujours des ennuis. Inutile de venir à Paradiso pour ça, même si c'était là que tout avait commencé.

— Non, Adam n'est pas avec moi. Et je serais ravie de tout te raconter, mais...

Elle tira sur sa robe.

— ... j'aimerais d'abord me changer, si ça ne t'embête pas. L'inspecteur Espinoza a besoin de cette robe, de toute façon. Ou, du moins, d'un morceau.

Clay sembla chercher quelque chose du regard.

— Tu as une valise dans le coffre de ta voiture ?
— Non. Je n'ai emporté aucun bagage. Je n'ai rien du tout, en fait.

Elle retint son souffle. Si Clay décidait de la mettre dehors, elle ne pourrait pas lui en tenir rigueur. Il se contenta pourtant de lever les yeux au ciel.

— D'accord, je vois. Je dois avoir un survêtement à te prêter et tu n'auras qu'à choisir un T-shirt. Je vais boire une bière. Tu en veux une ?

— Pourquoi pas ? Je reviens tout de suite.

Elle disparut dans le couloir qui menait à la chambre. Quand elle eut fermé la porte, elle s'adossa contre le panneau et soupira. Inutile de s'inquiéter : aucune femme ou petite copine ne risquait de débarquer. Elle avait suivi de loin la vie de Clay, depuis deux ans. Elle n'aurait pas dû se réjouir de le savoir toujours célibataire, mais en réalité cet homme avait gardé les clés de son cœur. L'idée qu'elle ait pu espérer l'effacer de sa mémoire en épousant un type comme Jimmy était ridicule... Même si Jimmy avait beaucoup ressemblé à Clay. Au début, en tout cas.

Le ridicule de la situation avait atteint son paroxysme le matin même, le jour de leur mariage.

Elle passa une main dans son dos pour descendre la fermeture à glissière de sa robe, qui tomba à ses pieds. Pour le soutien-gorge sans bretelles et la culotte de dentelle assortie, elle n'avait d'autre choix que de les garder. Elle retira ses escarpins de satin et enjamba le monticule de tulle bouillonnant.

En fouillant dans le dressing de Clay, elle dénicha un bas de survêtement vert orné du logo de la police des frontières sur la cuisse gauche et un T-shirt blanc uni. Ainsi accoutrée, elle retourna dans le salon, pieds nus.

Clay n'avait pas quitté son poste, près du comptoir, mais il s'était installé sur un tabouret. Penché sur son smartphone, il faisait tourner dans sa main une bouteille de bière.

— Tu as pris de l'avance, fit-elle remarquer, en donnant une pichenette dans une première bouteille, déjà vide.

Il fit glisser la seconde dans sa direction.

— Prends celle-là, si tu veux. Je n'y ai pas touché.

— Tu es sûr ?

— Il vaut sans doute mieux que je garde l'esprit clair pour la suite..., marmonna-t-il en poussant du bout du pied l'autre tabouret vers elle.

Remontant les jambes trop longues du survêtement, April se hissa à ses côtés.

— En espérant que vous attraperez les fumiers qui ont tué cette pauvre femme et mutilé son corps, lança-t-elle en levant sa bouteille de bière.

— On ne retrouvera sans doute jamais les types qui ont fait le sale boulot. En revanche, on travaille jour et nuit à faire tomber Las Moscas.

Clay se tut et gratta l'étiquette humide de la bouteille vide. Au bout de quelques secondes, il demanda :

— Alors, cette robe de mariée ?

April but une longue gorgée et s'apprêtait à répondre, quand le téléphone de Clay se mit à vibrer.

— Une seconde. C'est peut-être le boulot…

Que devait-elle raconter à Clay à propos de Jimmy et de toute cette affaire ? Déjà qu'elle ne lui avait jamais expliqué pourquoi elle avait fui avant leur mariage à tous les deux… Et jamais elle ne le ferait. Il ne devait pas savoir.

— Tu es sûr qu'Adam n'est pas là ? demanda soudain Clay en lui présentant l'écran de son téléphone.

Elle se pencha pour lire l'identité de l'appelant.

— Pourquoi est-ce qu'Adam t'appelle ? s'écria-t-elle.

Clay haussa les épaules et décrocha.

— Adam ?

Il se tut quelques secondes, puis tendit son smartphone à April.

— Il veut te parler.

— À moi ?

Comment Adam savait-il qu'elle était chez Clay ? Elle ne lui avait pas dit où elle allait. Elle-même ignorait encore qu'elle se rendrait à Paradiso, quand elle lui avait envoyé un SMS. Elle s'empara du téléphone et descendit du tabouret. Clay récupéra sa bouteille de bière et se dirigea vers le fond de la maison, par discrétion.

— Adam ? Comment sais-tu que je suis chez Clay ?
— Voyons, April. Je ne suis pas si débile que ça, lança son frère. Tu t'es fourrée dans une situation pas possible. Évidemment que tu es chez Clay. Où irais-tu sinon ?

April jeta un coup d'œil par-dessus son épaule et demanda à voix basse :

— Que sais-tu de ma situation ?
— Bien plus que ce que tu m'as laissé entendre dans ton SMS. Quand tu m'as dit que le mariage était annulé et que je devais éviter Jimmy, j'ai compris que tu savais.

April resta interdite une seconde.

— Tu étais au courant, pour Jimmy ? s'écria-t-elle enfin, en serrant les dents.
— Oui... Désolé.

Au moins, il avait la décence de paraître gêné.

— Pourquoi ? Je... Tu... Pourquoi ?

Elle s'adossa à la porte d'entrée.

— Non, laisse tomber. Je préfère ne pas savoir.
— April, reprit Adam avec urgence. Je n'ai aucun droit de te demander ça, surtout après ce que je viens de t'avouer, mais ne parle pas de Jimmy à Clay. Tu ne lui as rien dit pour l'instant ?
— Pas encore.

Elle frappa du poing contre la porte. Ça recommençait.

— Pourquoi ne dois-je rien lui dire ?
— Parce que, si tu le fais, Jimmy risque de me tuer... et ensuite il s'en prendra à toi.

3

— Tout va bien ? demanda Clay, en revenant dans le salon.

April fit volte-face, serrant contre elle le portable. Elle était aussi blanche que la robe qu'elle venait de quitter.

— Oui, oui.

— Autant que possible dès qu'Adam s'en mêle, c'est ça ? Il a encore des ennuis ?

— On peut dire ça. Merci pour le téléphone.

Clay s'avança pour récupérer l'appareil de ses mains tremblantes.

— Pourquoi a-t-il appelé sur mon numéro et pas sur le tien ?

— Je croyais te l'avoir expliqué. Je suis partie sans rien. Ni téléphone, ni argent, ni papiers.

— Et la voiture ? demanda-t-il, en désignant la fenêtre du menton.

— Un... un ami. C'est un ami qui me l'a prêtée.

— C'est quoi, cette histoire, April ?

Il brandit une bouteille de bière vide, dont l'étiquette avait été mise en lambeaux.

— J'ai fini la tienne. Tu en veux une autre ?

— Je veux bien, répondit-elle en se passant une main sur la figure. Et... il n'y a pas vraiment d'histoire.

Elle le suivit vers la cuisine pour s'asseoir sur le rebord d'un tabouret.

— J'ai largué un type le matin de notre mariage. Ça ne devrait pas t'étonner plus que ça.

Clay ouvrit le réfrigérateur et en sortit une nouvelle bouteille de bière, qu'il posa devant elle sur le comptoir.

— Étant donné que je n'ai jamais eu droit à une explication en bonne et due forme, j'imagine que ce n'est pas la peine d'espérer la vérité, cette fois-ci…

— Ce n'était pas le bon, répondit-elle, en pressant la bouteille fraîche contre ses joues.

— Et tu t'en es rendu compte seulement le matin de la cérémonie ?

Elle acquiesça.

— Il y avait urgence, pour que tu files les mains dans les poches, à bord d'une voiture prêtée ? Même pas de sac à main. Alors quoi ? Tu préférais esquiver une confrontation avec ce brave type ?

Il clappa de la langue.

— April, April…, soupira-t-il. Ça ne s'arrange pas, on dirait. À moi, au moins, tu as eu le cran d'annoncer les choses en direct.

April se mordit la lèvre inférieure.

— Ce… ce n'est pas un brave type, Clay.

— Il t'a frappée ?

Malgré lui, il serra les poings.

— Non. Rien de ce genre. Je… Il a un sale caractère et j'ai voulu éviter la dispute. Tu peux me traiter de lâche, si ça te chante.

— Il va essayer de te retrouver ?

Lui ne l'avait jamais fait. Quand elle enroula une mèche de cheveux autour de son index, il détourna les yeux. Il se souvenait encore du parfum de cette chevelure, mélange de soleil et de rêves aussi incroyables que stupides.

— Il ignore où je suis. J'étais en route pour le Mexique quand j'ai vu l'échangeur pour Tucson et j'ai pensé…

Elle but une gorgée de bière.

— Je ne sais pas ce que j'ai pensé. J'ai ressenti tout à coup l'envie urgente de te revoir.

— Tu l'aimais, ce type ?

Clay retint son souffle. L'idée qu'April soit amoureuse d'un autre lui serait insupportable. Tout comme celle qu'elle puisse désirer un autre autant qu'elle l'avait désiré autrefois.

— Je ne crois pas.

— Tu as la vilaine habitude de te fiancer sans être amoureuse, dis-moi…

Un éclat étrange brilla dans les yeux bleus d'April, mais elle pinça les lèvres, sans répondre. Avait-il simplement cherché à la provoquer ? April l'avait bel et bien aimé, il le savait. Personne ne pouvait simuler ce degré d'émotion… et de passion. Pourtant, quelque chose s'était produit, dans les semaines précédant leur mariage. C'était comme si elle avait actionné un interrupteur et fermé les vannes. Lorsqu'elle avait fini par lui annoncer qu'elle avait changé d'avis, il n'avait même pas été surpris.

— Pourquoi t'es-tu fiancée… de nouveau ?

Il en savait déjà plus sur cette nouvelle rupture que sur les raisons qui avaient poussé April à le quitter, deux ans plus tôt. Peut-être qu'en insistant un peu…

— Je ne sais pas. Je devais chercher une forme de stabilité. Peut-être que j'en avais assez d'affronter tout ça seule.

— Quand tu dis « tout ça », tu parles d'Adam ?

Il serra les mâchoires. Il aurait pu s'occuper d'Adam. Il aurait pu lui apporter cette stabilité. Il avait d'abord pensé que c'était pour ça qu'elle avait fui : April était devenue accro aux drames et la vie avec Clay manquait sans doute un peu d'excitation à ses yeux. Il savait qu'il travaillait trop et prenait ses enquêtes trop à cœur.

— Oui, Adam, répondit-elle, une lueur dangereuse dans le regard.

— Pourquoi a-t-il appelé ?

— Pour s'assurer que j'étais bien chez toi. En sécurité.

Clay s'esclaffa.

— Depuis quand Adam s'inquiète-t-il de ta sécurité ? Et ne me dis pas qu'il a changé…

— Il n'a pas eu une vie facile, Clay, rappela April, en s'essuyant le nez du revers de la main. C'est lui qui a découvert notre mère.

Clay évita de lui rappeler qu'Adam était déjà un paumé avant le meurtre de leur mère. Il savait qu'elle défendrait toujours son frère. Il soupira.

— Bon. Et maintenant ? Le Mexique ? Comment comptes-tu t'y prendre, sans papiers ?

— Clay… J'ai grandi ici. Je sais comment traverser la frontière discrètement.

— Tu vas devoir te trouver des vêtements ? Un sac ? Des affaires de toilette ? À moins qu'Adam n'ait prévu de t'apporter tout ça…

— Oh non ! Il ne peut pas… Il ne faut pas. Je… je ne veux pas qu'il vienne, de toute façon.

— Tu veux dire qu'il s'en fiche complètement, oui ! Non, ne te donne pas cette peine, s'empressa-t-il d'ajouter, en voyant qu'elle s'apprêtait encore à prendre la défense de son frère. Est-ce que quelqu'un pourrait récupérer tes affaires et te les envoyer ? Tu arrives d'où, d'ailleurs ?

— Albuquerque. Ne t'inquiète pas. Ce ne sont que… des affaires. Tout ce qui a de la valeur à mes yeux se trouve ici, à Paradiso.

Dommage que je ne fasse pas partie du lot, pensa Clay.

— Ta maison n'a pas bougé. Ta cousine en prend bien soin.

— Je pourrais sans doute loger avec Meg, le temps de retomber sur mes pieds, marmonna-t-elle, avec une moue incertaine.

— Retomber sur tes pieds ? Ici, à Paradiso ?

— Au moins le temps de récupérer mon portefeuille, mes papiers, ma carte de crédit et tous les autres trucs qui me relient à la civilisation.

Elle fit cliqueter ses ongles contre la faïence du comptoir.

— Après tout, des personnes disparaissent tous les jours, non ?

— C'est ce que ton père a fait. Tu envisages de suivre son exemple ?

— Non…, soupira-t-elle, soudain abattue.

Clay se mordit la lèvre. La discussion était devenue un véritable champ de mines. Impossible de parler de son frère, de sa mère, de son père ou de son dernier fiancé en date.

— Est-ce que tu vas aller à ta maison ce soir ? poursuivit-il. Tu peux appeler Meg avec mon téléphone pour l'avertir de ton arrivée, si tu veux.

Quand April s'étira, le T-shirt trop grand qu'elle portait souligna les courbes de son corps.

— Est-ce que je peux abuser de ton hospitalité cette nuit ? demanda-t-elle. J'aimerais mieux attendre demain pour affronter la grande inquisition, avec Meg. Je suis même prête à retourner en ville pour acheter de quoi dîner. J'entends ton estomac gargouiller depuis tout à l'heure.

— Non, ça ira, répondit-il, en se frottant le ventre. J'ai un reste de lasagnes au frigo. Tu en veux ?

— Beurk, non… Je n'arrive pas à chasser de ma mémoire le bruit spongieux de cette tête, quand elle a rebondi sur les marches. J'ai envie de vomir rien que d'y repenser.

— Ça ne te dérange pas si je mange ?
— Pas du tout. Je veux bien un peu d'eau, en revanche.

Clay sortit le reste de pâtes du réfrigérateur et glissa l'assiette dans le micro-ondes. Puis, il attrapa une bouteille d'eau et servit un verre à April.

— Tu es sérieuse, quand tu parles de passer la nuit ici ? s'enquit-il.
— Si ton offre est sérieuse, oui.
— Je n'ai rien proposé du tout.

April ouvrit la bouche pour répondre, mais la sonnerie du micro-ondes retentit. Clay sortit l'assiette brûlante, qu'il posa précipitamment sur le comptoir. April fronça le nez en sentant le parfum de lasagnes lui chatouiller les narines.

— Quelle que soit ta décision, reprit-elle, je veux bien que tu me tiennes au courant rapidement. Je préfère ne pas reprendre la route trop tard.
— Tu as peur de faire de mauvaises rencontres ? demanda-t-il en s'asseyant à côté d'elle, une fourchette à la main.
— Pourquoi est-ce que quelqu'un a laissé une tête devant ta porte ? dit-elle nerveusement. Tu as trouvé le corps de cette femme aujourd'hui ?
— Cet après-midi. Elle était de notre côté de la frontière, à la sortie d'un tunnel. Nash a exploré la galerie pour s'assurer qu'elle n'avait rien laissé derrière elle.
— Comme… sa tête ?
— De la drogue, de l'argent, un téléphone… Rien. Ils n'ont rien laissé. À part une mouche sculptée dans du bois, qu'elle serrait dans sa main raide et froide.

April se laissa glisser du tabouret et se mit à faire les cent pas dans le salon.

— Tu ne m'as pas répondu, du coup, reprit-elle, au bout d'un moment.

— Oui bien sûr. Tu peux rester cette nuit, marmonna Clay, en enfournant une fourchette de pâtes.

Il était capable de résister à cette femme une nuit, non ?

— Merci, mais ce n'est pas de ça que je parle.

Elle serra l'ourlet du T-shirt dans sa main.

— Pourquoi toi ? ajouta-t-elle. Pourquoi la tête de cette femme sur le pas de ta porte ?

Il s'essuya la bouche avec une serviette en papier.

— Je bosse à la police des frontières. C'est moi qui ai trouvé le corps. L'autre agent présent sur les lieux est une nouvelle recrue et ne vit pas ici. Quant à Nash, sa maison est trop grande et ses vergers de pacaniers sont sous vidéosurveillance. Je dois être le choix par défaut.

— Ça ne t'effraye pas de savoir que des trafiquants connaissent ton nom et ton adresse ?

— Pas les gars du cartel à Mexico. Ni les mules qui traversent la frontière. Juste les types qui distribuent par ici, et ils ne tenteront jamais rien contre des agents. Ce serait du suicide.

Il s'accouda au comptoir.

— Cela dit, je suis content que tu ne les aies pas surpris. Tu n'as croisé aucune voiture dans le quartier, en arrivant ?

— Non, mais je ne faisais pas vraiment attention. Sans doute sur la route, avant de tourner dans ta rue.

Elle lui lança un regard en coin et ajouta :

— Et avant que tu ne poses la question : non, je n'ai noté aucun détail. Ni la marque, ni le modèle, ni la couleur. Rien. Je n'avais pas compris qu'on allait trouver une tête devant chez toi. Si j'avais eu des informations, je l'aurais dit à l'inspecteur.

— Espinoza t'a énervée… Il ne faisait que son travail, pourtant.

Clay repoussa son repas ; il avait de nouveau perdu l'appétit.

— Pourquoi a-t-il eu besoin de poser des questions sur ma robe ? marmonna April.

— C'est une blague ?

— Ça n'a rien à voir avec la tête dans la boîte !

— C'est un inspecteur. C'est son métier d'être curieux.

Clay frotta pensivement son menton mal rasé. Il devait avoir une mine atroce et, pour une fois, il s'en inquiétait.

— Ce qui m'étonne plus, c'est que Nash ne t'ait pas posé de questions sur la robe.

— Moi, ça ne m'étonne pas. C'est typique de Nash.

Un petit rire lui échappa, qu'elle étouffa rapidement en plaquant une main sur sa bouche, les yeux écarquillés d'effroi.

— On a le droit de rire, même quand on a trouvé une tête coupée devant sa porte, dit doucement Clay. *Surtout* quand il y a une tête coupée devant sa porte, je dirais. C'est un mécanisme de défense.

— Et tu t'adresses à la reine des mécanismes de défense, répondit April en tapant son poing contre son cœur.

— Ton mécanisme à toi, c'est de t'occuper de tout le monde et d'ignorer tes propres problèmes.

Sauf quand elle l'avait quitté. Il lui avait toujours répété de se protéger, de faire attention à elle. Il n'avait pas imaginé que, le jour où elle se déciderait à suivre son conseil, il serait le premier à en pâtir.

Prends garde à tes désirs, Archer.

April baissa les yeux et se mit à jouer avec le cordon du survêtement. Ses cheveux semblaient former un voile blond autour de son visage.

— Je te perturbe dans ta routine, ce soir.

Il baissa les yeux vers sa chemise sale et ses bottes poussiéreuses. Il devait vraiment faire peur.

— C'est plutôt cette boîte rose qui a perturbé ma routine... si routine il y a. Mais j'ai compris le message : je vais prendre une douche.

— Ce n'est pas ce que je voulais dire !

— De toute façon, je prends toujours une douche en rentrant du boulot. Surtout après une journée comme aujourd'hui.

Il emporta le plat de lasagnes qui refroidissait sur le comptoir.

— Je n'en ai pas pour longtemps. Sers-toi dans le frigo, si tu veux. Ou bien, si tu es fatiguée, je peux faire le lit dans la chambre d'amis.

— Je vais m'en occuper. Où sont les draps ?

— Tout est dans le placard du couloir, étagère du haut.

— Va te doucher. Je me charge du lit.

Clay poussa la porte de sa chambre et s'arrêta net en découvrant la robe de mariée en boule sur le sol. Il ramassa le vêtement et ne put s'empêcher d'enfouir le visage dans le tissu soyeux pour humer le parfum d'April, un mélange inimitable, doux et épicé à la fois.

Que s'était-il réellement passé ? Il avait du mal à croire qu'April ait pu tolérer un compagnon violent. Il ressortit de la chambre avec la robe. Il ne saurait sans doute jamais la vérité. Tout comme il ne saurait jamais véritablement pourquoi elle l'avait quitté. Lorsqu'il entra sans frapper dans la chambre d'amis, April poussa un petit cri et laissa échapper la pile de draps propres qu'elle tenait.

Hum. Encore un peu tendue, visiblement...

— Désolé. Je venais juste te rapporter ça.

Il déposa la robe sur une chaise dans un coin.

— Je te laisse te débrouiller pour l'échantillon que tu dois apporter à Espinoza ?

— Oui. Des oreillers ?

— Je ne suis pas certain d'en avoir en réserve. Je vais vérifier.

— Non, va prendre ta douche. Je vais regarder dans le placard.

Il retourna dans sa chambre. Après avoir quitté son uniforme et mis tous ses vêtements dans la corbeille à linge sale de la salle de bains, il entra dans la douche. Sous le jet brûlant, la tête baissée et les mains appuyées contre la faïence, il réfléchit. Qu'était-il en train de faire ? Inviter April Hart à passer ne serait-ce qu'une nuit chez lui, c'était des ennuis assurés.

Ne parviendrait-il donc jamais à chasser cette femme de ses pensées ? De son cœur ?

Une fois propre, il enfila un bermuda en coton et un T-shirt. Avec un peu de chance, April aurait rejoint la chambre d'amis, sans doute épuisée par la longue route et l'incident horrible de la tête coupée. Il passa la tête dans le couloir, pour jeter un coup d'œil en direction du salon. April était pelotonnée sur le canapé, serrant entre ses mains une tasse fumante. Elle avait allumé la télé, mais sans le son.

Clay se mordit la lèvre. La chance n'était décidément pas de son côté.

— Tu as trouvé tout ce dont tu avais besoin pour le lit ?

— Tout, sauf un oreiller. Mais ce n'est pas grave. Je peux m'en passer. Je... je me suis fait du thé. J'espère que ça ne te dérange pas.

Elle croisa son regard par-dessus le bord de sa tasse et ajouta :

— Je ne me souvenais pas que tu buvais du thé.

— Sans doute un reste de la dernière visite de ma mère.

— Comment va-t-elle, d'ailleurs ? demanda April,

avec un petit sourire crispé qui indiquait qu'elle se fichait complètement de la réponse.

Sa mère n'avait jamais caché son mépris pour la femme qui avait osé abandonner son fils unique.

— Elle va bien.

Il regarda les pieds nus d'April, posés sur la table basse.

— Vers quelle heure comptes-tu partir, demain matin ? demanda-t-il.

Elle remonta brusquement les jambes sous elle.

— Pressé de te débarrasser de moi ? Je te comprends, cela dit...

— Pas du tout, protesta-t-il. Reste aussi longtemps que tu veux.

Elle écarquilla les yeux une seconde.

— Méfie-toi...

Clay se redressa et croisa les bras sur son torse. Il devait se reprendre. Il eut un petit sourire narquois.

— Ne t'inquiète pas. Quand il s'agit de toi, j'ai compris la leçon. Je suis toujours méfiant.

— Sage décision, Archer.

Elle étira les bras au-dessus de sa tête et étouffa un bâillement.

— Cette émission est nulle. Et je suis vannée.

— Je posais juste la question parce que je travaille, demain.

— Je devrais réussir à rejoindre ma propre maison même si tu n'es pas là, rappela-t-elle, un peu amusée. Aucun problème.

— Entendu. Je te laisse te débrouiller. N'hésite pas à fouiller dans les placards, pour le petit déjeuner.

Il se dirigea vers la cuisine pour se servir à boire. Le lendemain matin, il se rendrait au travail et April serait partie à son retour. Une fois de plus, sortie de sa vie.

Quand il revint, un verre d'eau à la main, April était toujours sur le canapé.

— Tu n'as rien laissé dans la voiture ?

— Juste un peu d'argent dans le porte-gobelet.

— Ce n'est pas prudent. Ça risque de tenter des voleurs.

April posa la tête contre le dossier du canapé.

— Je n'ai plus la force. Ce doit être la bière ou les six heures de trajet.

— J'y vais, proposa-t-il. Ce sont tes clés de voiture, là-bas ?

Quand il sortit sur le perron, l'air chaud de la nuit l'enveloppa avec douceur. Il descendit les marches et s'engagea dans l'allée, faisant crisser le gravier sous ses tongs. Quand il ouvrit la portière, la lumière du plafonnier vacilla. Il faudrait penser à la remplacer bientôt, mais… la voiture appartenait à un ami d'April, non ?

Il se pencha pour fouiller dans le porte-gobelet, à la recherche des billets. Quand il vérifia le fond, pour s'assurer qu'il ne restait pas quelques pièces, ses doigts rencontrèrent un petit disque lisse. Il le sortit pour regarder de quoi il s'agissait. L'objet qu'il découvrit dans sa paume, sous la lumière hésitante du plafonnier, lui glaça le sang.

Que diable faisait April avec une carte de visite de Las Moscas ?

4

April se demandait ce qui pouvait retenir Clay aussi longtemps dehors. De toute évidence, il avait hâte qu'elle débarrasse le plancher et cela l'arrangerait sans doute qu'elle aille se coucher rapidement.

Dans un autre lit, évidemment.

Pourtant, la façon dont il l'avait regardée, avec ce feu dans ses yeux noisette, avait fait naître en elle les mêmes frissons qu'autrefois. Clay avait toujours été incapable de cacher son attirance. Contrairement à elle, il n'avait jamais appris l'art de la tromperie. April devait reconnaître que cela lui avait été très utile à plusieurs reprises et elle aurait certainement été en mesure de faire illusion devant Jimmy, malgré tout ce qu'elle avait découvert sur son compte. Cependant, elle avait préféré ne pas prendre ce risque.

Visiblement, Adam était doué du même talent, appris auprès du même maître – leur père. Elle ne s'était pas doutée une seconde que son frère connaissait la vérité sur Jimmy. C'était lui qui les avait présentés. Il lui avait décrit Jimmy comme un type formidable et elle s'était laissé embobiner, parce que c'était exactement ce dont elle avait besoin à cette époque de sa vie.

Soudain, Clay fit irruption dans la maison, les mâchoires

crispées, le visage rouge de colère. April se redressa, sur le qui-vive.

— Que se passe-t-il ?
— Il se passe... ça ! gronda-t-il, en ouvrant la main. Je peux savoir ce que ce truc fait dans ta voiture ?

April se laissa retomber sur le canapé. Le jeton... Elle avait oublié le jeton de bois avec la mouche gravée dans le porte-gobelet. Ce n'était donc pas une coïncidence si la femme à la tête coupée serrait un objet similaire entre ses doigts.

— Je... je l'ai trouvé, bafouilla-t-elle.

Clay cligna des yeux, interloqué.

— Ici ? Dans mon allée ?

Cela aurait été l'explication la plus logique. Elle avait trouvé le jeton dans l'allée en arrivant chez lui et l'avait glissé dans le porte-gobelet sans y penser. Cette version des faits aurait permis à April d'effacer l'expression de colère sur le visage de Clay et de se sortir d'une situation délicate, en esquivant la vérité.

Mais elle en avait assez de mentir.

— Non, pas dans ton allée, répondit-elle, en croisant les bras sur son ventre.
— En ville, alors ? Dans la rue ?
— Je l'ai trouvé dans le bureau de mon ex-fiancé.

Toute couleur quitta le visage de Clay et il serra avec force le disque de bois.

— Tu sais ce que c'est, j'imagine ?
— C'est la carte de visite de Las Moscas.
— Qu'est-ce que ça signifie, April ? Qui est ton ex-fiancé ? Dans quel guêpier t'es-tu fourrée ?
— Ça fait trois questions.
— Et tu vas répondre aux trois.

Il passa en trombe devant elle pour déposer le jeton sur le comptoir avec un claquement sec et accusateur.

— Vas-y, raconte. Et dis la vérité… pour une fois.

— J'ai découvert le lien entre Jimmy et Las Moscas ce matin seulement. Je ne connaissais même pas l'existence du cartel avant que tu ne m'en parles, tout à l'heure.

— Jimmy comment ? C'est quoi, son nom de famille ?

— Verdugo. Jimmy Verdugo.

— Tu l'as rencontré à Albuquerque ?

— Oui. J'étais partie rendre visite à Adam.

— Tu arrivais d'où ?

Elle se mordit la lèvre. Clay profitait-il de cet interrogatoire pour récolter quelques vérités qui l'intéressaient ?

— J'habitais L.A.

— C'est là que tu es allée après… m'avoir quitté ?

— J'ai trouvé un emploi de comptable. Ce n'est pas ce qui manque, dans ce coin.

— Tu détestes la comptabilité.

— Il fallait bien que je travaille.

Clay se passa une main sur le visage.

— Laisse-moi deviner : Adam savait qui était Jimmy. C'est sans doute lui qui vous a présentés ?

— J'ai compris ça aujourd'hui, également. Adam savait que Jimmy était un trafiquant. Et c'est grâce à lui qu'on s'est rencontrés, en effet.

La trahison de son frère brûlait comme du feu.

— Quel sale petit…, marmonna Clay, en frappant le comptoir du plat de la main. Comment as-tu découvert tout ça ?

— Ce matin, avant le mariage. Jimmy espérait conclure une affaire pour… son « entreprise d'import-export ». C'est comme ça qu'il l'appelait. Comme il était occupé, j'en ai profité pour me glisser en douce dans son bureau.

— Tu as dû te glisser en douce dans le bureau de ton fiancé ?

— N'en rajoute pas, je t'en prie…

43

Elle soupira.

— J'avais déjà quelques soupçons, mais je pensais qu'il trempait peut-être simplement dans des pratiques un peu limites. Il a toujours refusé que je jette un coup d'œil à ses comptes, même si je lui ai proposé mes services à plusieurs reprises.

— Donc, tu es entrée en douce dans son bureau, tu es tombée sur quelques documents compromettants et tu as compris qu'il faisait dans le trafic de drogue ? C'est ça ?

— Tu te doutes bien que ça n'a pas été aussi simple. Tu es bien placé pour savoir comment ces types fonctionnent. Pendant que je fouinais dans le bureau, je l'ai entendu arriver dans le couloir avec son témoin, qui est aussi son associé. Je... je me suis cachée.

— Avec ta robe de mariée ?

— La baie vitrée donnant sur le balcon était ouverte. Je me suis glissée dehors. Si Jimmy avait écarté les stores, c'en aurait été fini de moi.

Elle serra les dents pour chasser le frisson glacial qui remontait le long de son dos, tandis qu'elle revivait cet instant terrifiant.

— Tu as entendu la discussion avec son associé ?

— Oui. Et je n'ai pas été déçue. Ta mère ne t'a pas appris qu'il ne fallait jamais écouter aux portes ? La connaissant, je suis sûre que si... Il paraît qu'on finit toujours par surprendre des confidences désagréables.

— De quoi ont-ils parlé ?

Les yeux de Clay s'assombrirent. April sentit son cœur se mettre à battre plus vite.

— C'est... c'est assez hallucinant. J'ai encore du mal à y croire.

— Je suis tout ouïe, annonça-t-il en s'installant sur un tabouret.

— Ils ont évoqué une transaction de drogue, un arrivage du Mexique. D'après ce que j'ai compris, ils avaient l'intention de l'intercepter ou quelque chose comme ça. De récupérer le chargement pour leur propre compte. C'est le genre de combines habituelles pour Las Moscas ?

Clay se gratta pensivement le menton.

— Non. En revanche, c'est le genre de combines qu'une organisation rivale pourrait tenter contre le cartel.

— Il y avait quand même une carte de visite de Las Moscas sur son bureau. Je l'ai volée avant de m'enfuir.

— Peut-être que Jimmy est membre du cartel, et que lui et son associé prévoient une énorme arnaque.

April porta la main à sa gorge.

— Je ne vois pas comment ça pourrait bien finir pour Jimmy et Gilbert.

— Tu es inquiète ?

— Pour Jimmy ? Non.

Elle remonta les genoux contre sa poitrine.

— Il s'est servi de moi, Clay. La séduction, notre relation, nos fiançailles, le mariage… Tout cela n'était qu'une gigantesque farce. Jimmy n'en a jamais rien eu à faire de moi. Il m'a piégée. Ou bien Adam m'a piégée.

— Dans quel but ? demanda Clay. Qu'as-tu à offrir à Jimmy Verdugo, trafiquant de drogue ? Tu n'as pas gagné au loto après m'avoir largué, quand même ?

April sursauta. Chaque fois qu'il évoquait leur rupture, elle avait l'impression que quelqu'un retournait la lame d'un poignard dans son ventre.

— Pas de l'argent. Des contacts.

Clay eut l'air surpris.

— Quels contacts ? Ton junkie de frère ? Il espérait qu'Adam lui fournirait un flot régulier de clients ?

— Il ne s'agit pas de mon frère, mais de mon père.

— Ton père ?

Clay semblait de plus en plus ahuri.

— Qu'est-ce que ton père vient faire là-dedans ? Il a disparu il y a dix ans, après avoir assassiné ta mère.

April serra ses genoux entre ses bras.

— La police n'a jamais pu prouver que c'était lui…

— Je refuse d'avoir de nouveau cette conversation avec toi. Qu'est-ce que Jimmy Verdugo attendrait de ton père ?

— Tout le monde a pensé que mon père était parti au Mexique, tu te souviens ?

— Oui. C'est d'ailleurs pour ça que la plupart des gens par ici le considèrent comme coupable.

April posa le menton sur ses genoux.

— Eh bien, Jimmy et Gilbert sont persuadés qu'il est devenu un genre de baron de la drogue, là-bas.

— Quoi ? s'écria Clay en bondissant de son tabouret pour s'asseoir devant elle sur la table basse. C'est dément !

— Ils ont mentionné un nom. Ou plutôt un surnom. Tu dois l'avoir déjà entendu. El Gringo Viejo ?

Clay pâlit.

— Jimmy pense que ton père, C. J. Hart, est El Gringo Viejo ?

— Tu vois ? Je savais que ça te dirait quelque chose.

— Tous les agents de la police des frontières et de la DEA ont entendu parler d'El Gringo Viejo.

— Étant donné ce que tu sais de lui, pourrait-il s'agir de mon père ?

Clay leva le visage vers le plafond, comme pour passer en revue les informations dont il disposait.

— D'après ce qu'on connaît, El Gringo Viejo a démarré son activité il y a huit ans.

— Ce qui colle avec la chronologie de mon père.

— Il se déplace beaucoup. Ses hommes lui sont très fidèles.

— Fait-il partie de Las Moscas ? D'après ce que disaient Jimmy et Gilbert, il semblerait que non.

— Il n'appartient à aucun cartel. Il fournit des produits de très grande qualité à tout le monde, sans distinction, et il les laisse se débrouiller entre eux pour le reste. Il travaille en free-lance, en somme.

— En tout cas, Jimmy croyait suffisamment en cette théorie pour sortir avec moi et m'épouser.

— Ce Jimmy m'a tout l'air d'être un sacré petit malin.

April vit un tic nerveux tordre la bouche de Clay et elle fut soudain prise d'une folle envie de l'embrasser.

De toute évidence, Adam avait joué un rôle important dans cette affaire. Son frère devait avoir transmis à Jimmy des informations sur elle, afin de l'aider à tisser sa toile. Elle s'était laissé séduire parce que Jimmy était apparu comme un clone de Clay.

Clay. Jamais elle n'avait autant aimé un homme.

C'était toujours vrai deux ans plus tard.

— Je suis presque certaine qu'Adam a aidé Jimmy à me faire la cour, soupira-t-elle en serrant les poings, au point que ses articulations blanchirent.

— Je suis désolé pour toi, dit Clay, en posant une main sur les siennes. Adam aurait besoin qu'on lui botte les fesses. Il serait bien du genre à croire ces âneries à propos de ton père.

— On n'a pas eu l'occasion d'en discuter, mais tu dois avoir raison. C'est peut-être même lui qui a convaincu Jimmy.

— Pourquoi ne pas m'avoir raconté tout ça dès ton arrivée ici ? Surtout après que je t'ai parlé du jeton sculpté avec une mouche.

— J'allais le faire, et puis… Adam a appelé.

— Qu'est-ce qu'il a dit ?

— Que, si je t'en parlais, Jimmy s'en prendrait à lui. Puis à moi.

— Ce type t'a déjà menacée ? demanda Clay, en

se penchant soudain vers elle pour enrouler les doigts autour de sa cheville.

— Jamais.

— Mais il a éveillé tes soupçons, d'une façon ou d'une autre. Assez pour te convaincre d'écouter aux portes.

— Ils n'ont évoqué que les finances et sont restés très vagues sur les autres aspects. Étant comptable moi-même, j'étais curieuse, car il gagne beaucoup d'argent et mène un train de vie très luxueux. Et, au passage, tu as raison : je déteste ce boulot...

— Est-ce comme cela qu'il t'a séduite ?

Il relâcha brutalement sa cheville.

— Tu me prends pour qui ? interrogea-t-elle, piquée au vif.

— Je peux comprendre que tu aies cherché quelqu'un capable de prendre soin de toi. Ce que Jimmy pouvait t'offrir devait être alléchant, après ce que tu as enduré.

— Je dois avouer que l'argent semblait lui faciliter grandement la vie. Il délègue tous les aspects de son quotidien à des employés. Un coach sportif particulier, un chef cuisinier à domicile, un jet privé. Je vivais une sorte de conte de fées, jusqu'à ce que je me réveille dans ce bureau et que je prenne conscience que tout cela était factice. Y compris les sentiments de Jimmy à mon égard.

— Reste à savoir s'il a compris que tu as découvert la vérité. Adam pourrait-il arranger la situation ? Expliquer que tu as simplement eu des doutes, par exemple ? Finalement, c'est un peu une habitude, chez toi...

Il réfléchit un instant.

— J'ai une meilleure idée. Tu vas appeler Jimmy pour t'excuser de t'être sauvée ainsi. Raconte-lui que tu n'es pas prête. Que tu es retournée chez ton ex.

Le cœur d'April se serra. Si seulement...

— Quand vous êtes-vous rencontrés ?

— Il y a six mois. Ça pourrait passer.

— C'est parfait. Tout est allé un peu trop vite, etc.

Clay se releva et enjamba la table basse pour regagner la cuisine.

— Tu crois que ton abruti de frère a su fermer sa grande bouche ? Il faut convaincre Jimmy que tu ignores tout de ses combines.

— Je doute qu'il ait parlé à Jimmy de la conversation que j'ai surprise. Mais… j'ai quand même emporté ce jeton gravé. Il l'aura certainement remarqué.

— Où se trouvait-il ?

— Il y en avait plusieurs dans un tiroir de son bureau.

— Peut-être qu'il ne verra rien. Ou alors, il pensera que tu n'as pas idée de ce que ça représente.

Soudain, il se tourna vers elle, son téléphone à la main.

— Tu n'as jamais dit à Jimmy que je travaillais à la police des frontières ? demanda-t-il, inquiet.

— Je ne lui ai jamais parlé de toi. Tout ce qu'il sait, c'est que j'ai déjà été fiancée, mais que j'ai rompu avant le mariage.

April glissa ses deux mains entre ses genoux. Elle n'avait jamais voulu parler de Clay à Jimmy ; il ignorait jusqu'à son nom.

— Tant mieux.

Il lui tendit son téléphone.

— Tu penses qu'il est trop tard pour appeler Adam et lui demander de rester discret ?

— Je n'arrive toujours pas à croire qu'il ait conservé ton numéro.

— Sans doute par précaution. Il a dû estimer que je pourrais un jour le tirer d'affaire, si jamais il se fourrait dans une situation délicate.

— Ça lui ressemblerait. Je vais l'appeler. Et s'il a raconté à Jimmy que j'ai découvert la vérité ?

— Il faudra que tu convainques Jimmy que tu ne diras rien à personne.

Elle prit le téléphone des mains de Clay et consulta l'historique des appels pour retrouver le numéro de son frère. La première sonnerie retentit dans le creux de son oreille. À la deuxième, elle leva les yeux vers Clay. À la troisième, elle se lécha nerveusement les lèvres. Quand la communication bascula sur la messagerie, elle activa le haut-parleur.

— Qu'est-ce que je fais ? chuchota-t-elle.

— Ne laisse pas de message, répondit Clay en se précipitant pour récupérer l'appareil. Par précaution.

— Tu veux dire…, commença April, en se massant les tempes : au cas où Jimmy serait en possession du téléphone d'Adam ?

— Ou au cas où il aurait accès à sa messagerie. Mieux vaut ne pas laisser de traces.

— Tu penses qu'il faut que j'appelle Jimmy, à présent ?

— Pas avec mon téléphone.

Il remit le smartphone en charge sur le comptoir.

— Tu n'auras qu'à t'acheter un appareil prépayé demain. Quant à Adam, peut-être qu'il remarquera l'appel en absence et qu'il essayera de reprendre contact avec toi.

— Je me demande pourquoi il n'a pas décroché, marmonna April. C'est un peu tôt pour qu'il soit déjà couché.

— Peut-être qu'il est avec Jimmy et qu'il ne veut pas répondre. Ce serait plutôt sage. Est-ce que… Adam consomme encore ?

— Il prétend que non, dit-elle avec un haussement d'épaules.

— Mais tu en doutes.

— Je sais que tu me trouves trop protectrice avec

lui, mais ça ne m'empêche pas d'être lucide en ce qui le concerne.

— C'est ton frère. Je comprends.

Il reprit son verre d'eau et alla le déposer dans l'évier.

— Tu peux rester ici, si tu veux regarder la télé. Moi, je vais me coucher. Contrairement à Adam, il n'est pas trop tôt pour moi. Surtout après la journée que j'ai passée.

— Tu dois être épuisé. Je vais traîner encore un peu. Histoire de me changer les idées.

— Je mettrai un de mes oreillers sur ton lit.

Il lui adressa un petit salut de la main et disparut dans le couloir. Quand elle se retrouva seule, April poussa alors un long soupir, prenant conscience de la tension qu'elle avait accumulée depuis le matin. Se trouver en présence de Clay n'avait pas été aussi facile qu'elle l'avait pensé. Même après lui avoir parlé de Jimmy.

Serait-elle vraiment capable d'appeler ce dernier en faisant comme si de rien n'était ? Comme si elle n'avait pas découvert qu'il était un fumier, un trafiquant de drogue qui avait voulu l'épouser juste pour essayer d'entrer en contact avec son père ?

Elle remit le son de la télé et glissa un coussin derrière sa nuque. Évidemment qu'elle en était capable. Après tout, cela faisait bien des années qu'elle mentait à Clay Archer.

5

Clay se réveilla en sursaut, le cœur battant.
April.

Ce fut la première pensée cohérente qui lui vint à l'esprit. Elle avait refait irruption dans sa vie, traînant dans son sillage sa dose habituelle de drame et de chaos.

Parfaitement alerte, il repoussa les couvertures et posa les pieds sur le carrelage frais. Son radio-réveil se mit en route. Il était 6 heures. Il fit taire le bulletin d'informations d'un geste.

Dans le couloir, il remarqua tout de suite que la porte de la chambre d'amis était entrouverte. Les gonds grincèrent doucement quand il entra. Tout était en ordre dans la pièce et le lit était fait au carré. Au moins, April avait eu la délicatesse de ranger derrière elle, pensa-t-il en massant sa nuque douloureuse. Il lui avait indiqué la marche à suivre pour apaiser les soupçons de Jimmy. À elle de jouer, à présent.

Pieds nus, il gagna la cuisine et alluma la lumière. Il était en train de remplir le filtre de la cafetière quand un léger gémissement se fit entendre derrière lui. Il lâcha sa cuiller et se précipita vers le salon, les poings serrés. Sur le canapé, une masse s'étira et un flot de cheveux blonds déborda soudain sur les coussins.

Il s'approcha encore et se pencha sur le visage détendu

d'April. Seul un pli soucieux se dessinait entre ses sourcils. Elle n'avait jamais vraiment connu un sommeil apaisé. Quel rêve sinistre était en train d'obscurcir son esprit ? À cet instant, elle entrouvrit les lèvres et laissa échapper un petit soupir.

Clay sentit ses doigts le démanger et il dut se retenir pour ne pas dégager les mèches qui dissimulaient son visage. Il ne voulait pas troubler son repos. Elle avait grandement besoin de dormir. Qu'est-ce qui avait bien pu lui prendre de se fiancer à un homme qu'elle connaissait à peine ? Cherchait-elle un semblant de stabilité ? Lui-même aurait été en mesure de la lui offrir. Quant à protéger Adam ? Non. Ça, il n'aurait jamais pu s'y résoudre.

Il retourna dans la cuisine pour nettoyer le café moulu renversé. En attendant que la machine prépare une nouvelle tasse, il regagna sa chambre. Pendant quelques minutes, il avait presque accepté qu'April disparaisse de nouveau de sa vie.

Il prit une douche rapide et enfila un uniforme propre. Peut-être ses collègues avaient-ils découvert le nom de la mule retrouvée morte. Si ses empreintes digitales avaient déjà été enregistrées dans le fichier, ils ne tarderaient pas à l'identifier. En revanche, il faudrait plus de temps pour établir un lien entre l'ADN de la tête et celui du corps.

Il enfila ses bottes et retourna dans la cuisine. L'odeur riche du café lui chatouilla agréablement les narines. Il était en train de visser le couvercle de sa tasse isotherme quand April toussa.

— Tu es encore là ? appela-t-elle depuis le salon.
— Oui. Désolé si je t'ai réveillée.

Il n'avait allumé que les lumières situées sous les meubles hauts.

— Tu veux du café ? Ma machine ne prépare qu'une

tasse à la fois, mais je peux en lancer une seconde maintenant.

April s'assit en bâillant.

— Je vais plutôt reprendre du thé de ta mère, si ça ne te dérange pas. Je sais que ça la dérangerait sans doute, elle, mais comme elle n'est pas là…

— Tu as bien dormi ? Pourquoi n'es-tu pas allée dans la chambre ? Tu n'avais même pas de couverture ni d'oreiller.

April repoussa le plaid en laine qui lui couvrait les épaules.

— J'ai trouvé ça dans le fauteuil. Je me suis assoupie devant un film et, ensuite, j'ai eu la flemme de bouger.

— Je connais ça, avoua-t-il.

Il posa sa tasse et attrapa la boîte de sachets de thé dans un placard.

— Je te laisse le thé ici. N'hésite pas à te faire un vrai petit déjeuner, avant d'aller chez Meg.

— Je vais peut-être me rendre à Tucson ce matin, pour m'acheter des vêtements… et un téléphone.

Elle joua un instant avec une mèche de ses cheveux.

— Et puis, il va falloir que j'appelle Jimmy…

— Je pense que c'est la solution la plus sûre, pour l'instant. Tu as des talents de comédienne ?

April releva brusquement la tête.

— Je ne suis pas mauvaise…

— Alors, tu ne devrais pas avoir de problème à le persuader que tout cela n'était qu'une erreur, que tu es désolée, que ce n'est pas lui mais toi. Tout ça, quoi. Tu connais la routine.

Il se tut. Rappeler à April ce qu'elle avait fait ne la convaincrait pas de lui révéler les véritables raisons de leur rupture. Il devait lui ficher la paix. Il boucla sa ceinture et enfila son baudrier avec son arme. Puis, prenant son chapeau, il se prépara à sortir.

— Quand tu auras un téléphone, appelle-moi. Mon numéro est inscrit sur un papier, collé sur le frigo.

Il s'arrêta sur le seuil.

— Ne traîne pas trop par ici, April. Des types peu fréquentables savent où je vis. Je vais demander à des collègues de la police locale de faire une ronde dans l'heure qui vient.

— Ça y est, tu as réussi à me rendre anxieuse, soupira April en se levant du canapé. Je pourrais me doucher et déjeuner chez Meg, j'imagine…

— Tu veux que je reste jusqu'à ce que tu sois prête ?

Il jeta un coup d'œil à son téléphone.

— Ça ne me mettra pas en retard, reprit-il. Je partais tôt pour aller récupérer Denali.

— Il va bien ?

— Ça va. Je devais passer le chercher hier, mais j'ai été appelé pour cette histoire de cadavre. Drew, le vétérinaire, a proposé de le garder pour la nuit.

— C'est sympa.

Elle regarda l'allée par la porte ouverte.

— Si ça ne t'embête pas de m'attendre, je vais faire vite.

— Rien ne presse, répondit-il. Je vais en profiter pour relever mes mails.

Le temps qu'il sorte son ordinateur, qu'il l'allume et ouvre sa messagerie, April était de retour. Elle portait la robe de mariée chiffonnée sur son épaule, comme une peau de bête sauvage.

— C'était rapide. Tu ne t'es pas douchée ?

— Non, je le ferai chez moi. Et puis…

Elle désigna le survêtement trop grand qui ne parvenait pourtant pas à cacher ses formes.

— Je n'ai plus de tenue de rechange. J'emprunterai quelque chose à Meg.

— Tu veux que je dépose ça au commissariat ? proposa-t-il, en tirant sur l'ourlet de la robe. C'est sur ma route.

— Vraiment ?

Elle laissa tomber la robe par terre, à leurs pieds, comme on se débarrasse d'un poids mort.

— Ça m'arrangerait beaucoup. Ça me fera surtout un truc de moins à expliquer à Meg.

— Je ne dirai rien, c'est promis. Cela dit, de nombreuses personnes t'ont vue, hier soir, vêtue de tes plus beaux atours nuptiaux.

Il referma son ordinateur portable et le rangea dans sa sacoche. Puis, il se baissa pour ramasser la robe.

— Tu es bien placée pour savoir que cette ville se nourrit de rumeurs…

— Ne m'en parle pas. On verra bien. Une chose à la fois.

Il passa la tête par-dessus la montagne de tissu vaporeux. Il ne verrait sans doute plus jamais une robe de mariée d'aussi près.

— Allons-y, annonça-t-il.

April se précipita pour lui ouvrir et il dut se tourner sur le côté avec son chargement pour franchir la porte. Puis, il agita tant bien que mal ses clés de voiture en direction d'April, qui s'en empara pour appuyer sur le bouton du déverrouillage centralisé.

— Pas de cérémonie, affirma-t-elle en lui tenant la portière. Tu n'as qu'à la fourrer en vrac à l'arrière.

Clay batailla un instant pour dompter la robe récalcitrante, qui menaçait de déborder sur le siège avant.

— Ce truc est vivant, marmonna-t-il en donnant une tape sur le tissu pour le tasser.

— Oui. Pas vraiment mon genre. Je ne sais pas ce

qui m'a pris. Je crois que je vais plaider un coup de folie temporaire.

Clay lança un regard songeur en direction de la voiture blanche d'April.

— Tu es sûre qu'elle roule ?

— Elle a tenu jusqu'ici, non ? répondit-elle en lui rendant ses clés. Ça ira. Merci de m'avoir attendue.

— Tu comptes rester un moment à Paradiso ?

— Le temps de retomber sur mes pieds et de réfléchir à la suite.

— Tu n'envisages pas sérieusement de te lancer sur la piste de ton père au Mexique, quand même ?

— Je ne sais pas. Et si c'était vraiment lui, El Gringo Viejo ?

— Et, même alors, à quoi cela te servirait-il de le retrouver ? demanda-t-il, en la saisissant doucement par le poignet. Laisse tomber, April. Oublie tout ça. Appelle Jimmy. Explique-lui que ces fiançailles étaient une erreur et que tu vas disparaître de sa vie. Ensuite, essaye de reprendre le cours de la tienne.

— Je pourrais tenter le coup, murmura-t-elle en baissant les yeux.

Elle s'éloigna d'un pas incertain sur le gravier, en direction de sa voiture ; ses escarpins couleur perle complétaient le survêtement trop grand de façon très insolite. Clay poussa un soupir et monta à bord de son pick-up. Malgré tous ses efforts, la robe de mariée lui chatouillait la nuque, si bien qu'il se retourna pour tenter de l'aplatir encore.

Lorsqu'il vit s'allumer les feux de recul de la berline blanche, il fit marche arrière vers la rue pour permettre à April de passer la première. Il la suivit jusqu'au croisement, puis elle ouvrit sa fenêtre pour lui adresser un petit signe. Elle tournait à gauche, lui, à droite.

Clay prit la direction du centre-ville. L'inspecteur Espinoza travaillait pour le shérif du comté, mais il avait installé son QG au commissariat de Paradiso pour les semaines à venir. C'était plus simple, le temps que cette enquête soit résolue.

Devant le commissariat, Clay se gara sur le parking réservé aux véhicules de fonction. Il ouvrit la portière arrière et lança un regard noir à la robe. Il aurait dû proposer une paire de ciseaux à April, afin qu'elle découpe un pan de tissu taché de sang. Il luttait avec le vêtement, pour le sortir de la voiture sans se faire déborder, quand une voix retentit derrière lui :

— Hé ! Archer ? C'est ta nouvelle copine ?

Clay répondit par un geste grossier, sans même se retourner. Puis, serrant la robe contre son torse, il referma la portière d'un coup de pied. On aurait pu tailler dix exemplaires du modèle prévu par April pour leur mariage, dans cette montagne de meringue. Il avait aperçu la robe après son départ, quand il était allé récupérer quelques affaires personnelles chez elle. L'image d'April vêtue de cette robe l'avait hanté plus longtemps qu'il n'était prêt à l'avouer.

Devant les marches du commissariat, il manqua de nouveau de se prendre les pieds dans le tissu. Une fois dans le hall, il jeta un coup d'œil par-dessus son fardeau. Todd Barton, l'officier à l'accueil, le regardait, bouche bée.

— C'est pour Espinoza, annonça Clay. Il y a le sang de la tête d'hier soir dessus.

— Ah, d'accord.

Barton bondit de sa chaise et contourna le comptoir.

— Je l'emporte dans une des salles à l'arrière pour qu'ils la découpent. Espinoza a déjà envoyé plusieurs échantillons du sang récolté devant ta porte.

— Elle est à toi, décréta Clay, en lâchant la robe entre les bras tendus de Barton.

Puis, il se frotta les mains, comme s'il venait de se débarrasser d'une corvée.

— Tu ne la récupères pas après ? s'inquiéta Barton, en tentant de surnager dans tout ce tissu.

— Sans façon.

Clay tourna les talons et manqua de heurter Espinoza qui entrait en trombe.

— Ah ! Justement l'homme que je cherchais.

— Je viens déposer la robe avec les taches de sang de la tête coupée, expliqua Clay en désignant Barton du pouce.

Espinoza se gratta la nuque, mal à l'aise.

— Archer, on a un problème…

Clay sentit son pouls s'accélérer.

— Quel genre de problème ?

— Le corps qu'on a retrouvé hier et la tête devant chez toi… ils ne vont pas ensemble.

April posa son nouveau téléphone et fit signe à la serveuse qui passait, chargée de trois assiettes destinées à une table voisine. Quelques secondes plus tard, la femme s'approcha.

— Encore du thé glacé ? proposa-t-elle.

— En fait, je suis à la recherche d'une prise de courant, répondit April. Je viens juste d'acheter ce téléphone et je dois le mettre à charger.

— On peut vous faire ça au comptoir.

La serveuse tendit la main et April y déposa son chargeur et l'appareil.

— Merci. Et je veux bien un peu plus de thé, quand vous aurez le temps.

La serveuse sourit, mais ses yeux avaient quelque chose de dur. Comme si elle la jugeait. April baissa la tête. Cette femme s'était-elle nourrie de toutes les rumeurs folles qui avaient circulé sur April Hart ? L'avait-elle reconnue ?

Quand April avait expliqué à Meg qu'elle était revenue en urgence pour aider une amie, sa cousine avait eu une moue sceptique, mais n'avait fait aucune remarque. April s'attendait un peu à ce type de réaction, mais ce mensonge lui avait semblé plus crédible qu'une histoire de mariage annulé… une fois encore.

La famille de sa mère avait conservé une certaine méfiance à l'égard d'Adam et elle, comme s'ils avaient hérité des gènes criminels de leur père ou quelque chose du genre. April, elle, n'était pas totalement convaincue de la culpabilité de leur père. Certes, leurs parents avaient connu des problèmes de couple et son père avait toujours été une sorte d'escroc. Mais son amour pour leur mère était sincère et profond.

Ou alors, c'était un acteur hors pair. Ou un psychopathe.

Si son père était bel et bien El Gringo Viejo, comme Adam semblait le penser, peut-être avait-il effectivement tué leur mère parce qu'elle avait découvert quelque chose. Tout comme April avait découvert la vérité sur Jimmy.

— Votre téléphone est en charge, annonça la serveuse en revenant avec le pichet de thé glacé et une assiette. Et voici votre sandwich.

— Merci, dit April, en dépliant sa serviette sur ses genoux.

Elle s'apprêtait à mordre dans une moitié de son sandwich au poulet quand la porte du café s'ouvrit et Clay entra au pas de charge. Ses cheveux partaient déjà dans tous les sens.

— Ah, te voilà ! s'écria-t-il en s'approchant.

Puis, il se tourna vers la serveuse.

61

— Larissa, tu veux bien m'apporter une limonade ?
Il s'assit en face d'elle avec un soupir.
— Tu ne vas jamais me croire...
April avala sa bouchée et but une gorgée de thé.
— Que se passe-t-il ?
Clay agrippa le rebord de la table.
— La tête qu'on a retrouvée hier devant chez moi ?
— Hum, je me souviens vaguement, répondit-elle en essuyant une tache de moutarde au coin de ses lèvres.
— Elle ne vient pas du corps sans tête qu'on a découvert près de la frontière.
April sursauta.
— Quoi ? Comment est-ce possible ? Tu veux dire qu'il y a un autre corps sans tête quelque part, et une autre tête sans corps ?
— Exactement. C'est complètement dingue. Même pour Paradiso. Même aussi près de la frontière.
April repoussa son assiette, écœurée.
— Je ne comprends pas. Comment ont-ils pu s'en rendre compte si vite ? Tu m'as dit que les tests ADN prenaient du temps.
— Espinoza n'a pas encore les résultats, mais le légiste a pu déterminer que le corps appartient à une jeune femme d'origine latino-américaine, tandis que la tête est celle d'une femme plus âgée, de type européen.
April sentit un frisson la parcourir.
— Comment est-ce possible ? Et pourquoi la tête de la femme plus âgée a-t-elle été déposée devant chez toi, pendant que tu découvrais le corps de la femme plus jeune ?
— Il doit exister un lien entre les deux cadavres. Peut-être les deux femmes ont-elles franchi le tunnel ensemble. Las Moscas en a tué une à la frontière, a laissé le corps sur place, mais a récupéré la tête. Ensuite, ils ont

assassiné l'autre victime ailleurs, abandonné son corps quelque part et déposé la tête chez moi. Juste pour nous faire tourner en bourrique.

— C'est complètement machiavélique, non ? C'est une sorte de blague, pour eux ?

— Ces types ne rigolent pas du tout. Merci, Larissa, ajouta-t-il à l'adresse de la serveuse qui lui apportait sa commande.

Il but la moitié de son verre d'un trait.

— Comment as-tu su que j'étais ici ? s'étonna April en jouant avec son sandwich du bout de sa fourchette.

Sa venue à Paradiso n'arrangeait décidément pas son appétit.

— J'ai aperçu ta voiture en passant. Et puis, je me suis souvenu que c'était un de tes cafés préférés. Tu es déjà revenue de Tucson ?

April se cala sur sa chaise et tira sur le col de son nouveau T-shirt.

— Oui, j'ai acheté des vêtements et un téléphone.

— Tu as contacté Jimmy ? demanda-t-il en s'emparant de la moitié intacte du sandwich. Tu comptes le manger ou bien je viens de te couper l'appétit ?

— Tu peux le prendre. Et mon nouveau téléphone est en train de charger, donc je n'ai pas encore appelé.

Elle tambourina un instant des doigts sur la table.

— Que pense Espinoza des meurtres ?

— La même chose. C'est évident que les deux sont liés.

— Vraiment ? Parce que, ce matin, tu pensais que c'était évident que la tête appartenait au corps retrouvé à la frontière.

— Tu as raison.

Il replaça l'assiette devant elle.

— J'ai mauvaise conscience. Tu devrais manger.

Elle reprit son sandwich et grignota un morceau de croûte.

— Comment Espinoza espère-t-il identifier le corps ? Avec les empreintes digitales ?

— On commence par ça, oui. Mais, si la victime n'est pas fichée et si elle est mexicaine, cela ne donnera rien. Chez les personnes disparues, peut-être.

La serveuse réapparut près de leur table.

— Clay, tu souhaites commander autre chose ? Je termine mon service dans cinq minutes…

— Je viens de démolir la moitié du sandwich de… mon amie. Ça ira, je te remercie. Je veux bien une deuxième limonade, par contre.

Une amie ? Était-ce cela qu'ils étaient ? Des amis ?

April s'éclaircit la gorge.

— Et moi, l'addition. Et mon téléphone, s'il vous plaît.

— Je vais vous le chercher.

Larissa tourna les talons.

— Sa tête me dit quelque chose, fit remarquer April, en fronçant le nez. Son nom aussi.

— Sa famille est du coin. Elle a grandi ici. Elle a un peu tâté de la drogue pendant quelque temps, mais je crois qu'elle est clean, à présent.

— Donc, elle sait probablement qui je suis.

— Le côté ex-fiancée ou le côté fille de C. J. Hart ?

— Les deux. Peu importe.

Clay haussa les épaules.

— Ne sois pas parano, April.

— Si tu le dis.

— Ça s'est passé comment, avec Meg ?

— Bien. Sauf qu'elle me surveille toujours comme si j'allais me sauver avec l'argenterie. Et je précise qu'elle ne possède même pas d'argenterie.

— Tu recommences…

Il désigna son petit sac à main, posé sur le coin de la table, et ajouta :

— Je vois qu'elle t'a prêté un peu d'argent.

— Oui. Mais elle occupe quand même ma maison sans payer de loyer.

— Elle vit chez toi gratuitement ? C'est très généreux de ta part. Ce n'est pas évident de se loger dans Paradiso depuis qu'ils ont ouvert la nouvelle usine. Tu pourrais te faire un joli paquet d'argent, avec cette maison.

— Je ne sais pas…, répondit April, en attrapant son sac. J'ai un peu l'impression de lui devoir quelque chose.

— Tu n'es pas responsable de ce que ton père a fait.

— À moins que…

Clay fit la moue.

— Tu ne dois rien à la famille de ta mère, April. Même s'ils essayent par tous les moyens de te faire te sentir coupable.

Larissa déposa un nouveau verre devant Clay.

— Ta boisson. Et votre téléphone.

— Merci.

April observa un instant les grands yeux bruns de la jeune femme et son sourire timide. Soudain, elle claqua des doigts.

— Ça y est ! Ça me revient ! Vous êtes sortie avec mon frère, non ? Adam Hart ?

— Oui, c'est ça. Je ne pensais pas que vous me reconnaîtriez. Mais, moi, je me souviens de vous.

— Ravie de vous revoir, en tout cas.

April récupéra son téléphone et attendit que Larissa dépose l'addition sur la table et s'éloigne de nouveau.

— Je devrais peut-être essayer d'appeler Adam.

— Chaque chose en son temps. Appelle d'abord Jimmy pour te libérer de ça.

Il fit mine de se lever.

65

— Je vais te laisser un peu d'intimité.

— Pas besoin d'intimité pour parler à Jimmy, assura April en lui faisant signe de se rasseoir.

Elle composa le numéro, puis retint son souffle, espérant vaguement tomber sur la messagerie. À la troisième sonnerie, il décrocha.

— Qui est à l'appareil ?

Sa voix, brusque et austère, la fit sursauter. Il avait joué un rôle totalement différent, lors de leur rencontre, mais il avait eu du mal à tenir la performance. Même avant d'avoir surpris la conversation avec Gilbert dans le bureau, elle avait eu des doutes.

— Jimmy, c'est April. Je… je voulais t'expliquer ce qui s'est passé hier et te présenter mes excuses.

— Est-ce que tu vas revenir, April ? demanda-t-il, d'un ton soudain plus doux, presque suppliant.

Elle se cala contre le dossier de la chaise.

— Non, Jimmy. Je ne reviens pas.

— Dans ce cas, tu as intérêt à me rendre ce que tu m'as volé, sale fouineuse ! Sinon, c'est moi qui vais venir le chercher.

6

April serra si fort son téléphone qu'elle en eut mal à la main.

— La bague ? demanda-t-elle. C'est la bague que tu veux récupérer ?

— Non, il ne s'agit pas de la bague, répondit Jimmy avec un petit rire. De toute façon, c'est de la zircone.

April sentit son sang se glacer. S'était-il rendu compte de la disparition du jeton gravé ?

— Je ne sais pas de quoi tu parles, Jimmy. La robe ? Le mariage ? Je te rembourserai jusqu'au dernier centime, si c'est ce qui t'inquiète.

En face d'elle, Clay s'agita sur son siège, les poings serrés.

— Ne fais pas la maligne avec moi, April. Tu as volé la clé USB qui était branchée sur mon ordinateur. C'est ça que je veux récupérer.

April ressentit une pointe de soulagement. Elle n'avait pris aucune clé USB ; elle n'avait même pas remarqué qu'il y en avait une.

— Je n'ai pas ta clé. Pourquoi l'aurais-je emportée, d'ailleurs ?

Jimmy sembla hésiter.

— Tu es entrée dans mon bureau hier, avant de partir. Je le sais. J'ai retrouvé des paillettes ou je ne sais quoi,

67

qui provenaient de la robe de mariée. Donc, tu devais déjà être prête pour la cérémonie quand tu as décidé de jouer les curieuses. Pourquoi ?

April déglutit. Elle devait pousser son avantage. Jimmy n'avait aucune certitude sur ce qu'elle savait de ses affaires. Il fallait que cela continue.

— Je suis entrée dans ton bureau, en effet, mais parce que je te cherchais. J'avais changé d'avis et je voulais te prévenir. Qui sait ? Si je t'avais croisé, peut-être aurais-tu réussi à apaiser mes craintes. Mais tu n'étais pas là et je suis partie. C'est fini, Jimmy. Je ne jouais pas les curieuses. Je n'ai pas pris de clé USB.

— As-tu parlé à Adam ?

— Il m'a appelée hier pour vérifier que j'allais bien. On n'a pas discuté longtemps.

— Comment a-t-il fait pour te joindre ? J'essaye d'appeler ton numéro depuis hier. Soit tu t'es débarrassé de ton téléphone, soit il n'est pas allumé.

— Je préfère ne rien dire à ce sujet, Jimmy. C'est fini. Et je suis prête à te rembourser tout ce que tu voudras pour le mariage. Même le faux diamant de la bague. Je ne t'ai rien volé et je ne reviendrai pas. D'ailleurs, que peut-il y avoir de si important sur cette clé ? Pourquoi aurais-je cherché à la prendre ?

Clay lui donna un coup de pied sous la table, mais elle lui lança un regard sévère. Elle devait continuer à jouer les naïves et elle n'avait fait que formuler une question normale pour une personne innocente.

— Des informations importantes concernant ma société d'import-export. Celle sur laquelle tu posais sans cesse des questions…

— Par simple curiosité. Je suis désolée que quelqu'un ait dérobé ta clé, mais on dirait que cela t'attriste plus que la disparition de ta fiancée. Finalement, ça confirme que j'ai pris la bonne décision. Au revoir, Jimmy.

Avant qu'il puisse répondre, elle raccrocha et ferma les yeux.

— Qu'est-ce que c'était que ça ?

Elle ouvrit un œil pour regarder Clay.

— Il ne sait rien, annonça-t-elle. Il a compris que j'étais entrée dans son bureau et, du coup, il pense que j'ai volé une clé USB. Mais il a paru me croire quand je lui ai dit que je n'avais rien pris.

— Ou il a fait semblant. Peut-être que lui non plus n'a pas souhaité dévoiler son jeu. Il pense peut-être toujours que tu as la clé, mais a jugé préférable de ne pas continuer ce petit jeu de ping-pong par téléphone.

April mâchonna le bout de sa paille.

— Qu'est-ce qu'il peut bien y avoir sur cette clé…, murmura-t-elle.

— Tu lui as posé la question, non ? Qu'est-ce qu'il dit ?

— Des informations concernant sa société. Je me demande bien qui a pu la prendre. L'un de ses prétendus amis, sans doute.

— Tu ne crois pas qu'Adam… ?

Un frisson d'appréhension parcourut l'échine d'April. L'idée lui avait traversé l'esprit dès que Jimmy avait mentionné le vol, mais elle l'avait chassée, afin de ne pas se montrer déloyale envers son frère.

— Pourquoi Adam aurait-il dérobé des données sur la société de Jimmy ?

— Allez, April… On parle d'Adam, là. S'il existait un moyen de s'enrichir rapidement, il n'hésiterait pas une seconde. Et quelle meilleure façon qu'en récupérant le trafic de drogue d'un autre ?

April s'empourpra.

— Jamais Adam ne…

Elle laissa sa phrase en suspens en voyant le regard sévère de Clay. Il n'avait jamais été d'une très grande patience avec Adam. Quand April persistait à protéger son frère, lui prenait toujours son parti à elle.

— Tu sais bien que c'est faux, April. N'est-ce pas Adam qui t'a jetée en pâture à Jimmy ? Pourquoi a-t-il fait ça ? Pourquoi s'est-il arrangé pour que tu sortes avec un trafiquant ?

Clay tapa du poing sur la table.

— Si jamais je mets la main sur ce gamin…

— Tu ne le comprends pas, soupira April.

— Je sais que c'est lui qui a découvert votre mère baignant dans une mare de sang, après qu'elle a été poignardée, reprit-il en lui touchant le bras. Il a vécu un véritable enfer, certes. Mais il n'était pas obligé de t'entraîner dans sa chute. Toi aussi, tu en as bavé.

— Je ne dis pas que je lui pardonne pour Jimmy, mais cela ne signifie pas forcément qu'il a volé la clé USB. Il aurait fallu qu'il sache que Jimmy m'accuserait à sa place.

— Justement…

April commença à fouiller dans son sac, à la recherche de son argent, mais Clay la retint.

— Tu ferais mieux de garder tes réserves, en attendant de récupérer ta carte de crédit ou de la faire remplacer.

Il sortit quelques billets de son portefeuille, qu'il posa sur la table.

— Ton cher petit frère ne pourrait-il pas se charger de t'envoyer tes affaires, d'ailleurs ? demanda-t-il encore.

— Je ne crois pas. Tant que Jimmy accepte ma version des faits, je suis plus ou moins en sécurité. Je peux retourner à Albuquerque moi-même. Et puis… j'ai une dette à payer en chemin.

— Tu n'as quand même pas l'intention de rembourser

Jimmy pour la cérémonie, la robe et cette bague en camelote, j'espère ?

— Non. Mais je me suis servie de cette bague en camelote pour payer ma voiture. Le pauvre gars à qui je l'ai achetée a dû avoir une sacrée surprise quand il a essayé de revendre le bijou.

— Tu m'avais dit que la voiture était celle d'un ami, fit remarquer Clay, avec un sourire triste. Quels autres mensonges m'as-tu encore servis, April Hart ?

April garda la tête baissée et rangea son argent dans son sac à main.

Si seulement tu savais, Clay Archer...

Clay laissa April près de sa voiture après lui avoir fait promettre de ne pas repartir au Nouveau-Mexique sans lui. Il s'interrogeait sur sa propre santé mentale. Qu'est-ce qui lui prenait de se mêler de nouveau de la vie d'April ? Mais il ne pouvait quand même pas simplement l'abandonner... Elle avait affaire à de vrais méchants et il n'était pas du tout convaincu que ce Jimmy Verdugo ait cru en son innocence.

Lorsqu'il retourna aux locaux de la police des frontières, tout le monde ne parlait que de la tête et du corps dépareillés, retrouvés la veille. Clay préférait ne pas se demander où la seconde tête allait refaire surface. Peut-être devant la maison d'un autre policier ? Et le second corps ? Il pouvait être n'importe où dans le désert.

Il s'installa à son bureau. Deux minutes plus tard, Valdez se laissa tomber sur la chaise en face.

— Qu'est-ce que tu en penses, Archer ? Elles devaient donc être deux à traverser la frontière.

— On dirait bien.

Clay posa les pieds sur le coin de son bureau.

— Deux mules chargées d'intercepter une livraison destinée à Las Moscas. Deux sacrifiées. Ceux qui ont planifié ce coup savaient que les filles étaient condamnées.

— Ils envoient deux femmes qui ne se doutent de rien faire le sale boulot, juste pour voir s'ils peuvent voler Las Moscas sans risque. La prochaine fois, ils tenteront autre chose.

— Tu as sans doute raison, Valdez, répondit Clay en reposant les pieds par terre, pour ouvrir son ordinateur portable. As-tu terminé le rapport d'hier ?

Valdez rougit jusqu'à la racine de ses cheveux et se leva d'un bond.

— Non… Je viens seulement de récupérer celui du shérif. Tu voudras relire le mien avant que je l'envoie ?

— Le dernier était correct. Je te fais confiance.

Valdez s'éloigna, visiblement ravi du compliment. Clay se mit au travail. April avait bien dû se renseigner un minimum sur ce Jimmy Verdugo. Elle ne serait jamais sortie avec un type, et aurait encore moins accepté de l'épouser, sans faire quelques recherches d'abord. Évidemment, elle ne disposait pas des mêmes ressources que lui, mais elle aurait pu facilement avoir accès à son casier judiciaire.

April avait beau être impulsive, elle était du genre méfiant. La seule explication possible, c'était qu'Adam était derrière tout ça. April avait tort de considérer son frère comme un toxico inoffensif, atteint de trouble de stress post-traumatique. Adam souffrait peut-être de TSPT, mais il était loin d'être inoffensif. Il se servait d'April avec un machiavélisme qu'elle refusait de reconnaître.

Pour Clay, il ne faisait aucun doute qu'Adam avait transmis des informations à Jimmy au sujet de sa sœur : ce qu'elle aimait, ce qu'elle n'aimait pas, ses besoins, ses envies, ses aspirations. Mais… pourquoi April avait-elle été si pressée de se marier, même avec l'homme prétendument idéal ?

Quand elle l'avait quitté, elle lui avait arraché le cœur et l'avait tellement essoré qu'il doutait sérieusement de sa capacité à aimer de nouveau un jour. Pourtant, voilà qu'il était de nouveau prêt à se plier à ses quatre volontés et à tout faire pour la protéger.

Tout ça pour qu'elle finisse par le quitter encore une fois…

Avec un soupir, Clay se connecta à la base de données fédérale et saisit le nom de Jimmy Verdugo. Le résultat le laissa sceptique : aucun des profils ne correspondait au Jimmy d'April. Il fit la moue. Non, ce n'était pas le « Jimmy d'April ». Par acquit de conscience, il modifia sa recherche et saisit cette fois « James Verdugo ». Il fut encore plus perplexe. Un homme de Las Moscas pouvait-il avoir un casier judiciaire vierge ? Peut-être Jimmy ne résidait-il pas aux États-Unis depuis assez longtemps pour avoir eu des démêlés avec la justice. April n'avait pas mentionné s'il était né sur le territoire américain ou non.

Clay hésita, les mains au-dessus du clavier. Il n'avait aucun élément suffisant pour demander un rapport à Interpol sur d'éventuelles activités à l'étranger. Il n'aurait pas dû se servir du fichier fédéral pour ses intérêts personnels, mais il pouvait toujours justifier son geste grâce au jeton qu'April avait trouvé dans le bureau de Jimmy.

Avec un soupir, il changea de base de données et fit une recherche pour El Gringo Viejo. Plusieurs résultats apparurent, mais aucune photo. Personne n'avait jamais pris de photo d'El Gringo Viejo. Du moins, pas officiellement.

D'où Adam sortait-il l'idée que son père était El Gringo Viejo ? Clay examina de plus près les rapports en ligne.

Les dates correspondaient bien et C. J. Hart avait sans doute quitté le pays après avoir assassiné sa femme. Mais cela ne suffisait pas. Quelle autre information Adam avait-il en sa possession ? S'il parvenait à mettre la main sur le frère d'April, il ne manquerait pas de lui poser la question. Après lui avoir passé un savon monumental.

La sonnerie de son téléphone l'arracha à ses réflexions et il décrocha.

— Clay, c'est le Dr Drew. Denali vous attend quand vous voulez.

Le regard de Clay bondit vers l'horloge, dans le coin inférieur de son écran.

— Désolé, docteur. Je n'avais pas remarqué qu'il était si tard.

— Pas de problème. Il est à la clinique avec moi et je reste encore une heure ou deux.

— J'arrive tout de suite.

Clay raccrocha et commença à rassembler ses affaires. Denali serait ravi de revoir April. Ce pauvre chien l'avait toujours adorée et il ne l'oublierait jamais.

Clay ne put retenir un petit rire.

Tel maître, tel chien.

April rangea ses emplettes dans le coffre de la voiture qui ne lui appartenait pas vraiment. Pauvre Ryan. Il avait dû découvrir la véritable valeur de la bague en tentant de la revendre et penser qu'elle l'avait escroqué. Quand elle retournerait à Albuquerque, elle essayerait de retrouver sa trace pour lui rendre le véhicule. Ou l'acheter pour de bon.

Adam lui empruntait sa voiture personnelle depuis plusieurs mois et le coupé sport offert par Jimmy était resté chez ce dernier. En y réfléchissant, la décapotable ne lui appartenait probablement pas. Après l'épisode de la bague de fiançailles, elle était presque certaine qu'il s'agissait d'une location longue durée. Ou alors, Jimmy en était le véritable propriétaire.

Comment avait-elle pu se montrer aussi naïve ? Adam et Jimmy l'avaient tous les deux manipulée. C'était la goutte d'eau, en ce qui concernait Adam. Il n'avait fait que se servir d'elle, mais elle s'était laissé faire. Elle avait renoncé à tant de choses pour lui et n'avait connu que des trahisons en échange.

De retour au Nouveau-Mexique, elle pourrait reprendre sa vie en main. Retrouver son identité et recommencer à zéro. Et Clay ? Les menaces qu'elle avait reçues deux ans plus tôt n'avaient pas de date d'expiration. Il était possible que son retour à Paradiso ne soit pas passé inaperçu. Elle ne put s'empêcher de regarder par-dessus son épaule avant de monter dans sa voiture.

Par chance, Meg serait encore au travail, à l'usine de noix de pécan. April n'avait pas besoin du jugement de sa cousine, pour l'instant. D'autant plus que celle-ci n'était pas au courant pour le second mariage annulé !

Arrivée devant la maison, April se gara le long de la jolie barrière en bois blanc qui entourait un jardin de succulentes. Les cactus s'étaient déjà parés de leurs fleurs printanières, mais leur stoïcisme piquant faisait toujours vibrer une corde sensible chez elle. Ils dressaient leurs bras dans la chaleur torride du désert, résistant aux vents secs et chauds, ainsi qu'aux moussons dévastatrices qui balayaient le sud de l'Arizona, à l'automne.

April sentit les larmes lui monter aux yeux. Ce jardin faisait autrefois la fierté de sa mère. Originaire du désert du Sonora, région pauvre en pelouses verdoyantes et en fleurs délicates, celle-ci avait préféré recréer chez elle une sorte d'oasis personnelle en s'inspirant des beautés caractéristiques des zones arides.

April sortit de la voiture en reniflant. Après avoir récupéré ses affaires dans le coffre, elle franchit le portail et s'avança dans l'allée pavée. Soudain, elle s'arrêta. Un carton était posé devant l'entrée. Elle hésita. Meg commandait beaucoup d'articles en ligne, afin d'éviter d'avoir à se déplacer à Tucson. April n'aurait pas ressenti ce petit frisson de peur si Clay ne lui avait pas parlé d'un second cadavre.

Elle se redressa et reprit sa progression vers le perron. Elle gravit la première marche, sortit la clé que Meg lui avait confiée plus tôt et toucha la boîte du bout du pied. Cela ne ressemblait pas à un colis postal, car il n'y avait aucune étiquette. En poussant le carton plus fort, elle parvint à le faire bouger de quelques centimètres.

Un filet de sang s'échappa du fond et se répandit sur les lattes de bois.

7

Clay appuya sur l'accélérateur et le pick-up fit un tel bond en avant que Denali glissa de son siège.

— Désolé, vieux, lança Clay en tapotant le fauteuil.

Le chien, un husky sibérien, sauta pour reprendre sa place.

Que diable se tramait-il dans cette ville ? Pourquoi laisser une tête devant chez April ? Les coupables se trouvaient toujours dans Paradiso et avaient décidé de répéter leur message. D'une façon ou d'une autre, ils avaient fait le lien entre April et lui. Si ça ce n'était pas une menace...

Il passa sans s'arrêter devant la maison d'April et se gara quelques centaines de mètres plus loin, à l'écart des véhicules de police qui encombraient la rue. Pour April, cela devait étrangement ressembler à la nuit où Adam avait retrouvé le corps de leur mère sur le sol de la cuisine. Elle devait regretter encore plus d'être revenue à Paradiso.

Il fit le tour de son pick-up pour ouvrir à Denali. S'il le laissait dans la voiture, ce dernier risquait de hurler à la mort et de creuser un trou dans la portière avec ses griffes pour s'échapper. Denali lui emboîta le pas, sans un regard pour les gyrophares et l'agitation ambiante, les oreilles aux aguets et la truffe au vent. Pouvait-il déjà sentir l'odeur d'April ?

Clay l'aperçut enfin en train de parler avec l'inspecteur Espinoza. Elle avait les bras croisés et l'ovale presque parfait de son visage était très pâle. Denali dut la repérer au même instant, car il s'élança dans sa direction.

Lorsque April remarqua le chien qui courait vers elle, elle tomba à genoux pour le prendre dans ses bras et enfouir les doigts dans la fourrure gris et blanc. Le husky frétillait de bonheur. April releva la tête, cherchant Clay du regard ; des larmes coulaient sur ses joues, mais elle arborait un sourire radieux.

— Il a l'air en pleine forme.

Comme pour la remercier de ce compliment, Denali lui lécha la figure. Clay se tourna vers Espinoza.

— Alors ? C'est notre fille de la frontière ?

— À première vue et en l'absence de toute preuve scientifique, je dirais que oui. La tête appartient à une jeune Latino-Américaine. J'ai essayé d'être attentif aux détails, cette fois, mais je ne devrais peut-être pas tirer de conclusions hâtives.

Clay marmonna un juron.

— Un corps complet et un qui cherche encore sa tête. À quoi jouent-ils et pourquoi mêler April à tout ça ?

— Ils ont dû la voir avec toi, même si j'ai du mal à comprendre pourquoi c'est toi que vise Las Moscas.

Espinoza l'observa un instant par-dessous le rebord de son chapeau, comme s'il examinait un insecte étrange.

— Hé ! Je n'en sais pas plus que toi ! protesta Clay. Si tu penses que je suis à leur solde ou quelque chose comme ça, tu peux te renseigner. Fais une enquête complète sur moi. Tu ne trouveras rien.

— Ça va, ça va. Ne monte pas sur tes grands chevaux.

Mais, si tu découvres pourquoi Las Moscas s'intéresse particulièrement à toi, tiens-moi au courant.

— C'est peut-être parce que je suis un des rares agents de la police des frontières à résider à Paradiso. Ce qui m'étonne le plus, pour ma part, c'est qu'un type se balade encore en ville en semant des morceaux de cadavres. En général, les cartels préfèrent les exécutions sommaires et nous laissent le soin de faire le ménage à la frontière.

April s'approcha d'eux.

— Quelqu'un a-t-il averti ma cousine ? Elle ne devrait pas tarder à rentrer du travail et elle risque de paniquer un peu. Vous pensez que la tête aura été enlevée avant son retour ?

— April, répondit Clay en la prenant par les épaules, on s'inquiétera de Meg plus tard. Toi, tu n'as rien ?

— Un petit sentiment de déjà-vu, lança-t-elle d'un ton badin. Sauf que le carton n'était pas aussi joli. Au moins, j'ai retenu la leçon et je n'ai pas essayé de soulever le couvercle, si bien que la tête n'a pas rebondi dans l'allée.

Cependant, elle avait le regard un peu trop brillant et sa lèvre inférieure tremblait légèrement. Clay serra ses bras à travers le coton fin de son T-shirt bleu, assorti à ses yeux.

— Je suis désolé que tu aies dû vivre ça de nouveau. C'est ma faute.

— Ce n'est pas ta faute. C'est ton métier.

Puis, elle se tourna vers Espinoza :

— Est-ce que c'est la bonne tête, cette fois ?

— On pense que oui, mais on va faire des tests pour s'en assurer. Les policiers de Paradiso ont quadrillé le quartier et, comme chez Archer, personne n'a rien remarqué.

— Dans le cas contraire, tu crois vraiment qu'un voisin aurait parlé ? demanda Clay, en grattant le crâne de son chien, qui tremblait encore de joie après ses retrouvailles avec April. Les gens connaissent Las Moscas, par ici. Ils préfèrent faire profil bas et ne pas se mêler des affaires du cartel, de crainte de voir la violence à la frontière déborder sur le pas de leur porte.

Dans la rue, un cri strident retentit soudain. Denali se raidit.

— Tous aux abris…, soupira April. Voilà Meg.

Elle recula d'un pas, redressa les épaules et inspira profondément, comme pour se préparer à un impact ; Denali abandonna son maître pour la rejoindre. Bientôt, Meg apparut au portail et remonta l'allée en chancelant, tandis qu'un agent impuissant tentait en vain de la retenir.

— Une tête ? s'époumonait Meg. J'ai bien entendu ? On a retrouvé une tête devant ma porte ?

Elle vint planter son mètre cinquante devant l'inspecteur Espinoza et le fusilla du regard.

— Quelqu'un m'a annoncé à l'instant qu'il y avait une tête devant chez moi.

Espinoza ne broncha pas.

— Êtes-vous la propriétaire de cette maison, madame ? demanda-t-il simplement.

— Non. Mais j'habite ici. C'est elle, la propriétaire.

Elle se tut soudain et se tourna vers April, l'air méfiant.

— C'est à cause de toi, hein ? Tu reviens à Paradiso et des têtes fleurissent sur le paillasson des gens.

Denali émit un grondement sourd. Il n'avait jamais mordu personne, mais il était prêt à commencer, si Meg continuait à parler à April sur ce ton.

— Holà ! Une minute, Meg, intervint Clay en se plaçant entre April et elle. C'est moi, le responsable. Tout ça est lié au cadavre d'une mule qu'on a découvert hier à la frontière.

Meg leva un instant les yeux vers lui.

— Comme par hasard...
— C'est la vérité, madame... Madame ?

La question d'Espinoza resta en suspens.

— Deux femmes ont été tuées, poursuivit-il. Elles étaient mêlées au trafic de stupéfiants et ont été assassinées par un cartel. Les trafiquants essayent simplement de passer un message via l'agent Archer et ils auront aperçu Mlle Hart en sa compagnie. Je ne pense pas que vous ayez la moindre raison de vous inquiéter.

Clay lança un regard en coin à son collègue. Espinoza exagérait sans doute un peu.

— Écoute, Meg, reprit-il. J'étais sur le point d'installer un système de sécurité chez moi. Avec des caméras de surveillance. Je te propose de faire la même chose ici.

Meg le contempla, ahurie.

— Ça risque de se reproduire ?
— Non, non ! Mais... ce n'est pas une mauvaise idée, ces caméras, n'est-ce pas ?

Clay se tourna vers April en levant les yeux au ciel. Espinoza s'éclaircit la gorge.

— Madame, puisque vous résidez ici, puis-je vous poser quelques questions concernant d'éventuels événements inhabituels dans le quartier ?

— Bien sûr, marmonna Meg, avant de pointer un doigt tremblant en direction du carton. C'est... c'est ce truc ?

— Oui, répondit Espinoza en la prenant par le bras. Nous allons vous en débarrasser rapidement. Pouvons-nous parler un peu plus loin ?

Meg le suivit jusqu'à sa voiture.

— Bon, murmura April en grattant le husky derrière l'oreille. Ça ne s'est pas trop mal passé, finalement. Tu étais prêt à affronter l'ennemi, hein, Denali ?

La langue pendante, le chien posa sur elle un regard d'adoration pure. Clay toussota.

— Je ne suis pas rassuré à l'idée de vous laisser seules ici, Meg et toi, quand tout le monde sera parti.

— Tu veux que Denali monte la garde ?

— Non, je vais rester un peu, si ça ne vous dérange pas. Je ne pense pas que vous aurez davantage d'ennuis, mais un membre d'un cartel connaît ton adresse et a décidé de déposer une tête coupée devant ta porte.

— J'ai toujours mon revolver, ici, rappela-t-elle, avec un regard en coin. Et je sais comment m'en servir, depuis qu'un as de la police des frontières m'a appris à tirer.

— Il faudra sans doute le nettoyer. Est-ce que tu as des cartouches, au moins ?

— Il m'a également montré tout ça. Quant aux cartouches, je vais fouiller. Sinon, j'irai en acheter.

Elle gratta de nouveau l'oreille du husky et ajouta :

— Cela dit, je ne dirais pas non à un chien de garde.

— Il faudra accepter le garde du corps avec, dans ce cas, avertit Clay.

— Ah bon ? Tout à l'heure, tu me demandais si tu pouvais rester... et maintenant je n'ai plus le choix ?

— Je ne t'ai pas entendue protester. C'est moi qui invite pour le dîner.

— Voilà qui risque de plaire encore plus à Meg..., marmonna April, en regardant en direction du portail.

Clay se retourna : Meg, le dos raide, gesticulait dans tous les sens, comme si elle cherchait à jeter un sort. Sans doute à April, si elle l'avait pu.

— Laisse-moi me charger de Meg.

— Avec grand plaisir !

Une heure plus tard, le dernier véhicule de police s'éloignait de la maison, abandonnant derrière lui des mètres de ruban jaune. Meg grimpa les marches du perron en faisant un large détour pour éviter l'endroit où April avait découvert la tête.

— Quand est-ce que tu t'occupes de ce système de sécurité ? demanda-t-elle aussitôt à Clay.

— Demain. D'abord ici, puis chez moi. Je vais me renseigner un peu, mais je pensais à des caméras, des lampes avec détecteur de mouvement, etc.

— Tu peux prendre un de ces systèmes où on peut connecter son téléphone et surveiller à distance ce qui se passe ? interrogea Meg en jetant un coup d'œil à April.

— Ne me regarde pas, répondit celle-ci. Je ne vais pas traîner trop longtemps à Paradiso.

Clay sentit son cœur se serrer en entendant ces paroles.

— April va retourner à Albuquerque pour récupérer ses affaires, expliqua-t-il. Je l'accompagne.

Meg les observa avec méfiance.

— Je croyais que tu étais venue en urgence pour aider une amie. En fait, tu déménages ?

— Oui, répondit simplement April. Sinon, Clay a proposé de nous offrir le dîner, ce soir. J'ai accepté.

— Pas question de ressortir ! s'écria Meg. Je suis épuisée. Je vais rentrer ma voiture dans l'allée.

— Je pensais plutôt commander quelque chose. Vous avez des envies particulières ?

Meg se tourna vers lui, l'air soucieux.

— Parce que tu es inquiet, c'est ça ?

— Simple précaution, assura Clay. Donne-moi tes clés, je vais déplacer ta voiture. Ensuite, je ferai un saut au restaurant chinois.

— Ça me va. Je suis affamée, mais je crois que je me sentirai mieux quand les caméras seront installées. April, tu vas avec lui ou tu restes ici ?

— Je reste. Avec Denali.

April fit une caresse sur la tête du chien.

— Allez, viens, Denali ! On rentre.

Clay s'éloigna. Arrivé près du portail, cependant, il se retourna et lança :

— Poulet *kung pao* ou bœuf aux zestes d'orange pour toi, c'est ça ?

— Absolument. Tu t'en souviens encore.

Les deux femmes disparurent dans la maison, Denali sur leurs talons. Clay referma le portail derrière lui en murmurant :

— Je me souviens de tout.

8

— J'ai fait quelques emplettes à Tucson, annonça April, en brandissant ses sacs.

Meg s'approcha d'elle et se cala contre le dossier du canapé.

— Ça a dû être horrible de trouver cette tête sur les marches, soupira-t-elle. Ma pauvre…

April plongea la tête dans un des grands sacs en papier.

— Ça aurait été pire si ça avait été toi, marmonna-t-elle.

— Parce que je n'ai pas vu le corps de ma mère assassinée ? Cela ne t'immunise pas contre les atrocités, April. Au contraire, ça risque de faire remonter de mauvais souvenirs et de te stresser.

— Raison de plus pour concentrer le stress sur une seule personne, au lieu d'en faire profiter tout le monde, répondit April, en sortant une blouse fleurie. Qu'est-ce que tu en penses ? Sympa, non ?

— Oui, très joli. Comment ça s'est passé, les retrouvailles avec Clay ?

April eut un petit sourire.

— Un peu plus compliqué qu'avec Denali…

En entendant son nom, le chien battit de la queue, mais ne bougea pas de l'endroit où il était couché.

— C'est compréhensible, marmonna Meg en retirant

ses chaussures. J'ai grand besoin d'un verre de vin, après toutes ces émotions. Ça te tente ?

— Qu'est-ce qui se marie bien avec des plats chinois ?

— Je n'ai que du vin blanc, donc… du vin blanc ? suggéra Meg, en se dirigeant pieds nus vers la cuisine.

Elle ouvrit le réfrigérateur.

— Est-ce que tu as au moins expliqué à ce pauvre diable pourquoi tu l'as plaqué juste avant le grand jour ? demanda-t-elle en sortant une bouteille. Avais-tu une raison, seulement ?

Seul Adam connaissait la vérité et April n'avait pas l'intention d'en révéler davantage pour l'instant. Surtout avec toutes ces têtes et tous ces corps qui s'accumulaient autour d'elle, pensa-t-elle en serrant nerveusement le vêtement qu'elle tenait. Cette vague de violences avait-elle un lien avec ces menaces antérieures ? C'était peu probable. Clay avait découvert le corps près de la frontière avant même qu'elle arrive à Paradiso. Personne ne savait qu'elle viendrait.

Sauf Adam, qui semblait l'avoir deviné.

— J'avais mes raisons, Meg, répondit-elle enfin. Et je ne veux pas en parler.

Elle plongea dans un autre sac pour en sortir un pantacourt beige.

— Alors ?

— Ça doit t'aller comme un gant, répondit Meg, en posant un second verre de vin sur la table basse. Tout te va, de toute façon.

— Merci, cousine, c'est gentil, dit April en rassemblant ses achats. Je vais ranger tout ça et on va pouvoir trinquer.

Elle se dirigea vers la chambre sur des jambes encore tremblantes. Comme s'il avait senti son incertitude, Denali se leva d'un bond pour l'accompagner. April plia ses nouveaux vêtements, puis se lava les mains et le visage, avant de rejoindre sa cousine. Denali restait à ses côtés, déterminé à ne pas la quitter du regard. Ce gros lourdaud de chien lui avait manqué presque autant que Clay.

— À ta santé ! lança Meg quand elle revint, en faisant glisser son vin dans sa direction.

April s'assit à son tour sur le canapé et remonta les jambes sous elle, serrant le verre au creux de ses deux mains.

— Et en espérant que ce genre d'événements atroces ne se produira plus ! ajouta Meg.

— Je vote pour, répondit April en entrechoquant doucement leurs verres.

— On ne s'ennuie jamais à Paradiso, hein ?

— À moins que ce ne soit simplement dans notre famille...

April but une gorgée et fit rouler le breuvage acidulé sur sa langue.

— Où est-ce que tu comptes aller quand tu auras récupéré tes affaires à Albuquerque ?

— Je ne sais pas encore. Peut-être vais-je retourner à L.A.

— Tu n'as pas l'intention de traîner un peu dans le coin pour accorder une seconde chance à Clay ?

April manqua de s'étouffer avec son vin.

— Je suis persuadé que Clay a tourné la page, assura-t-elle avec un sourire narquois.

Meg éclata de rire.

— Mais bien sûr ! Même Denali n'y croit pas.

À cet instant, on frappa à la porte. Les deux femmes sursautèrent violemment, et Denali se leva d'un bond et se précipita vers l'entrée.

— Ce doit être Clay, annonça April, en montrant le chien qui battait de la queue.

Elle le poussa sur le côté pour jeter un coup d'œil par le judas, puis ouvrit la porte en grand.

— Clay Archer ! annonça-t-elle d'un ton théâtral. Porteur du *kung pao*.

— Affirmatif, répondit Clay en brandissant les sacs.

Meg appela depuis la cuisine :

— Un verre de vin ?

— Avec plaisir. Une chose est sûre : les nouvelles vont vite dans cette ville.

— Pour la seconde tête ? Déjà ?

April récupéra les sacs en papier et rejoignit sa cousine. Elle hésita. Était-il trop tôt pour demander un second verre de vin ?

— Oui. Il y a même une compétition féroce pour retrouver l'autre corps.

— On peut changer de sujet ? gémit Meg en posant un verre devant Clay avec un petit claquement sec.

Le liquide doré tangua dangereusement.

— Compris, répondit Clay avec un hochement de tête.

Ils s'installèrent tous les trois sur le tapis, autour de la table basse, et parvinrent à éviter de parler de têtes, de corps sans tête, de drogue et de frontière pendant tout le repas.

Après le dessert, ils ouvrirent les biscuits porte-bonheur offerts par le restaurant et passèrent un bon moment à essayer de trouver des significations stupides aux prédictions qu'ils contenaient.

— Oh là là, ça fait du bien ! s'écria Meg en s'essuyant les yeux.

Elle vida son troisième verre de vin.

— De boire ou de rire ? demanda Clay en tapotant son verre du bout de sa baguette.

— Les deux, avoua Meg en étouffant un bâillement. Je crois que je vais dormir comme une souche.

— Comme une ivrogne, oui ! se moqua gentiment April, en aidant sa cousine à se mettre debout. Allez, au lit ! Clay et moi, on se charge de ranger.

— Tu peux passer la nuit ici, Clay, proposa Meg. Les deux chambres d'amis sont prêtes. Mais peut-être qu'une seule suffira…, ajouta-t-elle avec un clin d'œil appuyé.

April rougit et tira plus fort sur le bras de sa cousine.

— Tu as trop bu, Meg. Allez ! Au lit, sac à vin !

Meg laissa échapper un gloussement joyeux, puis disparut en titubant dans le couloir.

— Eh bien ! s'exclama Clay en levant le verre vide de Meg.

— Elle a bu plus que nous deux réunis, fit remarquer April, en commençant à rassembler les verres et les assiettes vides. Elle avait besoin de lâcher un peu la pression. Elle fait comme si de rien n'était, mais la tête l'a vraiment effrayée.

— Pas toi ?

Clay lui toucha doucement le bras et le contact de ses doigts sur sa peau suffit à lui couper de nouveau les jambes. Mais de façon agréable.

— Ça va. Je n'ai rien vu, cette fois, à part un peu de sang. Aucune image à rajouter pour mes cauchemars.

— Tu fais toujours des cauchemars ? demanda Clay.

Et son contact sur son bras se fit aérien.

— De temps en temps.

— Tu veux que je reste ? Dans une autre chambre, évidemment.

— Je crois que Meg serait plus rassurée. Si elle te l'a proposé, c'est qu'elle est sincère.

Elle fit un pas de côté pour quitter le halo de chaleur qui émanait de son corps et emporta la vaisselle dans la cuisine. Il la suivit et s'adossa au plan de travail.

— Et toi ?

— D'accord. Meg et moi serions toutes les deux plus rassurées si Denali et toi restiez ici ce soir, concéda-t-elle en déposant la vaisselle dans l'évier. Tu m'aides ?

— Tu rinces et je charge dans le lave-vaisselle.

Ils fonctionnaient bien ensemble, comme autrefois. Tout paraissait si naturel avec lui. Cela lui manquait. Elle voulait que ça recommence. Elle voulait Clay.

Elle avait été stupide de croire que Jimmy pourrait le remplacer.

— Et voilà ! annonça-t-elle en lui tendant la dernière assiette. Tu veux que je fouille dans les placards de Meg pour te dénicher une brosse à dents ?

Lorsqu'il s'empara de l'assiette, ses doigts effleurèrent les siens.

— Tu m'as manqué, murmura-t-il.

April cligna des yeux pour chasser les larmes qui menaçaient de couler. Elle refusait de pleurer devant lui. Elle retira doucement sa main, attrapa un torchon et fit mine de l'abattre sur la tête de Denali.

— À lui aussi, on dirait.

Clay serra les mâchoires et rangea la dernière assiette dans le lave-vaisselle.

— Ne t'étonne pas s'il saute sur ton lit pour dormir avec toi cette nuit.

— Ça ne me dérange pas. Pas du tout.

Dommage qu'il ne soit question que du chien.

Le lendemain matin, April se réveilla de bonne heure en entendant quelqu'un s'affairer dans la cuisine. Elle avait mal dormi. Entre les visions de corps sans tête et l'idée du corps bien réel de Clay, allongé dans la chambre voisine, impossible de trouver le repos.

— Bonjour, lança-t-elle en arrivant près de la cuisine. Comment ça va, ce matin ?

Meg poussa un glapissement et laissa échapper sa tasse, qui tomba sur le carrelage et se brisa.

— April ! Ça ne va pas d'arriver en douce comme ça ?

— Pardon, marmonna April en s'accroupissant pour ramasser les morceaux. Tu es bien matinale, dis-moi. Je ne pensais pas que tu serais levée si tôt, après hier soir…

— J'ai un mal de crâne pas possible, mais il faut bien que j'aille travailler.

— Assieds-toi, dit April, en lui tapotant le dos. Je vais te resservir du café.

— Est-ce que Clay et toi vous vous êtes rabibochés, hier soir ? Un petit bisou ?

— Bien sûr que non, protesta April en jetant la boîte d'édulcorants en direction de Meg. Il est resté pour notre sécurité.

— Oui, c'est ça… Oh ! bonjour, Clay ! On t'a réveillé ?

— On aurait dit que vous étiez en train de vous jeter de la vaisselle à la figure, grommela Clay, qui venait d'apparaître au bout du couloir.

Il se gratta les abdominaux en étouffant un bâillement.

— Juste un accident, expliqua April en désignant les morceaux de faïence sur le plan de travail. Tu as bien dormi ?

— Super, sans Denali pour piquer toute la place. Et toi ?

— Super… avec Denali qui piquait toute la place.

Meg poussa un soupir.

— Tu veux bien verser le café dans ma tasse isotherme ? Il faut vraiment que je file. Quand est-ce que vous allez à Albuquerque, tous les deux ?

— Demain matin, répondit Clay. J'ai quelques jours de repos, mais ne t'inquiète pas : je m'occupe de faire installer le système de surveillance d'abord.

— Ce serait super.

— Tu veux que je laisse Denali avec toi pendant qu'on sera partis ? Comme moyen de protection supplémentaire. Et puis, ce serait plus simple pour April et moi de voyager sans lui.

— Ça me fait penser…, intervint April en posant la tasse devant Meg. Il faudra qu'on prenne deux voitures. Je dois rendre la mienne à son propriétaire légitime.

Meg sursauta.

— Quoi ? Tu veux dire que tu as volé cette voiture ?

— Pas exactement…

— Non, n'en dis pas plus, la coupa Meg. Je vais travailler. Et Clay ? Pas de problème pour m'occuper de ton chien.

Lorsque la porte d'entrée se referma derrière elle, un lourd silence se fit dans la maison. April s'éclaircit la gorge.

— Tu veux que je garde Denali aujourd'hui pendant que tu travailles ? On a beaucoup de choses à se raconter, lui et moi.

— Tu vas rester ici toute la journée ou bien tu préfères aller chez moi ? Il faut que Denali mange.

— On ira chez toi. Tu veux du café ?

— Non, merci. Tu n'as qu'à aller te préparer, je t'attends. Je me doucherai là-bas et ensuite je vous laisserai vous débrouiller, Denali et toi.

— Pars en premier. Je te rejoins dès que je suis prête.

— Tu es sûre que ça ne te dérange pas de rester ici toute seule ? insista Clay.

— Je ne suis pas seule, répondit-elle en posant sa tasse dans l'évier. Tu n'as qu'à laisser Denali avec moi. Je dois aussi remettre la main sur mon revolver. Tu pourras m'aider à le nettoyer et le charger dans la journée, si tu en as l'occasion.

On frappa à la porte et Denali se leva d'un bond en grondant.

— Tu as vu ça ? s'écria April en caressant la tête du chien, avant de se diriger vers l'entrée.

Clay la retint par le bras.

— Laisse, j'y vais.

Il jeta un coup d'œil par le judas.

— Pile à l'heure. C'est Charlie Santiago de la police de Paradiso.

Il ouvrit la porte.

— Salut, Charlie !

— Tu es déjà là, Clay ? s'étonna le policier. C'est pour ton enquête ?

— Non. Je file à la frontière, là où on a retrouvé le premier corps. Tu viens pour interroger de nouveau les voisins ?

Il s'écarta un instant pour inclure April dans la conversation.

— Bonjour, mademoiselle Hart, salua le policier. J'espère que votre cousine et vous avez pu passer une soirée tranquille.

— Oui. Clay était sur le point de partir, mais il s'inquiétait de me laisser seule ici. Pouvez-vous le rassurer en lui expliquant que vous allez rester dans le secteur pendant la prochaine demi-heure ?

— Aucun problème. J'ai pas mal de choses à faire dans le quartier, de toute façon, affirma-t-il en ajustant sa ceinture. Je garderai un œil sur votre maison.

— Problème résolu, dit Clay, avec un clin d'œil à l'adresse d'April. Ne traîne pas, quand même.

Après le départ de Clay, April prit une douche. Avec le policier qui patrouillait dans le quartier et Denali qui

93

montait la garde devant la porte de la salle de bains, elle se sentait plus rassurée.

Une fois prête, elle attrapa son nouveau sac à main et quitta la maison. Elle adressa un signe à Charlie Santiago, qui passait sur le trottoir d'en face, puis tapota le siège passager pour inviter le husky à monter à bord de sa voiture.

Avant de démarrer, elle tenta d'appeler Adam. De nouveau, l'appel passa sur la messagerie après plusieurs sonneries. Elle envoya un SMS et attendit la notification lui certifiant que le message avait été reçu. En vain.

Pourquoi le téléphone d'Adam était-il éteint ? Jimmy l'avait-il menacé ? Adam savait-il qui avait dérobé la clé USB ?

— Mon petit frère est un mystère, mon cher Denali, murmura-t-elle en grattant la tête du chien, qui gémit avec compassion.

Lorsqu'elle arriva chez Clay, celui-ci s'était déjà douché et avait enfilé un uniforme propre. Le vert de la police des frontières lui allait toujours aussi bien et s'accordait à merveille avec ses yeux noisette.

Cela dit, Clay aurait été sexy dans un costume de clown...

— J'ai préparé le petit déjeuner de Denali, annonça-t-il en agitant une gamelle. Et j'ai changé son eau, dehors. Tu n'as plus qu'à ajouter un peu d'eau chaude à ses croquettes quand il sera prêt.

— Quel est ton programme ?

— Au travail, ce matin, puis je repasse ici pour déjeuner et vérifier que tout va bien pour vous deux. Ensuite, je file voir mon ami qui installe des alarmes. Tu seras rentrée pour midi ?

— Oui. Je te propose même de préparer le déjeuner.

— Qu'est-ce que tu as de prévu, ce matin ?

— Comme je te l'ai dit : je vais renouer avec Denali… et essayer de contacter mon frère.

— Toujours aucune nouvelle d'Adam ? s'étonna Clay.

— Non… Peut-être qu'il ne sait pas que j'ai appelé Jimmy et qu'il préfère éviter de me téléphoner, au cas où mon ex l'apprendrait.

— Tu as appelé Adam depuis ton nouveau téléphone ?

— Oui.

— Il ne connaît pas ce numéro. Il n'aurait aucune raison de l'éviter.

— Je lui ai également envoyé un SMS pour qu'il sache que c'est moi.

— Continue. Je serais curieux d'apprendre ce qu'il sait à propos de cette clé USB.

— Tu ferais mieux d'y aller. Denali et moi avons beaucoup à faire.

— Arrange-toi pour qu'il ne t'adore pas encore plus qu'avant. Sinon, tu vas à nouveau briser son pauvre petit cœur de chien quand tu partiras.

April détourna le regard.

— Denali et moi avons passé un accord.

— Si tu le dis… J'ai sorti le matériel pour nettoyer ton revolver. Tout est sur l'établi, dans le garage.

— Merci, répondit-elle en tapotant le petit sac à dos emprunté à Meg. J'ai pris mon flingue.

Clay ne put retenir un sourire.

— C'est ça, moque-toi ! Tu sais que je suis une fine gâchette.

— Je sais. Sois prudente, c'est tout.

— Avec l'arme ou de façon générale ?

— De façon générale.

— Je pense que ces têtes sont une sorte de message qui t'est destiné. Je ne crois pas que Meg et moi ayons des raisons de nous inquiéter.

— Sans doute, soupira-t-il en ajustant son sac sur son épaule. Mais ça ne me plaît pas que ces types sachent qu'on se connaît et qu'ils t'aient suivie jusque chez toi. Ils te surveillent peut-être encore.

April serra plus fort la bretelle de son sac à dos.

— Ça ne me plaît pas non plus, mais je ne risque rien avec Denali et mon arme… Dès qu'elle sera de nouveau en état de marche.

— À ce midi, alors, conclut-il avec un petit signe de la main, avant de gagner la porte.

Après avoir nourri Denali, nettoyé et chargé son revolver, April se glissa dans le bureau de Clay. Son ordinateur n'était pas protégé par un mot de passe, si bien qu'elle put lancer un navigateur et effectuer une recherche sur El Gringo Viejo. Elle ignora les premiers résultats, renvoyant à divers restaurants mexicains, puis découvrit plusieurs articles sur le mystérieux trafiquant du Mexique.

Ce type n'avait pas la notoriété de certains barons de la drogue – pas de villa de luxe, pas de jeunes femmes sexy dans son entourage. En réalité, personne ne savait où il vivait. Ni à quoi il ressemblait. Et personne ne savait vraiment comme il opérait.

Comment Adam en était-il venu à croire qu'El Gringo Viejo était leur père ? Et pourquoi en aurait-il parlé à Jimmy ? Tout cela n'avait aucun sens.

Les articles ne fournissaient pas beaucoup d'informations. En tout cas, pas assez pour prendre la direction du Mexique dans l'espoir d'en apprendre plus. Évidemment, si April décidait de passer la frontière pour faire circuler la rumeur que la fille d'El Gringo Viejo cherchait à contacter son père, cela donnerait peut-être des résultats.

À moins qu'elle ne finisse simplement avec une balle dans la tête.

Qu'espérait-elle, en retrouvant son père ? S'il était vraiment El Gringo Viejo, cela ne réduirait-il pas en miettes sa théorie selon laquelle il n'avait jamais assassiné leur mère ? Au contraire, cela confirmerait sa culpabilité.

Avec un soupir, elle s'affaissa dans le fauteuil du bureau. Clay avait raison : elle venait à peine de se tirer d'une situation délicate avec Jimmy. Elle devait oublier tout ça et aller de l'avant. Oublier Clay, également. Existait-il une date de péremption pour les menaces de mort ? Elle préférait ne pas vérifier.

À ses pieds, Denali poussa un gémissement. Elle retira une de ses sandales et posa un pied sur la fourrure douce de son dos.

— Tu es prêt pour une promenade, mon joli ?

L'animal dressa l'oreille en battant de la queue. La compagnie d'un chien lui avait manqué. Jimmy avait toujours affirmé qu'il était allergique. Elle aurait dû se méfier.

Elle récupéra la laisse de Denali près de la porte et glissa un petit sac plastique dans la poche de son pantalon. Après avoir attaché le chien, elle prit la direction des vergers de pacaniers, situés à quelques centaines de mètres derrière la maison de Clay. Les terres appartenaient à la famille de Nash Dillon depuis plusieurs générations, en plus de celles qui entouraient la maison du policier.

Arrivée parmi la végétation, April détacha Denali pour le laisser courir librement. Elle humait avec délice l'odeur un peu âcre des arbres et profitait de la tiédeur agréable de l'air. Elle aurait pu être heureuse à Paradiso avec Clay, si sa vie n'avait pas pris un virage à cent quatre-vingts degrés pendant sa dernière année d'université.

Si son père n'avait pas poignardé sa mère à mort, dans la cuisine familiale. Si son petit frère fragile n'avait pas découvert le corps. Si elle n'avait pas été dans l'obligation de passer derrière tout le monde pour nettoyer.

Un jappement bref retentit et Denali apparut entre les arbres, courant comme s'il poursuivait un lapin... ou comme s'il fuyait quelque chose. Il s'arrêta devant elle, le poil hérissé, et fit volte-face pour regarder en direction du verger dont il sortait. Il fit mine de gronder, mais aucun son ne sortit de sa gueule. Il restait là, tremblant. Sa peur était si évidente qu'April la sentit la gagner. Elle frissonna.

— Qu'est-ce qui se passe, mon beau ? Tu as le diable aux trousses ?

Elle poussa ses lunettes de soleil sur le bout de son nez et scruta le feuillage. Peut-être Denali avait-il découvert quelque chose.

— Tu as déniché un lapin en grattant la terre ?

Elle frissonna malgré la chaleur.

Et si... ?

Et s'il s'agissait d'une autre tête ? Elle semblait en trouver une chaque fois qu'elle se promenait en ville, depuis son arrivée. À vrai dire, il restait encore un corps à trouver. Elle s'accroupit pour remettre la laisse au chien.

Pas question de découvrir seule un éventuel corps décapité.

— Allez viens, Denali. On rentre. On va voir ce que ton maître a dans son frigo pour déjeuner.

Le husky ne se fit pas prier. Il bondit en avant pour quitter le verger. April ne put s'empêcher de jeter un regard par-dessus son épaule.

Lorsqu'elle regagna la maison de Clay, son pouls avait

retrouvé un rythme normal. Elle essayait de se raisonner : les chiens pouvaient être effrayés par des tas de choses. Pas forcément par un cadavre.

Elle remplit la gamelle d'eau de Denali et le brossa rapidement, avant de se laver les mains. Puis, elle se rendit dans la cuisine. Pour un célibataire, Clay avait dans ses placards des réserves plutôt classiques. Bon, évidemment, il y avait aussi un stock de bière raisonnable et un certain nombre de cartons de plats à emporter, contenant des restes douteux. Mais il avait aussi des légumes frais et des œufs qui n'avaient pas encore passé leur date de péremption. Elle confectionna rapidement une omelette, accompagnée d'une salade de tomates, de concombre et d'avocats.

Lorsque Clay arriva, elle avait posé un bouquet de fleurs sur la table de la cuisine et servi deux verres de thé glacé. Il retira son chapeau, puis regarda tour à tour April et la table dressée.

— Il ne fallait pas te donner toute cette peine.

— Pas de problème. C'est incroyable les fleurs que tu arrives à faire pousser dans ton jardin malgré cette chaleur !

— C'est toi qui les as plantées, rappela-t-il en posant son sac sur le bord de la table. Je me contente de les arroser, comme tu me l'as expliqué.

— Tu as la main verte, Clay Archer.

Il examina ses mains d'un air méfiant.

— Je me contente d'obéir aux ordres.

— Moi aussi, ajouta-t-elle avec un petit salut militaire. J'ai nettoyé mon revolver avec le matériel que tu m'as laissé dans le garage, j'ai sorti Denali et j'ai réussi à bricoler quelque chose pour le déjeuner.

— Ça a l'air bon. Je vais me laver les mains et j'arrive.

Il posa son ceinturon sur le dossier d'une chaise.

— Ah ! J'ai aussi appelé mon ami pour les caméras, ajouta-t-il dans le couloir. Il va m'aider à équiper les deux maisons.

— Je payerai pour la mienne.

— Non, on s'en occupe, répondit-il depuis la salle de bains, tandis qu'il se passait les mains sous le robinet. Je me sens coupable envers Meg. C'est un peu moi qui ai apporté tout ce bazar chez elle... Enfin, chez toi. C'est quoi, votre arrangement, d'ailleurs ?

Il revint dans la cuisine.

— Elle peut habiter la maison jusqu'à ce que je décide si je veux la vendre ou non, expliqua April en tirant une chaise.

— Tu ne dois pas consulter Adam ?

— Adam n'est pas propriétaire de la maison. Moi, oui.

Elle s'empara d'une fourchette et ajouta :

— Mais... je partagerai l'argent avec lui, si jamais je vends.

— Pourquoi ? demanda Clay en s'asseyant à son tour. Ce n'est pas ce que ta mère voulait, il me semble. C'est pour ça que tu as aussi touché toute son assurance-vie. Elle ne faisait pas confiance à Adam, pour les questions d'argent.

April se mordit la lèvre.

— Je n'ai pas réussi à le joindre, ce matin. Je veux essayer de passer chez lui, demain, quand on ira à Albuquerque.

— J'espère seulement que Verdugo n'a pas découvert que c'était Adam qui avait volé la clé USB.

— Je crois qu'Adam ne serait pas assez stupide pour voler Jimmy. Quoi qu'il y ait sur cette clé.

Clay eut un petit rire, puis entama son omelette.

— Alors, cette promenade avec Denali ? Vous êtes allés vers les vergers ?

— Oui, mais il a aperçu quelque chose qui lui a fait peur et il est revenu ventre à terre, le poil hérissé.

— Ça arrive tout le temps.

Clay prit un beau morceau d'omelette au fromage dans son assiette et le glissa sous la table pour Denali.

— Tu le gâtes trop.

— Tu peux parler, tiens. C'est très bon, merci.

— C'est la moindre des choses.

Étant donné que je t'ai plaqué à quelques jours du mariage.

Comme Clay ignorait les gémissements de Denali, qui réclamait encore à manger, le chien finit par se glisser sous une chaise en reniflant. Lors de son second passage, il se prit dans la bandoulière de la sacoche de Clay, qui pendait de la table. April tendit la main, sans parvenir à rattraper à temps le lourd sac, qui tomba avec un bruit sourd. Une liasse de documents se répandit sur le carrelage.

— J'espère qu'il n'a pas cassé mon ordinateur, marmonna Clay en reculant sa chaise.

— Ça a l'air d'aller, dit April, qui était déjà accroupie pour ramasser les documents éparpillés devant elle.

— Je m'en occupe, laisse, ordonna Clay d'une voix soudain tendue.

April leva les yeux vers lui. Il semblait très pâle. Elle retourna alors les feuilles qu'elle tenait déjà et sa gorge se serra.

— Les photos de la tête d'hier, murmura-t-elle.

— Désolé, oui.

Il tendit la main et répéta :

— Je m'en occupe.

Elle approcha la photo de ses yeux pour étudier les détails sordides. Soudain, elle se laissa tomber par terre avec un cri étouffé.

— Je sais. Je suis désolé, April. Tu n'aurais pas dû regarder. J'ai essayé de te prévenir.

Elle porta une main à sa gorge et balbutia :
— Je… je la connais.

9

Clay arracha les feuilles des mains d'April.

— Non. Tu as cru la reconnaître, c'est tout. Les gens n'ont pas la même tête quand ils sont morts. Surtout s'ils ont été décapités. Il pourrait s'agir de n'importe qui.

April acquiesçait doucement, le regard vide.

— Je connais cette femme, insista-t-elle. Elle s'appelle Elena.

Clay rangea les documents froissés dans sa sacoche, puis aida April à se remettre debout. Aussitôt, elle se laissa retomber sur une chaise et se frotta les cuisses d'un geste nerveux.

— C'est elle. Je sais que c'est Elena.

— Tiens, dit Clay en lui tendant son verre de thé. Bois quelque chose.

— Qu'est-ce que ça signifie ? Pourquoi est-elle là ?

April serra la main de Clay, plantant les ongles dans sa chair. Il enroula les doigts autour de son poignet.

— Qu'est-ce qui te fait croire qu'il s'agit de cette Elena ? reprit-il. Ses traits sont déformés, sa peau a perdu toute coloration. L'inspecteur Espinoza s'interrogeait même ce matin sur l'utilité d'un portrait à diffuser. C'est pour ça que la police n'a pas tout de suite remarqué que la première tête ne correspondait pas au corps trouvé près de la frontière. La couleur de la peau, les traits, les plis, la tension… Tout change dans ce genre de conditions extrêmes.

— Regarde bien, demanda April, en touchant du doigt son sac. Cette femme a un piercing à la narine.

Clay sentit son pouls s'accélérer.

— Beaucoup de femmes ont des piercings…

— Vérifie, Clay, insista-t-elle. C'est une petite étoile. Une étoile en or.

Clay eut l'impression d'avoir la langue collée au palais, tant il avait la bouche sèche. Il n'avait pas besoin de vérifier. Ses collègues et lui avaient déjà remarqué la petite étoile dorée qui ornait le nez de la victime.

April leva les yeux vers lui, une main sur la poitrine.

— C'est vrai, n'est-ce pas ? Tu as vu le piercing !

— Si tu connais son identité… et je ne suis pas en train d'admettre que c'est vrai… comment l'as-tu rencontrée ? Qui est cette Elena ?

— Je l'ai croisée chez Jimmy.

Clay ferma les yeux, saisi d'un mauvais pressentiment. L'idée que le cartel ait laissé une tête sur le pas de la porte d'April à cause de lui le mettait hors de lui. Mais, si Jimmy cherchait à envoyer une sorte de message à April, c'était tout bonnement terrifiant.

Il rouvrit les yeux. April ne devait pas savoir combien ses paroles l'avaient effrayé. Il posa avec douceur les mains sur les siennes et mêla les doigts aux siens.

— À quelle occasion ? demanda-t-il. Que faisait-elle chez Jimmy ?

— C'est… c'était la copine de Gilbert.

— L'homme présent dans le bureau lorsque tu as surpris la discussion ?

Elle acquiesça, l'air las.

— Qu'est-ce que cela signifie ? Est-ce Jimmy qui l'a tuée ? Ou bien a-t-il ordonné sa mort ?

April bondit si vite de sa chaise qu'il faillit tomber à la renverse. Elle se prit la tête à deux mains et laissa échapper un cri rauque. Denali se redressa aussitôt, tous les sens en alerte.

— Comment ai-je pu sortir avec ce type ? Je n'arrive pas à croire qu'Adam m'ait piégée comme ça !

Clay prit appui sur le rebord de la table pour se remettre debout.

— Sans vouloir me faire l'avocat du diable, je ne crois pas que ce soit lui qui ait tué Elena.

— Tu penses qu'il s'agit d'une énorme farce cosmique, si j'ai rencontré chez Jimmy une femme qu'on a retrouvée assassinée et décapitée près de la frontière ? Et si sa tête a trouvé son chemin jusque chez moi ?

Elle s'accroupit pour caresser Denali, qui tournait comme un fou autour d'elle.

— Tu veux bien t'arrêter une minute ? demanda Clay. Tu nous rends nerveux, Denali et moi.

Il saisit une chaise de la cuisine par son dossier et la plaça devant elle.

— Assieds-toi. Bois ton thé. Je peux t'apporter quelque chose de plus fort, si besoin.

April frissonna violemment.

— Non, le thé, ça ira.

Il tira une autre chaise et s'installa à califourchon, en face d'elle.

— On se calme. On va réfléchir. Jimmy appartient à Las Moscas, c'est ça ? Tu as vu les jetons de bois dans le tiroir de son bureau. Il n'en aurait pas en sa possession s'il n'était pas membre du cartel.

— De ton côté, tu m'as dit qu'Elena en tenait un serré dans le creux de sa main, quand on l'a retrouvée.

— C'est exact. Mais mes collègues et moi n'avons jamais cru qu'elle puisse être une simple mule pour Las

Moscas. Ils l'ont tuée et ont laissé le jeton dans sa main en guise d'avertissement : on ne joue pas avec Las Moscas.

— Jouer avec eux ? Jouer *contre* eux plutôt, non ?

Elle recoiffa une mèche de ses cheveux dorés derrière son oreille.

— Selon mes collègues, Las Moscas a réagi de la manière la plus brutale possible à l'arrivée d'un nouveau gang sur son territoire. Cette mascarade atroce serait une façon de réaffirmer sa position dominante.

— Tu penses qu'Elena travaillait pour une organisation rivale de Las Moscas, dont Jimmy et Gilbert feraient partie ?

— C'est ce que je soupçonne fortement, oui.

— Et qu'est-ce que je viens faire dans tout ça ? demanda-t-elle, en manquant de renverser son verre.

Elle but une longue gorgée de thé glacé.

— Pourquoi avoir laissé la tête devant chez moi ? Je ne savais même pas que Jimmy connaissait cette adresse.

— Tu peux être sûre qu'Adam lui a tout raconté sur ton compte. Peut-être même lui a-t-il parlé de moi.

— Peut-être qu'il pense que je suis venue ici pour te divulguer plein de détails sur lui et son opération...

C'était exactement ce que Clay redoutait. Le front soucieux, April soupira :

— C'est stupide de sa part d'avoir déposé la tête d'Elena devant chez moi, sachant que je serais en mesure de l'identifier.

— Justement. Jimmy ne tuerait pas une de ses mules. Ce n'est pas lui qui a laissé la tête devant chez toi, c'est Las Moscas.

April écarquilla les yeux.

— C'est encore pire ! C'est déjà assez dur comme ça d'être confronté à un ennemi connu, mais Las Moscas ? Tu penses qu'ils sont remontés jusqu'à moi par Jimmy ?

— Si Jimmy faisait partie de Las Moscas, j'imagine que quelqu'un du cartel a vérifié toutes ses relations.

April se tordit les mains, qui avaient enfin cessé de trembler.

— Et maintenant ? demanda-t-elle.

— Connais-tu le nom de famille d'Elena ?

— Non. Mais je connais celui de Gilbert. C'est Stanley. Gilbert Stanley.

— Il n'est pas latino-américain ?

— À moitié, comme toi.

— Quand tu as rencontré Elena, était-elle en compagnie d'une femme blanche plus âgée ?

— Non.

— Tu penses que son statut de petite amie était une couverture ou que Gilbert et elle étaient vraiment en couple ?

— Je n'en ai pas la moindre idée. Je n'ai pas passé beaucoup de temps avec eux. Une fois, elle est entrée dans le bureau de Jimmy et je me suis demandé pourquoi elle en avait le droit, et pas moi. Ce devait être pour recevoir des instructions.

Elle joua un instant avec son verre, puis demanda :

— Tu vas devoir transmettre toutes ces infos à l'inspecteur Espinoza, j'imagine…

— Bien sûr. Il doit identifier ces têtes.

— Ça signifie que tu vas devoir lui expliquer comment tu as trouvé le nom de la femme au piercing. Tu vas lui dire que je connais Jimmy Verdugo et que j'étais chez lui pendant qu'il préparait une sorte d'arnaque contre Las Moscas.

Clay posa le menton sur le dossier de la chaise. Rien de tout cela n'était bon pour April.

— Peut-être peut-on modifier légèrement notre version. Pour expliquer ta présence chez lui.

— Impossible, Clay. Dès qu'Espinoza interrogera Gilbert… et Jimmy… ils vont lui parler de moi. Et Jimmy saura aussitôt que je suis au courant de ses magouilles. Ça va sans doute achever de le convaincre que c'est moi qui ai volé la clé USB.

Clay se massa les tempes.

— Dans ce cas, on ne parle pas du tout de toi à Espinoza.

— Comment comptes-tu justifier le fait que tu connaisses le prénom d'une femme retrouvée morte à la frontière ?

Clay haussa les épaules avec une nonchalance feinte.

— Je suis en contact avec beaucoup de mules, de dealers, de toxicos, j'en passe et des meilleures. Je n'aurai qu'à dire que je l'ai déjà croisée. Je me suis souvenu du piercing, de son prénom, et c'est tout.

— Comment Espinoza va-t-il faire le lien entre Elena et Gilbert Stanley ? Il a besoin de cette connexion pour lancer une enquête.

— Je vais trouver. Je ne veux pas que tu sois plus impliquée que tu ne l'es déjà.

— C'est-à-dire jusqu'au cou, soupira-t-elle, en commençant à empiler la vaisselle sale sur la table. Il faut que tu t'occupes de ces systèmes de sécurité. Meg va râler si le sien n'est pas opérationnel avant qu'on parte pour le Nouveau-Mexique.

— Il faut transmettre le prénom d'Elena à Espinoza. Plus tôt il aura cette information, mieux ça vaudra. Je vais passer le voir avant d'aller chez Kyle, mon ami qui installe des alarmes.

Il la regarda un instant, puis ajouta :

— Tu veux venir avec moi ? Mais tu dois me promettre de ne rien dire. C'est possible ?

Il se rendit compte, en prononçant cette phrase, que

c'était une évidence : April savait garder un secret mieux que quiconque. Elle fronça les sourcils.

— Je ne veux pas que tu t'attires des ennuis à cause de moi.

— Espinoza ne tardera pas à découvrir ce qu'on sait déjà, de toute façon. Et les risques que je prends ne sont rien, comparés à ceux que tu prends avec Jimmy, si jamais il apprend que tu en sais plus long que tu ne le prétends. Tu n'es pas encore sortie du bois, avec ce type. Tu risques même de t'y enfoncer un peu plus.

— Il y a deux ans, tu aurais adoré que je m'y perde pour de bon, fit-elle remarquer.

Du bout du pouce il effleura sa lèvre, qui tremblait légèrement.

— Jamais. J'ai toujours voulu le meilleur pour toi, April.

— Pareil. Seulement… je savais que ce n'était pas moi, le meilleur pour toi.

Clay sentit une étincelle jaillir dans son cœur. Était-ce pour cela qu'elle l'avait quitté ? À cause d'une idée stupide ? Sous prétexte que son père était soupçonné du meurtre de leur mère et que son frère avait perdu les pédales après avoir découvert le corps, elle n'était pas assez bien pour lui ?

— Est-ce que tu… ?

Elle le fit taire d'un geste.

— Oublions ça, tu veux bien ? Je vais débarrasser pendant que tu te changes, et ensuite on ira annoncer la nouvelle à l'inspecteur Espinoza.

L'étincelle qu'il avait ressentie plus tôt s'éteignit brutalement, mais il ne désespérait pas qu'ils puissent reprendre plus tard le fil de cette conversation.

— D'accord. Tu n'as qu'à tout mettre dans le lave-vaisselle et laisser la poêle dans l'évier. Je m'occuperai de tout ça ce soir.

Il se dirigea vers la chambre pour retirer son uniforme.

Une heure plus tard, ils se garaient devant le commissariat de Paradiso. Dès qu'il les aperçut, Espinoza les rejoignit rapidement. Il avait l'air déterminé, et les talonnettes de ses bottes de cow-boy résonnaient avec force sur le carrelage.

— On a identifié la jeune Latino-Américaine, annonça-t-il de but en blanc.

April saisit Clay par les passants de sa ceinture, dans son dos.

— C'était rapide, fit remarquer celui-ci. Qui c'est ?

— Elle s'appelle Elena Delgado. Ses empreintes étaient déjà dans le fichier. Vols de voitures.

— Donc, elle a un casier ? demanda April, en lâchant Clay.

— Je ne sais pas si elle a été condamnée, mais les faits étaient suffisamment graves pour qu'un collègue prenne ses empreintes digitales, expliqua Espinoza en se frottant les mains. Et on a aussi trouvé le nom d'un complice. C'est son petit ami. J'imagine qu'il doit tremper dans leur dernière combine… qui a coûté la vie à sa copine.

— Son petit ami ? répéta Clay, feignant la surprise.

— Jesus Camarena, précisa Espinoza en ouvrant un dossier pour leur montrer la photo d'un Latino-Américain moustachu. Chaque fois qu'elle a eu affaire à la police, cette jeune dame était en compagnie de Camarena.

April se figea en découvrant le portrait.

— Et où est ce Camarena en ce moment ? demanda Clay.

— C'est ça, le grand mystère. Ça fait un bail que son nom n'a pas refait surface.

Espinoza se gratta le menton.

— Sa dernière adresse connue est à Phoenix, dans l'Arizona.

April soupira.

— Peut-être qu'il a une nouvelle identité, pour recommencer à zéro avec un casier vierge.

Clay fit un signe discret à April. Ils venaient d'avoir une chance phénoménale ; inutile de prendre davantage de risques.

— Peut-être…, dit Espinoza en haussant les épaules. Mais on va le retrouver d'une façon ou d'une autre, pour comprendre le rôle qu'il joue dans ce bazar. On a encore une victime à identifier.

— Il va d'abord falloir retrouver le reste du corps pour avoir des empreintes digitales. Ou bien attendre les résultats des tests ADN de la tête. Mais, si elle n'a pas été arrêtée, vous n'apprendrez pas grand-chose.

— Le nom d'Elena Delgado t'évoque quelque chose, Archer ? demanda soudain Espinoza, en baissant les yeux vers le dossier que Clay tenait à la main.

— Rien du tout. Je venais te dire que son visage me paraissait vaguement familier, d'après les photos, mais c'est difficile d'être sûr, dans de telles conditions.

— Je me demande quand même pourquoi Las Moscas a pris la peine de laisser une tête devant chez toi et une autre devant chez ta… devant chez Mlle Hart.

— Ils veulent peut-être que la police des frontières garde ses distances, suggéra Clay, en roulant le dossier entre ses mains. Ce n'est pas la première fois qu'ils envoient ce genre de messages. Jamais de façon aussi… extrême, cela dit.

— À la guerre comme à la guerre, grommela Espinoza.

Dis donc, j'ai été franc avec toi. Tu vas me rendre la politesse. *Quid pro quo* et tout ça. J'ai entendu dire que Las Moscas augmentait ses livraisons de ce côté-ci de la frontière. Ils auraient financé l'ouverture de nouveaux tunnels et assuré leur monopole avec un fournisseur au Mexique.

— El Gringo Viejo, marmonna Clay, avec un geste nerveux.

— Le bon vieux Gringo… Oui, c'est le nom qui circule. Tu sais qui c'est ?

April s'agita à ses côtés.

— Non, soupira Clay. Sans doute un Blanc âgé ?

— Stupéfiante déduction, Archer, se moqua Espinoza en lui donnant une tape sur l'épaule. Au fait, pourquoi voulais-tu me voir ?

— Juste pour te dire que la femme me semblait familière, bafouilla Clay. Mais tu m'as pris de vitesse.

— On te tiendra au courant pour le volet de l'enquête concernant les stupéfiants et si on apprend quelque chose sur ce Camarena. Cette pauvre petite n'a pas eu de chance en rencontrant ce type. C'était perdu d'avance pour elle.

— Et, nous, on te tient au courant de toute activité à la frontière qui pourrait être en lien avec cette enquête, annonça Clay, en posant une main dans le dos d'April pour l'inviter à se diriger vers la sortie. Je vais m'absenter pendant quelques jours. Tu as mon numéro, si besoin.

— L'agent Dillon est en congé. Tu me laisses avec le petit jeunot, Valdez ?

— N'hésite pas à le solliciter. Ça ira.

Une fois dehors, April poussa un immense soupir.

— Tu parles d'une chance ! Il a juste fallu mentir par omission. Ce n'est pas vraiment mentir, si ?

— Il y a une différence ? s'étonna Clay. Dans le monde selon April, sans doute…

April rougit légèrement et se détourna.

— Je suis contente qu'ils aient réussi à identifier Elena Delgado. Tu penses qu'ils vont retrouver la trace de Jesus, alias Gilbert ?

— C'était bien lui sur la photo que nous a montrée Espinoza ?

— Tu as bien vu ma réaction. J'ai failli m'évanouir.

— Oui, j'ai remarqué.

Clay s'arrêta, la main sur la poignée de la portière passager.

— L'inspecteur Espinoza pourrait recevoir un témoignage anonyme concernant une maison à Albuquerque.

— Il est totalement plausible que la police retrouve Gilbert après avoir identifié Elena, non ? Jimmy ne me soupçonnerait pas nécessairement de l'avoir dénoncé. Et puis, Jimmy n'est pas au courant que la tête d'Elena a été abandonnée devant chez moi. Et ce n'est pas Las Moscas qui va l'en informer.

— Pour l'heure, Jimmy a de plus gros soucis qu'une fiancée en vadrouille. Il doit suer à grosses gouttes en se demandant si le cartel va faire le lien entre Gilbert et lui d'un côté et les deux mules qui ont tenté de mettre la main sur le chargement de Las Moscas de l'autre.

April s'adossa à la voiture.

— Ils vont le tuer, non ?

— Si ce qui est arrivé à ces deux femmes est une indication de l'humeur des chefs de Las Moscas, je n'aimerais pas être à la place de Jimmy, à l'heure qu'il est.

En vérité, il avait bel et bien été à sa place, deux ans plus tôt, quand April s'était enfuie avant leur mariage. Il ouvrit la portière et elle s'apprêtait à monter dans la voiture, quand elle se ravisa soudain.

— Tu te demandes pourquoi j'ai accepté d'épouser Jimmy aussi rapidement ?

Clay serra les dents.

— Je crois qu'on a déjà établi que tu cherchais une forme de sécurité et qu'Adam avait dit à Jimmy comment devenir l'homme idéal pour toi.

Elle le regarda un instant, puis murmura :

— Au départ... il était exactement comme toi.

Puis, elle se laissa tomber sur le siège et referma la portière.

Plus tard dans l'après-midi, Clay et son ami Kyle Lewis vinrent installer le nouveau système de surveillance dans la maison d'April. Debout dans l'allée, celle-ci observait les deux hommes qui ajustaient les caméras, grimpés sur des échelles.

Lorsque Clay commença à redescendre, elle se précipita pour assurer son échelle, profitant au passage d'une vue magnifique sur son fessier musclé.

— Quand Meg rentrera, on fera les essais avec son téléphone, annonça Clay en sautant les derniers échelons. Je ne pense pas qu'on retrouvera d'autres morceaux de cadavres devant la porte, mais Meg se sentira plus en sécurité.

April se tourna vers la seconde échelle pour la retenir à son tour, pendant que Kyle descendait.

— Tu es partant pour une bière ? demanda Clay.

— Avec plaisir. Mais je termine ici, d'abord.

Tandis que les deux hommes pliaient les échelles, ramassaient les cartons d'emballage et rangeaient les outils, April se rendit dans la maison pour sortir deux bouteilles de bière et une canette de soda du réfrigérateur.

Lorsque Meg rentra du travail, Kyle lui montra comment

activer la caméra de vidéosurveillance depuis son smartphone et consulter à distance les images filmées. Les deux semblaient tellement concentrés, penchés sur le même écran, qu'April finit par adresser un signe discret à Clay. Ce dernier se leva en s'étirant.

— April et moi, on va vérifier les capteurs dehors, annonça-t-il. Vous nous direz si quelque chose ne fonctionne pas.

Kyle leva le nez, l'air surpris, comme s'il avait complètement oublié leur présence.

— Oui, oui, pas de problème, marmonna-t-il.

Clay tint la porte à April et ils se dirigèrent vers un coin du perron, à l'opposé de l'endroit où la tête avait été découverte.

— Viens, on va marcher parmi les cactus, proposa-t-il en lui prenant la main.

Elle ne chercha pas à se libérer et ils s'engagèrent sur la petite allée pavée qui sillonnait le jardin. De chaque côté, des veilleuses solaires éclairaient doucement leur chemin. April, les larmes aux yeux, ne voyait plus qu'une longue traînée scintillante. En reniflant, elle serra la main de Clay.

— Ta mère a toujours été quelqu'un de créatif et d'agréable. Elle doit te manquer.

— Oui. Surtout dans ce jardin qu'elle aimait tant.

Elle s'arrêta et tapa du bout du pied la planche de bois qui séparait l'allée des parterres.

— Si seulement je pouvais discuter avec mon père de ce qui s'est passé, soupira-t-elle.

Clay se tourna vers elle pour la saisir par les épaules.

— Ne va pas te fourrer des idées folles dans la tête. Te rendre au Mexique pour trouver El Gringo Viejo ne servirait à rien. Ce n'est pas ton père. Et, même dans le cas contraire, que pourrait-il te dire ? Qu'il a tué ta mère parce qu'elle avait découvert qu'il était impliqué dans un trafic de drogue ?

— Pourquoi l'aurait-il tuée, s'il avait de toute façon l'intention de s'enfuir ? Pourquoi ne pas se contenter de passer la frontière pour disparaître au Mexique, comme il l'a fait après ?

— C'était peut-être un crime passionnel. Ta mère lui a demandé des comptes et il l'a tuée.

Il serrait ses épaules avec tant de force qu'elle finit par se dégager.

— Désolé, murmura-t-il.

— C'est exactement ce que je voudrais savoir.

— Je comprends que tu te poses des questions, mais c'est risqué de te lancer à la recherche de ton père... Si seulement c'est possible. La police n'a jamais retrouvé sa trace. C. J. Hart a même fait l'objet d'une de ces émissions sur les criminels les plus recherchés.

— Cela a permis au FBI de récolter plein d'indices et de pistes.

— Qui n'ont rien donné. Tu penses que tu pourrais faire mieux ?

— Je suis sa fille. S'il apprend que je le cherche, il viendra.

— En es-tu sûre ?

Du bout du pied, April dessina un cercle dans la poussière. Pourquoi son père voudrait-il soudain la revoir ? S'il n'était pas coupable, il aurait déjà repris contact avec elle pour essayer de s'expliquer. Toutes ces années et pas un mot de lui.

— Tu as raison, soupira-t-elle.

— Tu veux que je dorme encore ici ce soir ? On pourra partir tôt demain matin pour Albuquerque.

— Non, ça ira. On a le système de vidéosurveillance. Je me lèverai plus tôt. Et puis, Denali t'attend chez toi.

116

— Je peux aller le chercher, avec sa nourriture et ses jouets, pour le laisser avec Meg demain.

Soudain, le téléphone d'April sonna.

— Une seconde, dit-elle en fouillant dans sa poche. Oh enfin ! C'est Adam.

Elle décrocha.

— Adam, où étais-tu ? demanda-t-elle aussitôt. Je n'ai pas arrêté de t'appeler.

— April ? répondit une voix de femme à l'autre bout.

April sentit ses cheveux se dresser sur sa tête.

— Kenzie ?

— Oui, c'est moi. Tu n'as pas de nouvelles d'Adam non plus.

— Pourquoi appelles-tu depuis son téléphone ? Où est-il ?

April serra son smartphone contre sa poitrine et chuchota à l'adresse de Clay :

— C'est la petite amie d'Adam.

Kenzie ravala un sanglot.

— Je ne sais pas où il est, April. Je n'ai plus aucune nouvelle depuis le jour du mariage. Je suis inquiète. J'ai fini par aller chez toi. Il n'est pas là, mais j'ai trouvé son téléphone, éteint. Il y a aussi… du sang. April, il y en a partout !

10

Clay s'installa au volant de son pick-up et se tourna vers April, qui était assise sur le siège passager. Il l'observa un instant, puis lui caressa la joue.

— On va retrouver ton frère, April.
— Vraiment ?

Elle soupira, puis reprit :

— Ce doit être un coup de Jimmy. Selon Adam, il le cherchait partout. Visiblement, il a fini par mettre la main dessus.

Elle serra avec force son genou, qui tressautait nerveusement.

— Peut-être qu'il croit que c'est Adam qui a volé la clé USB…

Clay s'empara de la tasse qu'il avait posée dans le porte-gobelet et but une gorgée ; le café tiède avait un goût amer.

— Tu es sûre de ne pas vouloir appeler la police d'Albuquerque ?

— C'est impossible, Clay. Kenzie a refusé de toucher aux drogues qu'Adam a laissées chez moi. Je la comprends, à vrai dire. Tu imagines si la police débarquait dans mon appartement et tombait dessus ?

— Alors, quoi ? On passe les premiers pour les faire

disparaître et ensuite on alerte la police ? Ce n'est pas mieux…

— Tu travailles à la police des frontières. Tu as des contacts à la DEA. Appelle tes collègues si tu veux te débarrasser légalement de ces drogues.

— De quelle quantité parle-t-on ? Kenzie t'a dit ce qu'il y avait ?

— Non. Elle était au bord de la crise de nerfs quand elle a raccroché. J'ai préféré ne pas insister.

— Comment est-elle entrée chez toi, au fait ?

— La porte n'était pas fermée à clé.

— Génial…, marmonna Clay en faisant la grimace. Adam rapporte sa came chez toi et Jimmy le cueille là-bas… Ils se battent. Si Jimmy choisit de laisser la drogue plutôt que de l'emporter, il y a une raison à ça.

— Il savait que je n'appellerais pas la police.

Elle frotta nerveusement le devant de son pantalon avec ses ongles.

— J'espère qu'Adam n'a pas pris cette clé USB, sinon Jimmy va le tuer, murmura-t-elle. Si ce n'est pas déjà fait.

— Ça dépend de ce qu'il y a dessus. Si Jimmy récupère la clé, il peut décider de s'en servir pour faire chanter Adam. Il vient de perdre deux mules, ne l'oublie pas.

April croisa les bras.

— Tu penses que Jimmy exigerait d'Adam qu'il intercepte les livraisons de Las Moscas ?

— Je ne sais pas, April. C'est une possibilité parmi d'autres.

Il serra le volant.

— Tu ne devrais pas te précipiter dans ce bourbier. Tu ne dois rien à ton frère, après ce qu'il t'a fait.

— De toute façon, j'avais prévu de passer chez moi. Mais j'aurais préféré rendre la voiture à Ryan.

— Entre la disparition d'Adam, la drogue et le sang

chez toi, on n'aura pas le temps de faire un détour par une adresse que tu n'es même pas sûre de retrouver.

— Ne t'inquiète pas. Tu es avec moi et je ne peux quand même pas laisser Adam dans cette situation.

Clay serra les dents sans répondre. Il avait dit maintes fois à April ce qu'il pensait de son frère, mais elle ne voulait rien entendre. Elle prétendait qu'il ne comprenait pas, parce qu'il était fils unique. Elle avait peut-être raison, mais la relation qu'elle entretenait avec Adam ne lui donnait pas envie d'avoir des frères et sœurs.

Ils arrivèrent à l'appartement à Albuquerque vers 1 heure du matin. Quand ils entrèrent dans le parking de la résidence, la place attitrée d'April était vide.

— Ma voiture n'est pas là, constata-t-elle.

— On peut donc ajouter ce vol à la liste des délits qu'on doit signaler, répondit Clay en sortant son arme, avant de quitter le véhicule. Je doute que Jimmy revienne par ici, si c'est lui qui a kidnappé ton frère, mais je préfère ne prendre aucun risque. Ce type me semble prêt à tout.

April descendit à son tour et s'étira.

— Pas question que j'attende ici. Il fait nuit et Jimmy sait où je me gare... même si je n'ai plus de voiture.

— Restons prudents, c'est tout. Est-ce que Kenzie a fermé à clé en partant ?

— Elle ne s'en souvenait plus, mais j'espère que non, répondit April en claquant sa portière. Je n'ai pas les clés.

Clay la suivit dans l'escalier qui menait à l'appartement, puis repassa devant quand ils arrivèrent près de la porte. Il colla une oreille contre le panneau de bois, puis une main sur la poignée, qui s'abaissa sans peine.

— C'est ouvert.

— Au moins, je n'aurai pas à entrer par effraction chez moi, soupira April.

— Il n'y a pas de concierge ?

— Non. Juste un numéro pour contacter le syndic. On y va ?

— Je passe le premier.

Il ouvrit doucement, son autre main sur la crosse de son revolver. La porte grinça sur ses gonds. Clay huma l'air : aucune odeur de sang ni de mort. Il fit un pas dans l'appartement, suivi de près par April, et jeta un rapide regard autour de lui.

— Combien de pièces ? chuchota-t-il.

— Salon-cuisine, salle de bains et deux chambres. Au bout du couloir, là-bas.

Clay s'avança avec prudence, l'arme au poing, et s'intéressa un instant à la cuisine, avant de se diriger vers le couloir. April était toujours sur ses talons. Les trois portes étaient grandes ouvertes et il inspecta chaque pièce, sans oublier les placards. De retour dans le salon, il demanda :

— Où est tout ce sang dont parlait Kenzie ?

— Je ne sais pas. Mais la drogue est là.

Elle brandit plusieurs sachets en plastique qu'elle avait récupérés sur le canapé.

— On dirait de l'herbe et de la méthamphétamine, dit Clay.

Il rangea son arme dans son baudrier et referma la porte d'entrée à clé.

— Inutile qu'un voisin te surprenne avec ça…

April déposa les sacs sur une desserte et mit les poings sur ses hanches.

— Je suis un peu soulagée. Je m'attendais à trouver l'appartement sens dessus dessous, avec du sang plein la moquette et des kilos de drogue cachés dans les coussins.

Clay jeta un coup d'œil par-dessus le comptoir qui séparait la cuisine du salon.

— Par ici, April. Le sang est là.

Elle se précipita, très pâle.

— On dirait qu'il a été… étalé. Tu penses que Kenzie a tenté de nettoyer ?

— En tout cas, quelqu'un a fait le ménage. Reste ici.

Il contourna le comptoir en évitant les taches rouges sur le carrelage. Il en découvrit d'autres dans l'évier et sur le plan de travail en granit.

— Quelqu'un s'est lavé les mains. Tant qu'on n'aura pas parlé à Kenzie, on n'a aucun moyen de savoir si c'est elle qui a essayé de nettoyer ou à qui appartient ce sang. Pourquoi a-t-elle pensé que c'était celui d'Adam ? Ça pourrait être celui de son agresseur.

— Son téléphone était ici, éteint, ainsi que sa drogue. Et qui d'autre aurait pu avoir accès à mon appartement ?

Clay toussota.

— Hum… Ton fiancé, par exemple ?

— Il n'est jamais venu ici, avoua-t-elle en rougissant. Et puis… il n'a pas de clé.

Clay ne répondit rien. Désignant un placard du pied, il demanda :

— C'est la poubelle ?

Comme elle faisait signe que oui, il ouvrit la porte et fouilla du bout des doigts parmi les ordures.

— Je ne vois aucun essuie-tout ou torchon couvert de sang. Tu as une laverie ?

— Au sous-sol de la résidence. Mais j'imagine mal Kenzie faire le ménage et descendre un tas de chiffons pleins de sang à la machine à laver.

— Il faut que tu la rappelles pour savoir exactement ce qu'elle a vu en arrivant. Tout ça…, ajouta-t-il avec un geste en direction de la cuisine, tout ça n'a aucun sens.

April tourna sur elle-même pour observer la pièce.

— Après que je me suis enfuie, Adam a dû aller chez

Jimmy. C'est peut-être à ce moment-là qu'il l'a menacé… Adam a ensuite récupéré mon sac à main avec mes clés.

— C'est ça, là-bas ? demanda Clay en désignant une table basse, sur laquelle trônait un cabas volumineux, qui ressemblait davantage à une petite valise.

— Oui. C'est le sac que j'ai emporté pour le week-end du mariage.

April s'approcha en toute hâte et se mit à fouiller parmi les affaires.

— Mes clés, annonça-t-elle en sortant un trousseau.
— De voiture ?
— Oui. Adam a un double. C'est lui qui utilise ma voiture.
— Et ensuite, inspectrice Hart ? demanda Clay en croisant les bras. Qu'est-ce qu'a fait Adam ?
— Il a déposé mes affaires ici et…
— Et apporté sa drogue.
— Peut-être qu'il est simplement allé en acheter…
— Sympa de sa part de venir la cacher ici. Non, ne dis rien ! Je ne sais pas comment nous allons réussir à localiser Adam sans l'aide de la police.

April claqua des doigts.

— Je sais ! Il faudrait que l'inspecteur Espinoza contacte Gilbert… ou plutôt Jesus. Cela rendrait Jimmy et sa bande un peu nerveux et ça les déciderait peut-être à relâcher Adam.

— J'imagine mal Jimmy se laisser impressionner par une enquête concernant Elena. Tu crois qu'il emmènerait Adam chez lui ?

— Peut-être. À quoi penses-tu ?
— Tu ne peux peut-être pas aller chez Jimmy, mais… moi, oui. Juste pour jeter un coup d'œil. Il ne saurait même pas que je suis là.

— Sauf que… Jimmy a des caméras de surveillance partout.

— Je te rappelle que j'ai un bon copain qui travaille dans ce secteur et je suis capable de désactiver à peu près n'importe quel système. Et puis, je n'ai pas l'intention de débarquer là-bas l'arme à la main. Je vais simplement voir ce que je peux découvrir.

— Je viens avec toi, décréta-t-elle, en levant aussitôt une main pour couper court à ses protestations. Je resterai cachée. Mais d'abord finissons de nettoyer.

— Aurais-tu des cotons-tiges et des sacs de congélation ? Je veux prélever un échantillon du sang sur le carrelage et dans l'évier.

— Oui.

Ils passèrent l'heure suivante à récupérer des échantillons de sang et à faire le ménage. Quand ils eurent terminé, Clay s'empara du sac-poubelle pour le descendre.

— Essaye d'appeler Kenzie, suggéra-t-il, avant de sortir.

April composa le numéro de son frère, car elle ne connaissait pas celui de la jeune femme. Au bout de quelques sonneries, l'appel fut transféré sur la messagerie. April décida de ne pas laisser de message. Elle ne faisait pas confiance à ce téléphone. D'ailleurs, elle n'avait guère confiance en Kenzie non plus.

Clay revint dans l'appartement.

— Je vais me laver les mains et j'en profiterai pour me débarrasser de la drogue dans les toilettes. Termine de rassembler ce dont tu as besoin et on ira manger un morceau. Je veux attendre la nuit pour aller chez Jimmy.

April rangea dans des sacs tout ce qu'elle souhaitait emporter à Paradiso. Elle donnerait son préavis et déménagerait dès que tout serait réglé avec Jimmy et qu'elle aurait retrouvé Adam. Vivant ou mort.

— Je connais un bon grill, pour passer le temps. Ils

servent des *spare ribs* incroyables et ce n'est pas loin de chez Jimmy.

— On ne risque pas de le croiser là-bas, au moins ?

— Non, trop banal pour lui. Il préfère les établissements plus chics.

Ils chargèrent les sacs et les valises dans le pick-up, puis April lui indiqua le chemin jusqu'au restaurant. Une heure plus tard, ils étaient assis l'un en face de l'autre, avec une pile d'os parfaitement nettoyés devant eux.

— Alors ? demanda April, en léchant ses doigts pleins de sauce barbecue. C'est quoi, ton plan ?

— Je vais entrer discrètement dans la propriété, désactiver le système de surveillance, si besoin, et observer un peu. Voir qui est là et si Adam est dans le coin.

— Tu vas avoir besoin de moi pour déterminer qui est qui.

— Fais-moi quelques portraits. Si je me fais surprendre, je pourrai inventer une histoire. Si tu es avec moi, en revanche, ça risque d'être beaucoup plus compliqué.

— Tu connais la tête de Gilbert, non ? La photo que nous a montrée Espinoza était assez ressemblante, sauf qu'il s'est fait pousser un bouc, depuis. Tu penses qu'Espinoza a déjà pris contact avec lui ?

— J'en doute. S'il espère perquisitionner, il lui faut un mandat. Ça va lui prendre plusieurs jours avant de pouvoir interroger Gilbert et fouiller dans ses affaires.

— Donc, Jimmy et ses collègues ne sont au courant de rien.

— Ils savent que leurs mules ont échoué. Je suis certain qu'ils avaient prévu un moyen de communiquer avec elles, quand elles passeraient la frontière. Sans nouvelles de leur part, ils en auront déduit qu'il leur était arrivé quelque chose.

— On a parlé des têtes aux informations. S'il suit l'actualité, il est au courant.

Elle lécha un reste de sauce barbecue sur son pouce, puis s'essuya les mains avec une lingette.

— Est-ce que des noms ont été donnés aux infos ? Le mien, par exemple ?

— Non. Les journalistes ne connaissent pas l'emplacement exact où les têtes ont été retrouvées. Jimmy ne devrait pas se douter que tu as quoi que ce soit à voir avec tout ça. Même l'identification d'Elena peut s'expliquer par ses empreintes digitales, qui ont ensuite permis de faire le lien avec Jesus.

Clay jouait avec le reste d'une salade de pommes de terre.

— J'imagine que Jimmy sait que tu es originaire de Paradiso. Adam a dû lui raconter l'histoire de votre père.

— Il le sait... mais c'est à peu près tout. En tout cas, je ne lui en ai jamais dit beaucoup plus.

Elle n'avait jamais parlé de Clay à Jimmy, car il lui aurait semblé presque sacrilège de partager des détails de leur relation passée. Et elle avait du mal à croire qu'Adam avait confié à Jimmy que sa fiancée devait autrefois épouser un agent de la police des frontières. Cela aurait contrecarré ses plans.

Soudain, Clay lui saisit la main.

— Ça va ? Tu es sûre que tu veux que j'y aille ?

— Oui. Je suis juste surprise que tu sois prêt à tout ça pour retrouver Adam. Je sais que tu ne l'aimes pas beaucoup...

— Parce que je n'apprécie pas la façon dont il te prend en otage. Écoute, je suis désolé qu'il ait trouvé votre mère comme ça, mais tu n'es pas obligée de tout lui passer pour autant. Il doit se faire désintoxiquer et commencer une thérapie.

127

— Je le lui ai déjà répété un million de fois. Il a consulté un psy à quelques reprises, mais ça n'a pas fonctionné.

Adam était la seule famille directe qui lui restait. Elle ne pouvait pas simplement le regarder s'autodétruire. Toutefois, jamais plus elle ne se laisserait embarquer dans une de ses combines. Elle aurait d'ailleurs dû comprendre que la rencontre avec Jimmy avait été orchestrée, mais elle n'était pas dans son état normal, à l'époque. Elle n'avait plus toute sa tête depuis qu'elle avait quitté Clay.

— Tu sais ce qu'on dit sur le fait de toucher le fond, non ? demanda Clay en repoussant son assiette au centre de la table pour mettre les coudes sur la nappe.

— Bien sûr…

Elle-même l'avait touché à une ou deux reprises.

— Adam, lui, ne l'a pas encore touché, parce que tu ne lui permets pas de le faire. C'est pour ça qu'il n'entend pas le psy. C'est pour ça qu'il ne peut pas décrocher. Tu ne lui rends pas service, April.

— Pourtant, c'est toi qui es prêt à braver le danger pour le sauver.

— Ce n'est pas pour lui que je le fais.

Les yeux de Clay brillèrent avec tant d'intensité qu'April sentit son ventre se nouer. Elle parvint finalement à arracher son regard au sien et désigna la fenêtre.

— Il fait assez nuit pour toi ?

— Oui. Je vais régler l'addition et me laver les mains, et on y va. Tu m'indiqueras le chemin jusque chez Jimmy. Je veux me garer à un endroit où on ne nous remarquera pas, puis je partirai en reconnaissance à pied. Je garderai mon téléphone sur vibreur, pour que tu puisses m'avertir si quelqu'un arrive.

— Et s'il y a quelqu'un sur place ? Et s'il y a beaucoup de monde ? Et s'ils ont Adam ?

— Ça fait beaucoup de si...

Il fit signe au serveur.

— On verra bien. Je t'ai déjà dit que je n'avais pas l'intention de jouer au super flic. Si Adam est là et qu'il a l'air en danger, on contactera la police.

— D'accord. Je te laisse décider, mais tu dois m'écouter. Je connais ces gens.

— Inutile de me le rappeler, marmonna-t-il, saisissant la note que lui tendait l'employé.

— Je vais aller me laver les mains pendant que tu payes, annonça April. J'ai l'impression d'avoir de la sauce barbecue incrustée sous les ongles.

Clay observa ses mains.

— C'est sans doute le cas, affirma-t-il.

Lorsqu'ils furent de retour dans le pick-up, April poussa un long soupir.

— J'espère que ton plan dément donnera des résultats.

— Tu es bien placée pour parler de plans déments..., fit remarquer Clay. Tu as quand même plaqué deux fiancés juste avant le mariage ?

— Si je n'avais pas plaqué le second, où en serais-je, à l'heure qu'il est ? Probablement en train de crapahuter dans un tunnel sous la frontière, avec Las Moscas pour tout avenir.

— Et où serais-tu si tu n'avais pas plaqué le premier ?

Sans attendre de réponse, il démarra. April le guida jusqu'à la résidence de Jimmy. Lorsqu'il tourna dans sa rue, il jeta un coup d'œil aux belles demeures, protégées des curieux par de hauts murs et de vastes jardins.

— Je vais me cacher au pied de mon siège, annonça April. Avance jusqu'au bout de l'impasse, comme ça, tu te feras une idée des lieux et de la taille de la propriété.

— La rue est grande ?

— Environ quatre cents mètres, répondit-elle en détachant sa ceinture pour se laisser glisser sur le plancher du pick-up. Les constructions sont très espacées.

— C'est comme ça que Jimmy arrivait à opérer dans une relative discrétion ?

— Hum.

La voiture tourna vers la droite et la tête d'April heurta la boîte à gants.

— Après ce virage, la maison de Jimmy est sur la gauche, expliqua-t-elle. Il y a un haut portail blanc et une clôture qui fait tout le tour de la propriété. On n'aperçoit même pas la bâtisse depuis la rue.

— OK, je la vois.

— Il y a beaucoup de lampes allumées ?

— Non. Deux au portail et quelques-unes le long de l'allée. Est-ce qu'il a des lumières avec détecteur de mouvement ?

— Pas que je sache.

Au bout de l'impasse, Clay fit demi-tour et repartit dans l'autre sens.

— Qu'est-ce qu'il y a au bout ? demanda-t-il.

— Rien. Des champs.

— Je m'en souviendrai, dit-il en repassant sans ralentir devant la maison. Il y a beaucoup de pick-up, par ici. Le mien passera inaperçu. Tu penses que je peux me garer au début de la rue ? Comme ça, tu pourras surveiller qui entre et qui sort.

— Ça devrait aller. Laisse-moi les clés, au cas où je devrais filer en vitesse. Non pas que j'aie l'intention de t'abandonner, ajouta-t-elle en lui pinçant la cuisse.

— Si tu dois fuir, fuis. Je trouverai toujours une histoire crédible.

Il se pencha pour récupérer son portefeuille dans la poche arrière de son jean et le jeter sur le tableau de bord.

— Pas question de me faire coincer avec mon insigne et ma carte d'identité.

— Mais tu gardes ton arme.

— Oui. Elle pourrait bien m'aider à me tirer d'affaire.

Il se gara le long du trottoir dans une tache d'ombre entre deux maisons.

— Ou bien t'attirer des ennuis supplémentaires, fit remarquer April.

— Ne t'inquiète pas. Je sais ce que je fais.

— Ravie de l'apprendre, parce que tout cela ressemble de plus en plus à de la folie.

— Aie un peu confiance… Pour une fois.

Il coupa le moteur et laissa les clés sur le contact.

— Comment ça ?

— Tu n'as jamais eu confiance en moi, April.

Il descendit du véhicule et referma doucement la portière derrière lui. April se redressa pour tenter d'apercevoir sa silhouette, mais il s'était mêlé aux ombres et avait déjà disparu dans la nuit. Elle attendit plusieurs minutes, puis sortit à son tour de la voiture. Elle n'avait pas l'intention de laisser Clay se jeter seul dans la gueule du loup.

C'était son frère, après tout. Son problème.

Pliée en deux, elle avança en silence le long des bordures, sur la bande de terre qui faisait office de trottoir. Lorsqu'elle atteignit la maison de Jimmy, elle se glissa entre le portail et un buisson, qui lui griffa méchamment les bras. Soudain, elle se figea dans l'obscurité.

Soit Clay s'était déjà mis au travail, soit Jimmy avait senti qu'il avait de la compagnie et éteint toutes les lumières. Mais pourquoi agir ainsi ? Ne devrait-il pas au contraire tout allumer pour exposer les intrus ? Elle observa les coins de la maison où les caméras de sécurité devaient probablement être installées. Clay les avait-il désarmées ?

Elle s'accroupit en arrivant près du perron et scruta l'obscurité qui enveloppait la bâtisse. L'étrangeté de la situation lui fit dresser les cheveux sur la nuque. Même lorsque Jimmy quittait la ville, il laissait toujours au moins une lumière allumée dehors. De son côté, Clay n'aurait pas commis l'erreur de couper le courant dans toute la maison, au risque d'avertir aussitôt Jimmy et ses gros bras. Si ces derniers retenaient Adam prisonnier, ils ne seraient pas tombés dans un piège aussi grossier en sortant pour débusquer le coupable. Ils seraient au contraire en alerte maximale.

Elle contourna la maison pour atteindre les grandes baies vitrées du salon, qui offraient une vue magnifique sur la vallée. Personne ne tenta de l'arrêter. Elle avait le cœur qui battait si fort qu'un grondement assourdi résonnait à ses oreilles. Elle s'accroupit de nouveau en s'approchant des fenêtres. À l'intérieur, une lampe éclairait doucement la pièce de sa lueur dorée. April rampa sur la terrasse de bois jusqu'à coller le nez contre la vitre froide.

Jimmy s'était envolé. Les gardes, les hommes de main, le système de sécurité… Plus rien.

Peut-être Clay s'était-il trompé. Peut-être Espinoza était-il déjà venu rendre une petite visite à Jimmy, à la recherche de l'homme qu'elle connaissait sous le nom de Gilbert. Peut-être avait-il poussé les deux complices à se cacher, même si Jimmy et Gilbert craignaient sans doute plus Las Moscas que les forces de l'ordre.

April se redressa. Lorsque ses yeux s'habituèrent à la

faible lumière dans le salon, elle distingua du mouvement. Elle retint son souffle. Puis, elle faillit s'étouffer quand elle comprit ce qu'elle regardait : Clay était penché sur le corps sans vie de Jimmy.

11

April retint un cri et prit appui sur la baie vitrée pour ne pas tomber. Le bruit mat attira l'attention de Clay qui redressa brusquement la tête en pointant son arme. April se releva tant bien que mal, en faisant de grands signes. Le cœur battant, elle désigna la poignée de la porte coulissante. Clay fit un large détour pour éviter le corps de Jimmy, déverrouilla la fenêtre, puis, passant un bras dehors, il tira April à l'intérieur sans ménagement.

— Qu'est-ce que tu fiches ici ? chuchota-t-il, furieux.
— Et toi ? Tu as tué Jimmy ? répondit-elle en se dégageant. C'est n'importe quoi ! C'est grave. Très grave.
— Arrête.

Il posa un doigt sur ses lèvres.

— Je n'ai pas tué Jimmy. Il était déjà mort quand je suis entré.

April ressentit un tel soulagement que sa tête se mit à tourner.

— Oh ! mon Dieu ! C-comment est-ce arrivé ?
— Poignardé.

Elle se pencha sur le côté et aperçut, derrière la haute carrure de Clay, le tapis persan maculé de sang. La tache sombre formait une sorte d'auréole funeste autour du corps. C'était sans doute la seule auréole que Jimmy connaîtrait.

135

— Il y a quelqu'un d'autre ? Mort ou vivant ?
— Personne. J'ai tout de suite compris que la maison était déserte et je me suis faufilé à l'intérieur. Dès que je suis entré dans cette pièce, j'ai senti l'odeur du sang.

April huma l'air, puis le regretta aussitôt : l'odeur métallique caractéristique envahit ses narines, sa bouche et elle sut qu'elle mettrait longtemps à s'en défaire. Elle se passa la langue sur les lèvres.

— Des traces de lutte ? Des nouvelles d'Adam ?
— Rien pour Adam. Quant aux traces de lutte...
Il regarda autour de lui.
— Non, rien.
— Las Moscas..., murmura April en se tordant les mains. Ils ont dû découvrir que c'était Jimmy qui avait envoyé ces mules et ils lui ont réglé son compte. Mais où sont les autres ? Jimmy était toujours très entouré.
— Les hommes de Las Moscas s'en sont peut-être occupés aussi. Leurs corps peuvent être ailleurs. À moins que certains des employés de Jimmy n'aient réussi à convaincre Las Moscas qu'ils ignoraient tout de la trahison et que le cartel ne les ait réintégrés dans ses rangs.
— Et Adam ? Où est-il ? demanda April en frissonnant. Je suis encore plus inquiète. Au moins, il connaissait Jimmy. Si c'est bien lui qui a pris la clé, Jimmy aurait pu faire preuve de clémence. Mais Las Moscas ? Ces types n'ont aucune pitié, n'est-ce pas ?
— C'est le moins qu'on puisse dire, répondit-il, en rangeant son arme. Il faut qu'on parle à Kenzie pour se faire une idée plus claire de ce qui s'est passé dans ton appartement. On va laisser la police régler tout ce bazar, ici. Quand Espinoza cherchera à contacter Jesus, Gilbert ou je ne sais qui, cela le mènera à Jimmy Verdugo. Et les collègues d'Albuquerque se chargeront de cette scène de crime.

April tira nerveusement sur le col de son haut.

— Il faut effacer nos empreintes.

— J'ai fait attention, assura-t-il. Mais il faut s'occuper des tiennes sur la baie vitrée. Mieux vaut être prudent, même si les tiennes se trouvent sûrement déjà un peu partout dans la maison.

— Avec des dizaines d'autres. Il y avait toujours un monde fou chez Jimmy.

— Au moins, tes empreintes ne seront pas trop proches du corps.

Clay attrapa le devant de son T-shirt noir pour essuyer la poignée de la fenêtre coulissante, dedans et dehors.

— Tu as touché le verre ?

— En bas, seulement.

Elle observa un instant le cadavre de Jimmy. Sa tête était tournée sur le côté, présentant son beau profil.

— Clay... Tu as trouvé l'arme du crime ?

— Non, rien.

Il referma la baie vitrée et mit le verrou.

— Il y a tellement de sang par terre. Comment sais-tu qu'il a été poignardé et pas tué d'une balle ?

— Il était comme ça quand je suis entré dans la pièce... sur le dos. Je n'ai remarqué aucune plaie. Du coup, je l'ai soulevé un peu et j'ai vu le carnage sur son cou et dans son dos. Les lacérations sur ses vêtements. Et... il n'y a aucune plaie de sortie. Une balle serait ressortie par-devant.

April sentit sa gorge se serrer.

— Mais pas un couteau...

— Jimmy devait connaître le type envoyé par Las Moscas, parce qu'il lui a tourné le dos.

Il lui prit doucement le bras.

— Je suis désolé, April. Cela doit faire remonter des souvenirs douloureux concernant ta mère. Allons-nous-en.

— Pas tout de suite.

Elle passa en revue la pièce familière. Tout semblait à sa place, à l'exception du cadavre gisant sur le sol.

— Je veux m'assurer qu'aucune photo de moi ne traîne dans la maison. La police fera le lien tôt ou tard, mais inutile de lui faciliter la tâche.

— Lorsque j'ai fait le tour, je n'ai remarqué aucune touche personnelle. Qui sait si Jimmy était vraiment le propriétaire ? Je ne suis même pas certain que Jimmy Verdugo ait été sa véritable identité. Tu dois être au courant mais, quand on fait une recherche avec son nom, cela ne donne aucun résultat.

— Sa vie tout entière était peut-être factice, répondit-elle en frissonnant de nouveau. Et moi j'en faisais partie. Qu'est-ce qu'il avait prévu pour moi, à ton avis ?

— Si Adam lui a fait croire qu'El Gringo Viejo était votre père, Jimmy espérait sans doute entrer dans la famille et obtenir des tarifs préférentiels sur la méthamphétamine.

— Pour qu'Adam aille aussi loin, il faut bien qu'il ait quelques preuves en ce qui concerne mon père.

Clay eut un petit rire.

— Adam embobinait peut-être aussi Jimmy. Qui sait ? C'est peut-être pour ça que Jimmy l'a kidnappé. Il aura découvert ses mensonges. Fais ce que tu as à faire ici et ensuite on se sauve.

— D'accord. Je veux jeter un coup d'œil au bureau. Tu y es déjà passé ?

— Oui. Et je t'ai imaginée en train de te cacher sur le balcon, dans ta robe de mariée.

Il secoua la tête.

— Même si tes actions sont souvent irrationnelles, je suis content que tu te sois sortie de ce guêpier.

— Moi aussi. Je reviens.

Elle monta rapidement à l'étage et alluma la lampe torche de son téléphone pour inspecter le bureau de Jimmy. Si elle pouvait au moins avoir la certitude qu'Adam était en sécurité quelque part, elle pourrait envisager de clore ce chapitre peu glorieux de sa vie et en entamer un nouveau. Un peu plus positif, elle l'espérait.

Elle ouvrit le premier tiroir en se protégeant les doigts avec son T-shirt. Les jetons de Las Moscas étaient toujours là. Le cartel se souciait visiblement peu que la police découvre que Jimmy était des leurs. C'était même une excellente façon pour eux de rappeler à tous leurs employés qu'il ne faisait pas bon se mettre en travers de leur chemin.

Elle passa en revue ce qu'il y avait sur le bureau. Jimmy s'était déjà débarrassé du cadre avec la photo où ils étaient ensemble. Tant mieux. Tout cela n'avait été qu'une mascarade, de toute façon. Une relation factice avec un homme factice, façonné par Adam sur le modèle de Clay. Son frère avait-il expliqué à Jimmy pourquoi il devait se comporter d'une certaine façon et aimer certaines choses ? S'il pouvait avoir mentionné un ex-fiancé, elle restait persuadée qu'il n'avait jamais avoué à Jimmy que celui-ci travaillait à la police des frontières.

Avec un soupir, elle sortit du bureau. Elle n'avait plus besoin d'un ersatz de Clay. Elle avait l'original.

De retour à l'appartement d'April, Clay observa son ancienne fiancée. Ils étaient revenus chez elle dans l'espoir d'aider Adam et le danger que représentait cette ville avait disparu avec la mort de Jimmy.

À vrai dire, beaucoup de choses avaient changé avec la mort de Jimmy.

Si seulement Adam pouvait pointer le bout de son

nez, avec son sourire ravi et une nouvelle arnaque en tête, April serait libre. Tant que son frère serait aux abonnés absents, en revanche, elle était condamnée à subir ce drame.

— Alors, tu as pu joindre Kenzie ? demanda-t-il.
— Quoi ?

April leva le nez de son smartphone, puis l'éteignit et le posa sur la table basse.

— J'ai envoyé un SMS.
— On pourrait appeler la police d'Albuquerque, maintenant. Tu pourrais signaler que ta voiture a été volée. Si c'est Adam qui la conduit, on le retrouvera.
— Pour qu'il soit arrêté pour vol ?
— Tu n'es pas obligée de porter plainte, tu sais…
— Si Adam allait bien et qu'il conduisait ma voiture, il m'aurait déjà contactée pour m'expliquer ce qui s'est passé. À moins qu'il ne soit encore inquiet à cause de Jimmy. Il ne doit pas être au courant… sauf s'il était présent quand Jimmy a été tué et que c'est Las Moscas qui le retient prisonnier, dorénavant.
— April, tu pourrais échafauder une centaine de théories à propos d'Adam et être complètement à côté de la plaque à chaque fois. Impossible de savoir ce que mijote ton frère. Laisse la police faire son travail. S'il se fait arrêter avec de la drogue sur lui, ça pourrait lui faire le plus grand bien.
— Tu penses que je devrais quitter Albuquerque et laisser Adam se débrouiller ?

Clay sentit son pouls s'accélérer.

— Tu devrais déménager. Cet endroit ne te réussit pas.
— Si seulement Kenzie pouvait me rappeler.
— Tu n'as pas l'intention de l'attendre ici, quand même ?
— Tu crois qu'on devrait partir ?

— On n'a qu'à passer la nuit chez toi comme prévu, et rentrer demain.

Il retira une de ses chaussures.

— Pas besoin d'être à Albuquerque pour parler à Kenzie… ni à Adam.

— J'espère juste qu'il va bien, soupira April, en joignant les mains, comme pour une prière.

Clay n'avait plus envie de parler d'Adam ou de spéculer sur ce qui avait pu lui arriver. Ce type avait fourré sa sœur dans une situation impossible, tout ça à cause d'une intuition concernant El Gringo Viejo et des rêves de richesse. Les parents d'April avaient fait en sorte que tous leurs biens reviennent à April, car ils ne faisaient déjà pas confiance à Adam, à l'époque.

Évidemment, April s'était mise en quatre pour partager son argent avec son frère. Personne n'avait jamais pu la convaincre de ne pas aider Adam financièrement. À son égard, elle faisait preuve d'une loyauté presque coupable.

— Ça t'embête si je prends une douche ? demanda soudain Clay en se massant la nuque.

— Non, vas-y, répondit-elle en se levant d'un bond du canapé. Je vais te chercher une serviette propre, puis j'irai faire le lit dans l'autre chambre.

Il serra les mâchoires. Elle était aussi maîtresse d'elle-même que le jour de leur rupture. Si elle parvenait à ignorer la tension sexuelle qui frémissait entre eux depuis l'instant où elle avait posé le pied à Paradiso, il allait bien devoir suivre son exemple.

Il avait déjà exploré chaque centimètre du corps de cette femme. Il la connaissait intimement. Cela paraissait stupide qu'ils dorment dans deux lits différents. Pourtant, April avait certainement raison : à quoi bon une nuit de folie, alors qu'elle avait prévu de plier bagage et de le quitter de nouveau ? Toutefois, la vue de ses hanches chaloupant doucement devant lui dans le couloir lui mit l'eau à la bouche. Finalement, une nuit de folie aurait pu lui faire le plus grand bien...

Clay manqua de se prendre en pleine figure la porte du placard qu'April venait d'ouvrir.

— Pardon, je n'avais pas vu que tu étais juste derrière moi.

— Non, c'est ma faute. Je rêvais.

Elle attrapa une serviette sur une étagère.

— Tiens. Tu as emporté une trousse de toilette, je crois ?

— Oui, j'ai tout ce qu'il me faut.

Il gagna la petite salle de bains et accrocha la serviette à la patère derrière la porte. April, comme figée dans le couloir, lui bloquait le passage et il dut se faufiler pour sortir.

— Tu as besoin de la salle de bains avant que j'y aille ? s'enquit-il. Je vais juste chercher mon sac.

— Non, je... je me brosserai les dents plus tard. Il me reste quelques bières au frigo, si Adam n'a pas tout bu. Tu en veux une ?

— Absolument.

Elle le suivit jusqu'au salon, où il récupéra son sac.

— Je fais vite, assura-t-il.

— Prends ton temps, répondit-elle en balayant l'air de sa main.

À quoi bon s'attarder quand on est seul sous la douche ? Il préférait se dépêcher pour passer le plus de temps possible en compagnie d'April, avant la séparation inévitable. Pour de bon, sans doute.

La revoir n'avait fait que confirmer le fait qu'il devait tourner la page. Elle l'avait quitté sans aucune explication, à quelques jours de leur mariage, malgré l'amour évident qu'ils partageaient encore.

Parfois, il lui semblait surprendre dans ses yeux bleus une lueur de regret et de tristesse. Cependant, quels que soient les sentiments tapis au creux de son âme, ils n'étaient de toute évidence pas assez forts pour surmonter les objections qu'elle avait pu avoir concernant leur union. Il devait respecter ce choix.

Il se frotta vigoureusement avec un gant, comme s'il essayait de chasser April de sa peau. S'il avait suffi d'un peu de savon, cela aurait été tellement plus simple ! Il se sécha et enfila un bermuda en coton et un T-shirt blanc. Avec un peu de chance, April serait déjà endormie, après les événements de la journée. Avait-elle vraiment pensé qu'il avait tué Jimmy ? C'était absurde, même si l'idée qu'elle ait pu être fiancée à une ordure pareille le mettait hors de lui. Adam et Jimmy avaient bien réussi leur coup… Ou alors, April était si perdue qu'elle n'était plus dans son état normal.

Perdue… À cause de lui ? C'était ce qu'il avait lui-même ressenti, après son départ. Perdu. Comme s'il lui manquait la moitié de lui-même. Avec un soupir, il étala la serviette humide sur le porte-serviettes et sortit de la salle de bains. Dans la chambre d'amis, le lit était déjà fait. Il posa son sac près de la porte et regagna le salon, où la télé était allumée.

— Tu dors ? demanda-t-il.

April se tourna vers lui et coupa le son.

— Non, je ne suis pas fatiguée. La mort de Jimmy m'a secouée.

— Je suis désolé, dit-il en se laissant tomber sur le canapé. Tu as dû l'aimer, autrefois.

— Jamais.

Elle pinça les lèvres.

— Tout était faux, reprit-elle. Des faux-semblants. Et je crois que je m'en doutais déjà avant le matin de la cérémonie.

— Pourquoi ne t'es-tu pas sauvée plus tôt ?

Elle haussa les épaules.

— Sans doute que je n'avais pas envie de commettre la même erreur deux fois.

— C'est sûr qu'il vaut mieux se retrouver mariée à un homme qu'on soupçonne d'activités criminelles, soupira-t-il avec ironie. Tu n'avais pas parlé d'une bière ?

— Elles n'attendent que toi, répondit-elle en faisant mine de se lever.

— Ne bouge pas, j'y vais.

Le réfrigérateur ne contenait que quelques bouteilles d'eau et de bière, et des yaourts périmés. Logique : April devait quitter cet appartement après le mariage. Avaient-ils prévu une lune de miel ? Une petite visite au Mexique pour rencontrer beau-papa ? Il ouvrit deux canettes et jeta les capsules sur le plan de travail.

— Tu veux un verre ? demanda-t-il.

— Tu me connais mieux que ça…

Il la connaissait mieux que quiconque. Autrefois, du moins.

Il retourna dans le salon et lui tendit sa bouteille. Elle avait quitté les leggings noirs qu'elle portait dans la journée pour enfiler un bas de pyjama rose et un débardeur blanc.

— On dirait Denali, fit-il remarquer en désignant le motif de son pantalon.

— Pourquoi est-ce que tu crois que je l'ai acheté ? s'esclaffa-t-elle, en lissant le tissu imprimé de têtes de chien. Ça m'a fait penser à lui et…

Elle se tut. Clay eut l'impression qu'on lui retournait une lame dans le ventre, comme chaque fois qu'il pensait à April. Cédant soudain à une impulsion, il se mit à genoux devant elle.

— Pourquoi, April ? Pourquoi tu as fait ça ? Pourquoi tu nous as quittés ?

Elle le regarda, les joues rouges. Bon, d'accord, ce n'était pas très réglo de mêler Denali à tout ça.

— Me croirais-tu si je te disais que c'était pour te protéger ? murmura April.

Clay enserra les mollets d'April dans ses mains.

— Ça ressemble à une bonne vieille excuse du genre « c'est pas toi, c'est moi ». C'est d'ailleurs ce que tu m'as dit, il y a deux ans.

Elle se pencha en avant et posa les mains sur ses épaules.

— Quelle importance, maintenant ?

Clay hésita. Qu'en pensait-il ? À cet instant, tenir cette femme dans ses bras, l'aimer, la satisfaire… c'était tout pour lui.

Il ferma les yeux. Quelques minutes plus tôt, il avait décidé de tourner la page pour de bon. Faire l'amour avec April, c'était partir dans la direction opposée.

Elle lui prit le menton.

— Tu m'as tellement manqué, Clay.

Ouvrant brusquement les yeux, il se retrouva presque nez à nez avec celle qu'il avait aimée plus que tout.

Peu importait pourquoi elle était partie. Peu importait qu'elle ait fait des choix catastrophiques depuis. Peu importait qu'elle ait de nouveau l'intention de le quitter, dès qu'elle aurait retrouvé son frère. Il glissa une main dans ses cheveux.

Tout ce qui importait, c'était ça. Seulement ça.

Il se rapprocha d'elle et posa la bouche sur la sienne. Ses lèvres, douces et chaudes, s'entrouvrirent, comme pour l'inviter à entrer. Il laissa sa langue explorer la bouche de la jeune femme et elle soupira sous ses baisers.

La main d'April descendit vers son cou et se glissa dans l'échancrure de son T-shirt pour effleurer sa clavicule. Elle écarta les cuisses et enroula les jambes autour de son torse, manquant de glisser du canapé et de le renverser. Clay se redressa, puis commença à déposer une ribambelle de baisers le long de l'intérieur de sa cuisse.

Glissant les mains sous elle, il la fit remonter sur le canapé, avant de plaquer son corps contre le sien. Son érection, puissante et sûre, appuyait contre elle à travers le fin tissu de leurs vêtements. April posa une main sur son torse.

— Tu m'écrases. Laisse-moi prendre ta place.

Dans un mouvement fluide, il la prit par la taille, la souleva et se tourna pour s'asseoir sur le canapé. April s'installa à califourchon sur lui et l'embrassa doucement.

— Voilà qui est beaucoup mieux, souffla-t-elle.

Il l'aida à retirer son T-shirt.

— Beaucoup, beaucoup mieux, en effet, répondit-il.

Il prit un de ses seins dans une main et passa la langue sur le bout délicieusement érigé. April retint un gémissement et rejeta la tête en arrière.

— C'est très agréable, ça, chuchota-t-elle.

— Je ne voudrais pas que l'autre soit jaloux, répondit-il en faisant tourbillonner sa langue sur le bout de l'autre sein, tout en continuant à pincer doucement le premier.

April ondulait sur lui, se frottant contre son érection avec une lenteur qui le rendait fou. Il avait toujours eu envie d'elle. Cela ne l'avait jamais quitté et avait largement dépassé les limites de l'amour. Elle infusait dans son sang depuis deux ans, comme une sorte d'addiction dont il ne parvenait pas à se défaire. Il pouvait presque comprendre et plaindre les toxicomanes, car April était sa drogue.

— Comment se fait-il que tu sois encore habillé ? demanda-t-elle soudain en tirant sur son T-shirt.

Clay passa le vêtement par-dessus sa tête et, dès qu'il fut torse nu, April se lova contre sa peau.

— J'adore cette sensation.

Ses seins à la douceur incroyable effleurèrent les muscles de son torse. Il laissa courir ses doigts le long de la colonne vertébrale, puis glissa la main sous l'élastique du short, posant la paume à plat sur la courbe des fesses.

— Et moi j'adore cette sensation-là, murmura-t-il d'une voix rauque à son oreille.

Elle ondula de plus belle, manquant de lui faire perdre la tête, puis se pencha vers son torse pour mordiller un de ses tétons. Clay se cala contre les coussins et renversa la tête en arrière pour se concentrer sur une tache d'humidité au plafond.

— Tu vas prendre ton temps, c'est ça ? Me faire des milliers de petits trucs pour m'exciter.

— J'ai un plan en tête, annonça-t-elle en glissant une main dans son short pour s'emparer de son sexe. Je vais te rendre si dur que tu vas tenir toute la nuit. Comme ça, tu pourras me faire jouir comme toi seul sais le faire.

Clay planta les doigts dans la chair tendre de ses fesses, puis la coucha sur le canapé, avant de s'allonger à ses côtés. Quand April manqua de rouler dans le vide, il la rattrapa.

— Je crois que ce canapé n'est pas assez grand pour ce que j'ai l'intention de te faire... toute la nuit.

Elle posa un doigt sur ses lèvres.

— Je te propose de nous délocaliser dans la chambre...

— En route. L'idée me plaît.

Il la prit dans ses bras et se leva en chancelant. Il préférait ignorer les signaux d'alarme qui s'étaient déclenchés dans sa tête, bien décidé à profiter de cette femme tout son soûl une dernière fois. Comme s'il pouvait un jour en avoir assez d'April Hart.

Il fit deux pas en direction du couloir, April toujours accrochée à lui, quand soudain il entendit la poignée de la porte d'entrée s'abaisser plusieurs fois avec impatience. La surprise faillit lui faire lâcher April, qui s'agrippa plus fort à son cou.

— Chut…, dit-il contre son oreille.

La poignée s'abaissa de nouveau. April mit pied à terre et recula en titubant en direction du couloir. Quand le verrou tourna avec un cliquetis, Clay se précipita vers son arme, qui était restée posée sur le plan de travail de la cuisine. Il vint ensuite se planter en face de la porte, faisant à April un rempart de son corps.

— Reste derrière moi. Il arrive.

12

April se recroquevilla derrière Clay et jeta un regard craintif en direction de l'entrée. La porte s'ouvrit lentement.

— Stop ! Je suis armé ! cria Clay.
— Clay ? appela une voix. C'est toi ?

Adam apparut sur le seuil, ses cheveux blond paille en bataille. D'un geste familier, il repoussa une mèche qui lui tombait sur le visage.

— C'est moi, reprit-il. Ne tire pas, mon vieux.

Avec un soupir, April s'empressa d'enfiler son débardeur avant de se redresser. Elle se jeta sur son frère pour le serrer dans ses bras, oubliant un instant qu'il avait tenté de lui faire épouser un narcotrafiquant.

— Oh ! mon Dieu ! s'écria-t-elle. Je suis tellement contente de te voir sain et sauf !

Adam lui tapota le dos.

— Je vais bien, mais il faut qu'on file d'ici.
— Pourquoi ? demanda Clay, le visage fermé, en rangeant son arme dans l'élastique de son short.

April s'écarta. Clay devait détester encore plus Adam, car celui-ci venait d'interrompre leurs retrouvailles. Adam les regarda tour à tour.

— Il est au courant de quoi ?
— De tout, bien sûr. Je crois même qu'on en sait plus que toi.

April rajusta son débardeur, même si Adam ne remarquerait sans doute pas leur état débraillé – Clay torse nu, et elle en pyjama. Adam prêtait rarement attention à ce qui ne le concernait pas directement.

— De quoi parles-tu ? Qu'est-ce que vous pourriez bien savoir que j'ignore ? Jimmy m'a enlevé. Il pense que je lui ai volé quelque chose.

April s'apprêtait à répondre, quand Clay traversa la pièce pour venir se placer entre Adam et elle.

— Si Jimmy t'a enlevé, qu'est-ce que tu fais ici ? Comment t'es-tu échappé ?

— Il avait la tête ailleurs, si j'ose dire. Les flics sont sur la piste de Gilbert et ça les a menés droit à lui. Disons simplement que... Jimmy a d'autres problèmes que moi.

— Tu m'étonnes, marmonna Clay en croisant les bras. Jimmy est mort.

Adam écarquilla les yeux de surprise.

— Quoi ? C'est impossible. J'étais encore son prisonnier cet après-midi.

— Nous l'avons vu, intervint April. Enfin... son cadavre.

Adam se frappa le front du plat de la main, puis se tourna brusquement vers Clay.

— Ce n'est pas toi qui l'as tué, quand même ?

— Non, répondit Clay en levant vers lui un doigt menaçant. Mais estime-toi heureux que je n'essaye pas de te tuer, toi. Piéger April avec cette raclure, la manipuler pour qu'elle l'épouse ? Tout ça pour satisfaire ton égoïsme, sans te soucier une seconde d'elle ou de ses sentiments.

April porta une main à son cœur. Clay l'avait toujours défendue. Adam recula, dos au mur.

— Jimmy n'aurait jamais fait de mal à April, protesta-t-il. Il cherchait juste un moyen d'entrer en contact avec notre père.

— Arrête, Adam ! coupa Clay. Votre père n'est pas El Gringo Viejo. Sors-toi cette idée démente de la tête. Et, si tu penses qu'April ne courait aucun danger en épousant un homme tel que Jimmy, alors tu es plus stupide que je ne le croyais déjà.

Jimmy rougit légèrement.

— Je ne l'ai pas forcée à épouser qui que ce soit, rappela-t-il.

— Je sais comment tu fonctionnes, Adam. N'essaye pas de jouer à ce petit jeu avec moi.

Clay fit rouler ses épaules, comme s'il s'efforçait de se contrôler, puis reprit :

— Savais-tu que Jimmy et sa bande voulaient doubler Las Moscas ?

— Ah non ! protesta Adam. J'ai appris ça ce matin, de la bouche de Jimmy. C'est pour ça qu'il cherchait la clé USB. Elle contient l'emplacement de tous les tunnels le long de la frontière, pour les livraisons du cartel. Je te répète ce que Jimmy m'a dit. Ce n'est pas moi qui l'ai volée. Tu penses que c'est la police qui a abattu Jimmy ?

April s'assit sur l'accoudoir du canapé. Dire que Clay et elle auraient pu se trouver au lit ensemble, à cet instant…

— La police ne va pas tuer un trafiquant et abandonner son cadavre dans sa maison… ou n'importe où, d'ailleurs.

— C'est chez lui que vous l'avez trouvé ? s'étonna Adam, visiblement inquiet. Las Moscas…

— C'est ce qu'on pense, marmonna Clay en s'approchant d'April pour lui poser une main sur l'épaule. C'est fini. Ne mêle plus jamais April à tes combines insensées. N'essaye même pas de lui demander d'aller chercher votre père au Mexique ou ailleurs. Sinon, tu auras affaire à moi. Compris ?

Adam les regarda de nouveau tour à tour.

— Vous vous êtes remis ensemble ?

Bon sang, si seulement..., pensa April.

Clay dut sentir qu'elle se raidissait à ses côtés, car il retira sa main.

— On n'a pas besoin d'être ensemble pour que je veille sur les intérêts d'April.

— Si tu veux. De toute façon, j'en ai fini. J'ai déjà failli y passer, alors... Au fait, vous n'auriez pas retrouvé mes réserves personnelles ici ? demanda-t-il soudain, en s'approchant de la table basse.

— On s'en est débarrassés, répondit Clay.

— Qu'est-il arrivé ici, Adam ? interrogea April en désignant la cuisine. Kenzie m'a appelée, complètement paniquée, en m'annonçant qu'il y avait du sang partout chez moi. Mais quand on est arrivés il n'y avait presque plus rien, à part quelques gouttes sur le carrelage et dans l'évier.

— Eh bien... Jimmy m'a agressé, expliqua Adam, en se dandinant d'un pied sur l'autre, comme s'il était déjà en manque. Il m'a assommé, puis m'a traîné dehors. J'imagine qu'il a dû nettoyer mon sang avant de quitter les lieux.

— En dehors de ce joli hématome que tu as là, fit remarquer Clay en désignant sa pommette, tu m'as l'air étonnamment fringant pour un type qui vient de se faire enlever par un trafiquant furieux.

— Ouais, dit Adam, en touchant avec précaution le dessous de son œil. Il n'y est pas allé de main morte. Le sang devait provenir de la plaie à ma tête.

— Où t'a-t-il emmené, ensuite ? demanda Clay, méfiant.

— Comment veux-tu que je le sache ? Ils m'ont mis un sac sur la tête. Après, ils ont reçu plusieurs appels, il y a eu des pourparlers et on m'a fourré dans ma bagnole... Enfin, ta bagnole, April, précisa-t-il avec un clin d'œil à l'adresse de sa sœur. Ils m'ont relâché dans le désert.

Ils ont desserré mes liens, pour que je puisse me libérer, mais pas avant qu'ils aient le temps de s'enfuir. J'ai cru comprendre qu'ils avaient des soucis avec la police.

— Tu as de la chance qu'ils ne t'aient pas tué, soupira April. Tu as besoin de glace ou d'un pansement, pour ta tête ?

Adam effleura l'arrière de son crâne avec une grimace.

— Non, ça devrait aller.

Clay intervint de nouveau, toujours méfiant :

— Tu as réussi à les convaincre que tu n'étais pas en possession de la clé USB ?

— Je ne pense pas. C'est sans doute pour ça qu'ils m'ont laissé la vie sauve. En me tuant, ils perdaient cette info. Ils ont dû se dire qu'ils pourraient me mettre la main dessus plus tard, si besoin.

— Je me demande pourquoi Jimmy ne t'a pas simplement ligoté dans un coin, le temps de régler ses affaires avec la police, fit remarquer Clay, en se frottant le menton.

— Comment veux-tu que je le sache ? Je n'ai pas la moindre idée de la façon dont ce type fonctionne dans sa tête !

— Et pourtant tu étais prêt à laisser ta sœur l'épouser…, gronda Clay, les poings serrés.

April se leva brusquement.

— Ont-ils expliqué pourquoi la police recherchait Gilbert ?

— Je n'ai pas tout compris, répondit Adam, en faisant un large détour pour éviter Clay et gagner la cuisine. Il te reste de la bière ?

April échangea un regard avec Clay, puis inspira profondément.

— Nous, on le sait, annonça-t-elle.

Adam ouvrit le frigo et se pencha pour inspecter son contenu.

— Ah oui ? Alors ? Pourquoi ?

Clay vint s'accouder au plan de travail.

— Le type à qui tu as jeté ta sœur en pâture a envoyé deux mules – des femmes – dans un des tunnels de Las Moscas, mais ça a mal fini pour elles. Las Moscas les a attrapées, décapitées, puis a décidé de laisser des morceaux de leurs cadavres un peu partout dans Paradiso.

Adam se redressa, une bouteille à la main. Il dévissa la capsule et but une longue gorgée, avant de soupirer :

— Bon sang... Plutôt brutal.

— Tu te souviens de la copine de Gilbert ? Elena ?

April s'approcha de Clay et posa une main dans son dos. Elle sentait qu'il bouillait de colère contre Adam ; elle-même n'avait pas très envie de nettoyer à nouveau le sang de son frère dans la cuisine.

— Je m'en souviens. Une jolie Mexicaine avec un petit corps bien fichu.

— Eh bien, cette jolie Mexicaine n'a plus de tête sur son petit corps bien fichu, rétorqua Clay, en tapant du poing sur le plan de travail.

Adam sursauta, soudain très pâle.

— C'est une blague ? Gilbert a envoyé sa propre copine dans le tunnel ?

— Il ne s'appelle pas Gilbert, corrigea April. Il s'appelle Jesus. Lui et Elena font un numéro de Bonnie & Clyde depuis quelques années. C'est comme ça que la police a remonté la piste jusqu'à Gilbert.

— C'est délirant..., soupira Adam, en hochant la tête.

Il but une nouvelle gorgée de bière. Clay sortit son arme de sa ceinture et s'assit à califourchon sur le tabouret de la cuisine.

— Tu ne connaîtrais pas la femme plus âgée avec laquelle Elena travaillait, par hasard ? demanda-t-il en posant le revolver devant lui. Une femme blanche, d'une quarantaine d'années.

Adam leva un instant les yeux vers le plafond.

— Non, ça ne me dit rien. Bon sang, j'ai du mal à croire qu'ils aient utilisé des filles ! Ils pensaient que les gars de Las Moscas hésiteraient à les tuer ?

— Ils se sont plantés, déclara Clay.

— Tu as l'intention de rester ici ? demanda soudain April.

Clay lui donna un coup de pied discret.

— Non, je vais rentrer chez moi, maintenant que je sais qu'il n'y a plus de danger.

— Pourquoi es-tu revenu ? demanda Clay, en ramassant son arme.

Adam ne lâchait pas le revolver des yeux.

— Franchement, c'était juste pour récupérer ma came. Je ne pensais pas vous trouver ici.

— Je ne parle pas de ce soir. Pourquoi revenir ici, alors que Jimmy te cherchait ?

— L'appartement était vide et j'avais besoin d'un endroit où dormir. Je me suis dit que Jimmy irait d'abord chez moi ou chez Kenzie.

— Dis plutôt que tu avais besoin d'une planque pour te défoncer, maugréa Clay. Tu dois te désintoxiquer, Adam. Reprendre ta vie en main. April ne va pas continuer à te tirer d'affaire indéfiniment. Elle ne t'est redevable de rien.

April se mordit la lèvre. Bien sûr qu'elle était redevable à Adam. Parce qu'elle était la préférée de leurs parents. Parce qu'elle avait hérité de tous les biens de leur mère. Parce que c'était Adam qui avait retrouvé le corps sans vie de leur mère sur le carrelage de la cuisine, pendant qu'elle profitait de sa vie d'étudiante.

— Kenzie envisage une cure de désintoxication, annonça Adam en jetant sa bouteille à la poubelle. Je me tâte quant à l'accompagner. J'ai peut-être bien touché le fond, cette fois.

— Tu as ramené ma voiture ? Où es-tu garé ? Pas dans le parking, j'imagine, sinon tu aurais vu le pick-up de Clay et tu aurais compris qu'il y avait quelqu'un.

— Je voulais rester discret. Je me suis garé un peu plus loin, dans la rue. Je peux reprendre ta voiture pour aller chez Kenzie ? Tu pourras la récupérer demain matin. Et aussi... je vais avoir besoin de ma petite pension plus tôt, ce mois-ci, si c'est possible.

— Pension ? répéta Clay, les sourcils froncés.

April lui toucha doucement le bras.

— Prends ma voiture, Adam. On passera la chercher demain matin. Laisse-moi l'adresse de Kenzie, parce que je n'ai pas la moindre idée de l'endroit où elle habite. Et elle ne répond plus à mes appels sur ton téléphone.

— Elle a raison. Elle l'a sans doute éteint pour que Jimmy ne puisse pas me retrouver.

Adam ouvrit un tiroir de la cuisine, et sortit un stylo et un bloc-notes.

— Je te note son adresse ici. La voiture sera garée devant la résidence.

— Ça marche, approuva April en lui prenant le papier des mains. Clay a raison, tu sais. Vous deux, il faut que vous alliez en désintox. Et arrête de fréquenter des types comme Jimmy.

— Reçu, m'dame, répondit Adam en levant le pouce. N'oublie pas mes sous.

— Tu as laissé autre chose ici ? demanda April en examinant la pièce.

— Non. Sauf si tu plaisantais pour la drogue.

Il fit un clin d'œil à Clay, qui le fusilla du regard.

— Non ? Dommage... Dans ce cas, c'est tout.

Adam sortit de la cuisine et serra brièvement sa sœur dans ses bras.

— Fais-moi signe si tu veux que je vienne faire tes cartons et vider cet appartement. Et sois prudente.

— Sois prudent aussi.

April se sentait tout émue. C'était plus fort qu'elle : Adam resterait toujours son petit frère, un gamin un peu paumé.

— Je laisserai le trousseau derrière le pare-soleil, au cas où on serait absents ! lança Adam sur le pas de la porte, en agitant les clés de la voiture.

— Sois prudent ! répéta April. Jimmy est peut-être mort, mais on ne sait rien des autres ni de ceux qui l'ont tué.

Adam lui adressa un signe de la main sans se retourner. La porte claqua derrière lui. Clay se tourna aussitôt vers April, l'air tendu :

— Une pension ?

— Ne me regarde pas comme ça ! protesta April. C'était une des conditions stipulées dans le testament de ma mère. J'ai hérité de tout, mais je verse une pension à Adam chaque mois. Une sorte de rente, afin qu'il ne puisse pas tout dépenser d'un coup.

— Il doit adorer que tu tiennes les cordons de la bourse.

— Il a l'habitude. En revanche, ça l'incite plutôt à mettre sur pied des plans douteux pour s'enrichir rapidement. À moins que ce ne soit les gènes paternels qui parlent.

— Pourquoi faut-il que ce soit chaque fois illégal ?

— Bonne question.

April passa les bras autour de la taille de Clay et appuya la joue contre son torse puissant.

— Je suis soulagée qu'il aille bien. Et merci de ne pas l'avoir haché menu.

— Ça se voyait tant que ça ?

— C'était flagrant.

Elle lui caressa le visage, puis ajouta dans un souffle :
— Viens. Allons nous coucher.

Clay l'embrassa sur le front, puis s'écarta doucement pour fermer à clé la porte d'entrée.

— Dommage qu'il n'ait pas laissé son trousseau.
— Il en aura besoin, s'il vient vider l'appartement.
— Si ? interrogea Clay, en s'adossant à la porte.
— Maintenant que Jimmy est mort et que ses associés sont en fuite, je peux envisager de rester à Albuquerque. Ce n'est pas mal, comme ville.
— Il y a Adam.
— Pour l'instant.
— Tu penses vraiment qu'il va renoncer à ses rêves d'El Gringo Viejo ?
— Sans doute que non.

Clay marmonna un juron.

— Tant qu'il ne te mêle pas à tout ça… Parce que, s'il décide de partir se balader au Mexique en posant les mauvaises questions aux mauvaises personnes, sa rencontre avec Jimmy Verdugo risque de passer pour une promenade de santé.

April s'empara de la télécommande et éteignit la télévision.

— Hum… Je ne sais pas. Peut-être a-t-il compris la leçon.
— Visiblement, Jimmy ne lui a pas appris grand-chose. En dehors de cet œil au beurre noir, Adam n'a pas l'air d'un type qui s'est fait tabasser.
— Jimmy l'aurait frappé à la tête. C'est sans doute de là que venait tout le sang. Les plaies à la tête, ça saigne beaucoup, non ? Ça a suffi pour qu'il perde connaissance et Jimmy en a profité pour l'emmener.
— Peut-être…

Clay se passa la main sur la figure.

— J'en ai marre d'Adam et de ses problèmes. Promets-moi de ne plus te laisser entraîner dans une de ses combines.

— Hum, d'accord. Je l'ai à l'œil, maintenant.

Clay l'attira contre lui.

— Tu es incapable de lui dire non et il le sait.

April se dressa sur la pointe des pieds et embrassa Clay sur ses lèvres irrésistibles.

— C'est à toi que je ne sais pas dire non, Clay Archer, chuchota-t-elle.

Il la prit dans ses bras pour la soulever.

— C'est marrant, j'allais justement te faire une proposition crapuleuse...

— Tu es vraiment un obsédé, protesta April, sans grande conviction.

— Jimmy est mort. Adam est sain et sauf.

Il s'avança dans le couloir et ouvrit d'un coup de pied la porte de la chambre.

— Franchement, qu'est-ce qui pourrait bien nous en empêcher, maintenant ?

Le lendemain matin, April acheva de faire ses cartons, passant de pièce en pièce pour s'assurer qu'elle ne laissait rien d'important derrière elle. Tandis qu'elle sortait les bouteilles d'eau du réfrigérateur, Clay entra dans la cuisine.

— Tu n'emportes pas les bières ? s'étonna-t-il.

— Autant qu'elles restent au frais, pour Adam. Cela sera son salaire pour vider mon appartement, si je décide de quitter Albuquerque.

Elle commença à ranger les bouteilles dans un grand sac en plastique.

— Tu sais, je crois que je retrouverais sans trop de

mal la maison de ce type. Celui qui m'a vendu la voiture ? Je pourrais lui laisser la mienne en échange.

— Oui, si tu n'y es pas trop attachée. Celle que tu lui as achetée est une épave.

— La mienne ne vaut pas beaucoup mieux et je lui dois bien ça, après tout.

Clay la prit par la taille.

— Quand vas-tu cesser de te sentir coupable de tout ? Et quand vas-tu commencer à dépenser un peu de l'argent de ta mère ? Pourquoi conduire une vieille guimbarde, alors que tu peux t'en offrir une neuve ?

— Serais-tu capable de dépenser librement l'argent de l'assurance-vie de ta mère, si celle-ci avait été assassinée ?

— Ta mère a contracté cette assurance et t'a désignée comme bénéficiaire. Quelle que soit la façon dont elle est morte, elle voulait que tu en profites. C'est le principe de l'assurance-vie. Regarde ma mère : après le décès de mon père, elle n'a pas hésité à profiter de la vie. C'était ce que mon père aurait voulu.

— Ton père n'a pas été assassiné, marmonna April, en glissant une autre bouteille dans le sac.

— Un accident de voiture, ça n'est pas beaucoup mieux.

— Ton père était un homme fantastique. Il me manque.

— Ma mère, en revanche…, plaisanta Clay.

— Ta mère ne m'a jamais aimée, donc j'ai un peu de mal à l'apprécier en retour, répondit-elle en soulevant le sac du bout de l'index. Maintenant, j'imagine qu'elle doit carrément me détester.

— Elle est en croisière quelque part aux Antilles. Je ne pense pas qu'elle soit capable de détester qui que ce soit, à l'heure qu'il est.

Il lui prit le sac des mains.

— Je vais garder une ou deux bouteilles d'eau pour

le trajet du retour. Tu pourras en prendre dans ta voiture, quand on l'aura récupérée chez Kenzie. On fera convoi.

— Inutile de t'inquiéter pour moi, maintenant.

— Qu'est-ce que tu raconteras à l'inspecteur Espinoza s'il découvre que tu étais fiancée à Jimmy ?

— La vérité. J'ai été fiancée à Jimmy, sans savoir ce qu'il faisait, et je l'ai quitté quand j'ai commencé à avoir des doutes.

— Et s'il te pose des questions sur Gilbert ? Il nous a montré une photo de lui quand il s'appelait Jesus.

— Je n'ai jamais vu Gilbert, ni Jesus, ni Elena, ni personne.

— Ce serait un mensonge.

— Parfois, un petit mensonge permet de protéger ses proches. Allons-y, annonça-t-elle en s'emparant de son sac à main.

Tandis qu'elle verrouillait la porte, Clay clappa de la langue et murmura pour lui-même :

— Tu peux bien essayer de t'en convaincre, April Hart…

Lorsqu'ils arrivèrent devant l'immeuble de Kenzie, April aperçut aussitôt sa berline bleue garée sur le trottoir d'en face.

— La voilà ! Pour une fois, on peut compter sur lui.

— Adam n'a pas de voiture ? Il utilise toujours la tienne ou celle de Kenzie ? demanda Clay en se retournant pour réaliser son créneau un peu plus loin.

— Il a une moto, répondit-elle en ouvrant la portière. Allons vérifier si les clés sont bien où il l'avait annoncé.

Clay verrouilla son pick-up.

— Tu vas monter ?

— Non. Il a clairement fait comprendre qu'il n'avait pas besoin de me revoir avant que je quitte la ville.

April s'approcha de sa voiture.

— C'est ouvert, annonça-t-elle en actionnant la poignée.

Elle se glissa à l'intérieur et rabattit le pare-soleil. Son porte-clés, orné d'un gros A rouge, tomba dans sa main.

— Il n'a pas oublié, pour une fois, lança-t-elle en brandissant le trousseau.

— Qu'on lui donne une médaille, dans ce cas. Ouvre le coffre, s'il te plaît.

April se redressa et s'appuya à sa portière.

— Inutile de déplacer mes valises, si je laisse cette voiture à Ryan, en échange de l'autre.

— Je sais. Mais Adam a dit que Jimmy l'avait chargé dans le coffre de cette voiture, avant de l'abandonner dans le désert. Je veux vérifier quelque chose.

Il tapota la tôle.

— Ouvre, s'il te plaît.

April disparut de nouveau dans la voiture et actionna le levier. Clay remonta ses lunettes de soleil sur son front et se pencha vers l'intérieur du coffre. April le rejoignit et le poussa d'un petit coup de hanche.

— Alors, tu as trouvé ce que tu cherchais ?

— Je ne sais pas encore ce que je cherche.

Il fouilla un instant et sortit un morceau de tissu-éponge. April étouffa un cri et s'écarta : le linge était taché de sang.

— Cette serviette vient de chez Jimmy ! s'écria-t-elle. Tu vois, il a bien embarqué Adam blessé dans ce coffre.

Clay tint un coin de la serviette entre deux doigts et l'agita devant lui.

— Ça vient de chez Jimmy, ça ?

April s'approcha en fronçant le nez.

— Elle est de la même couleur que celles de la salle de bains dans la chambre d'amis, en bas. Il y a le même liseré.

— D'accord.

Clay ferma le coffre, mais garda la serviette.

— Que vas-tu en faire ?

— Tu veux laisser un linge plein de sang dans le coffre d'une voiture que tu as l'intention de vendre ?

— Pas faux, marmonna April.

Elle se pencha vers lui pour l'embrasser, prenant bien soin d'éviter la serviette. Soudain, une voix retentit au-dessus d'eux, les faisant sursauter. April leva la tête et aperçut Adam qui lui faisait signe depuis le second étage de l'immeuble. Elle lui fit signe en retour.

— Je me demande s'il veut qu'on monte…

Adam disparut à l'intérieur et referma la fenêtre.

— Apparemment, non.

Clay ouvrit la portière de la voiture pour April.

— Je te suis jusque chez ce type. Tu penses que c'est sans risque ?

— Absolument. C'étaient juste deux jeunes.

— Deux jeunes qui se sont fait arnaquer par une inconnue qui leur a refilé un caillou sans valeur en échange d'une voiture.

— Une inconnue qui a l'intention de réparer son erreur.

— Tu n'as jamais eu beaucoup de flair avec les gens, April.

Avant qu'elle puisse répondre, il referma la portière et gagna son pick-up. April le regarda s'éloigner dans le rétroviseur en se mordant la lèvre. La seule personne avec qui elle n'avait jamais eu de flair, c'était lui.

La transaction avec Ryan se passa mieux qu'elle ne l'avait pensé. Peut-être grâce à la présence imposante de Clay, pendant les négociations. Elle signa un acte de vente officiel, puis rejoignit Clay dans sa voiture.

Ils profitèrent du long trajet de retour à Paradiso pour discuter, car ils avaient jusqu'alors été trop occupés avec des têtes et des corps décapités, Jimmy, Adam et les mules. Ils avaient beaucoup de nouvelles à échanger.

À présent que Jimmy avait disparu, April était libre. Elle ne ressentait aucune tristesse face à la mort de l'homme qui l'avait séduite… au début de leur relation. Elle savait qu'il n'avait jamais réellement existé. Jimmy était une création d'Adam – et elle était tombée très facilement dans son piège, tant son désir d'oublier Clay était grand.

Comme s'il était possible d'oublier Clay…, pensa-t-elle en admirant son profil énergique. Peut-être avaient-ils une chance, à présent. Peut-être les atrocités qui s'étaient abattues sur elle, après la mort de sa mère, pouvaient-elles cesser, afin qu'elle puisse envisager de mener la vie qu'elle souhaitait.

— Quoi ? demanda soudain Clay en se tournant vers elle.

— Je contemplais juste mon avenir, répondit-elle en s'étirant, les bras tendus devant elle.

— Notre avenir immédiat implique de retourner chez Meg pour que je puisse récupérer Denali.

April ajusta ses lunettes de soleil, tandis que Clay s'engageait sur la bretelle de sortie pour Paradiso.

— Je me demande si Meg et Kyle sont allés boire un verre, hier soir, fit-elle. Il n'est pas marié, au moins ?

— Non. Tu penses qu'il y a anguille sous roche, pour tous les deux ?

— Mon pauvre…, soupira-t-elle avec un sourire. Je suis même surprise que ces deux-là ne se soient pas croisés plus tôt. Paradiso est loin d'être une grande ville.

Elle entrouvrit sa fenêtre, car elle préférait l'air frais à la climatisation.

— C'est la première fois que je joue les entremetteurs… sauf entre toi et Denali ! Mais, là, c'était facile. Ça a été le coup de foudre.

— C'est vrai qu'il m'a manqué…, chuchota-t-elle.
— Tu lui as manqué aussi, répondit-il, alors qu'April remarquait qu'il serrait le volant avec force. Et tu lui manqueras de nouveau.

April pinça les lèvres. Elle allait devoir marcher sur des œufs, car elle n'avait aucun droit de lancer des paroles en l'air, sans avoir étudié la question sous tous ses angles. Après tout, peut-être que Clay n'avait pas envie de reprendre une relation avec elle.

Dix minutes plus tard, ils s'engageaient dans l'allée et Clay garait son pick-up derrière la voiture de Meg.

— Elle est chez elle. Tant mieux.
— On est samedi, c'est normal, répondit April. Qu'as-tu l'intention de faire de la serviette pleine de sang que tu as trouvée dans mon coffre ?
— Je ne sais pas encore, mais… n'en parle à personne, d'accord ? Pas même à ton frère.

April s'arrêta un instant, la main sur la poignée.

— Je suis sûre qu'il est déjà au courant.
— Dans ce cas, pas besoin de lui préciser que c'est nous qui l'avons récupérée, insista Clay, avant de descendre.

Elle comprenait sa méfiance vis-à-vis d'Adam, mais pensait-il vraiment qu'il avait pu mettre en scène son propre enlèvement ?

Ils remontaient l'allée quand la porte d'entrée s'ouvrit brusquement et Denali bondit à leur rencontre. Il fila sans s'arrêter devant Clay et se mit à danser autour des jambes d'April, qui éclata de rire :

— Tu es adorable. Moi aussi, je suis contente de te revoir.
— Tu parles d'un accueil, plaisanta Clay, faussement vexé, en s'accroupissant devant le chien, qui se jeta enfin sur lui pour lui lécher la figure. Ah ! je préfère ça ! Salut, vieux frère !

— Il est devenu fou dès qu'il a entendu ton pick-up, lança Meg depuis le perron. Tout s'est bien passé ?

— Impeccable, répondit April. Et toi ? Aucun cadavre sur le paillasson, j'espère ?

— N-non... Pas vraiment, bafouilla Meg, en croisant les bras.

Clay redressa brusquement la tête.

— Qu'est-il arrivé ? demanda-t-il. Ils ont retrouvé le corps de l'autre femme ?

— Non, fit Meg en se tournant vers la maison. Ce n'est sans doute rien. Venez, je vais vous montrer.

April et Clay échangèrent un regard et la suivirent à l'intérieur. À peine eut-il franchi la porte que Clay s'arrêta ; April manqua de se cogner dans son dos.

— Tiens ? Salut, Kyle ! lança-t-il. Tu es passé vérifier ton installation ?

— On peut dire ça, répondit Kyle en désignant la bière qu'il tenait à la main.

April lança un regard entendu à Clay, puis rejoignit sa cousine, qui l'attendait dans la cuisine.

— Qu'est-ce que tu voulais me montrer ?

Meg saisit une enveloppe sur le plan de travail et la lui tendit.

— Quelqu'un a glissé ça sous mes essuie-glaces, ce matin. Il y a ton nom dessus.

April pâlit, mais se força à sourire.

— Voilà qui est bien mystérieux. Tu n'as pas vu de qui il s'agissait ?

— Non. J'étais au supermarché. Ma voiture était garée sur le parking et j'ai trouvé ça quand je suis sortie.

Sous le regard attentif de Meg, April glissa un doigt sous le rabat et ouvrit l'enveloppe. Elle en tira une feuille de papier et son sang se glaça.

13

Clay faisait mine de s'intéresser aux questions de Kyle, mais en vérité toute son attention était concentrée sur April. Celle-ci ne quittait pas des yeux la lettre que Meg venait de lui donner.

— Tu veux bien m'excuser une minute, Kyle ? demanda-t-il soudain. April ? Tout va bien ?

Elle leva brusquement le nez vers lui, puis repoussa ses cheveux derrière ses épaules.

— Juste un mot d'une copine…, bafouilla-t-elle. Carly. Elle a entendu dire que j'étais de passage, mais ne savait pas comment me joindre.

— Ouf ! s'écria Meg. Quel soulagement ! Elle aurait pu me remettre le message en mains propres ou le glisser dans la boîte aux lettres.

— C'est vrai, marmonna April.

Elle scrutait la feuille avec attention ; Clay aurait donné cher pour la lire.

— Elle a sans doute aperçu ta voiture sur le parking du supermarché, reprit April, en guise d'explication. Elle aura décidé d'en profiter.

Elle replia le papier, le rangea dans l'enveloppe, puis glissa le tout dans la poche de son pantalon. Clay ne la quittait pas des yeux ; un tic nerveux agitait sa bouche. Peut-être s'agissait-il d'un message d'Adam. Peut-être une nouvelle combine. Il était en tout cas persuadé que ce n'était pas une lettre de Carly. Et il savait à présent qu'April ne cesserait jamais de lui mentir.

— Il faut que j'y aille, annonça-t-il brusquement en grattant le sommet du crâne de Denali. Je t'apporte tes sacs, April.

— Oh ! tu dors ici ce soir, April ? s'étonna Meg.

Clay surprit le regard qu'elle coula en direction de Kyle.

— Évidemment, répondit April. Mais ne t'inquiète pas. Ce voyage m'a épuisée. Je vais me concocter un petit plateau-repas avec un verre de vin et me terrer dans ma chambre. J'ai la ferme intention de m'endormir devant la télé.

— Pas mal, comme soirée, approuva Meg avec un large sourire.

Clay tourna les talons, mais April appela :

— Attends ! Je vais venir t'aider à porter les sacs.

— Je m'en charge, pas de problème. Occupe-toi de ton dîner. Et rends-moi mon chien !

Il siffla. Le husky, qui en avait profité pour retourner auprès d'April, le rejoignit en trottinant, non sans avoir lancé un dernier regard énamouré en arrière. Clay mourait d'envie de lire le contenu de la lettre mais, si April avait décidé de s'enliser dans le mensonge, comment l'en empêcher ?

Arrivé près de sa voiture, il ouvrit le coffre pour en sortir les sacs et contempla un instant la serviette tachée de sang, roulée en boule dans un coin. Lui aussi pouvait faire des secrets. De retour dans la maison, il posa les affaires d'April dans l'entrée.

— Bonne soirée à tous ! lança-t-il. Et merci d'avoir gardé Denali, Meg.

Il était persuadé qu'April ne chercherait pas à le retenir.

Elle avait hâte de le voir dehors et lui-même n'avait plus qu'une seule envie : partir.

Malgré la mort de Jimmy – ou peut-être à cause d'elle –, il était soulagé de savoir que Kyle passerait la nuit chez Meg. Les épreuves et tribulations d'April étaient loin d'être terminées, il en avait l'intime conviction. Peut-être ne le seraient-elles jamais, tant qu'April ne couperait pas les ponts avec son frère.

C'était son choix, même si elle avait fait beaucoup de choix avec lesquels il n'était pas d'accord, pensa-t-il, en appuyant sur l'accélérateur d'un geste rageur. Sur le siège voisin, Denali manqua de perdre l'équilibre.

— Désolé, mon vieux, murmura-t-il en lui grattant le museau. On dirait bien qu'April va encore prendre la tangente.

Denali poussa un gémissement plaintif.

— Ne me regarde pas comme ça ! J'ai essayé. Au moins, cette fois, je saurai toute la vérité avant.

Une fois chez lui, Clay composa le numéro de Duncan Brady, qui travaillait à la brigade médico-légale du comté de Pima. Il posa son téléphone sur le comptoir de la cuisine et mit le haut-parleur, prêt à laisser un message : on était samedi soir et Duncan était certainement sorti. Quand son collègue décrocha au bout de trois sonneries, Clay récupéra son appareil précipitamment.

— Salut ! Je ne m'attendais pas à te trouver chez toi, dis donc...

Duncan eut un petit rire.

— Tu as oublié qu'Olivia et moi on a eu un bébé ?

— C'est vrai. Tes soirées doivent être bien occupées, hein ?

— Entre les berceuses, les couches et les quelques heures de sommeil qu'on essaye de grappiller, les rares fois où la petite daigne dormir...

Duncan rit de nouveau.

— Ça doit paraître infernal, pour un célibataire comme toi.

Clay ferma les yeux.

— Oui, ça n'a pas l'air de tout repos.

— Et toi ? Comment ça se fait que tu ne sois pas en virée, à cette heure ? C'est à cause de ce qui se passe par chez vous ? Deux têtes et un corps. Ça me rend malade. C'est pour ça que tu appelles ? Tu as besoin d'un coup de main ?

— De façon officieuse, si tu veux bien.

— Je te dois bien ça. Que puis-je faire pour toi ?

— J'aurais besoin de faire analyser des échantillons sanguins, répondit Clay, en jetant un coup d'œil aux deux sacs en plastique posés sur la table, l'un contenant le sang retrouvé dans la cuisine, l'autre, la serviette récupérée dans le coffre de la voiture d'April. En toute discrétion.

— C'est en lien avec l'enquête d'Espinoza ?

— Indirectement, oui. Je n'essaye pas d'empiéter sur ses plates-bandes, mais tu sais comment ça se passe, quand plusieurs brigades sont impliquées. Un détail important pour l'une peut paraître insignifiant à l'autre. Et là... c'est Espinoza qui mène la danse.

— Pas de problème, je comprends. Je m'en occupe, Archer.

Un cri de bébé se fit entendre derrière lui.

— Le devoir m'appelle, reprit Duncan. Quand penses-tu pouvoir me déposer les échantillons ?

— Tu habites toujours à Bisbee ?

— Je n'ai pas bougé. Tu veux passer à la maison demain ?

— Je ne voudrais pas déranger...

— Hé ! C'est la fête tous les jours, ici ! Vers midi, c'est le plus simple pour moi. Ça te va ?

— Très bien. Et... bon courage, mon vieux.

Clay raccrocha. Duncan était un sacré fêtard, à l'époque où lui-même était encore avec April. À présent, il était devenu père de famille et Clay, lui, n'avait personne. Denali aboya et posa une patte sur sa cuisse.

— Oui, je sais, marmonna-t-il en caressant son chien. Tu es là, toi. Mais soyons honnêtes : tu es plus fidèle à April qu'à moi.

Soudain, son téléphone vibra. Le cœur battant, il vit que c'était Meg.

— Tout va bien ? demanda-t-il en décrochant, incapable de dissimuler la pointe d'inquiétude dans sa voix.

Denali dressa les oreilles.

— Je... je ne sais pas trop, Clay, répondit Meg, avant d'ajouter à voix basse : Tu te souviens de ce mot qu'April a reçu ?

— Oui.

Clay avait la gorge sèche.

— Je l'ai ouvert.

— Comment as-tu réussi ce coup-là ? J'espère que tu n'as pas fait usage de violence...

— Quoi ? Non ! J'ai décacheté l'enveloppe avant votre retour, puis je l'ai refermée. Je suis désolée d'avoir fait ma curieuse, mais... il s'agit d'April et elle a découvert deux têtes en deux jours.

— Alors ? demanda Clay. J'imagine qu'il ne s'agissait pas de Carly. Qu'est-ce que ça disait ?

— C'était bizarre, comme dans les films, avec des lettres découpées dans un journal.

Clay sentit son pouls s'accélérer.

— Qu'est-ce que ça disait, Meg ?

— Ça disait : « Rien n'a changé. Garde tes distances avec lui. »

Tandis que les premières lueurs de l'aube s'invitaient dans la chambre à travers les volets, April glissa pour la centième fois la main sous son oreiller, pour vérifier que la lettre se trouvait toujours là. Elle n'avait pas fermé l'œil de la nuit.

Ses doigts effleurèrent un des coins de l'enveloppe. Elle la sortit de sa cachette et la contempla dans la pénombre.

Qui la surveillait ? Qui cherchait à la tourmenter ? Cette personne malveillante avait-elle guetté son retour à Paradiso ? Pourquoi ? Elle n'en savait rien. Elle n'avait aucune information à transmettre à Clay. Jimmy ne pouvait être l'auteur de cette lettre. Elle ne le connaissait même pas, à l'époque où Clay et elle étaient fiancés. Son père, alors ? Adam avait-il raison ? Leur père était-il un baron de la drogue, qui refusait de voir sa fille épouser un agent de la police des frontières ?

Elle enfouit le visage dans l'oreiller. Cela n'avait aucun sens. Pourtant, elle savait qu'il ne s'agissait pas d'une mauvaise plaisanterie. Elle avait reçu un avertissement semblable, dans les semaines précédant son mariage avec Clay : on avait trafiqué les freins du pick-up de Clay, afin de faire comprendre à April que son fiancé était une cible facile. Quelque temps plus tard, Denali avait été kidnappé.

Clay ignorait que ces événements étaient liés ; il avait simplement pensé qu'il s'agissait de malchances en série. Une panne malencontreuse et un chien qui disparaît quelques jours. April, en revanche, savait. Celui ou ceux qui la menaçaient avaient fait en sorte qu'elle n'ait aucun doute sur la véritable nature de ces incidents.

Certes, elle aurait pu s'en ouvrir à Clay, mais il lui aurait assuré qu'il était capable de se défendre et de la protéger, comme toujours. Mais s'il se trompait ? Et si un jour, alors qu'il faisait son travail, il connaissait une fin tragique et violente ? Cela semblerait si banal. Personne ne poserait de questions. Un agent de la police des frontières qui faisait une mauvaise rencontre dans l'exercice de ses fonctions. Cela arrivait.

April, en revanche, saurait à quoi s'en tenir. Elle saurait que c'était elle qui avait mis Clay en danger. Et elle ne serait jamais en mesure de vivre avec cette réalité. Donc... mieux valait le blesser une fois – un coup brutal et rapide –, en le quittant. Plus tard, il aurait ainsi la chance de refaire sa vie, de trouver quelqu'un d'autre, quelqu'un de moins compliqué, de moins... maudit.

Elle se frotta le nez. Elle avait été à deux doigts de faire sa vie avec Clay. Par la suite, elle avait tenté de recréer ce rêve avec Jimmy, mais elle avait toujours su, au fond d'elle-même, que ce substitut n'était qu'un mensonge. Personne ne pourrait jamais remplacer Clay dans son cœur. Cette fois, pourtant, elle avait l'intention de se battre pour lui et pour la vie qu'ils méritaient de connaître ensemble. Si cette énigme commençait par son père, alors elle devait remonter à la source.

Lorsqu'elle réussit à s'extirper de la chambre pour gagner la cuisine, les deux tourtereaux roucoulaient de concert autour d'un petit déjeuner.

— Kyle a fait des œufs brouillés. Tu en veux ? proposa Meg, en la voyant arriver.

Kyle ajouta, sa fourchette en l'air :

— Ça me prend deux minutes.

— Merci, c'est gentil. Mais du café suffira.

Elle sortit une tasse du placard et se servit.

— Le système de vidéosurveillance fonctionne bien ? demanda-t-elle.

— Parfaitement, répondit Meg, en battant des cils en direction de Kyle. Je me sens très en sécurité.

— Je crois que tu ne retrouveras pas d'autres têtes

devant ta porte, affirma Kyle, en entremêlant ses doigts à ceux de Meg.

— J'espère bien, s'esclaffa April. Denali a été sage ?

— Il déborde d'énergie, ce chien ! s'exclama Meg. Je l'ai déposé dans une garderie pour chiens, vendredi, afin qu'il puisse s'amuser un peu pendant que j'étais au travail. J'ai oublié d'en parler à Clay, mais je sais qu'il y est déjà allé.

Elle joua un instant avec son verre de jus d'orange, puis ajouta, d'un ton faussement anodin :

— Des nouvelles de Clay, ce matin ?

— Pour quoi faire ? Après ces deux jours ensemble, je suis certaine qu'il a besoin d'un peu d'air.

— Mais bien sûr ! soupira Meg. Que s'est-il passé au Nouveau-Mexique ? Tu as vidé ton appartement ? Tu as croisé Adam ?

— Je vais peut-être garder l'appartement. Et oui : j'ai vu Adam.

— Il est toujours aussi... difficile ?

— Il a toujours des problèmes, corrigea April, prenant la défense de son frère.

— Franchement, April..., soupira Meg. Adam avait des problèmes avant... avant tout ça.

— Je sais, mais ce qui est arrivé à notre mère ne l'a pas aidé, répondit April, en vidant le reste de son café dans l'évier.

— Évidemment. C'était atroce. Mais tu as bien survécu, toi.

Vraiment ? Pouvait-on survivre à un tel traumatisme ?

— Chacun réagit différemment, j'imagine.

Soudain, Kyle brandit son téléphone et s'écria :

— Ils l'ont trouvé !

— Qui ? demanda Meg, en lui essuyant une tache qu'il avait sur le menton.

April agrippa le rebord de l'évier.

— Le second corps sans tête ?

Kyle acquiesça.

— Dans le verger de pacaniers derrière chez Clay, précisa-t-il.

April serra les dents. C'était là qu'elle était allée se promener avec Denali, quelques jours plus tôt. Le cadavre s'y trouvait-il déjà ? Était-ce cela que le husky avait flairé ?

— J'espère qu'ils vont réussir à l'identifier et enfin enterrer ces deux pauvres femmes, soupira-t-elle.

— C'étaient des mules qui bossaient pour un cartel, rappela Meg, avec une grimace. Je ne les prendrais pas trop en pitié, si j'étais toi.

April croisa les bras, soudain parcourue de frissons.

— Elles se faisaient exploiter. On leur avait probablement assuré que leur mission était sans danger et que tout ce qu'elles risquaient, c'était de se faire arrêter par la police des frontières.

— Certaines femmes sont faciles à duper, marmonna Meg en ramassant la vaisselle du petit déjeuner. Kyle et moi, on va à Tucson, aujourd'hui. Et toi ? Tu as quelque chose de prévu ?

— J'ai quelques bricoles à régler. Amusez-vous bien.

April laissa les deux amoureux se faire les yeux doux par-dessus la table et retourna dans sa chambre pour prendre une douche et s'habiller.

Elle savait qu'elle ne contacterait pas Clay ce jour-là. Quelle que soit cette menace qui planait au-dessus de leurs têtes, elle refusait que Clay en pâtisse. Sa vie était déjà suffisamment en danger, avec Las Moscas qui éparpillait des cadavres dans la ville. Cette fois, cependant, elle avait l'intention de trouver l'origine de cette menace. S'il fallait aller jusqu'au Mexique pour retrouver El Gringo Viejo, alors elle était prête.

Et elle avait besoin qu'Adam le soit aussi.

Lorsqu'elle sortit de la douche, elle vérifia son téléphone. Clay n'avait pas tenté de la joindre. Il nourrissait des soupçons quant à la lettre qu'elle avait reçue. Peut-être cela suffirait-il à le tenir à l'écart, pour l'instant. Elle envoya un SMS à son frère pour l'informer qu'elle était disposée à partir à la recherche de leur père... où qu'il soit.

Elle n'avait pas menti à Meg en disant qu'elle avait à faire : elle devait mettre les papiers de la voiture en règle, tirer de l'argent au distributeur, se renseigner et... éviter Clay.

Meg et Kyle étant déjà partis, elle ferma la maison à clé et rejoignit la berline, qui lui appartenait presque officiellement désormais. Elle ne pouvait se permettre de rouler jusqu'au Mexique avec une voiture volée.

Elle parvint à accomplir la plupart de ses corvées le matin et décida de faire une pause pour déjeuner, avant de s'occuper du reste. Elle entra dans la fraîcheur climatisée d'un petit café de la rue principale pour manger un sandwich.

Tandis qu'elle attendait son repas, elle conserva son téléphone à proximité. Toujours aucune nouvelle d'Adam ou de Clay. Elle avait dû envoyer à ce dernier un message très clair, la veille, car il gardait ses distances. Elle posa une main sur son cœur meurtri. Un jour, elle reviendrait vers lui, libérée de ce nuage sombre qui planait au-dessus de sa tête.

Lorsqu'elle entendit la serveuse appeler le numéro de

sa commande, elle se leva pour récupérer son sandwich, remplit de nouveau son verre de soda et s'apprêtait à retourner s'asseoir, quand elle remarqua qu'un homme s'était installé à sa place. Elle manqua de renverser sa boisson. Elle n'avait pas laissé son sac sur sa chaise, mais il y avait déjà une serviette et le couvercle de son gobelet sur la table. Elle s'éclaircit la gorge et s'approcha :

— Excusez-moi, mais c'est ma table.

L'inconnu étira ses lèvres charnues en ce qui ressemblait à une esquisse de sourire. Sa carrure imposante débordait largement du cadre de la chaise.

— Je sais, April. C'est même pour ça que je me suis mis là.

April serra plus fort son gobelet.

— Qui êtes-vous ?

— Asseyez-vous. Je vais tout vous raconter.

Il poussa du pied la chaise en face de lui, qui recula avec un bruit à faire grincer les dents. April posa son assiette sur la table d'un geste brusque, mais ne lâcha pas son verre. Tous ses sens étaient en alerte.

— Que voulez-vous ?

L'homme se pencha en avant.

— Je crois que vous le savez… madame Jimmy Verdugo.

Cette fois, April sursauta si fort qu'une partie de son gobelet se renversa sur la table.

— Je ne suis… Je n'ai pas…

Il leva une main ; ses doigts énormes étaient ornés de grosses bagues scintillantes.

— Je sais que vous vous êtes sauvée à la dernière minute. Vous êtes maligne. Mais nous savons que vous êtes en possession de la clé USB de Jimmy.

— Je ne l'ai pas. Je ne l'ai jamais vue.

— Alors, c'est votre frère.

Il souleva l'ourlet de l'ample chemise qu'il portait, pour dévoiler une arme accrochée à sa ceinture.

— Et vous allez nous les ramener tous les deux. Le frère et la clé. Sinon, ce qui est arrivé à ces deux mules ressemblera à une garden-party.

14

Clay se figea en voyant l'imposant inconnu s'asseoir à la place qu'occupait April. Sans hésiter, il abandonna ses jumelles sur le siège passager et bondit hors de la voiture pour faire irruption dans le restaurant. Plusieurs clients, dont April, levèrent les yeux vers lui. En deux enjambées, il rejoignit la table.

— Est-ce que ce monsieur t'importune, April ?

April fit signe que non, mais sa pâleur semblait indiquer le contraire. Le gros homme recula sa chaise et se leva en se tapotant le ventre.

— Je reposais un peu mes jambes, c'est tout. Pas évident pour quelqu'un de ma corpulence de rester debout trop longtemps.

Clay le dévisagea avec méfiance. Il n'avait aucun droit d'arrêter cet homme ni de l'interroger si April demeurait silencieuse.

— C'est vrai, April ? demanda-t-il en lui touchant l'épaule.

— Il… Il voulait juste s'asseoir une minute, bafouilla-t-elle, sans quitter des yeux la main de l'inconnu, qui était nonchalamment posée sur une hanche.

— Je vous souhaite une agréable journée, mademoiselle, murmura-t-il, en effleurant la table du bout des doigts, avant de s'éloigner.

Il sortit du café avec une grâce surprenante pour sa carrure. Lorsque la porte se referma, Clay se laissa tomber sur la chaise vide.

— Qu'est-ce que c'est que cette histoire ?

April s'empara de son sandwich et commença à en grignoter un bout. Elle essuya quelques miettes sur ses lèvres, but une gorgée de soda, puis s'épousseta les mains au-dessus de son assiette. Enfin, elle leva les yeux vers Clay.

— Il m'a simplement menacée à cause de cette clé USB.

Clay bondit de sa chaise, qui se renversa avec un fracas métallique. Comme il faisait mine de se ruer vers la porte, April le retint par le bras.

— Il est parti. Je voulais m'en assurer avant de te l'expliquer, pour t'éviter de te faire tuer.

— J'aurais pu l'arrêter ! protesta Clay, en se dégageant. Pourquoi ne l'as-tu pas dit plus tôt ?

— Il t'aurait tué. Il était armé. Tout le temps que tu étais là, il a gardé la main sur son revolver. Si tu avais tenté quoi que ce soit, il aurait tiré.

Clay redressa sa chaise et fit signe au serveur. Puis, il se rassit, le plus près possible de la table, presque nez à nez avec April.

— Je suis un agent de la police des frontières. Ce n'est pas ton boulot de me protéger. À la rigueur, tu dois signaler des crimes ou des menaces, puis laisser les autorités compétentes, dont je fais partie, agir en conséquence.

— J'aurais pu t'avertir pour le revolver. Mais il ne fait aucun doute dans mon esprit qu'il s'en serait servi. Ensuite, il en aurait certainement profité pour m'enlever.

Elle désigna les clients du café, qui déjeunaient tranquillement.

— Tu crois qu'une de ces personnes aurait levé le petit doigt pour l'en empêcher ?

— Tu n'as pas une grande confiance en mes compétences, hein ? demanda-t-il en buvant une gorgée dans son verre.

— Quand les forces sont équilibrées, si. Mais pas lorsqu'il s'agit d'une attaque ou d'une embuscade.

Clay soupira.

— Je ne suis pas ton frère, April. Tu n'as pas besoin de me protéger.

— En parlant de mon frère, cet homme cherchait Adam, annonça April en retirant un morceau de croûte de son sandwich. Toujours cette histoire de clé USB. Il pense que l'un de nous deux l'a en sa possession.

— Bon sang…, marmonna Clay en tapant du poing sur la table. Quand cela finira-t-il ? C'est Adam qui a dû la voler et j'ai bien l'intention de la récupérer.

— Il m'a assuré qu'il ne l'avait pas…

En voyant le regard assassin que lui lançait Clay, elle laissa sa phrase en suspens.

— Il ne faut pas croire ce que dit Adam, grommela Clay. Sur quelque sujet que ce soit. C'est sans doute lui qui a la clé depuis le début. Qui sait ? Peut-être même que Jimmy et ses hommes auraient réussi à la reprendre, s'ils n'avaient pas été distraits par leurs autres soucis. Ça aurait été plus simple : quand les gars de Las Moscas auraient rendu une petite visite à Jimmy, ils auraient récupéré la clé et tout ça aurait été réglé.

— Et Adam serait mort.

— Il est mort de toute façon, April. À moins qu'il ne restitue cette clé USB à Las Moscas. Tu penses que le gros type de tout à l'heure est venu te faire une visite de courtoisie ? Adam t'a entraînée dans ses histoires… comme d'habitude.

— Peut-être puis-je le convaincre de rendre la clé. Si elle contient bel et bien une carte des tunnels de Las Moscas à la frontière, il n'a pas les contacts nécessaires pour se servir de ce genre d'informations.

Clay posa les mains à plat sur la table, les doigts écartés.

— C'était ça, la lettre ? Ce type t'a laissé un message pour organiser une rencontre ?

April cligna plusieurs fois des yeux rapidement.

— Oui, mentit-elle enfin. J'ai cru qu'il allait m'expliquer pourquoi ces têtes se sont retrouvées devant chez nous.

— As-tu la lettre avec toi ? Je peux la voir ?

— Je l'ai brûlée, répondit April, en mordant une bouchée de son sandwich.

— Dommage. J'aurais pu récupérer des empreintes... Comment connaissait-il le véhicule de Meg ?

— Il surveillait sans doute la maison avant, suggéra April, les coudes sur la table. Et toi ? Comment savais-tu que je me trouvais dans ce café ? Pourquoi as-tu débarqué en trombe ici, pile au bon moment ? Tu sembles savoir toujours avec précision où je suis.

— Paradiso est une petite ville. Je passais devant et j'ai aperçu ta voiture garée. Comme l'autre fois. J'étais sur le point de te rejoindre pour déjeuner, quand j'ai vu ce gorille en face de toi.

Lui aussi était capable de mentir.

— Alors, déjeunons ensemble... au cas où il reviendrait, ajouta-t-elle en jetant un regard par-dessus son épaule.

— Tu lui as expliqué que tu n'avais pas la clé USB ?

— Évidemment, dit-elle, en jouant un instant avec sa paille. Je ne sais pas s'il m'a crue, en revanche. Mais, si ce n'est pas moi, il est persuadé que c'est Adam.

— Je suis d'accord avec lui, sur ce coup-là. Tu penses pouvoir convaincre Adam de rendre la clé ? Pour vous épargner tous les deux ?

Il s'empara de son gobelet et le vida d'un trait.

— Enfin, surtout toi, précisa-t-il. Parce que c'est quand même lui qui t'a jetée dans les bras d'un homme dangereux, au départ.

— Je peux essayer de lui parler. Mais il va falloir trouver les bons arguments.

April baissa les yeux. Elle n'avait aucune intention d'expliquer à Clay comment elle comptait s'y prendre pour persuader son frère. Au final, peu importait. Tant que cela n'impliquait pas d'épouser un autre trafiquant de drogue.

— Et la bonne vieille méthode ? suggéra soudain Clay, en faisant craquer les os de ses doigts.

April pinça les lèvres.

— Tu voudrais rouer Adam de coups, dans l'espoir qu'il te dirait où se trouve la clé USB ? Ça ne fonctionnerait pas. Et si tu penses qu'Adam ne porterait pas plainte, tu le connais mal. Il ne laisserait pas filer une occasion de te coller un procès et de gagner de l'argent.

Clay serra les poings.

— Tu as raison. Je ne connais pas Adam aussi bien que toi. Je l'ai toujours considéré comme un nid à problèmes. Un type pas très fiable, mais pas méchant. En revanche, la rencontre avec Jimmy Verdugo… ? C'est une crasse que je ne l'imaginais pas capable de faire.

— Moi non plus, à vrai dire.

April repoussa son assiette.

— Je vais lui envoyer un SMS pour lui raconter ce qui vient de se passer. Et le convaincre de te confier la clé USB.

— Même s'il accepte, April, Las Moscas restera une menace pour lui. Et ce n'est pas en prenant contact avec la police qu'il va arranger son cas. Ils vont vouloir se venger. Il s'est mis dans de beaux draps… et toi avec.

— Et je vais nous en sortir tous les deux. Non ! Ne dis rien.

Elle leva un doigt pour prévenir ses protestations.

— Ne pose pas de questions. Ne cherche pas à me dissuader. Je sais ce que je fais.

— Quand il s'agit de ton frère, permets-moi d'en douter. Mais...

Il lui prit la main.

— ... fais ce que tu as à faire.

Lui aussi ferait ce qu'il avait à faire. Il avait déjà déposé les échantillons sanguins chez Duncan. Il était parfaitement capable de s'occuper dans son coin sans rien dire à personne. Simplement, était-ce sa faute si April était bien meilleure que lui à ce jeu-là ?

April avait enfilé deux sandales différentes et hésitait, debout devant le miroir. Meg et Kyle avaient suggéré un dîner au restaurant à quatre et, même si ni Clay ni elle n'avaient la tête à faire la fête, ils s'étaient laissé convaincre.

April soupira, l'air soucieux. Après le déjeuner, Clay s'était fermé et, pour la première fois depuis qu'elle le connaissait, elle avait l'impression qu'il lui cachait des choses.

De son côté, le danger semblait à présent guetter sur deux fronts. Ou bien se trompait-elle complètement ? Elle était cependant persuadée que ce n'était pas l'homme du café qui avait déposé cette note sur le pare-brise de la voiture de Meg. L'organisation Las Moscas pouvait-elle être à l'origine des menaces reçues deux ans plus tôt, avant d'épouser Clay ? Après tout, il était possible qu'Adam ait déjà été en lien avec Jimmy et le cartel, à cette époque. Peut-être ses nouveaux associés n'avaient-ils pas trop apprécié la perspective d'un beau-frère appartenant à la police des frontières.

En frissonnant, elle croisa son regard dans le reflet. Peut-être Adam avait-il parlé de sa sœur et de son père, El Gringo Viejo, à Jimmy, qui avait alors décidé que le meilleur moyen d'entrer en contact avec le célèbre narcotrafiquant était d'épouser sa fille. Pour cela, évidemment, il fallait que cette dernière soit célibataire et disponible.

April s'assit avec lassitude sur le rebord du lit et retira la sandale de son pied gauche. Elle préférait l'autre, avec un petit talon.

Adam avait fini par répondre à son SMS et accepté de prendre l'avion pour Phoenix. Ils devaient s'y retrouver le lendemain. Elle entendait bien aller jusqu'au bout… et lui proposer un accord. Sans tenir Clay au courant, bien sûr. Il chercherait certainement à l'en empêcher et elle ne pouvait le laisser faire.

Meg frappa doucement à la porte de sa chambre.

— Je peux entrer ? Oh ! quelle jolie robe ! Ça veut dire que, Clay et toi, vous vous êtes rabibochés ?

— Rabibochés ? répéta April, en lissant le tissu coloré. Il n'y a rien à rabibocher. On est amis et c'est très bien comme ça.

— Tu parles d'une amitié. Il avait l'air bien pressé de partir, hier soir. Il a récupéré Denali et pffuit ! il a filé.

— On était fatigués tous les deux, Meg.

— Bla-bla-bla, rétorqua Meg. Pourquoi as-tu réellement quitté Clay juste avant votre mariage ? C'était quoi, l'excuse que tu lui avais servie ? « Ce n'est pas toi, c'est moi » ? « Tu es trop bien pour moi » ?

— Hum, fit April, en se couvrant les yeux. Je n'ai pas envie d'en parler, s'il te plaît. Est-ce qu'on peut envisager un dîner agréable, sans cadavres décapités ni mariages annulés ?

— C'est sûr que les deux sont aussi horribles l'un que l'autre, se moqua Meg. Kyle et moi avons l'intention de passer une soirée très agréable, avec ou sans vous.

— Il n'est pas trop tard pour annuler l'invitation, rappela April, en prenant un gilet sur une chaise. Peut-être que Kyle et toi avez envie d'être tranquilles.

— Oh non ! Tu ne vas pas t'en sortir aussi facilement.

Une demi-heure plus tard, ils étaient tous les quatre assis dans le patio d'un restaurant méditerranéen du centre-ville, appelé le Sinbad. April avait les nerfs à vif et, malgré elle, guettait du regard la silhouette de l'imposant inconnu qui l'avait menacée. Clay était tout aussi tendu.

Elle savait qu'il avait son revolver sur lui, car il le portait même quand il n'était pas au travail ; Kyle était sans doute également armé. Le gros homme aurait été stupide de tenter quoi que ce soit dans un lieu public.

Alors, quand ? Allait-il attendre qu'elle revienne avec la clé USB ? Et ensuite ? Clay semblait penser que cela ne suffirait pas à les mettre hors de danger. Évidemment, si son plan fonctionnait, Adam et elle ne traîneraient pas longtemps dans le secteur. Si Adam acceptait de lui rendre la clé, elle confierait aussitôt celle-ci à Clay, avant de filer avec son frère.

Lorsqu'ils eurent commandé, April fit tourner son verre de vin et demanda :

— Les autorités ont-elles identifié l'autre corps ?

Kyle poussa un gémissement.

— Vraiment ? Tu es sûre de vouloir parler de ça maintenant ?

— Tu as besoin d'un peu plus de vin, décréta Meg, en s'emparant de la bouteille de chardonnay qui reposait dans un seau à glace.

— J'ai à peine touché au mien, protesta April, en

couvrant son verre d'une main. C'était juste une question. Une seule.

— Réponds-lui, ordonna Meg en regardant Clay. Ensuite, c'est fini. On change de sujet.

— Pour faire bref : non, répondit Clay.

Meg tapa du poing sur la table.

— Et on va en rester là, s'il vous plaît !

Tandis que Meg et Kyle revivaient la journée idyllique qu'ils avaient passée à Tucson, April rapprocha sa chaise de celle de Clay et poussa celui-ci du bout du pied.

— Vas-y. Donne-moi la version longue.

— Ils ont relevé ses empreintes digitales, mais cela n'a donné aucun résultat dans la base de données. Ils vont essayer du côté des personnes disparues. Elle était peut-être mexicaine.

— Mais elle n'était même pas de type latino-américain !

— Il y a pas mal de gringos qui résident au sud de la frontière, rappela Clay, en haussant les épaules. Comment vas-tu, après ce qui s'est passé ce midi ?

— Ça va. Je me demande quand ça va recommencer, c'est tout. Combien de temps ce type va-t-il m'accorder pour convaincre Adam de rendre la clé ?

— Il faudrait que tu sois loin, très loin d'ici, quand il décidera qu'il est temps de prendre des mesures. Fais de ton mieux avec Adam, puis disparais. Quitte le pays s'il le faut. Tu as toujours de l'argent.

Clay lui saisit doucement le poignet.

— Tu pourrais envisager de le dépenser pour te protéger.

— J'ai envoyé des SMS à Adam. Je crois qu'il est prêt à admettre que c'est lui qui est en possession de la clé.

— Je ne t'en ai pas parlé, mais l'inspecteur Espinoza n'a pas retrouvé la trace de Jesus, alias Gilbert, à Albuquerque.

Il fit tinter son verre de vin d'une pichenette.

— En revanche, il a découvert le corps de Jimmy.

— C'était prévisible. Il pense aussi que c'est Las Moscas qui a fait le coup ?

— Il a trouvé ça étrange, comme moi, que Las Moscas tue un rival à l'arme blanche. D'habitude, ils font plutôt dans l'exécution sommaire : une balle dans la tête au silencieux.

Un doigt sur les lèvres, Clay désigna le serveur qui s'approchait de leur table. Tout le monde s'intéressa à son assiette.

— Je ne suis pas sûre que votre conversation soit très recommandée en société, fit remarquer Meg en agitant la pique de sa brochette dans leur direction. Mais au moins vous vous parlez de nouveau.

— Meg…, soupira April en trempant un morceau de pain pita dans son bol d'houmous. Je te prie de bien vouloir t'occuper de tes fesses.

— Je suis d'accord avec elle, renchérit Kyle, en prenant Meg par le menton pour l'embrasser.

La romance naissante entre Meg et Kyle permettait à April et Clay de discuter librement de sujets plus sinistres. Plus April obtiendrait de Clay des informations sur ce qui s'était passé au Nouveau-Mexique, plus cela faciliterait ses propres recherches. Évidemment, cela serait encore plus aisé si Clay l'accompagnait, mais ce dernier n'accepterait jamais. De plus, elle avait de nouveau reçu des menaces pour lui rappeler de garder ses distances.

April jeta un rapide coup d'œil au patio orné de guirlandes de lumière. Son tourmenteur l'observait-il à cet instant même ?

Vers la fin du repas, April et Clay abandonnèrent leurs spéculations pour se joindre à des conversations plus légères. Meg semblait littéralement rayonner en présence de Kyle et April ne put s'empêcher d'en ressentir un petit pincement au cœur. Elle était ravie pour sa cousine, mais ce sentiment joyeux d'étourdissement et d'insouciance lui manquait. Autrefois, Clay et elle avaient connu ce genre d'amour sans complications.

Vraiment ?

Sa vie avait-elle jamais été sans complications, depuis le meurtre de sa mère et les accusations portées contre son père ? Clay habitait déjà à Paradiso, à l'époque ; c'était alors un tout jeune agent de la police des frontières. Elle-même était encore à l'université. Ils n'avaient commencé à sortir ensemble qu'à son retour, après le décès de sa mère et l'obtention de son diplôme. Les événements tragiques l'avaient déjà affectée et changée, au moment de leur rencontre. Avant le drame, elle était insouciante et suivait avec passion des études de chorégraphie ; le monde lui tendait les bras. Par la suite, elle avait renoncé à sa spécialité pour la comptabilité. Elle voulait de la stabilité, de la sécurité, de l'ordre. Elle était déterminée à veiller sur Adam, interné en clinique psychiatrique juste après le meurtre.

Peut-être était-ce pour ça qu'elle avait été séduite par Clay. Il représentait la stabilité et la sécurité dont elle avait besoin. Puis, petit à petit, son frère l'avait privée de ça. Les dérapages d'Adam étaient devenus son quotidien.

Le dîner s'acheva par une joute verbale entre les deux hommes pour savoir qui réglerait l'addition, jusqu'à ce que Meg arrache la note sous leur nez et tende sa carte au serveur.

— Cette soirée était mon idée, décréta-t-elle. C'est moi qui invite.

Kyle aida une Meg un peu ivre à monter dans sa voiture, puis il adressa un clin d'œil à April.

— On vous laisse la maison. Je ramène Meg chez moi.

Quand il s'éloigna dans un rugissement de moteur, April soupira.

— Un peu lourd, non ?
— Ça ne te fait pas peur de rester seule ? Il y a le système de sécurité.
— Aucun problème.

April remercia en silence l'obscurité qui dissimulait ses joues rouges. Clay lui facilitait la tâche ; elle n'aurait pas à le convaincre de la laisser seule ce soir. Elle voulait partir tôt le lendemain pour Phoenix, avant que Clay puisse se rendre compte de ses projets.

— J'ai mon arme, aussi, rappela-t-elle. Tout ira bien.

Clay déverrouilla son pick-up.

— Tu vas essayer de parler à Adam, demain ?
— Oui.

Elle s'installa et claqua la portière. Clay n'avait pas demandé si cette conversation aurait lieu en face à face et elle n'avait pas l'intention de lui donner cette précision. Son plan était de rouler jusqu'à Phoenix pour accueillir Adam à sa descente d'avion et lui présenter son offre.

Clay quitta la ville et reprit le chemin de la maison. April se sentait somnolente à cause du repas et du vin. Elle appuya le front contre la fenêtre. Quand Clay se mit à chantonner un peu faux sur l'air de country qui passait à la radio, April ne put retenir un sourire. Il avait toujours chanté comme une casserole, mais cela ne l'avait jamais arrêté. Soudain, un grand bruit se fit entendre et April se heurta la tête contre la vitre. Clay braqua brusquement.

Un autre claquement retentit dans la nuit et le pare-brise arrière vola en éclats, inondant l'habitacle de verre brisé. April ferma les yeux et poussa un cri. Les pneus crissèrent avec force et la voiture se mit à zigzaguer dangereusement.

— Qu'est-ce qui s'est passé ? s'écria April en se tournant vers Clay. Tu as heurté quelque chose ?

Les mâchoires crispées, Clay répondit :

— Je n'ai rien heurté du tout. On nous tire dessus ! Quelqu'un vient de faire exploser un de mes pneus !

15

Clay bataillait avec le volant et avait toutes les peines du monde à maintenir le pick-up sur la route. S'il déviait vers le bas-côté, il risquait de se retourner ou de devoir freiner en urgence sur de la terre. Et ils ne devaient surtout pas s'arrêter ! C'était exactement ce qu'espérait leur agresseur : immobiliser le véhicule afin qu'ils se retrouvent coincés dans le désert.

— Appelle la police ! ordonna-t-il à April. On vient de dépasser la borne onze, juste avant les vergers.

Il entendit April fouiller dans son sac, à la recherche de son téléphone. Le pick-up avançait en zigzaguant dans un vacarme épouvantable. D'une voix tendue, April se mit soudain à transmettre des explications sur leur situation. Clay jeta un regard dans le rétroviseur et poussa un juron.

— Quoi ? demanda April, en raccrochant. Que se passe-t-il, maintenant ?

— J'ai aperçu des phares derrière nous. Ces fumiers nous ont pris en chasse.

— Accélère, Clay ! supplia April en enfonçant les ongles dans son bras, à travers le tissu de son sweat-shirt.

— Je n'ose pas aller plus vite avec ce pneu éclaté. On est déjà sur la jante. La roue risque de se détacher complètement.

— S'ils nous rattrapent, ils vont tirer sur l'autre pneu arrière.

Elle se retourna sur son siège.

— Je ne vois pas de lumières, mais je crois qu'il y a eu un virage.

— Combien de temps, pour la police ?

— L'opérateur a dit qu'ils arrivaient. C'est tout ce que je sais.

Soudain, elle fit claquer ses doigts.

— Ton arme ! Donne-moi ton arme !

— Tu ne peux pas commencer à faire feu dans le noir, dit-il.

Il se pencha pourtant, chercha sous son siège et récupéra son baudrier.

— Sois prudente, marmonna-t-il. Il est un peu plus lourd que le tien.

Le pick-up continuait sa route incertaine.

— Il est chargé ? demanda April en saisissant le revolver à deux mains.

— Quelle question ! Ne tire que si un véhicule remonte à notre hauteur.

— Ils n'auront peut-être pas à s'approcher autant, fit remarquer April, en désignant l'arrière de la voiture. S'ils restent en retrait et visent l'autre pneu… ou toi, on sera dans de beaux draps.

Soudain, le pick-up fit une nouvelle embardée et sembla se rebiffer contre son conducteur, qui eut toutes les peines du monde à le maintenir sur l'asphalte.

— Allez, mon grand, maugréa Clay. Ne me lâche pas !

— Plus que quelques kilomètres avant chez toi, Clay ! s'écria April, en tapant sur le tableau de bord. On peut y arriver !

— Ils doivent être plusieurs. Ils savent sans doute que je suis armé et ils sont prêts à m'affronter.

— À *nous* affronter, corrigea April.

Le pick-up poursuivit sa route avec perte et fracas, mais ils parvinrent chez Clay sans revoir de lumières dans le rétroviseur. Évidemment, leurs agresseurs pouvaient avoir éteint leurs phares et roulaient peut-être derrière eux dans le noir velouté du désert.

Clay déboucha dans son allée dans un nuage de poussière et de fumée.

— Rends-moi mon revolver, Billy the Kid, demanda Clay en tendant la main.

April lui présenta l'arme par la crosse.

— Est-ce qu'on reste ici à les attendre ?

— Tu es dingue ? Je vais sortir le premier et je te couvrirai jusqu'à ce qu'on atteigne la maison. On va fermer la porte à clé. Maintenant, baisse-toi.

Dehors, il jeta un coup d'œil vers la rue, puis fit le tour de la voiture et ouvrit la portière côté passager.

— Allons-y.

Il saisit doucement April par le bras et l'aida à descendre, puis à s'accroupir. Ils avancèrent, pliés en deux, jusqu'aux marches de l'entrée ; Clay, penché sur elle, lui faisait un rempart de son corps. En passant devant l'endroit où la tête avait été déposée quelques jours plus tôt, il sentit une rage brûlante s'emparer de lui. Il était prêt à tuer quiconque oserait s'en prendre à April.

Soudain, des gyrophares bleu et rouge apparurent dans la rue, et un véhicule de patrouille de la police freina dans l'allée. Clay rangea son arme et leva une main pour se protéger les yeux. Un agent sortit du véhicule ; il avait déjà allumé sa lampe torche pour examiner la roue du pick-up mal en point.

— C'est vous qui avez appelé les secours ?

— Oui.

Clay glissa les clés de sa maison dans la main d'April et lui murmura :

— Ouvre la porte et allume les lampes extérieures.

April s'exécuta. Quand le jardin fut illuminé, Clay redescendit les marches.

— Nous étions au niveau de la borne kilométrique onze, quand quelqu'un a tiré sur mon pare-brise arrière et sur mon pneu arrière gauche.

— Vous avez été poursuivis ? demanda le policier, en rangeant sa lampe dans le fourreau de sa ceinture.

Son collègue sortit à son tour et s'accroupit près du véhicule avec un sifflement impressionné.

— Vous êtes arrivés juste à temps. La jante est en miettes.

Clay s'approcha.

— Bonsoir, je m'appelle Clay Archer, je suis de la police des frontières. J'ai mon arme de service sur moi.

L'agent qui examinait la roue se redressa.

— Je vous connais. C'est vous qui avez trouvé la tête d'une mule devant chez vous. Ici, donc.

— C'est ça. Vous n'avez pas croisé d'autre voiture en venant ?

— Non, mais ils pouvaient être cachés dans les bosquets. On a appelé des renforts. Ils sont en train de fouiller le secteur.

— Voulez-vous entrer pour prendre notre déposition ? proposa Clay en désignant la porte ouverte, où se tenait April.

Denali était sorti pour voir ce qui se passait. Il renifla les talons des agents quand ceux-ci entrèrent dans la maison, puis il s'assit près d'April, qui posa une main sur sa tête. Clay soupira. Apparemment, son chien était plus doué que lui pour la protéger. Il avait laissé leurs ennemis s'approcher d'elle. Espéraient-ils l'éliminer, puis la kidnapper, afin de forcer son paumé de frère à restituer la clé USB ?

Dans ce cas, ils se trompaient lourdement. Clay savait pertinemment qu'Adam ne rendrait jamais la clé pour sauver sa sœur. Ou qui que ce soit, d'ailleurs. Mais, ça, leurs ennemis l'ignoraient.

Clay s'éclaircit la gorge et répondit aux questions de l'agent, expliquant que l'incident de la soirée était lié au narcotrafic et à la mort des deux mules à la frontière. Il évita de parler de la clé USB, car impliquer Adam ne rendrait pas service à April. Même si, à cet instant, il se fichait complètement du sort d'Adam.

April et lui racontèrent en détail ce qui était survenu sur la route, puis Clay leur ouvrit le pick-up pour qu'ils récupèrent la balle ayant traversé le pare-brise arrière. Ils la retrouvèrent enfoncée dans le tableau de bord, ce qui déclencha une nouvelle vague de fureur chez Clay. Le coup aurait facilement pu atteindre April.

Lorsque les policiers repartirent, April et lui rentrèrent dans la maison. Clay ferma la porte.

— Pas question que je te laisse chez toi toute seule ce soir, déclara-t-il avec fermeté. Tu dors ici.

— Avec joie, répondit-elle en lui passant les bras autour du cou. Mais j'espère que tu as de la bière au frigo, parce que j'ai besoin de me remettre de mes émotions.

— Je suis d'accord. Je vais d'abord vérifier la vidéosurveillance sur mon ordinateur portable, juste pour voir si quelqu'un a fouiné autour de la maison.

— Je m'occupe des bières, annonça-t-elle en disparaissant dans la cuisine. Il n'y a qu'une seule route pour aller chez toi. Cela leur a simplifié la tâche. Il leur a suffi d'attendre n'importe où sur le chemin.

— Tu as raison. Il n'y a rien sur la vidéo.

April ressortit de la cuisine, une bouteille dans chaque main.

— Tiens. Je n'aime pas boire seule.

Ils trinquèrent.

— On l'a échappé belle, quand même.

April porta la bouteille à ses lèvres.

— Tu es un sacré conducteur. Si j'avais été au volant, je crois que j'aurais certainement envoyé la voiture dans le fossé.

— On aurait dû se montrer plus prudents. J'aurais dû me douter qu'ils tenteraient quelque chose.

— Pourquoi ? Viens, asseyons-nous.

— Tu demandes pourquoi ? Parce que ce type t'a menacée en plein jour, dans un lieu public !

— Justement. Il m'a approchée comme si nous avions rendez-vous. Il m'a fait une proposition et m'a donné le temps d'y réfléchir. S'il avait voulu m'enlever, il aurait pu se contenter de pointer sur arme sur moi. Je l'aurais suivi sans hésiter.

Il s'installa à côté d'elle sur le canapé et posa une jambe sur la table basse.

— Qu'est-ce que tu veux dire ? Que cette embuscade n'est pas l'œuvre de Las Moscas ?

— Je ne sais pas, soupira-t-elle en posant sa bouteille sur la table, à côté du pied de Clay. Tourne-toi. Tu es tout crispé.

Il obéit et lui présenta son dos. Il devait bien admettre qu'il avait les épaules nouées par la tension.

— Tu sais quoi ? reprit-elle en se levant soudain, sa bouteille à la main. Apporte ta bière dans la chambre, je vais te faire un massage en bonne et due forme.

Il la regarda, un petit sourire au coin des lèvres.

— J'aurais préféré un massage crapuleux…

— On peut s'arranger, assura-t-elle, en battant des cils. Tout est fermé ?

— Tout est verrouillé, sécurisé et sous surveillance, affirma-t-il en faisant un salut militaire. Denali est sur le pont, il y a des collègues qui patrouillent et j'ai mon arme à portée de main.

April soupira avec soulagement.

— Je vais peut-être pouvoir fermer l'œil quelques heures.

— Pas avant mon massage crapuleux, rappela-t-il.

— Évidemment.

Il se leva en titubant.

— Holà ! La bière m'est montée à la tête. Ça doit être le contrecoup.

— Tant mieux. On a tous les deux besoin de se détendre un peu.

Elle le prit par la main et le guida jusqu'à la chambre. Il aurait dû résister à la tentation de son invitation. Elle lui avait menti à propos de la lettre qu'elle avait reçue. Il ne devait pas s'impliquer davantage tant qu'il n'obtiendrait pas de réponses plus claires. Mais April le fit asseoir sur le lit et entreprit de déboutonner sa chemise. Elle ouvrit le vêtement et déposa un baiser sur son épaule dénudée. Puis, elle prit la bière qu'il avait abandonnée sur la table de nuit.

— Tiens, finis ça. Ensuite, tu t'allongeras sur le ventre. Je vais dénouer toutes ces tensions.

Il vida sa bouteille, puis s'étendit sur le lit. Il avait les paupières très lourdes. April embrassa sa nuque, puis descendit le long de sa colonne vertébrale, avant de planter les doigts dans les muscles crispés de son cou pour les masser. Il tenta de tendre le bras pour lui caresser la cuisse, mais cela lui demandait trop d'efforts.

Il avait l'impression de peser une tonne, comme s'il allait s'enfoncer dans le matelas.

Tandis qu'il s'assoupissait, il sentit les cheveux d'April effleurer son visage. Ses lèvres frôlèrent son oreille et elle chuchota :

— Je t'aime.

Un sourire se dessina sur son visage, mais il savait qu'il était déjà en train de rêver.

Clay roula sur le côté et passa la langue sur ses lèvres desséchées. Il se frotta les yeux, puis tâta le lit à côté de lui, à la recherche d'April. Ses doigts rencontrèrent un pelage rêche. Il retira la main en sursautant et se tourna : Denali était couché à côté de lui.

— Tu as bien changé, April, marmonna-t-il.

Sans même ouvrir les yeux, le chien battit de la queue deux fois et se vautra avec délectation dans les couvertures. Avec peine, Clay se redressa contre la tête de lit en se massant les tempes. Bon sang, que s'était-il passé, la veille au soir ? Il se souvenait des mains apaisantes d'April sur sa peau, après c'était le trou noir. Il ne se souvenait pas l'avoir sentie se glisser au lit avec lui... et, ça, il était certain qu'il ne l'aurait pas oublié.

— April ? appela-t-il.

Le husky gémit doucement, mais le reste de la maison était silencieux. Clay s'assit, déçu de voir qu'il portait toujours son jean. C'était peut-être une bonne chose. Il détesterait l'idée d'avoir fait l'amour avec April et d'avoir tout oublié. Impossible.

Il appela encore. Tandis que les brumes se dissipaient dans son esprit, il sentit l'inquiétude grandir en lui. Se pouvait-il que quelqu'un soit entré pendant la nuit pour l'enlever ?

Cette pensée acheva de le réveiller. Il repoussa les couvertures et sortit précipitamment de la chambre. Denali bondit aussitôt pour le suivre. Il traversa la maison, cherchant du regard le sac à main d'April, des signes d'effraction ou… des traces de sang. Au lieu de ça, une simple feuille de papier l'attendait sur le comptoir de la cuisine. Il s'en saisit et la parcourut rapidement.

April lui avait laissé un message.

Elle était partie tôt et n'avait pas voulu le réveiller, elle avait beaucoup à faire ce jour-là, etc. Clay fit une boule avec la lettre.

Elle avait l'intention d'accomplir quelque chose qu'elle préférait qu'il ignore. Il jeta la boule de papier avec force sur le plan de travail, puis se précipita vers l'évier, où se trouvait une bouteille de bière. Presque pleine. Il était sûr d'avoir vidé la sienne ; April avait insisté.

Il ouvrit le robinet, but un peu d'eau dans le creux de sa paume, puis se rinça la bouche et cracha dans l'évier. Il fouilla dans un placard et attrapa le petit flacon de somnifères qu'il utilisait parfois, quand il ne parvenait pas à faire taire les horreurs qu'il voyait dans son métier. Il le secoua, comme si cela avait pu lui indiquer s'il manquait quelques comprimés.

À vrai dire, inutile de compter pour comprendre ce qu'April avait fait. Elle avait déjà prévu de s'éclipser discrètement ce matin-là, pour aller Dieu sait où, avec Dieu sait qui, mais l'agression de la veille au soir était venue contrecarrer ses projets. Donc, elle avait modifié ses plans et avait glissé un somnifère dans sa boisson, afin de pouvoir disparaître à l'aube sans qu'il pose de questions.

Elle savait qu'il ne lui aurait jamais permis de partir comme ça, seule, après les événements de la veille.

En revanche, April n'avait pas pensé à tout. Clay récupéra son téléphone et lança une application de GPS. Il pouvait la localiser avec exactitude, car la veille il avait installé un mouchard sur sa voiture.

16

Pour la centième fois au moins depuis qu'elle avait quitté Paradiso, April regarda dans son rétroviseur. Avec son revolver posé sur le siège voisin, elle se sentait un peu plus rassurée, mais elle préférait rester prudente. Elle ignorait qui avait pu leur tendre une telle embuscade, la veille au soir.

Le gros homme du restaurant cherchait-il à la kidnapper pour forcer Adam à restituer la clé USB ? Elle rit doucement. Comme si cela pouvait être aussi simple…

À moins que ce ne soit l'œuvre de son mystérieux persécuteur ? Il avait pu l'apercevoir en compagnie de Clay et décider de la rappeler à l'ordre. Comme deux ans plus tôt, quand elle avait annulé le mariage. Le message avait été reçu cinq sur cinq.

En rejoignant Adam à Phoenix, elle espérait faire d'une pierre deux coups : d'abord, se débarrasser de Las Moscas en convainquant Adam de leur rendre la clé ; pour cela, elle était prête à aider ce dernier à retrouver leur père. Ensuite, si leur père était bel et bien El Gringo Viejo, peut-être pourrait-elle découvrir qui cherchait à l'éloigner ainsi de Clay.

Tout cela devait être lié. Mais comment ?

Elle serra son volant avec force. Elle n'était pas fière du mauvais tour qu'elle avait dû jouer à Clay en le droguant, mais elle n'avait pas eu d'autre choix : jamais il ne l'aurait laissée partir seule.

Un jour, il finirait par comprendre. Elle lui ferait comprendre. Et cela serait beaucoup plus facile si elle pouvait lui confier en même temps la clé USB détaillant l'emplacement des tunnels de Las Moscas.

Elle avait passé Tucson depuis quarante minutes. Si elle ne se retrouvait pas coincée dans les embouteillages aux abords de l'aéroport de Phoenix, elle arriverait en avance pour l'atterrissage de l'avion d'Adam.

Si son frère pensait qu'El Gringo Viejo pouvait l'aider à se lancer en affaires, il accepterait peut-être de renoncer à la clé USB. Il n'avait pas le personnel nécessaire pour reprendre les circuits de Las Moscas, même avec une carte des tunnels. Il devait savoir que c'était un projet impossible.

Elle voulait qu'Adam comprenne que tout cela n'était que folie : sa consommation de drogue, le trafic, tout son mode de vie. Elle n'avait jamais été en mesure de lui faire entendre raison. Son frère n'avait jamais été méchant, mais il ne voyait pas le monde de la même façon que les autres.

Parfois, elle avait l'impression qu'elle était le dernier rempart qui l'empêchait de se détruire totalement. Si elle renonçait, comme Clay le lui avait demandé si souvent, qu'arriverait-il alors ? La prison ? La mort ?

Elle serra le volant. Elle ne pouvait envisager une chose pareille. Adam était la seule famille qui lui restait. Elle lui devait bien ça. Elle s'efforçait d'être la figure parentale qu'il n'avait jamais eue. Pour une raison inconnue, leurs propres parents n'avaient jamais aimé Adam comme ils l'avaient aimée, elle. Elle n'avait jamais compris pourquoi. Quand elle avait tenté d'aborder le sujet avec sa mère, celle-ci s'était fermée.

Quarante-cinq minutes plus tard, April arrivait aux abords de la métropole de Phoenix, dont les gratte-ciel scintillants s'élevaient au-dessus du désert comme l'oiseau du même nom. Ayant une heure devant elle avant l'atterrissage d'Adam, elle se gara sur un parking. Après avoir repéré la porte de débarquement de son frère, elle s'installa sur un siège avec un smoothie fraise/banane et un roman policier déniché chez le marchand de journaux. Comme si elle avait la tête à lire des histoires de meurtres…

Toutefois, elle ne regretta pas son choix, car cela lui fit du bien de se plonger dans des problèmes qui faisaient paraître les siens presque anodins, en comparaison. Lorsque le vol en provenance d'Albuquerque fut annoncé, elle rangea son livre.

Quelques minutes plus tard, elle poussa un soupir de soulagement en apercevant la tignasse blonde d'Adam. Elle lui adressa un petit signe, mais il l'avait déjà repérée et s'avançait vers elle avec un grand sourire. Lui au moins ne semblait pas avoir de peine à garder le moral.

— Content de te revoir dans des circonstances un peu meilleures, lança-t-il en la serrant rapidement dans ses bras.

— Tu les trouves meilleures ? demanda-t-elle en examinant le contour de son œil, qui avait viré au violet. Je te rappelle qu'un des gorilles de Las Moscas m'a abordée en plein jour et que le pick-up de Clay a été pris pour cible, hier soir. Il s'en est fallu du peu.

— Mais comme toujours Clay a sauvé la situation, répondit Adam en remettant son sac sur son dos. Ça va aller.

— Comment vont tes blessures ?
— Kenzie est une bonne infirmière.

— Sais-tu si l'inspecteur du comté de Pima a retrouvé Gilbert, alias Jesus ? Hier, ils n'avaient toujours rien.

— Pas la moindre idée. Personne ne m'a jamais contacté. Ni les hommes du shérif ni des trafiquants. J'ai vu passer quelques articles en ligne sur la mort de Jimmy, en revanche... Ils pensent que c'est lié au trafic de drogue. Sans blague.

— Allons-y, dit-elle en lui prenant le bras. Tu as des bagages à récupérer ?

— Non, j'ai tout ce qu'il me faut avec moi.

— Je suis arrivée tôt. Je suis garée sur le parking dehors.

La tête inclinée sur le côté, il tira gentiment une mèche des cheveux blonds de sa sœur.

— Tu as changé d'avis, hein ? Tu vas m'aider à chercher papa au Mexique ?

April se recula vivement.

— Comment le sais-tu ?

— Tu es ma frangine, April. Je te connais mieux que personne.

Elle marmonna pour elle-même :

— J'aimerais pouvoir en dire autant de toi...

Lorsqu'ils arrivèrent sur le parking, Adam s'arrêta.

— Qu'est-ce que c'est que cette voiture ?

— C'est une nouvelle, annonça-t-elle en tapotant le toit. Ma nouvelle vieille bagnole.

— Où est l'autre ?

— J'ai fait une sorte d'échange, expliqua-t-elle en ouvrant la portière arrière. Ça t'embête ?

— J'étais un peu attachée à l'ancienne.

— Je peux comprendre, vu que tu la conduisais plus souvent que moi.

En saisissant le bagage d'Adam par sa bretelle, elle ressentit l'envie fugace de s'enfuir avec. Si la clé USB s'y trouvait, elle pourrait la transmettre à Clay. Adam, cependant, lui arracha le sac des mains, le jeta sur la banquette, puis claqua la portière.

Cette fois, c'était certain. Il y avait dans ce sac quelque chose qu'il ne voulait pas qu'elle voie.

Il restait vingt minutes de parking payées. Juste assez pour lui présenter son offre. Quand Adam se fut installé à côté d'elle, elle posa les mains sur le volant et annonça :

— J'ai une proposition à te faire.

— Je savais bien que ce ne serait pas aussi facile, soupira-t-il, en se calant sur son siège. Qu'est-ce que tu veux ?

— J'accepte d'aller au Mexique avec toi pour chercher papa et El Gringo Viejo... À condition que tu rendes la clé USB que tu as volée à Jimmy.

Elle leva aussitôt une main pour prévenir toute protestation.

— Non ! N'essaye même pas de me dire que ce n'est pas toi qui l'as. C'est pour ça que Jimmy et ses hommes s'en sont pris à toi. Ils savent que tu l'as dérobée. Et, maintenant, Las Moscas aussi est au courant. Rends-leur ce truc, ensuite tu pourras recommencer ta vie avec notre père, si c'est ce que tu veux. S'il est celui que tu crois, il te protégera.

Après quelques instants de silence, elle risqua un regard en direction d'Adam. Celui-ci avait les yeux fermés et les mains posées à plat sur les genoux. Au bout de quelques secondes, il tourna lentement la tête vers elle et un sourire espiègle fleurit sur son visage.

— Pas de problème, April. Je vais rendre la clé.

Le point rouge sur l'écran du téléphone de Clay s'était immobilisé à l'aéroport de Phoenix. Il sentit son cœur se serrer. Si April prenait l'avion, c'était cuit : il ne la retrouverait jamais.

Il appuya sur l'accélérateur. Meg n'avait pas hésité une seconde à lui prêter sa propre voiture, quand elle avait appris qu'April avait pris la poudre d'escampette... une nouvelle fois. Elle avait même fouiné un peu dans sa chambre et lui avait rapporté que la valise avait disparu.

Où diable April pouvait-elle bien se rendre ? Était-elle assez folle pour partir au Mexique à la recherche de son père ? Certes, cela lui permettrait d'échapper à l'emprise de Las Moscas... aux États-Unis. Il savait que l'organisation menait aussi des opérations de l'autre côté de la frontière.

Il poursuivit sa route vers le nord, un œil sur son smartphone. Lorsqu'il vit le point rouge se remettre en mouvement, il frappa le volant du plat de la main.

— Oui !

Le point quitta l'aéroport pour gagner Tempe, dans la banlieue de Phoenix, puis s'immobilisa de nouveau. Avec un peu de chance, elle resterait assez longtemps au même endroit pour qu'il puisse la rejoindre. Il devait cependant faire vite, car il avait installé le mouchard sur sa voiture, pas dans son sac à main – cela aurait été trop risqué. Si April abandonnait son véhicule pour poursuivre son chemin à pied, il ne pourrait plus la suivre. Il lui restait environ trente-cinq minutes de route. April pensait-elle vraiment qu'il allait la laisser disparaître de sa vie une fois encore ?

Quand il s'engagea enfin sur la bretelle de sortie pour Tempe, il augmenta le volume de son téléphone pour mieux suivre les instructions de son GPS. Il roula jusqu'à Mill Avenue, un quartier de restaurants et de boutiques près de l'université de l'Arizona. Tout ce qu'il espérait, c'était repérer April avant qu'elle ne remarque sa présence. Heureusement, la berline gris métallisé de Meg était beaucoup plus discrète que son pick-up blanc avec son pare-brise arrière en miettes.

Quand le GPS le fit tourner à gauche, il se retrouva pratiquement nez à nez avec la voiture d'April, qui était garée le long du trottoir. Il avança un peu et trouva une place quelques dizaines de mètres plus loin, de l'autre côté de la rue.

Il observa un instant les passants en tambourinant sur le volant. Fallait-il sortir pour partir à sa recherche dans un des nombreux restaurants et cafés ou bien attendre qu'elle réapparaisse ? April n'aurait pas laissé sa voiture dans un endroit pareil si elle avait décidé de poursuivre son périple avec un autre moyen de transport. Elle devait avoir prévu de revenir… si possible.

Et si c'était ici qu'elle avait rendez-vous ? Avec l'auteur de la lettre anonyme, par exemple. Et si elle était en danger, à cet instant même ? Il posa la main sur la poignée de la portière, prêt à bondir. Il pouvait au moins partir en reconnaissance dans le quartier. Il ne voulait pas risquer de l'exposer davantage si son… associé ? – ravisseur ? agresseur ? – le voyait débarquer en trombe.

Il reprit son arme cachée sous le siège, puis la glissa dans son baudrier. Si jamais cela devait tourner au vinaigre, il était prêt. Il sortit de la voiture et traversa la rue en courant. Arrivé sur le trottoir d'en face, il se pencha vers la berline d'April pour regarder par la fenêtre. En apercevant un vêtement roulé en boule sur la banquette arrière, il marmonna :

— Oh non…

Il avait reconnu un des sweats d'Adam.

D'un geste rageur, il frappa la tôle du toit. April s'était précipitée pour aller chercher son frère à l'aéroport et ils étaient sans doute en train de déjeuner quelque part dans cette rue. Au moins, il n'aurait pas besoin de se ruer pour la sauver ; il lui suffisait d'attendre leur retour. Ensuite, il mettrait un terme à cette petite réunion familiale, ainsi qu'à tous les projets stupides et dangereux dans lesquels Adam avait prévu d'entraîner sa sœur.

Il retourna à sa voiture et se cala sur son siège, son téléphone à la main. Il vérifia sa messagerie et retint une exclamation de joie en voyant qu'il avait un courriel de Duncan. Il l'ouvrit avec empressement : Duncan lui envoyait les résultats des analyses. Il téléchargea le document joint et commença à le parcourir. Soudain, il se figea. Le sang retrouvé dans la cuisine de l'appartement d'April n'appartenait pas à Adam. C'était celui d'un certain Jaime Hidalgo-Verdugo, dont le cadavre avait été découvert deux jours plus tôt.

Pas besoin d'être Sherlock Holmes pour comprendre qu'il s'agissait de Jimmy.

Le cœur battant, Clay parcourut le reste des résultats. Le sang sur la serviette abandonnée dans le coffre ? Également celui de Jimmy. Clay sentit la peur le saisir à la gorge. Tout n'était que mensonge depuis le début. Une énorme supercherie. Adam ne présentait aucune plaie qui puisse justifier qu'il ait perdu autant de sang. Il n'y avait qu'une seule façon d'expliquer la présence du sang de Jimmy, à la fois dans la cuisine et sur la serviette.

Jimmy n'avait pas agressé Adam. C'était Adam qui avait assassiné Jimmy. Le gentil et inoffensif Adam était un tueur.

De quoi d'autre était-il donc capable ?

17

Du bout de sa fourchette, April jouait avec l'omelette qui refroidissait dans son assiette. Adam avait accepté de remettre la clé USB à Clay, dès qu'ils auraient localisé El Gringo Viejo. Cependant, elle ne lui faisait pas confiance.

— Donne-la-moi maintenant, Adam. Il vaut mieux qu'elle soit entre les mains de Clay. Tu imagines ce que la police des frontières pourrait accomplir avec une carte des tunnels de Las Moscas ?

— Oui, répondit Adam en terminant sa deuxième tasse de café.

Il fit signe à la serveuse pour qu'elle le serve à nouveau, alors qu'il paraissait bien assez nerveux comme ça.

— Ils mettraient un sacré coup de canif dans le narcotrafic de ce pays, ajouta-t-il.

— Exactement, dit April.

— Exactement.

Son regard bleu croisa le sien par-dessus le bord de sa tasse. Il sourit, mais aucune chaleur ne passa dans ses yeux. Comme toujours. Elle avait toujours attribué cette caractéristique à sa toxicomanie. Comment ressentir quoi que ce soit lorsque la drogue altère votre état émotionnel ? Pourtant, si elle réfléchissait avec objectivité, Adam faisait déjà preuve d'un affect plutôt plat, quand il était enfant.

— Adam, tu n'as pas l'infrastructure dont disposait Jimmy pour remplacer Las Moscas. À quoi pourrait te servir cette information ?

Elle posa sa fourchette, qui tinta contre l'assiette.

— Je t'ai dit que je viendrais avec toi pour chercher papa. S'il est celui que tu crois, tu pourras commencer une nouvelle vie avec lui là-bas. Tu n'as pas besoin de cette clé USB pour ça.

— Si je te la donne maintenant, tu vas me lâcher, répondit-il en tendant sa tasse à la serveuse, qui s'approchait avec la cafetière fumante.

Il attendit que la jeune femme soit repartie, avant de reprendre :

— D'ailleurs, si tu retrouvais papa, est-ce que tu le laisserais filer comme ça ? Il a tué notre mère, après tout. Tu le laisserais s'en sortir aussi facilement ?

April tritura la serviette posée sur ses genoux.

— Il est au Mexique. Si c'est lui, El Gringo Viejo, et que les autorités n'ont pas encore été en mesure de l'interpeller, le dénoncer ne changera pas grand-chose.

— Tu as raison, dit Adam. De toute façon, la police ne ferait sans doute rien. En revanche... imagine ce que, moi, je pourrais faire avec les tunnels de Las Moscas et le soutien d'El Gringo Viejo...

— Ça n'a rien à voir avec notre accord, rétorqua April, en recommençant à torturer ses œufs avec sa fourchette. Et puis quoi ? Je croyais que tu voulais de l'argent, en échange de cette clé. Et la protection de papa. Qu'est-ce que tu mijotes ?

— Il faut voir grand, April.

Il ouvrit un sachet de sucre, qu'il versa dans son café, avant de remuer, créant un tourbillon dans le liquide noir. Quand il reposa la cuiller sur la table, sa main tremblait. April l'observa soudain avec méfiance : ses pupilles étaient dilatées et il semblait incapable de fixer son regard plus d'une seconde sur quelque chose.

— Tu as pris quelque chose ? chuchota-t-elle, furieuse. De la drogue ?

— Pas du tout, répondit-il en se frottant les mains. Je suis accro à la vie. N'est-ce pas le conseil que tu m'as toujours donné, April ?

— Je ne comprends pas pourquoi tu as besoin de moi pour retrouver papa.

— Mais si, voyons ! répondit-il en soufflant sur son café, avant d'en siroter une gorgée. Tu as toujours été leur préférée. À leurs yeux, tu ne pouvais jamais rien faire de mal. Papa ne s'est jamais beaucoup intéressé à moi. Pourquoi cela changerait-il aujourd'hui ? Toi, en revanche…

— Il n'a pas cherché à me contacter depuis sa disparition, fit remarquer April.

— Parce qu'il se doute que tu le penses coupable. Mais, nous deux, on sait que ce n'est pas vrai, hein ? Si on parvenait à lui faire comprendre qu'on ne croit pas un mot de cette machination, il ne tarderait pas à prendre contact. Allez, avoue : toi aussi, tu as envie de le retrouver. Sinon, tu ne serais pas ici.

April se massa la nuque.

— Je maintiens ce que j'ai dit à propos de la clé USB, Adam. J'ai l'intention de la remettre à Clay.

— Clay, Clay, Clay ! s'emporta Adam, en martelant la table du plat de la main à chaque fois qu'il prononçait le prénom. Je croyais que tu avais tourné la page.

— Pardon ? répéta April, en se redressant contre la banquette. Cela n'a rien à voir avec ma relation avec Clay. Il fait partie de la police des frontières. Dès qu'ils pensent avoir tous les tunnels sous surveillance, un nouveau fait son apparition. Cette clé USB pourrait être d'une utilité cruciale dans la lutte contre le trafic de drogue.

— On dirait une annonce officielle du gouvernement, s'esclaffa Adam en piquant une pomme de terre dans l'assiette de sa sœur.

— Adam, j'ignorais totalement tes projets pour te lancer dans le narcotrafic. Je ne suis pas du tout d'accord.

— Par contre, ça ne te dérange pas que je travaille avec papa ? Hum ?

April repoussa son déjeuner.

— Tu ne sais même pas si c'est lui, El Gringo Viejo. Tout ça pourrait bien être juste une perte de temps. Selon Clay…

— Stop. Ce que Clay pense ne m'intéresse pas.

Il fit tinter son couteau contre le rebord de son assiette.

— C'est pour ça que tu as accepté de m'aider à retrouver papa ? Parce que tu crois que ça ne donnera rien ou qu'il n'est pas El Gringo Viejo ? Ou bien tu espères qu'il prendra la relève, pour être libérée de moi. Comme ça, tu pourras dépenser tout l'argent de maman et vendre la maison sans me verser un dollar ?

April sentit la colère l'envahir. Adam lui avait déjà trop souvent servi cette histoire de petit garçon malheureux. S'il avait été plus à même de se contrôler, leur mère lui aurait légué une part de l'argent et de la maison.

— Mon but n'a jamais été de t'aider à devenir un trafiquant, rétorqua-t-elle avec fermeté. Tu devais t'en douter, sinon tu n'aurais jamais essayé de me faire épouser Jimmy.

— Je ne t'ai forcée à rien. Tu as accepté sa demande comme une grande.

— Parce que tu t'étais arrangé pour qu'il ressemble à quelqu'un qu'il n'était pas. Tu as profité de ma vulnérabilité. Je n'arrive pas à croire que tu m'aies fait un coup pareil. Et je n'arrive pas à croire que je me sois laissé berner.

Elle se cacha les yeux d'une main, mais elle ne se sentait ni triste ni abattue. La colère bouillait dans ses veines. Adam ne tiendrait pas sa promesse, elle le savait. Même si elle l'aidait à retrouver leur père, il ne lui donnerait jamais la clé.

— Jimmy ne t'aurait fait aucun mal. Tout ce qu'il voulait, c'était entrer en contact avec El Gringo Viejo. Moi aussi. Après, je suis sûr qu'il aurait accepté un divorce. Je suis même prêt à parier qu'il t'aurait offert une coquette somme, en prime, ajouta-t-il, en buvant une gorgée de café.

— Comme si cela m'intéressait, marmonna-t-elle en cherchant son portefeuille dans son sac. Si je comprends bien, en volant cette clé, tu as finalement décidé de tenter ta chance tout seul. Pourquoi ?

— L'occasion fait le larron, comme on dit.

— Mais qu'est-ce que c'est que cette logique ? demanda April, en posant l'argent pour le repas auquel elle avait à peine touché. Ça suffit, Adam. Si tu refuses de me rendre la clé USB maintenant, il est hors de question que je t'aide à retrouver papa ou El Gringo Viejo. Je vais expliquer à Clay que tu es en possession de renseignements sur Las Moscas, et les autorités vont t'arrêter. Quant à savoir si tu seras en mesure de te protéger de Las Moscas en prison, c'est ton problème. Le mien, c'est de rester en vie, puisque tu as jugé bon de me mettre en danger.

Pendant qu'elle parlait, Adam avait glissé une main dans son sac à dos. Peut-être avait-elle réussi à lui faire entendre raison. Peut-être allait-il lui rendre cette fichue clé USB. Mais il ressortit la main et la posa sur ses genoux.

— Tu ne vas rien faire de tout cela, April, dit-il avec un petit sourire. Tu vas m'aider, comme toujours, pour compenser la façon dont nos parents m'ont traité.

— Je suis désolée que maman et papa t'aient traité de la sorte, mais ce n'est pas non plus ma faute, rétorqua-t-elle, en enfilant la lanière de son sac à main sur son épaule. Je rentre à Paradiso.

— Non. Tu viens avec moi, comme promis. Sinon… je vais te tuer avec ton propre revolver, qui est en ce moment même pointé sur toi, sous la table.

Clay se redressa brusquement sur son siège en voyant April apparaître au coin de la rue. Adam lui tenait le bras, fait rare car il n'avait jamais été très démonstratif. Clay en déduisit qu'April avait dû accepter de faire ce qu'il demandait. Il ne lui avait certainement pas précisé que c'était lui qui avait tué Jimmy. Ça, même April ne le lui aurait pas pardonné.

Clay serra les dents. Il avait à présent en sa possession un moyen sûr d'arracher April des griffes de son frère… et il avait bien l'intention de s'en servir.

Il ouvrit la portière et s'avança dans la rue. Adam dut l'apercevoir, car il releva brusquement la tête et se plaça aussitôt derrière la voiture d'April.

— Bon sang…, marmonna Clay en se mettant à courir dans leur direction.

À cet instant, April tourna la tête vers lui et lui fit signe de s'arrêter. Adam s'écarta un peu et Clay s'immobilisa en découvrant l'arme qu'il tenait appuyée dans le dos d'April. Clay regarda autour de lui. Dans la rue, personne ne remarquait rien. Une main sur la crosse de son revolver, il fit un pas en avant, afin de se faire entendre :

— Relâche-la, Adam. Je sais tout. Je sais que c'est toi qui as tué Jimmy. C'est le sang de Jimmy qu'on a retrouvé partout, pas le tien.

April retint un cri et tenta de s'échapper, mais Adam la plaqua contre la portière et enfonça le canon entre ses côtes.

— Garde tes distances, Archer. Sinon, elle y passe aussi.

— Il ne plaisante pas, Clay. Laisse-nous partir, dit April. Ça va aller.

Adam la saisit brutalement par les cheveux.

— Tu lui as dit qu'on devait se retrouver ? Sale petite menteuse !

April s'apprêtait à répondre, mais Clay gronda :

— Évidemment qu'elle m'a prévenu. Elle ne te fait pas confiance.

— C'est marrant ! s'esclaffa Adam. Parce qu'elle ne te fait pas confiance non plus ! C'est pour ça qu'elle ne t'a jamais expliqué pourquoi elle avait annulé votre mariage. Le truc, Archer, c'est qu'elle a eu une liaison avec Jimmy Verdugo alors qu'elle était fiancée avec toi.

— Clay...

Le prénom mourut dans un cri sur les lèvres d'April quand Adam lui tira de nouveau les cheveux.

— On a à faire. Donc, recule, sinon je t'abats ici, en pleine rue. Et, si tu penses que je ne suis pas prêt à sacrifier un membre de ma famille, c'est mal me connaître. D'ailleurs..., ajouta-t-il avec un petit rire qui fit frissonner Clay d'horreur, ce ne serait pas la première fois.

April s'effondra contre la voiture.

— Maintenant, dégage ou je la tue, avant de partir seul à la recherche de mon père. Au moins, si April m'aide, elle aura la vie sauve. Et n'essaye même pas de lancer tes collègues à nos trousses, parce que, au premier soupçon, je nous envoie tous les deux rejoindre notre chère maman.

Adam ouvrit la portière arrière et força sa sœur à entrer dans le véhicule. Sans cesser de la menacer de son arme, il la poussa ensuite jusqu'à l'avant pour qu'elle s'installe au volant. La seule chose qui retenait Clay était cette arme pointée vers April... et le fait qu'il serait en mesure de les suivre à la trace où qu'ils aillent. Adam était persuadé qu'April avait raconté à Clay où elle se rendait et il fallait qu'il continue à le croire.

April avait-elle compris qu'il l'avait retrouvée grâce à un GPS ? Il voulait lui transmettre un message, mais sans rien révéler à son psychopathe de frère. Car Adam avait tout du psychopathe. Avait-il réellement tué sa propre mère, comme il l'avait sous-entendu ?

— Si tu touches à un seul de ses cheveux, je te retrouverai, Adam. Je me fiche que tu sois au Mexique ou au Maroc. Je te retrouverai.

Adam claqua la portière et lui adressa un petit signe par la fenêtre, tandis qu'April faisait demi-tour pour gagner le carrefour.

Clay s'élança vers sa voiture et lança son application de GPS. Il allait devoir garder ses distances, afin qu'Adam ne le repère pas, mais pas trop quand même, au cas où April aurait besoin de lui en urgence.

Et elle aurait besoin de lui, c'était certain.

Il serra le volant avec force. Il était prêt. Il prit cependant plusieurs longues inspirations pour se calmer et éviter toute action irréfléchie.

Ce qu'Adam avait raconté à propos d'April et de Jimmy était un mensonge. April avait beaucoup de défauts, mais ce n'était pas une menteuse. Adam avait cherché à le monter contre elle, afin de le pousser à l'abandonner. Cela n'arriverait jamais.

Il suivrait April jusqu'au bout du monde. Puis quand il l'aurait retrouvée… il tuerait son frère.

18

Ils filaient à toute allure à travers le désert du Sonora, en direction du Mexique. April léchait ses lèvres desséchées et jetait de temps à autre un regard vers Adam, qui la tenait toujours en joue. Ils avaient à peine échangé deux mots depuis qu'ils avaient quitté Phoenix. April avait l'esprit trop embrouillé pour parvenir à exprimer une pensée claire. Mais l'arrivée de la frontière la força à parler :

— Qu'est-ce que tu as voulu dire, tout à l'heure, en sous-entendant que tu t'en étais déjà pris à quelqu'un de la famille ?

Malgré tous ses efforts, elle ne put retenir un violent sanglot.

— Est-ce toi qui as tué maman ? demanda-t-elle dans un souffle.

— Ma pauvre April ! Tu ne t'es vraiment jamais doutée de rien ?

Il recoiffa une mèche de cheveux derrière son oreille.

— Tu as toujours vu ce que tu voulais voir en moi : le petit frère qui avait besoin d'être sauvé.

— Qu'est-ce que j'aurais dû voir, Adam ? murmura-t-elle d'une voix enrouée. Ce que papa et maman ont toujours vu ?

— Exactement, approuva-t-il en posant sur elle son

regard bleu, plus vide que d'habitude. Ils avaient peur et honte de s'avouer que j'avais peut-être des problèmes. Donc, ils m'ont tenu à l'écart et se sont efforcés de corriger le vilain petit garçon perturbé qui aimait bien allumer des feux et tuer des oiseaux.

— Le verger près de la maison des Dillon, c'était toi ?

— Oui, c'était mon œuvre. Quel scoop, non ?

Il s'empara de la bouteille posée entre eux et but une gorgée d'eau.

— C'en est un pour moi, fit remarquer April. Pourquoi as-tu tué maman ?

— Pour l'argent, en gros, répondit-il avec un haussement d'épaules. Évidemment, c'était toi qui devais récupérer le fric, mais je savais que ce serait plus facile avec toi qu'avec maman.

— Et papa ? Pourquoi a-t-il fui, s'il n'était pas coupable ?

Elle jeta un regard au revolver, toujours braqué en direction de son ventre. Si elle parvenait à faire parler Adam, il baisserait peut-être sa garde et elle pourrait alors lui fausser compagnie.

Elle observa la vaste étendue désolée qui s'étirait à perte de vue. Comment s'évader dans un désert ? La seule façon d'échapper à Adam serait de le tuer.

— J'admirais vraiment les combines de papa, même quand ça frisait l'illégalité. Je suivais ses activités de près. Je savais exactement ce qu'il faisait et je suis navré de te décevoir, mais il s'est essayé au trafic de drogue.

— Cela n'explique pas sa fuite ni pourquoi il a endossé le meurtre de maman. Il a dû apprendre qu'il faisait partie des suspects.

— En effet. Les narcotrafiquants qui ont tué maman ont bien travaillé.

— C'est toi qui as tué maman. Pourquoi papa a-t-il cru qu'il s'agissait de trafiquants ?

— C'est moi qui lui ai mis cette idée en tête. Tu es peut-être diplômée d'une grande université, mais j'ai toujours été plus intelligent que toi, April. Mes tests de QI explosent tous les records.

— La duplicité n'a rien à voir avec l'intelligence.

Soudain, elle porta la main à sa gorge.

— Les menaces, murmura-t-elle. Les menaces que j'ai reçues à propos de Clay. C'était toi ?

— Impossible de laisser ma sœur épouser un type de la police des frontières. Cela aurait mis un frein sérieux à mes affaires. Il fallait que tu restes de mon côté. Je savais qu'Archer te retournerait contre moi.

— Pourtant, tu n'étais pas à Paradiso, l'autre jour, quand j'ai reçu cette lettre.

— J'ai encore quelques relations en ville. Des relations fidèles. C'est d'ailleurs l'une d'elles qui vous a suivis jusque chez vous, après le restaurant, et qui a tiré sur le pneu d'Archer.

Il laissa échapper un petit rire sec.

— Larissa a toujours visé juste.

— Larissa ? La serveuse du café Paradis ?

— Je lui ai demandé de vous tenir à l'œil et de m'avertir si vous traîniez ensemble. Je me doutais que les ennuis commenceraient si tu filais droit chez Archer. Et ça n'a pas raté.

Il donna un coup de pied rageur dans la boîte à gants.

— Il a trouvé des preuves dans le coffre de ta voiture, c'est ça ? Il a dû les faire tester et comprendre que c'était le sang de Jimmy et pas le mien.

— Clay disait donc la vérité ? C'est toi qui as assassiné Jimmy ?

— Hé ! s'exclama-t-il avec un geste de modestie feinte. Je pensais que ça t'arrangerait. Jimmy ne s'est jamais montré violent avec toi, mais ça aurait fini par arriver.

C'était une racaille. Je t'aurais sauvée de ses griffes, même si tu n'avais pas découvert sa véritable identité.

— Pourquoi ? Non, peu importe… Tu l'as tué à cause de la clé USB, c'est ça ?

— Dès l'instant où j'ai compris ce qu'il y avait sur cette clé, j'ai su qu'il me la fallait. C'est la chance de ma vie, tout comme pour Jimmy. C'était lui ou moi.

Adam lui fit signe de quitter la nationale pour emprunter une route secondaire. April sentit son ventre se nouer. Il allait la forcer à passer la frontière, sans doute par un des tunnels de Las Moscas signalés sur la carte.

Clay parviendrait-il à les rejoindre ? Elle avait compris qu'il devait avoir installé une sorte de mouchard sur sa voiture ou dans son sac à main. C'était ainsi qu'il avait pu les retrouver dans Phoenix. C'était pour cela qu'il avait pris le risque de la laisser partir avec Adam – même si, à vrai dire, il n'aurait pas pu tenter grand-chose d'autre. Adam n'aurait pas hésité à l'abattre en pleine rue, car il ne faisait plus aucun doute dans l'esprit d'April que son frère était un sociopathe dénué de sentiments. April ne l'intéressait que tant qu'elle lui était utile.

En contemplant le paysage désertique, elle sut qu'ils allaient abandonner la voiture. Si Clay avait installé un mouchard sur le véhicule, il ne serait bientôt plus en mesure de les retrouver.

— Si papa sait qui tu es, qu'est-ce qui te fait penser qu'il acceptera de t'aider, maintenant ?

— En tant qu'El Gringo Viejo, papa s'est fait une place. Je ne l'en croyais pas capable. Il comprendra tout ce que je peux apporter à son organisation.

Adam lui tapota la main sur le volant.

— Tu vas m'aider à le trouver, April. Tu vas m'aider, comme tu l'as toujours fait.

Ce contact lui donna la chair de poule, mais elle s'efforça de ne pas retirer sa main.

— Je vais t'aider, Adam. On va chercher papa ensemble, puis tu devras me laisser partir. Tu pourras rester ici et travailler avec El Gringo Viejo. Moi, je vais retourner à L.A. et oublier tout ça.

Adam enroula une mèche de ses cheveux autour de son doigt.

— Non, c'est faux. Tu vas retrouver Archer, comme toujours.

— Non. Je te jure que non. C'est fini entre nous. Il ne voudra plus de moi, de toute façon.

Elle serra le volant avec tant de force que la voiture zigzagua.

— C'est ça ! s'esclaffa Adam. Ce type voudrait encore de toi si c'était toi qui avais tué notre mère. Même moi, qui suis incapable de saisir le concept d'amour, je sais qu'Archer ne renoncera jamais à toi. Pourtant, il le faut. Tu comprends cela, April ?

— Oui. Oui. J'irai à L.A.

Elle déglutit avec peine.

— Je l'ai déjà fait, reprit-elle. Si la vie de Clay en dépend, je ne le reverrai plus jamais.

— N'oublie jamais ça et tout ira bien. Pourquoi ne pas rester avec papa et moi ? Tu pourrais te charger de sa comptabilité. Ce serait une sorte d'entreprise familiale.

April parvint à acquiescer avec un faible sourire.

— Pourquoi pas ?

Elle sentait au fond d'elle-même qu'Adam avait décidé de la tuer. Une fois qu'ils auraient retrouvé leur père, elle ne lui serait plus d'aucune utilité et il se débarrasserait d'elle.

Adam sortit une feuille de sa poche et la parcourut un instant du regard.

— On y est presque, annonça-t-il.

Après cinq minutes pénibles sur une petite route en terre, Adam tapota sa vitre.

— Là-bas. Gare-toi près de ce rocher.

April obtempéra.

— Est-ce que quelqu'un vient nous chercher ? demanda-t-elle.

— Pour quoi faire ? s'étonna-t-il en agitant le papier. J'ai la carte indiquant l'emplacement d'un tunnel qui nous mènera de l'autre côté de la frontière. Il va falloir marcher un peu, mais j'ai tout prévu. Tu serais surprise de voir le nombre de portes qui s'ouvrent devant la fille d'El Gringo Viejo.

— Il fait chaud. Tu as de l'eau ?

— J'ai tout prévu, je te dis. J'ai toujours joué les imbéciles pour que tu m'aides. Mais je ne suis pas aussi bête que j'en ai l'air, April, ajouta-t-il avec un clin d'œil.

Non, tu es bien pire.

— Ouvre ta portière, et attrape mon sac à dos et mon pull sur la banquette arrière. Ensuite, dirige-toi vers le cactus à droite. Je te suis.

— Tu n'es plus obligé d'agiter ce revolver sous mon nez, Adam. Où veux-tu que j'aille ?

— Nulle part sans moi, en tout cas, rétorqua-t-il en arrachant les clés sur le contact. Je préfère garder l'arme à la main. Des fois que tu serais tentée de me la prendre.

— Je... jamais je ne te ferais de mal, Adam.

Il l'observa une seconde, la tête inclinée sur le côté. Une mèche de cheveux lui tomba sur le visage, comme quand il était petit.

— Descends. Pas de gestes brusques.

Elle obéit.

Dehors, elle examina rapidement le sol sous ses pieds. Pouvait-elle laisser des empreintes que Clay suivrait jusqu'au tunnel ? Dans le désert, le sable restait rarement lisse. Des rongeurs, des reptiles, des oiseaux, le vent, la pluie… tout cela avait un impact sur l'environnement et pouvait en un clin d'œil balayer une trace de pied.

Clay connaissait la direction de la frontière, mais combien de temps lui faudrait-il pour découvrir l'entrée du tunnel ? Ce n'était pas comme s'il y avait un néon clignotant pour en indiquer l'emplacement. Elle devait avoir confiance. Clay travaillait à la police des frontières. Il trouverait.

Adam sortit à son tour de la voiture.

— En route. Le tunnel est à cinq minutes de marche.

April se mit en mouvement, Adam juste derrière elle. Désespérée, elle tenta le tout pour le tout et arracha son collier, qu'elle cacha dans son poing. Si Clay ne pouvait pas suivre ses traces de pas, elle allait devoir jouer au Petit Poucet. Elle protégeait Clay de son frère depuis le début.

À présent, c'était elle qui avait besoin de protection.

Clay fonçait droit dans la direction indiquée sur le GPS de son téléphone. Par chance, April et Adam s'étaient arrêtés au milieu de désert du Sonora, juste avant la frontière. Adam avait sans doute prévu d'emprunter un des tunnels du cartel pour gagner le Mexique.

Serait-il en mesure de retrouver leur trace, une fois qu'ils auraient quitté leur véhicule ? Et si Adam le repérait ? Il n'avait pas le choix. Il devait s'approcher le plus possible, afin de les rejoindre avant qu'ils aient l'occasion de disparaître au Mexique.

Il progressait tant bien que mal sur la petite route de terre, quand il aperçut soudain la voiture d'April, abandonnée près d'un gros rocher. Il se gara sur le bas-côté et appela ses collègues de la police des frontières. Le temps que des renforts arrivent, Adam ne représenterait plus une menace pour April.

Il ferait tout pour ça.

Il s'avança et fit rapidement le tour de la berline. Puis, il observa le paysage : personne à l'horizon. April et Adam avaient déjà dû pénétrer dans le tunnel. Clay connaissait la direction générale de la frontière, mais l'entrée du tunnel pouvait être cachée n'importe où. Chercher des empreintes de pas ne servirait pas à grand-chose, il le savait. Il examina néanmoins le sol, fouillant des yeux le patchwork de beiges et de gris.

Soudain, un caillou noir attira son attention. Il s'approcha. Le cœur battant, il ramassa une perle en bois peint, ornée de motifs bleu et jaune. Elle provenait du collier d'April, celui qu'elle portait ce jour-là.

Elle essayait de lui montrer le chemin.

April sortit du tunnel et inspira avidement l'air frais du dehors en clignant des yeux dans le soleil couchant. Quand Adam l'avait poussée dans la bouche du tunnel, elle avait craint de devoir ramper pendant un kilomètre, parmi les scorpions et les rats. Heureusement, le boyau était assez haut pour se tenir debout et les parois étaient étayées par des poteaux de bois.

Quelques secondes plus tard, Adam la rejoignit, son arme à la main. Il ne l'avait pas lâchée de toute la traversée.

— Et maintenant ?demanda-t-elle.

— On marche jusqu'au lieu de rendez-vous, à environ deux kilomètres. Ensuite, quelqu'un doit venir nous chercher pour nous emmener à Rocky Point. On y est allés avec maman et papa quand on était petits, tu te souviens ?

April hocha la tête, refoulant les larmes qui lui piquaient les yeux. Sa mère s'était toujours efforcée d'organiser des sorties en famille, afin de créer des souvenirs qui n'impliquaient pas une des crises d'Adam.

April savait que, dès qu'ils monteraient à bord du véhicule annoncé, Clay ne serait plus en mesure de les retrouver. Il ne pourrait plus lui être d'aucun secours. Elle s'éloigna du tunnel et alla s'asseoir sur un rocher.

— Laisse-moi cinq minutes pour me reposer, surtout si on doit marcher dans le désert.

— Il fera bientôt nuit, April. Le soleil va se coucher. Ça ira.

— Je préfère attendre qu'il descende encore un peu. Et puis, je suis claustrophobe. Cette traversée m'a vidée.

Adam s'adossa contre le promontoire rocheux qui masquait l'entrée du tunnel, trouvant refuge à l'ombre d'un épineux qui poussait là.

Parfait, pensa April.

— Ne tente rien de stupide, April. Tu n'as nulle part où t'enfuir et, dès que mes associés seront là, tu ne pourras plus te cacher non plus. Allons retrouver papa et, ensuite, on trouvera une solution.

Une solution pour la tuer et se débarrasser de son corps.

— Et si papa n'est pas El Gringo Viejo ? Que feras-tu ?

— Dans ce cas… mais j'en doute fortement… j'aurai toujours la clé USB avec l'emplacement des tunnels. Avec cette information, je suis sûr de pouvoir réunir une équipe qui m'aidera à reprendre les affaires de Las Moscas.

— Ils te tueront.

— Jusqu'ici, ils n'ont pas réussi, répondit Adam, en se frottant le menton. Ils ont même été plutôt faciles à manœuvrer.

— Manœuvrer ? Tu manœuvres Las Moscas ? Tu parles de cette grosse brute qui est venue à Paradiso me menacer ? À t'entendre, on croirait que c'est un jeu.

— Exactement. J'ai détourné leur attention vers

Gilbert et ses petits camarades, pendant que je m'occupais de Jimmy.

— Les hommes de Gilbert et Jimmy sont tous morts ?

— Tu me prends pour un amateur, April ? C'est ça ? Ça fait des années que je joue à ce petit jeu. Simplement, tu as préféré ne jamais le voir. Ton aveuglement était bien pratique… À moins que ce ne soit un mécanisme de défense pour toi. Peut-être sentais-tu, inconsciemment, que ton cher petit frère était dangereux et qu'il valait mieux ne pas t'en faire un ennemi.

Du coin de l'œil, April vit quelque chose bouger furtivement près de l'entrée du tunnel, mais elle s'efforça de ne pas lâcher son frère du regard. Elle faisait semblant de boire ses paroles, alors qu'en réalité ses confessions l'écœuraient.

Peut-être avait-il raison, finalement. Peut-être l'avait-elle toujours su, au fond d'elle-même. À présent que le masque était tombé, il ne ressemblait plus au frère qu'elle avait tenté de se construire dans son esprit. Il avait assassiné leur mère. Il avait pris leur père au piège. Il l'avait forcée à s'éloigner de l'homme qu'elle aimait.

Adam s'apprêtait à poursuivre son monologue insupportable, quand soudain il se figea, la bouche grande ouverte et les yeux écarquillés. L'arme qu'il tenait vacilla. April se coucha au sol.

Clay venait d'émerger du tunnel et, avec la vivacité d'un rapace nocturne fondant sur sa proie, il avait plaqué Adam sur le sable. Un coup partit ; la balle heurta le rocher sur lequel April était assise quelques secondes plus tôt. Sous l'effet du recul, Adam lâcha son revolver, qui retomba quelques mètres plus loin. Les deux hommes s'empoignèrent.

La force nerveuse et démente d'Adam compensait largement la différence de carrure entre lui et Clay.

Rapidement, il commença à se tortiller pour se libérer et tenter de s'emparer de l'arme de son adversaire, posée à l'entrée du tunnel.

April sentit l'adrénaline se répandre dans ses veines. En un clin d'œil, elle bondit pour récupérer le revolver abandonné par son frère.

Son revolver.

Elle le pointa vers les deux hommes.

— Stop !

Elle avait la voix enrouée par la soif.

— Ne bouge plus ! Laisse cette arme, Adam !

La bouche ensanglantée de son frère s'étira en un sourire atroce.

— Tu ne tireras pas, April. Je suis ton petit frère.

Les deux hommes se remirent à lutter.

April prit une profonde inspiration, visa et appuya sur la détente.

Épilogue

April glissa avec délice les doigts dans le pelage un peu rêche de Denali.

— Comment ça avance, ces tunnels ? demanda-t-elle.

Clay déposa un verre de vin sur le bord du barbecue. Les flammes rouge et orange étincelèrent à travers le liquide.

— On en a parcouru la moitié, environ. Certains sont de simples trouées, d'autres sont plus élaborés, mais tous servaient de passages pour de la drogue et Dieu sait quoi d'autre, pour Las Moscas.

— Une mine d'or d'informations, en somme ?

April tendit un instant les doigts vers le feu, puis saisit le verre par le pied pour boire une gorgée de chardonnay bien frais.

— Grâce à toi, répondit Clay.

Elle le regarda par-dessus son verre.

— Non, officiellement, c'est grâce à toi.

— Il valait mieux que j'assume la responsabilité du tir qui a provoqué la mort de ton frère. C'était moins compliqué. À moins que tu n'aies changé d'avis ? ajouta-t-il en faisant tourner le vin dans son propre verre.

April renifla.

— Non, tu as raison. C'est mieux ainsi.

— De toute façon, c'était de la légitime défense.

Adam t'avait enlevée sous la menace d'une arme et, s'il avait récupéré mon revolver avant moi, il n'aurait pas hésité à te tuer.

— Sur le coup, je n'ai même pas pensé à ça. C'était plutôt pour toi que je m'inquiétais. Toujours toi, Clay.

Il vint s'asseoir à ses côtés, près du feu. Il posa son verre et passa un bras autour de ses épaules.

— Une inquiétude bien inutile. Si tu m'avais simplement expliqué, il y a deux ans, que quelqu'un te menaçait... nous menaçait... j'aurais sans doute pu étouffer toute cette histoire dans l'œuf.

— Si on s'était mariés, Adam t'aurait tué, j'en suis certaine.

Elle entremêla ses doigts aux siens.

— Je me demande pourquoi mes parents n'ont pas cherché à le faire aider.

— Peut-être qu'ils n'ont pas compris. Comme toi.

— J'étais enfant et c'était mon petit frère.

— Tu n'as pas compris qui il était vraiment, même quand vous êtes tous les deux devenus adultes. J'imagine qu'il réussissait de mieux en mieux à dissimuler le fait qu'il était incapable de ressentir la moindre émotion réelle, le moindre sentiment humain.

— Il avait raison. Je refusais de voir. Surtout après... la mort de maman et la disparition de papa.

Soudain, elle se redressa.

— Il faut que j'avertisse mon père ! Il doit savoir qu'il n'est plus soupçonné du meurtre de ma mère.

— Un jour, peut-être, répondit Clay, en lui caressant le dos. S'il est vraiment El Gringo Viejo, il vaut mieux ne pas reprendre contact avec lui.

— Si ? répéta-t-elle en se tournant vers lui. Tu étais certain que ce n'était pas lui. Qu'est-ce qui a changé ?

— Adam y croyait de toutes ses forces... Même si

ça ne signifie pas grand-chose. Et toi ? A-t-il réussi à te convaincre ?

— Je ne sais pas. Il n'a jamais voulu me dire quelles preuves il avait.

— Tu sais ce qui est étrange ?

— Plein de choses. Quoi ?

— L'autre femme. La mule. Elle a été identifiée. C'était une expatriée vivant au Mexique. Peut-être en lien avec El Gringo Viejo.

— Ce qui signifie qu'El Gringo Viejo pourrait travailler contre Las Moscas.

— Possible. Mais c'est le problème du Mexique, maintenant. Nous, on a déjà assez de pain sur la planche avec tous ces tunnels à détruire.

Meg apparut soudain à la porte-fenêtre donnant sur la terrasse.

— Hé, vous deux ! cria-t-elle par-dessus la musique qui venait du salon. C'est par ici, la soirée !

April lui adressa un petit signe.

— On arrive dans deux minutes.

Lorsque Meg referma la porte-fenêtre, Clay se rapprocha d'April et se mit à jouer avec ses cheveux.

— Ou bien dans trois minutes. Ou quatre.

April posa une main sur sa joue et murmura :

— Je t'ai déjà dit que je t'aimais ?

— Pas depuis plusieurs années, mais tes actes sont plus éloquents que des paroles.

Il déposa un baiser sur la peau sensible de son cou.

— N'essaye plus jamais de me protéger sans m'en parler avant, d'accord ? Parce que c'est mon travail, pas le tien.

— Non. C'est notre travail à tous les deux de nous protéger mutuellement. N'est-ce pas à peu près le sens des vœux qu'on échange en se mariant ?

— Je ne saurais trop dire. Je n'ai jamais eu l'occasion de les prononcer, murmura-t-il.
— Moi non plus.
— Quand allons-nous remédier à ce scandale ?
— C'est loin, Vegas ? demanda-t-elle.
— Trop loin.

Tandis qu'il la prenait dans ses bras pour l'embrasser avec douceur, elle chuchota contre ses lèvres :
— Trop loin, en effet.

Vous avez aimé *Une mariée à protéger* ?
Découvrez la suite de votre série
« Patrouilleurs en mission » dès le mois prochain,
dans votre collection Black Rose.

NICOLE HELM

L'échappée du désespoir

Traduction française de
KAREN DEGRAVE

BLACK ROSE
HARLEQUIN

Titre original :
BACKCOUNTRY ESCAPE

© 2020, Nicole Helm
© 2021, HarperCollins France pour la traduction française.

1

Felicity Harrison avait appris deux choses depuis qu'elle avait été recueillie par Duke et Eva Knight, à l'âge de quatre ans, avec un bras cassé et un œil au beurre noir, qu'elle devait à son père.

La première, c'est qu'elle aimait être dehors. Elle pouvait faire de la randonnée pendant des jours et dormir à la belle étoile n'importe quand. La saison et le temps n'avaient aucune importance. Dans son esprit, les vents des Badlands du Dakota du Sud l'avaient forgée et elle faisait partie de ce paysage rugueux et impressionnant.

Il lui avait fallu un peu plus de temps pour comprendre la deuxième chose mais, une fois arrivée à l'âge de la puberté, elle n'avait plus eu aucun doute : elle était désespérément, de manière irrévocable, amoureuse de Brady Wyatt.

Même si elle approchait des trente ans et qu'il ne lui avait jamais témoigné plus d'intérêt qu'à n'importe laquelle de ses sœurs adoptives, elle n'avait pas perdu l'espoir que Brady finisse par la remarquer.

C'était possible. Sa vie avait changé, ces dernières années. Entre sa timidité épique et son bégaiement intermittent, ses années de lycée et de fac avaient été un désastre, mais elle avait trouvé sa passion : les parcs

– et tant pis si les gens se moquaient de son amour zélé pour la nature.

Trouver sa passion jeune et en avoir fait sa carrière lui avait donné de l'assurance. Son désir de réussir l'avait aidée – ou peut-être forcée – à surmonter ses problèmes et les incidents de son parcours.

Après des années de travail saisonnier dans différents parcs, elle avait enfin obtenu l'emploi de ses rêves dans le parc national des Badlands, chez elle. C'était un travail difficile et il l'avait *changée*.

Elle n'était plus la Felicity d'autrefois.

Brady ne s'en était pas encore aperçu parce qu'il était très occupé. Être policier et secouriste prenait beaucoup de temps. En plus, il vivait à une heure de chez elle et passait ses congés dans le ranch sa grand-mère, qui vivait encore plus loin.

Elle avait juste besoin d'une occasion de lui montrer qui elle était devenue et il tomberait *forcément* amoureux d'elle comme elle était tombée amoureuse de lui des années plus tôt.

Elle s'abandonna à ses rêveries dans sa promenade matinale. L'été approchait et il faisait assez doux pour qu'elle n'ait pas besoin de mettre sa veste par-dessus son pull. Comme c'était sa période préférée de l'année, elle était pleine d'énergie et elle avait le sourire aux lèvres.

Le ciel était gris. Il y aurait sans doute un orage dans la journée, mais elle imagina que le ciel était bleu et que Brady se promenait avec elle. Ils se tenaient la main et parlaient des oiseaux qu'ils entendaient chanter.

Ses fantasmes avec Brady étaient toujours de cet ordre. Doux, relaxants... Brady était stable et calme. Ses cinq frères étaient plus nerveux et plus sauvages, même Jamison. Jamison était sérieux – et sérieusement noble –, mais il y avait en lui une dureté à laquelle Felicity avait mis du temps à s'habituer.

Brady, lui, était équilibré. Il ne criait et ne jurait jamais. Il croyait au bien et au mal et il mesurait l'importance de son travail de secouriste. Il prenait soin des gens. Il *soignait* les gens.

Le calme, le bien et le soin étaient des choses qu'elle voulait dans sa vie.

Elle était si absorbée par son fantasme qu'elle faillit trébucher sur la botte qui se trouvait au milieu du chemin.

Elle retrouva l'équilibre de justesse et baissa les yeux vers la botte marron. Elle était délacée et il y avait de la boue séchée sous la semelle.

Un frisson parcourut Felicity alors qu'elle fixait la chaussure. Pendant quelques instants, sa vue se brouilla, elle n'entendit plus rien et elle arrêta de respirer.

Elle avait déjà vu cela, fait cela. Cela recommençait.
Non.
Elle retrouva le souffle quand son esprit rejeta la possibilité. Ce n'était qu'une botte. Les gens perdaient des choses bizarres en permanence. Cette botte était peut-être devenue trop lourde. Elle était peut-être cassée.

Il y avait un million de raisons possibles. Un million. En plus, ce n'était pas le même genre de botte que… la dernière fois. Celle-ci était clairement une botte de femme, à en juger par les lacets roses. C'était un accident. Une coïncidence.

Tu dois vérifier.

Elle hocha la tête comme si cela pouvait l'aider à se mettre en mouvement – à ignorer les similitudes avec l'année dernière.

Il n'y aurait pas de corps, cette fois-ci. C'était impossible.
Remets-toi en route comme si de rien n'était.
Tu ne peux pas te remettre en route !

L'agitation de son esprit lui rappela une Felicity qu'elle n'aimait pas beaucoup. Elle s'écarta de la botte. Ce ne serait pas comme l'an dernier. Quand elle regarderait sur sa droite, elle ne verrait que des rochers et des buissons.

Elle regarda d'abord à gauche, parce… qu'elle devait rassembler son courage. Il n'y avait qu'une grande prairie de ce côté-là de la piste. Tout allait bien.

L'an dernier, le corps était à droite. Mais il n'y en aurait pas, cette fois-ci. Il ne pouvait pas y en avoir. Elle se força à se retourner et à faire quelques pas vers le bord de la piste.

Il y avait des rochers, à droite, des structures minérales qui attiraient les touristes dans les Badlands tous les étés. Il n'y aurait pas de corps. C'était impossible.

Sauf qu'il y en avait un.

Pétrifiée, elle fixa la forme aux membres tordus en priant pour que l'image disparaisse. Le canyon qui longeait la piste était étroit et profond, mais il fallait vraiment avoir la tête ailleurs pour tomber ou…

Ou.

Ses souvenirs de l'année précédente l'assaillirent dès qu'elle ferma les yeux. Des yeux qui ne voyaient plus rien et une barbe noire. C'était une femme, cette fois. Elle était à plat ventre sur les rochers, les cheveux agités par le vent.

La nausée gagna Felicity, mais elle essaya de l'ignorer et de réfléchir. Elle essaya de se souvenir de l'endroit où elle se trouvait et de qui elle était.

Ne touche à rien, surtout.

Elle recula de quelques pas.

La dernière fois, elle avait touché le corps en espérant aider. La dernière fois, elle avait pollué la scène de crime en voulant identifier la victime pendant qu'elle attendait la police. La dernière fois, elle avait commis beaucoup d'erreurs.

Pas cette fois.

Elle hocha encore la tête. Cette fois, elle ferait les choses bien. Elle ne gâcherait rien.

Comment cela pouvait-il se reproduire ?

— Un pas après l'autre, Felicity, se conseilla-t-elle. Un pas après l'autre.

Le son de sa propre voix la calma un peu. Elle sortit son téléphone de sa poche pour appeler la police, puis prévenir son patron pour que la zone soit condamnée.

Ensuite, elle appela Brady. Elle fut incapable de s'en empêcher. Quand elle avait des ennuis – quand n'importe laquelle de ses sœurs adoptives et elle avaient des ennuis – elles se tournaient toujours vers les Wyatt.

Ils venaient toujours et ils aidaient. Parce que c'étaient des gens bien – et Brady était le meilleur d'entre eux, du point de vue de Felicity.

Quand il répondit, elle réussit à lui expliquer ce qui s'était passé, même si elle se sentait détachée du réel, comme si elle était perdue dans un épais brouillard. Il lui promit qu'elle ne serait pas longtemps seule.

Alors elle attendit en espérant qu'elle ne vomirait pas.

— C'est *toi* qu'elle a appelé, grommela Gage Wyatt en conduisant, le téléphone coincé entre l'oreille et l'épaule.

L'approche de l'été avait verdi les collines et les grandes herbes s'agitaient au vent. Gage avait toujours aimé l'idée que c'était exactement ce que ses ancêtres avaient vu quand ils étaient arrivés en chariot dans la région.

Aujourd'hui, cette idée ne le distrayait pas parce que son frère jumeau essayait de lui confier une tâche dont il ne voulait pas se charger.

— Je suis trop loin, répondit Brady. J'ai appelé Tuck, mais il n'a pas répondu. Il doit être sur une enquête. Tu es plus près que Jamison, Cody et Dev. Elle a besoin que l'un de nous la rejoigne le plus vite possible.

Gage réprima un juron. Comment était-il possible qu'il soit le *seul* des six frères Wyatt disponible ?

— Elle est folle de toi, lança-t-il d'un ton léger (sa spécialité). C'est pour ça que c'est *toi* qu'elle a appelé.

— Elle a trouvé un corps, dit Brady d'une voix neutre après quelques secondes de silence.

C'était la voix qu'il employait quand rien ne pouvait le faire changer d'avis.

— Un autre corps, ajouta-t-il.

— Très bien, grommela Gage. Je ne suis pas trop loin. Une heure de route, au maximum. Au même endroit ?

— Non.

Brady lui expliqua à quel endroit précis était Felicity. Ce n'était pas très loin de sa cabane de ranger.

Elle avait trouvé *un autre* corps. Cela s'était déjà produit l'année précédente et il était horrible qu'elle doive faire face à cette situation une deuxième fois.

— Sois gentil avec elle, dit Brady alors que Gage faisait demi-tour pour partir dans la bonne direction. Tu connais Felicity.

— Oui, répondit Gage avant de raccrocher.

Il la connaissait mieux que son frère, apparemment, songea-t-il avec amertume en jetant le téléphone sur le siège passager.

Felicity n'était plus l'adolescente effacée et timide avec laquelle ils avaient grandi. Depuis qu'elle avait obtenu cet emploi dans les Badlands et s'était rapprochée de chez eux, elle avait plus d'assurance, plus de… quelque chose. Mais il évitait de trop y réfléchir, puisqu'elle faisait une fixation sur Brady.

Qui ne s'était pas rendu compte qu'elle avait grandi, même si elle avait pris son temps.

Elle avait bien tenu le coup quand elle avait trouvé le premier corps – d'autant plus qu'elle n'avait pas l'habitude de tomber sur des cadavres. En tant que policier, lui-même en avait vu un certain nombre. Ce n'étaient pas toujours des morts violentes ou tragiques. Parfois, il s'agissait simplement de quelqu'un qui ne se réveillait pas.

Cela faisait partie de son travail. Même si cela n'avait pas été le cas, il avait grandi dans un gang de motards jusqu'à ce que leur frère aîné les tire de là, Brady et lui, quand ils avaient onze ans. Il avait vu pire pendant ces onze années chez les Fils des Badlands, d'autant plus que leur père dirigeait le gang. Ace Wyatt ne connaissait pas la pitié : il ne connaissait que sa version tordue de la justice.

Grâce à leur grand frère, Jamison, Gage n'avait jamais cru à cette version de la justice. Mais il avait dû y survivre et en être témoin alors qu'il n'avait pas la maturité pour le gérer.

Felicity, pour sa part, avait gagné en maturité, mais elle n'était pas censée gérer des cadavres.

Au pluriel. La répétition le mettait mal à l'aise. Il était rare que des rangers de parc trouvent des corps s'ils n'étaient pas à la recherche d'un randonneur accidenté. Il était encore plus rare que cela arrive deux fois au même ranger.

Elle avait besoin d'aide, mais il ne comprenait pas pourquoi Brady n'avait pas appelé l'une de ses sœurs adoptives. La plupart d'entre elles auraient été bien plus douées que lui pour la réconforter.

Brady l'avait sans doute appelé parce qu'il connaissait certains des policiers du comté de Pennington, ce qui n'était pas le cas des filles Knight. Elles pouvaient réconforter, mais lui pouvait obtenir des réponses.

Et il les obtiendrait pour Felicity. C'était en matière de consolation qu'il n'était pas très doué – surtout en ce qui la concernait, puisqu'il essayait de la toucher le moins possible.

— C'est une adulte, grommela-t-il en pianotant sur le volant. Elle s'en est bien sortie la première fois. Elle s'en sortira encore.

Il pressa un peu plus l'accélérateur.

— N'a-t-elle pas sauvé Cody et Nina ? demanda-t-il à son frère dans leur discussion imaginaire. Elle est tout à fait compétente. Plus que ça.

N'était-ce pas l'une des raisons pour lesquelles il gardait ses distances ? Une Felicity compétente amoureuse de son jumeau était dangereuse pour son bien-être.

Il continua à grommeler sur le long trajet vers les Badlands. Le paysage l'émerveillait, d'habitude. Même s'il avait toujours vécu là, il ne tenait pas ces grandes plaines et ces formations rocheuses impressionnantes pour acquises. Mais il cultivait sa mauvaise humeur, aujourd'hui – parce que c'était un bon mécanisme défensif contre Felicity.

Elle n'avait d'yeux que pour Brady. Il était logique que Gage ait des pensées plus qu'amicales à son égard depuis qu'elle avait gagné en maturité. Ce qui n'était pas logique, c'était qu'il ait ces pensées en sachant parfaitement qu'elle vénérait le sol sur lequel Brady marchait.

Mais comment le reprocher à Felicity ? Les frères de Gage étaient des saints. Cody et Dev étaient un peu rugueux, mais ils avaient un cœur d'or.

Et il y avait Brady. C'était le plus intelligent de la fratrie. Il était à la fois honorable et doux. Il était d'un sérieux irréprochable, tout en étant assez affable pour que *tout le monde* l'aime. Il ne commettait jamais de gaffe et ne faisait jamais de plaisanterie inappropriée pour détendre l'atmosphère. Si les frères de Gage étaient des saints, Brady était le roi des saints.

Gage, en revanche, était celui qui disait ce qu'il ne fallait pas parce que cela l'amusait. Il ne prenait rien aussi sérieusement que ce que ses frères choisissaient pour leur petit déjeuner.

Bien sûr que Felicity avait un faible pour Brady. Et il semblait inévitable que Gage ait la malchance d'avoir un faible pour la femme qui était amoureuse de son jumeau parfait.

Il se gara sur le parking de la piste le long de laquelle Felicity avait trouvé le corps et fit rouler sa tête sur ses épaules. Il ne s'agissait pas de lui, ni de ses problèmes, ni de ses stupides sentiments.

Il s'agissait de Felicity. Il devait l'aider à surmonter une triste coïncidence.

Il ignora son mauvais pressentiment et décocha un grand sourire aux policiers qui gardaient l'entrée de la piste.

Il leur montra son insigne et fit preuve de persuasion. Quelques minutes plus tard, il s'approchait de Felicity.

Dès qu'il l'aperçut, il s'arrêta net et prit un moment pour l'observer. Elle était assise sur un rocher, à l'écart des policiers et de ses collègues. Elle était blanche comme un linge et regardait ses mains.

Le cœur de Gage se serra sans qu'il l'y autorise. En tant qu'adjoint du shérif du comté de Valiant, il avait croisé le chemin d'un bon nombre de témoins innocents de choses horribles. Il savait comment les gérer.

Mais il connaissait Felicity depuis qu'il avait été recueilli par sa grand-mère. Il avait onze ans et elle neuf. Il avait été témoin du mutisme de son enfance, de son adolescence durant laquelle elle était maladroite dans ses meilleurs moments, puis du changement qui s'était opéré ces dernières années. La femme qui était assise à quelques mètres de lui ne craquait pas alors qu'elle en avait le droit.

Comme son cœur se serrait davantage, Gage se força à avancer.

— Salut ! lança-t-il à Felicity.

Elle releva lentement la tête et fronça les sourcils.

— J'ai appelé Brady, dit-elle.

Il aurait sans doute répondu par une plaisanterie si la situation avait été différente, mais Felicity venait de trouver un corps. Il s'interdit d'être blessé par sa déception et haussa les épaules.

— Il m'a demandé de te rejoindre parce que j'étais plus près.

Elle le fixa pendant plusieurs secondes avant de hocher sèchement la tête.

— Ils ont déjà… emmené le corps, dit-elle.

— L'ont-ils identifié ?

Felicity secoua la tête.

— Elle n'avait rien sur elle.

— Elle, répéta-t-il. C'est donc différent de…

Il prit conscience de son indélicatesse et laissa sa phrase en suspens. Cette manière de procéder était efficace pour un policier, mais elle n'était pas la bienvenue face à une amie.

— Oui, répondit Felicity d'un air peu convaincu. C'est différent.

— Si on allait chez toi ? suggéra-t-il.

Elle indiqua le groupe de policiers et d'employés du parc d'un signe de tête.

— Il faut que je…

— Ils sauront où te trouver s'ils ont besoin de te poser

250

d'autres questions, la coupa-t-il. Viens ! Je suis sûr que tu n'as rien mangé depuis le petit déjeuner.

Il l'aida à se lever et passa un bras autour de ses épaules parce qu'il était certain qu'elle ne bougerait pas s'il ne l'y incitait pas physiquement.

Elle sentait les fleurs et l'été, ce qui convenait assez mal à leur situation.

— Je ne pourrai rien avaler, dit-elle en posant une main sur son estomac.

— On verra bien. Tu veux rentrer à pied ?

Elle balaya les environs du regard.

— Non, mais il le faut.

Il comprit ce qu'elle voulait dire. Si elle ne partait pas comme elle était venue, elle aurait peur de revenir dans cette zone, même si son travail l'exigeait.

Il dut quand même la pousser un peu et il essaya de ne pas s'en vouloir de la forcer à faire quelque chose qu'elle n'avait pas envie de faire – même si c'était nécessaire.

Il se mit à tomber une pluie froide. Ils n'en parlèrent ni l'un ni l'autre et ne marchèrent pas plus vite. Gage avait l'impression d'avancer dans de la mélasse, mais il n'eut pas le cœur de presser Felicity, pas même quand elle commença à frissonner.

Ils atteignirent enfin un chemin réservé au personnel, qui menait aux cabanes des employés. Il comptait s'assurer que Felicity mange quelque chose, puis l'inciter à se reposer.

Ensuite, quand elle serait moins pâle, il retournerait au ranch. Elle ne voudrait pas qu'il reste, de toute manière. Soit elle se débrouillerait toute seule, soit il appellerait l'une de ses sœurs.

Sa petite cabane était entourée d'arbres. Elle était un peu délabrée, mais Felicity l'avait rendue accueillante, même s'il n'aurait pas su dire comment. C'était juste un endroit qu'il trouvait agréable.

Elle ouvrit la porte et il la suivit à l'intérieur. Il avait espéré que la marche redonnerait des couleurs à Felicity, mais elle était toujours blanche comme un linge et elle donnait l'impression que la moindre bourrasque pouvait la faire tomber. Ses cheveux roux étaient trempés et les mèches qui s'étaient échappées de sa tresse lui collaient à la peau.

— Va mettre des vêtements secs, lui ordonna-t-il.

Elle resta plantée là où elle était, sans rien dire et sans même le regarder.

— Vas-y ! insista-t-il. Je te préparerai quelque chose à manger pendant ce temps-là.

Elle secoua la tête.

— Je vomirais, répondit-elle.

— On verra bien. File !

Il la poussa dans un couloir qui devait mener à sa chambre, puis il se glissa dans la petite cuisine et fouilla les placards. Il trouva une quantité déraisonnable de thés et en choisit un qui semblait particulièrement relaxant. Il suivit les instructions en luttant contre la claustrophobie.

Quand elle revint, Felicity ne semblait pas moins perdue, mais elle portait un pantalon de jogging et un T-shirt à manches longues secs. Elle se planta dans l'embrasure de la porte de la cuisine et observa la petite pièce comme si elle ne l'avait jamais vue.

— Assieds-toi, lui ordonna-t-il, mal à l'aise.

Elle hocha la tête après quelques secondes et s'assit à la table minuscule. Il posa la tasse de thé devant elle.

— Bois ça en entier, dit-il, en essayant d'être aussi autoritaire que sa grand-mère quand elle voulait forcer quelqu'un à manger quelque chose.

Felicity se contenta de fixer la tasse.

— Ils pensent que ça a quelque chose à voir avec moi, murmura-t-elle. Je le sais.

— Non, répondit-il en plaçant une tranche de pain dans le grille-pain. Tu sais comment ça marche. Ils sont obligés de poser certaines questions, mais...

Quand elle leva les yeux, il ne lut ni timidité ni doute dans son regard. Même si elle était perdue et effrayée, elle se contrôlait parfaitement.

— C'est la deuxième fois, dit-elle. Et ce n'étaient pas les mêmes questions. Et puis ils ont raison. Ça a un rapport avec moi. J'en suis sûre.

2

La présence de Gage, qui occupait presque tout l'espace de sa cuisine, donnait envie à Felicity de sortir tout ce qui lui passait par la tête.

Il lui avait préparé un thé et un toast. Elle avait envie de poser sa tête sur la table et de pleurer. Elle s'attendait à ce que ses sœurs s'occupent d'elle. Elle se serait même attendue à ce que Duke s'occupe d'elle – il avait dû endosser le rôle de la mère en plus de celui du père quand Eva était morte. Il avait fait de son mieux.

Tous les membres de sa famille adoptive avaient fait de leur mieux, comme leurs amis, les Wyatt.

Mais c'était Gage. Gage la rendait toujours nerveuse, comme si elle marchait sur un terrain irrégulier. Elle ne savait jamais ce qu'il s'apprêtait à dire ou à faire et elle préférait savoir ce qui l'attendait.

Parfois, elle accusait sa taille d'être à l'origine de son malaise. Il était si grand, si large et si musclé... Mais Brady avait exactement le même physique et elle se sentait toujours à l'aise auprès de lui.

Gage beurra le toast et le posa devant elle. Elle trouva sa vaisselle à fleurs incongrue entre ses mains.

Rien ne lui semblait normal dans cette journée.

— Pourquoi penses-tu que ça a un rapport avec toi ? demanda-t-il en s'asseyant en face d'elle.

— Tu m'as préparé du thé et un toast, répondit-elle, hypnotisée par la vapeur qui s'échappait de la tasse.

Gage Wyatt lui avait préparé du thé et un toast ?

— Tu as de la chance. Si grand-mère Pauline avait été là, elle aurait préparé un repas entier et t'aurait forcée à tout manger.

C'était vrai. Sa grand-mère réconfortait toujours les gens avec de la nourriture, qu'ils le veuillent ou non. Un toast et une tasse de thé étaient une option plus raisonnable, que son estomac accepterait peut-être. Elle but une gorgée, mordit dans le toast et s'abstint de répondre.

— Felicity, insista-t-il.

La douceur de son ton la fit grimacer.

— Pourquoi Brady t'a-t-il envoyé ? demanda-t-elle. Désolée... J'ai l'air ingrate.

Il haussa les épaules comme il l'avait fait la première fois qu'elle avait posé cette question. Quelque chose dans son regard inspira de la mauvaise conscience à Felicity, comme si elle avait commis une gaffe et l'avait blessé.

Ce qui était absurde. On ne pouvait pas blesser Gage – surtout pas elle.

— J'étais le plus près, comme je te l'ai dit tout à l'heure, répondit-il en pianotant sur la table.

— C'était... très gentil de venir, assura-t-elle, sans comprendre pourquoi elle avait envie de se rattraper alors qu'elle ne pouvait pas l'avoir blessé.

— Je suis toujours gentil.

— Non, ce n'est pas vrai. Je ne veux pas dire que tu es méchant, mais personne ne penserait au mot « gentil » en te décrivant.

Gage était provocant. Irrévérencieux. Il la rendait nerveuse, même quand il faisait quelque chose de gentil.

— Pourquoi penses-tu que ce crime a un rapport avec toi, Felicity ? demanda-t-il encore.

Le toast prit un goût de cendres et elle eut du mal à avaler sa bouchée. Elle n'avait pas envie d'en parler, mais il le fallait. Elle avait besoin d'aide – de l'aide d'un membre des forces de l'ordre disposé à l'écouter.

— C'est comme la dernière fois.

— C'est une femme, cette fois-ci. Ce n'est pas exactement pareil.

— Pas la victime, mais c'était ma promenade du matin. Ma routine. Je l'ai un peu modifiée depuis l'an dernier, mais j'ai toujours une routine.

Cela l'apaisait. Cela l'aidait à se sentir plus forte et cela lui donnait l'impression qu'elle maîtrisait sa vie. À présent, il lui semblait qu'elle n'éprouverait plus jamais cela.

— Dans les deux cas, c'était pendant ma promenade *personnelle,* pas une patrouille, ajouta-t-elle.

Gage hocha la tête et attendit patiemment qu'elle poursuive.

— Et la botte délacée, dit-elle. C'était déjà le cas la dernière fois. J'avais trébuché dessus. Cette fois, je l'ai vue juste à temps, sans doute à cause des lacets roses.

Ces lacets la hanteraient jusqu'à la fin de ses jours.

— D'accord. Tu as vu la botte. Que s'est-il passé ensuite ?

Elle l'avait déjà dit aux policiers du comté de Pennington et à son patron. Plusieurs fois. Mais elle ne leur avait pas expliqué ce qu'elle s'apprêtait à expliquer à Gage.

— Comme je l'ai dit à la police, j'ai regardé des deux côtés de la piste pour voir si quelqu'un avait eu un accident. Mais je n'ai pas dit que je savais où le corps se trouverait. J'ai d'abord regardé sur la gauche parce qu'il n'était pas là, la dernière fois. Je savais qu'il serait sur la droite. Je ne voulais pas voir un corps, mais... je savais qu'il y en aurait un, comme la dernière fois. Pas très loin de la piste.

Elle repoussa la tasse et l'assiette, et se leva.

— Je ne peux pas…, balbutia-t-elle.

Elle ne pouvait fuir nulle part dans sa petite cabane. Pouvait-elle aller s'enfermer dans sa chambre comme une gamine ? C'était tentant.

Mais Gage contourna la table en un instant et posa ses grandes mains sur ses épaules.

Il était vraiment très musclé. Quand il était bien rasé, il ressemblait tant à Brady qu'il était difficile de les distinguer. Sauf qu'ils n'avaient pas les mêmes yeux. Ceux de Brady étaient noisette et ceux de Gage verts. Gage avait aussi le nez tordu depuis qu'il se l'était cassé et une cicatrice barrait l'un de ses sourcils.

Le visage de Brady était parfait. Celui de Gage…

— Brady m'a demandé d'être gentil avec toi, tu sais, dit-il.

Ces mots lui firent l'effet d'un seau d'eau froide en pleine figure.

— Je ne suis plus une petite fille timide ! se défendit-elle en essayant de repousser ses mains.

Quand s'en apercevraient-ils donc ? Cela ne suffisait-il pas qu'elle ait empêché l'un des Fils de tuer Cody et Nina le mois précédent ? Que leur fallait-il de plus ?

— C'est ce que je lui ai dit, répondit Gage, ce qui la surprit.

— Tu…

— Il suffit de t'observer pour voir que tu as changé, Felicity. Tu es une adulte. Tu t'es trouvée ou quelque chose comme ça.

Cela signifiait-il que *Gage* lui accordait de l'attention ? C'était impossible.

— Tu es déjà passée par là, ajouta-t-il. Nous savons tous les deux que tu sauras faire face.

Elle inspira. Il avait raison, mais cela ne la calmait pas vraiment. Pourquoi était-ce Gage qui avait raison ? Et pourquoi ses mains à lui se trouvaient-elles sur ses épaules ?

Comme s'il avait lu dans ses pensées, il s'écarta d'elle et enfonça les mains dans ses poches.

— Pourquoi ce ne serait pas un hasard ? demanda-t-il. Je veux dire… il semblerait que les deux meurtres soient liés, et je suis sûr qu'il s'agit bien d'un meurtre, même si les flics n'ont pas voulu me le dire. Mais tu n'es pas forcément le dénominateur commun entre les deux. C'est peut-être juste…

— De la malchance ?

— Pourquoi pas ? Les corps n'ont pas été déposés devant ta porte.

— Juste au bord d'une piste sur laquelle je me promène tous les jours, répondit-elle, en regrettant de ne pas croire à sa théorie. Et la botte n'était pas là par hasard. Elle n'était pas là hier, quand n'importe qui aurait pu tomber dessus. Elle a été mise là pour que *je* tombe dessus.

— D'accord. Mais si tu es visée, pourquoi ?

— Je ne sais pas.

Elle n'en avait pas la moindre idée. C'était peut-être à cause de sa relation avec les Wyatt. Elle avait tiré sur l'un des Fils des Badlands pour aider Nina et Cody à échapper aux machinations d'Ace Wyatt. Mais elle n'avait jamais croisé Ace, le chef du gang et le père de Gage, qui était en prison.

D'un autre côté, le fait d'être en prison n'avait pas empêché Ace d'orchestrer les événements du mois précédent. Elle n'était clairement pas hors de sa portée.

Mais elle ne s'était jamais mêlée des affaires des

Fils avant le mois dernier, donc cela n'expliquait pas le premier corps.

À moins que quelqu'un n'ait imité le premier meurtre...

— Tu penses que c'est Ace, dit Gage.

Elle scruta son visage, parce que sa voix était parfaitement neutre. En général, Gage cachait même la colère sous son irrévérence naturelle. C'était l'une des raisons pour lesquelles elle préférait Brady. Brady était plutôt stoïque mais, quand il exprimait une émotion, on savait à laquelle on avait affaire. Gage était imprévisible.

Y compris à cet instant. Elle ne savait pas ce que la neutralité de son ton signifiait. Elle savait juste qu'il était possible qu'Ace ait un rapport avec ce crime, même s'il était en prison et si les Fils des Badlands semblaient moins puissants qu'avant.

— Je ne sais pas, répéta-t-elle. Mais je suis intervenue le mois dernier.

— Ce qui n'explique pas le meurtre de l'an dernier... Mais ce n'est pas nécessaire : il suffit qu'il y ait une ressemblance. C'est bien le genre des méthodes d'Ace.

Elle hocha la tête.

— J'ai besoin que tu m'aides à découvrir s'il est derrière tout ça, dit-elle. Je n'ai pas confiance dans les policiers du coin. Je suis sûre qu'ils font très bien leur travail, mais ils ne connaissent pas Ace et ils ont peur des Fils. Pas toi.

— Tout le monde a peur des Fils, Felicity. Il serait stupide de ne pas avoir peur d'eux. Mais on découvrira ce qui se trame, je te le promets.

Felicity était aussi immobile qu'une statue et elle le regardait comme s'il venait de la gifler alors qu'il avait juste dit la vérité.

Même si les Fils n'étaient plus aussi puissants qu'avant, ils étaient toujours dangereux – trop dangereux.

Il y avait davantage de chefs d'accusation contre Ace grâce aux aveux des trois hommes qui avaient été arrêtés après avoir essayé de faire du mal à Cody et Nina le mois précédent, mais cela ne suffisait toujours pas pour le faire condamner à perpétuité.

Si Jamison et Cody étaient sûrs que la loi pouvait dépouiller Ace de son pouvoir, Gage avait des doutes.

De gros doutes.

Felicity avait joué un rôle majeur dans l'arrestation de l'un de ces trois hommes. Il était logique qu'elle soit visée.

Le téléphone de Gage tinta. C'était un texto de Brady.

Je peux prendre la relève, si tu veux.

Felicity voulait sans doute avoir Brady à ses côtés et elle méritait d'avoir le frère Wyatt qu'elle préférait, même si son béguin était sans espoir. Brady ne la connaissait absolument pas. De toute manière, Gage était convaincu que son jumeau considérait toutes les filles Knight comme des sœurs.

Brady respectait toutes les règles – plus quelques-unes qui n'existaient que dans son esprit. Pas Gage.

Il s'empressa de répondre à son frère pour ne pas avoir le temps de devenir chevaleresque.

Ce n'est pas la peine.

Felicity voulait peut-être Brady, mais Gage lui serait plus utile dans cette situation. Il était plus disposé à contourner les règles que son frère. En plus, elle avait dit qu'elle avait besoin de *son* aide. C'était peut-être seulement parce qu'il était là, mais il était là.

— Quand ils auront identifié la victime, on cherchera si elle a un lien avec celle de l'an dernier, dit-il.

Felicity secoua la tête et s'assit.

— Je pense que les victimes n'ont pas d'importance.

Je veux dire… elles ont de l'importance, bien sûr. Pour leurs familles et pour moi. Mais je pense qu'elles n'en ont pas pour celui qui a fait ça.

— Tu as peut-être raison, mais on cherchera quand même. Et je pense que tu devrais aller au ranch jusqu'à ce que ça se tasse.

— J'ai du travail, répondit-elle en secouant la tête. Si je m'enfuis comme ça…

— Ils te forceront à prendre un congé, la coupa-t-il. C'est ce qu'ils ont fait la dernière fois, non ?

— Ils ne peuvent pas. C'est l'été, cette fois. On m'a confié plusieurs activités et…

La sonnerie de son téléphone l'empêcha de finir sa phrase. Elle regarda l'écran et déglutit.

— C'est mon patron, dit-elle tristement.

Elle avait l'air si déprimée en essayant de convaincre ce dernier de changer d'avis que Gage perdit toute envie de lui asséner : « Je te l'avais dit. »

Elle fixa son téléphone un long moment après avoir raccroché.

— Je ne pourrai pas travailler pendant au moins une semaine, finit-elle par soupirer.

— C'est peut-être une bonne chose.

Elle releva vivement la tête et le fusilla du regard.

— C'est une très mauvaise chose, répliqua-t-elle. À tout point de vue. Je ne peux pas rester là, sans rien faire. Cette pauvre femme me hanterait pendant la nuit. On ne peut pas se délivrer de quelque chose qu'on ne peut pas affronter. Et ça menace mon travail, le travail *de mes rêves*. As-tu la moindre idée de ce qu'il a fallu que je fasse pour obtenir ce poste ?

La colère lui avait rendu des couleurs. Elle avait le souffle un peu court et les poings serrés.

C'était sans doute la plus belle femme qu'il ait jamais vue et il savait que cela faisait de lui un salaud.

— Oui. Tu t'es donné beaucoup de mal.

Les épaules de Felicity s'affaissèrent.

— Je ne veux pas aller au ranch. Duke s'inquiétera. Sarah et Rachel s'inquiéteront et en feront tout un plat. Ta grand-mère préparera à manger pour soixante-dix personnes. Surtout, tes frères et toi essayerez de me tenir en dehors du problème alors que c'est le mien.

— C'est notre problème, rétorqua-t-il.

— C'est moi qui ai du sang sur les mains, insista-t-elle en les tendant comme si elle avait elle-même commis le meurtre.

Il s'agenouilla devant elle et prit ses mains dans les siennes en sachant parfaitement que c'était une erreur.

— Je ne vois pas de sang, dit-il.

— C'est comme s'il y en avait, répliqua-t-elle, les yeux emplis de larmes. Je ne peux pas me tourner les pouces. Si je vais là-bas, vous m'y forcerez.

Brady le premier, songea Gage. Il garda cette pensée pour lui. Les mains de Felicity étaient glacées. Elle aurait dû boire le thé. Il aurait dû l'y obliger.

— Non, tu ne peux pas te tourner les pouces, lui accorda-t-il avec une pointe de mauvaise humeur. Mais tu peux quand même aller au ranch. Laisse la police faire son travail ici et ton patron s'occuper du parc. Une fois au ranch, on résoudra le problème ensemble. Je te le promets. Personne ne te tiendra à l'écart.

Elle le regarda avec méfiance, mais elle ne repoussa pas ses mains. Elle réfléchissait.

Et, pendant qu'elle réfléchissait, il ressentait des choses un peu trop intenses.

Quelques secondes plus tard, elle se leva brusquement

et s'éloigna – de trois pas seulement à cause de la petitesse de la cuisine. Puis elle fit volte-face et le pointa du doigt.

— Tu me le promets ?

— Je te le promets, répondit-il solennellement.

Tout le monde savait qu'il ne respectait pas les règles et il lui arrivait de mentir quand ça l'arrangeait, mais il ne trahirait jamais une promesse faite à Felicity. C'était sacré.

3

Sur le siège passager de la camionnette de Gage, Felicity ressassait ses raisons d'être contrariée. Elle n'avait pas son propre véhicule. Elle n'avait pas d'emploi pour au moins une semaine. Elle n'avait pas sa cabane – même si ce n'était pas tout à fait *sa* cabane, puisqu'elle appartenait au parc.

Mais posséder des choses n'était pas sa spécialité. Apparemment, sa seule spécialité était de trouver des corps.

Comme les images de ces corps lui envahirent l'esprit dès qu'elle ferma les yeux, elle les rouvrit et posa la tête contre la vitre. Elle regarda défiler le paysage, où se mêlaient les plaines verdoyantes et les formations rocheuses.

— Brady nous attendra chez grand-mère, dit Gage.

Felicity soupira.

— Je ne veux pas que tout le monde s'affole.

Elle ne voulait pas être au centre de l'attention ni qu'on essaye de la réconforter. Elle voulait juste être seule.

Sauf qu'il n'y aurait que les images des corps pour lui tenir compagnie, si elle restait seule. Elle n'en avait pas vraiment envie non plus.

— Ce serait peut-être le bon moment pour leur exposer notre théorie sur Ace, suggéra Gage.

Il essayait de lui remonter le moral, ce qui était étrange de la part de Gage, qui avait plutôt l'habitude de plaisanter de tout. En même temps, si elle était honnête, ses plaisanteries avaient souvent pour effet de remonter le moral des gens, même si ce n'était que momentané.

— Parce que c'est *notre* théorie, maintenant ? demanda-t-elle.

Gage haussa les épaules.

— On peut dire que c'est la tienne, si tu préfères, mais je suis d'accord.

— Et eux, seront-ils d'accord ?

— Je ne sais pas, mais je ne vois pas pourquoi ils ne le seraient pas. C'est logique. On vérifiera, dans tous les cas.

— « On » ou « vous » ?

Gage lui jeta un bref coup d'œil en franchissant le portail du ranch des Reaves. Pauline Reaves l'avait acquis alors qu'elle était plus jeune que Felicity. Quand elle s'était mariée, elle avait tenu à ce que le ranch reste à son nom pour que personne ne pense que c'était son mari qui le gérait.

D'après ce qu'on avait dit à Felicity, son mari l'aimait assez pour ne pas s'en soucier. Felicity n'avait pas connu le grand-père des Wyatt, qui était mort avant qu'elle ne soit adoptée par les Knight.

Elle aimait Pauline comme si c'était sa propre grand-mère. C'était une femme forte et indépendante qu'elle avait prise pour modèle, même si elle s'était longtemps crue incapable de l'imiter.

Mais, en grandissant, elle avait de plus en plus pensé qu'elle pouvait devenir aussi forte et déterminée que grand-mère Pauline si elle s'en donnait la peine. Elle pouvait trouver sa propre voie.

La découverte d'une longue file de voitures devant le ranch interrompit le fil de ses pensées.

— *Tout le monde* est là, grommela-t-elle.

— Peut-être pas tout le monde, répondit Gage sur un ton qui se voulait joyeux.

Ce fut un échec. Et la présence de tant de véhicules devant le ranch signifiait qu'il se passait quelque chose de plus grave que le fait qu'elle ait trouvé un nouveau corps.

Elle fronça les sourcils. D'après les voitures, Tucker et Brady étaient là, de même que Duke et peut-être Rachel et Sarah, si elles étaient venues avec lui. Il y avait forcément Dev et grand-mère Pauline, qui vivaient là. C'était la camionnette de Cody qui ennuyait le plus Felicity. Pourquoi avait-il fait tout le chemin depuis Bonesteel ? Il ne manquait que la voiture de Jamison et de Liza. Ils devaient être restés à Bonesteel pour s'occuper de Gigi, la jeune demi-sœur de Liza.

— Que se passe-t-il ? demanda Felicity. Pourquoi sont-ils tous là ?

— Je ne sais pas, répondit Gage, qui semblait aussi surpris qu'elle.

Dès qu'ils sortirent de la voiture, les chiens de Dev accoururent pour leur faire la fête.

Felicity eut envie de rester jouer avec eux, ou peut-être de courir jusqu'au ranch des Knight, où elle avait encore une chambre où elle pouvait se cacher.

Mais ce serait lâche et cela ne changerait rien à la situation.

Elle suivit Gage jusqu'à la porte située sur le côté du bâtiment, qui donnait sur un vestiaire. Les chiens restèrent dehors, parce que le vestiaire précédait la cuisine et que grand-mère Pauline ne permettait pas aux chiens d'entrer dans sa cuisine.

Gage et Felicity y trouvèrent tout le monde.

Duke et Rachel étaient assis à la table. Quand elle était plus jeune, Felicity était jalouse de Rachel. C'était la seule fille biologique de Duke et d'Eva et elle semblait réellement appartenir à la famille. Même s'il y avait une Afro-Américaine et une Lakota parmi ses sœurs adoptives - personne ne ressemblait à personne – Felicity avait toujours eu l'impression d'être à part avec sa peau blanche et ses cheveux roux.

Mais elle avait grandi et elle était contente de voir les membres de sa famille, aujourd'hui.

Il lui était un peu plus difficile d'apprécier de voir les Wyatt. Quand ils étaient tous réunis, c'était toujours parce qu'il y avait un problème.

Tucker était debout, les bras croisés, à côté de Cody *et* de Jamison – qui étaient donc venus de Bonesteel ensemble. Dev et Brady étaient aussi à table et grand-mère Pauline s'agitait dans la pièce.

Ils offrirent tous des sourires tristes ou compatissants à Felicity. La panique la gagna.

— Que se passe-t-il ? demanda-t-elle.

Grand-mère Pauline la força à s'asseoir et posa un brownie devant elle. Duke prit la main de Felicity pour la tapoter.

Tout le monde, à part Gage, regarda Tucker.

C'était lui qui avait le sourire le plus compatissant.

— Quand Brady m'a raconté ce qui s'est passé, j'ai appelé un collègue de Pennington pour qu'il me prévienne s'ils trouvaient quelque chose, dit-il.

Felicity s'interdit de répondre immédiatement. Son bégaiement revenait quand elle était nerveuse, mais elle pouvait le contrôler si elle prenait son temps.

— Et ils ont trouvé quelque chose ? demanda-t-elle.
— La victime s'appelle Melody Harrison.

Un silence terrifiant s'ensuivit.

— C'est un nom très répandu, dit Felicity le plus calmement possible. C'est peut-être une coïncidence.

Elle avait le même nom de famille que la victime, mais elle ne connaissait aucune Melody. Bien sûr, comme elle avait été retirée à son père à l'âge de quatre ans, elle ne savait pas grand-chose sur sa famille biologique.

— Oui, c'est un nom répandu, lui accorda Tucker. Malheureusement, la personne qui l'a identifiée... était son père : Michael Harrison.

— M... mon père. Mais ce pr... prénom aussi est répandu.

Tucker hocha gravement la tête.

— C'était bien ton père, Felicity. Melody avait vingt-deux ans. Tu avais déjà été placée chez les Knight quand elle est née.

Felicity s'appliqua à respirer entre chaque mot quand elle reprit :

— Le corps que j'ai trouvé est celui de ma sœur.

— Ta demi-sœur, la corrigea Tucker. Ce qui veut dire...

— ... que la police essayera encore plus de trouver un lien entre son meurtre et moi, acheva-t-elle à sa place.

Gage jura et se sentit coupable quand il vit Felicity grimacer comme si elle avait reçu un coup.

Toute cette histoire était absurde.

— Comment ? demanda-t-il. Elle ne savait même pas que sa demi-sœur existait.

Ses frères le toisèrent comme si sa question était ridicule. Parce qu'il était un policier, lui aussi. Il savait comment les policiers réagissaient face à une situation étrange – et il était certainement étrange que Felicity ait trouvé le corps de sa demi-sœur.

Il se tourna vers Felicity. Comme il lui avait promis qu'elle ne serait pas tenue à l'écart, il attendit qu'elle soumette sa théorie à l'assistance.

Il aurait préféré que grand-mère Pauline la gave de brownies pendant qu'il s'occupait de tout, mais il connaissait assez les femmes pour savoir qu'elles n'appréciaient pas particulièrement cette méthode. Et puis il avait promis. Il se mordit la langue.

Felicity soupira avant de dire :

— Ça pourrait être Ace.

Elle fixait son assiette, mais sa voix était claire, même si elle n'osait soutenir le regard de personne.

— Comment ? demanda Jamison.

Felicity releva la tête.

— Je me suis mêlée de ses affaires. J'ai aidé Nina et Cody. Je ne sais pas *comment* il a fait, mais je sais qu'il a une raison de s'en prendre à moi.

Elle tourna la tête vers Gage comme si elle avait besoin de son soutien.

Moi, pas Brady, songea Gage, ce qui était tout à fait hors de propos.

— Ça n'explique pas le meurtre de l'an dernier, intervint-il, mais Ace pourrait l'avoir simplement imité. Ce qui est certain, c'est qu'il a de bonnes raisons de vouloir attirer des ennuis à Felicity.

— Ça peut être un piège, lui accorda Jamison. C'est bien son genre de vouloir punir Felicity. Mais comment s'y serait-il pris ? On surveille toutes ses visites depuis que Nina a été attaquée.

Gage y avait pensé pendant le long trajet silencieux entre le parc et le ranch.

— On surveille ses visites, mais on ne sait pas à qui il parle à l'intérieur de la prison, répondit-il. Il pourrait payer un gardien ou menacer un autre détenu. Tant qu'Ace ne sera pas transféré dans une prison plus sécurisée, il aura les moyens d'agir dans notre dos.

— Ses avocats n'arrêtent pas de trouver de nouvelles raisons de retarder le procès, grommela Tucker.

— N'as-tu aucun informateur à l'intérieur, sergent ? lança Gage d'un ton sarcastique.

Tucker leva les yeux au ciel.

— Aucun d'assez courageux pour espionner Ace, précisa-t-il.

— Que faisons-nous ? demanda Duke.

— Le parc m'a obligée à prendre des congés, dit tristement Felicity. Mon patron réévaluera la situation dans une semaine.

— Alors tu restes à la maison, dit Duke.

Il n'ajouta pas « là où tu devrais être », mais tout le monde dut l'entendre.

Felicity offrit un sourire triste à Duke.

— Nous ne pouvons pas faire grand-chose pour le moment, dit Jamison. Tucker suivra le développement de l'enquête et Cody et moi pouvons essayer d'obtenir plus d'informations à la prison.

— Et en ce qui concerne… Michael Harrison ? s'enquit Gage en évitant soigneusement d'employer le mot « père », qui était problématique pour tout le monde.

— C'est le père de la victime, répondit Jamison.

Gage secoua la tête.

— Et c'est une grosse coïncidence, non ? insista-t-il. Felicity lui a été retirée pour une bonne raison. Cette demi-sœur lui a-t-elle aussi été retirée ?

— D'accord. Tu marques un point, reconnut Jamison. On va se renseigner.

— Et moi ? Qu'est-ce que je fais ? demanda Felicity.

— Tu viens à la maison et tu te reposes, affirma Duke.

Gage voulut intervenir parce qu'il l'avait promis à Felicity, mais celle-ci secoua la tête.

— C'est une bonne idée, Duke, répondit-elle à son père adoptif.

Ils se levèrent tous les deux. Comme Felicity n'avait

pas mangé une bouchée de son brownie, grand-mère Pauline s'empressa de lui donner une boîte en plastique qui en contenait d'autres.

Felicity accepta la boîte, sourit et prit grand-mère Pauline dans ses bras.

— Merci, dit-elle.

— N'oublie pas de manger, surtout, répondit grand-mère Pauline.

— C'est promis, dit Felicity avant de se tourner vers Gage. Tu me tiens au courant, hein ?

Gage ignora le plaisir que lui procura le fait qu'elle s'en remette à lui plutôt qu'à Brady. Il était doué pour ignorer les choses qui le perturbaient.

Il hocha la tête, puis Duke, Rachel et Felicity sortirent de la cuisine.

— J'ai du travail, annonça Dev en se levant quand les Wyatt se retrouvèrent seuls avec grand-mère Pauline.

— Je vais te filer un coup de main, dit Gage.

Il regarda Jamison, Cody et Tucker. Ses frères étaient mieux placés que lui pour obtenir des informations. Tucker connaissait les policiers de Pennington. Jamison et Cody avaient accès au dossier d'Ace parce qu'ils avaient participé à son arrestation.

Gage, lui, était tout en bas de l'échelle. Il lui arrivait trop souvent de parler à tort et à travers pour obtenir les promotions que Tucker et Brady collectionnaient sans le faire exprès.

Cela ne le dérangeait pas. Il préférait le terrain. Mais son manque de ressources le rendait superflu dans cette situation.

Alors pourquoi ne pas se décharger d'un peu de sa frustration en travaillant dans le ranch ? Il passerait la nuit là, puis prendrait des nouvelles de Felicity le lendemain avant d'aller faire sa prochaine patrouille.

Si son mauvais pressentiment perdurait, il continuerait à l'ignorer.

Quand Gage descendit dans la cuisine, le lendemain matin, Brady s'y trouvait déjà. Gage comprit tout de suite que les nouvelles étaient mauvaises et se frotta les yeux.

— Les policiers ont fouillé la cabane de Felicity, dit Brady sans préambule.

— Et ?

— Ils ont trouvé des restes de vêtements brûlés dans le barbecue et des cheveux qui n'appartiennent clairement pas à Felicity.

— Ça ne signifie pas qu'ils appartiennent à la victime, répondit Gage. Ça ne signifie rien. Ils ne considèrent quand même pas Felicity comme une suspecte ?

— Ils ont tout envoyé au laboratoire pour un test d'ADN, dit Brady, dont le calme agaça Gage.

Brady soupira et secoua la tête avant d'ajouter :

— J'ai un mauvais pressentiment.

— Moi aussi, grommela Gage.

Cela ressemblait à un piège, mais pas de manière assez évidente pour que des policiers qui ne connaissaient pas Felicity s'en aperçoivent.

— Nous devons lui trouver un avocat, reprit Brady.

— Un avocat ? s'écria Gage. Tu plaisantes ? Nous devons lui faire prendre le large.

Brady resta parfaitement impassible.

— Tu ne peux pas fuir la police, Gage, déclara-t-il. Tu *appartiens* à la police.

— Oui, et je sais que ce sont des foutaises. Tu le sais aussi. Felicity ne ferait pas de mal à une mouche et je ne la laisserai pas se faire arrêter. Peux-tu l'imaginer dans une cellule ? Pas question !

Il se mit à faire les cent pas alors que Brady restait parfaitement immobile. Cody disait souvent qu'ils étaient les deux côtés d'une même pièce. Leurs réactions avaient beau être diamétralement opposées, la plupart du temps, ils ressentaient les mêmes choses.

— Où iras-tu ? finit par demander Brady, qui avait parfaitement compris que Gage avait l'intention de se charger de cacher Felicity.

— Je ne sais pas, mais je trouverai.

Il le fallait.

4

Felicity se réveilla dans le lit de son enfance. Cela lui procura un profond sentiment de bien-être et de sécurité… pendant environ cinq secondes avant que ses angoisses ne se réveillent à leur tour.

Heureusement, il y avait beaucoup de choses à faire dans un ranch. Même si Duke, Sarah et leurs employés s'occupaient parfaitement de leur élevage, Felicity n'aurait aucun mal à se rendre utile.

Cela n'empêcherait pas son esprit de s'agiter, mais cela la fatiguerait peut-être assez pour qu'elle dorme mieux la nuit prochaine.

Elle se leva et balaya la chambre du regard. Elle l'avait partagée avec Sarah pendant un certain temps mais, quand Nina, Liza et Cecilia étaient parties, toutes les filles qui restaient avaient eu leur propre chambre.

Felicity avait appris à être seule, mais cela lui était plus facile quand elle était dehors. Quand elle pouvait écouter les chants des oiseaux ou regarder les étoiles. Quand l'air frais et la beauté du paysage l'incitaient à éprouver du respect et de l'admiration pour le monde.

À l'intérieur, la solitude était juste la solitude. C'était trop calme et trop étroit.

Cette pensée la poussa hors de sa chambre à la recherche de quelqu'un avec qui prendre le petit déjeuner.

Elle tomba sur Rachel dans le couloir et haussa les sourcils. Tout le monde savait que celle-ci détestait les réveils matinaux.

— Tu es debout bien tôt, lui fit remarquer Felicity.

— Je donne des cours d'arts plastiques dans la réserve cet été, répondit Rachel entre deux bâillements. Ça a commencé la semaine dernière. Je ne suis pas sûre d'y survivre.

— Je croyais que tu devais dormir chez Cecilia pendant ce temps-là…

Cecilia, qui appartenait à la police tribale, vivait dans la réserve. Elle n'était pas la fille biologique de Duke, mais elle était la nièce d'Eva. Même si ni Cecilia ni Rachel ne l'avaient jamais admis, elles étaient plus proches l'une de l'autre que de toutes les autres filles que les Knight avaient élevées. Les liens du sang comptaient, même dans une famille faite de pièces rapportées.

— J'y dors pendant la semaine et je passe les week-ends ici, expliqua Rachel. Mais papa était grognon, hier soir, alors je suis restée une nuit de plus.

Rachel bâilla une fois encore, puis écarquilla les yeux.

— Eh ! s'écria-t-elle. Si tu me conduisais à la réserve plutôt que Sarah ? Tu pourrais passer quelques jours avec nous. Ça te changerait les idées. Sarah ne peut jamais rester à cause du ranch, et Liza et Nina s'occupent de leurs filles. On pourrait bien s'amuser, toutes les trois.

— Je ne sais pas…

— Tu n'as pas le droit de refuser, la coupa Rachel.

Felicity sourit. Ce n'était pas une mauvaise idée. Elle pourrait s'éclaircir les idées et profiter de la compagnie de ses sœurs. Rachel et Cecilia étaient peut-être plus proches l'une de l'autre que de tout le monde, mais Felicity ne le ressentait que quand elle était seule, pas quand ses sœurs et elle étaient ensemble.

Cette idée était peut-être plus le fruit de ses doutes qu'un reflet de la réalité.

— Dans ce cas… Zut ! Je n'ai pas de voiture.

— On peut prendre celle de Duke. Il n'aura qu'à se servir de la camionnette de Sarah jusqu'à la fin de la semaine. Je te promets que tu ne verras pas le temps passer jusqu'à ce que tu te retrouves dans ton parc.

Felicity était loin d'être sûre de reprendre le travail la semaine suivante. Ce qui se passait ne ressemblait pas à la première fois. La première fois avait été terrifiante et un peu traumatisante, mais Felicity avait réussi à se convaincre que c'était un événement extraordinaire. Elle avait juste eu la malchance de trouver un corps. La malchance faisait partie de la vie.

Trouver deux corps en deux ans ressemblait beaucoup moins à de la malchance.

— Allez, viens ! dit Rachel en passant un bras autour de ses épaules. Je vais faire des crêpes.

— Ce n'est pas la peine, protesta Felicity.

Rachel haussa les épaules.

— Papa et Sarah me béniront. Ils ne savent pas prendre soin d'eux.

— Comment font-ils quand tu n'es pas là ? plaisanta Felicity.

— Je ne sais pas. J'espère que l'un d'eux finira par apprendre.

Elles descendirent ensemble. Rachel était malvoyante, mais elle connaissait assez bien la maison pour s'y déplacer sans sa canne.

Duke et Sarah étaient déjà sortis travailler. Ils reviendraient bientôt pour boire une tasse de café et manger quelque chose. Felicity aida Rachel à préparer le petit déjeuner en l'interrogeant sur son cours d'arts plastiques.

Elle en oublia presque ses inquiétudes. Tout se passerait

bien. Elle avait une famille merveilleuse. Le vrai problème n'était peut-être pas ce qui lui était arrivé, mais le fait qu'elle se soit laissée aller à se sentir seule et différente alors que tant de gens l'aimaient.

Puisqu'elle n'avait rien fait de mal, elle devait juste attendre la fin de l'enquête. Il était même possible que ce congé lui fasse du bien. Elle avait été si obsédée par le fait d'obtenir le travail de ses rêves qu'elle avait négligé sa famille.

Elle passerait du temps avec ses sœurs et avec Duke, elle se rendrait utile dans le ranch et elle essayerait d'avoir une vie plus équilibrée quand elle reprendrait le travail.

Lorsqu'elle se retourna pour poser un bol rempli des fraises qu'elle venait de couper sur la table, elle vit une camionnette s'approcher de la maison. Ce n'était pas l'une de celles de Duke.

— Qui est-ce ? demanda Rachel.
— Gage, répondit Felicity.

Pourquoi était-ce lui qui s'occupait de tout ? se demanda-t-elle. C'était Brady qu'elle avait appelé, parce qu'elle voulait que quelqu'un la soutienne... Mais Brady ne l'aurait pas soutenue : il aurait pris les choses en main.

Elle croyait que c'était ce qu'elle voulait, sur le coup. Elle se trompait. En regardant Gage se garer devant la maison, elle prit conscience qu'elle appréciait qu'il ne l'ait pas mise à l'écart. Il l'avait encouragée à parler et il accordait du crédit à ses théories. Elle se sentait presque sur un pied d'égalité avec lui.

— Il est tôt, lança Rachel. Mais ça ne veut pas dire...
— Ça veut dire qu'il a de mauvaises nouvelles, l'interrompit Felicity. Et, s'il a de mauvaises nouvelles, c'est à propos de la femme que j'ai trouvée morte.

Ma sœur.

Comme elle n'arrivait pas à se faire à cette idée,

Felicity passait son temps à la chasser de son esprit – et son père avec.

Alors qu'elle savait qu'elle allait les entendre, les coups que Gage frappa à la porte la firent sursauter.

— On peut faire semblant de ne pas être là, proposa Rachel.

— Ça ne ferait que retarder l'inévitable, répondit Felicity. Et il sait qu'on est là.

Elle inspira profondément avant d'ouvrir.

Gage était mal coiffé. Ce n'était pas rare, mais Felicity trouva cela inquiétant dans ces circonstances. La gravité de son expression n'aidait pas. Gage n'était presque jamais grave. Il plaisantait ou racontait des histoires bizarres pour changer les idées des gens.

C'était Brady qui prenait tout sérieusement. Elle avait toujours admiré la tendance de Brady à se sentir responsable de tout.

Mais essayer d'alléger l'atmosphère n'était-il pas une forme de responsabilité ?

— Rassemble tes affaires, grommela Gage sans préambule. On s'en va dans cinq minutes.

Felicity fronça les sourcils.

— Qu'est-ce que tu racontes ?

— On doit partir tout de suite. Sauf si tu préfères aller en prison.

Gage regretta d'avoir été aussi brutal, mais chaque minute comptait. Il n'avait même pas pris le temps de boire un café, ce qui pouvait expliquer une partie de sa brutalité.

— Va faire ton sac, Felicity, dit Rachel, parce que Felicity était restée figée.

Felicity se ressaisit et quitta la cuisine. Rachel reporta son attention sur ce qu'elle était en train de faire – des crêpes, apparemment.

279

Gage ne sut pas quoi dire. Felicity aurait dû avoir le droit de prendre tranquillement son petit déjeuner avec sa sœur. À sa décharge, la situation requérait des actes, pas des paroles.

Quand Rachel se retourna, ce fut pour lui tendre deux tasses de voyage qui devaient être remplies de café.

Dieu merci ! songea-t-il.

Il s'approcha d'elle et prit les tasses. Elle inclina la tête sur le côté comme pour scruter son visage, même si elle ne pouvait pas le voir clairement.

Les cicatrices qui avaient accompagné la perte de l'essentiel de sa vue étaient si familières à Gage qu'il n'y prêtait plus attention. C'était parce que les choses allaient mal qu'il les remarquait aujourd'hui. Elles lui rappelèrent le jour horrible, bien des années plus tôt, où un puma avait attaqué Rachel.

Grand-mère Pauline avait enseigné le tir à tous les enfants, Wyatt et Knight côte à côte, dès le lendemain. Ils s'étaient entraînés sur des boîtes de conserve posées sur une clôture.

Quand des tragédies se produisaient, on faisait ce qu'on pouvait pour apprendre à se protéger de la suivante. C'était la grande leçon de sa vie. C'était la raison pour laquelle il était devenu policier. Il savait que des choses horribles pouvaient se produire – des attaques d'animaux, des meurtres – et il avait voulu faire partie des gens qui essayaient d'arranger les choses.

Il avait parfois réussi. Pas toujours. La vie n'était pas parfaite et appartenir à la police ne permettait pas de tout régler.

Mais il pouvait arranger les choses pour Felicity. Pour commencer, il devait la mettre à l'abri. Ses frères se chargeraient d'éclaircir la situation. Il ne pouvait simplement pas imaginer Felicity dans une cellule. Pas elle.

— Tu prendras bien soin d'elle, finit par dire Rachel.

Comme ce n'était pas une question, il ne réagit pas.

Felicity revint avec un sac à dos. Elle avait mis un jean, un T-shirt et des bottes de randonnée – ce qui était une bonne chose. Ils marcheraient énormément.

— Tu auras aussi besoin d'un manteau, léger, mais qui couvre bien, lui dit-il.

— Où allons-nous ? demanda-t-elle.

— On en parlera dans la voiture, répondit-il.

Elle poussa un soupir de contrariété avant de quitter la pièce. Elle revint quelques secondes plus tard avec un coupe-vent.

— Ça te va ? demanda-t-elle.

Il acquiesça.

Felicity se tourna vers Rachel.

— Duke sera…

— Je m'occupe de papa, la coupa Rachel. Sois prudente.

Elles s'étreignirent brièvement, puis Felicity se tourna vers lui avec une expression déterminée.

— Très bien, dit-elle. Allons-y.

Ils quittèrent la maison. Il avait rempli le coffre de sa voiture de provisions et d'équipement de chasse, de pêche et de camping. Ils avaient convenu que Brady récupérerait le véhicule là où il le laisserait pour aller le garer sur le parking de l'aéroport local. Si on le cherchait, il aurait vraiment l'air d'avoir pris des vacances, comme il l'avait dit à son shérif.

Felicity posa son sac sur la banquette et monta dans la voiture sans poser de questions. C'était aussi bien, puisqu'il n'avait pas l'intention de lui répondre avant qu'ils ne soient en route. Elle posa les mains sur ses genoux et regarda droit devant elle.

Il démarra en sachant parfaitement qu'il aurait dû lui

expliquer la situation. À la place, il but quelques gorgées de café et attendit qu'elle exige des réponses.

— Où m'emmènes-tu ? finit-elle par demander, ce qui n'était pas la première question à laquelle il s'attendait.

— J'imagine que tu connais des endroits très isolés, dans le parc, où on pourrait camper pendant quelques jours sans croiser personne.

— On a besoin d'un permis pour faire du camping sauvage, lui rappela-t-elle.

Cette remarque aurait sans doute amusé Gage dans d'autres circonstances.

— Tu ne crois quand même pas que je vais perdre mon temps à remplir une demande de permis ? grommela-t-il.

— C'est une question de sécurité et de protection de l'environnement. Nous devons savoir combien de personnes...

— La sécurité et l'environnement devront passer au deuxième plan, la coupa-t-il en lui jetant un regard sévère dans l'espoir de lui faire comprendre la gravité de la situation.

— Je suis une suspecte, dit-elle d'une voix neutre. On savait déjà que ça pouvait se produire.

Il aurait aimé que ce soit tout. Il se passa la main sur le visage. Il n'avait pas eu le temps de se raser, ce matin, et il ne se raserait sans doute pas avant un bon moment.

— C'est pire que ça, annonça-t-il.

Elle déglutit et répondit lentement. Il savait que c'était sa manière de contrôler son bégaiement.

— C'est-à-dire ?

— Les policiers ont fouillé ta cabane.

— Je n... n'ai rien à cacher. Qu'est-ce que ça peut faire ?

— Ils ont quand même trouvé quelque chose.

— Quoi ? Comment ? s'écria-t-elle.

L'outrage l'avait fait rougir brusquement. Il préférait cela au bégaiement.

— Quelqu'un essaye de te faire accuser d'un meurtre, déclara-t-il sans quitter la route des yeux. Veux-tu toujours qu'on demande ce permis ?

5

Felicity resta silencieuse pendant un long moment après cela. Elle laissa Gage la ramener dans les Badlands comme il l'en avait fait sortir la veille.

Cette fois, il prit la longue route sinueuse qui menait au sud du parc. Elle était beaucoup moins fréquentée et elle traversait la réserve. Il n'était pas possible d'entrer dans le parc par ce côté sans marcher un bon moment.

Elle jeta un coup d'œil à Gage et comprit à son air sombre que c'était exactement ce qu'il projetait.

Parce que quelqu'un avait placé des indices chez elle pour faire croire à la police qu'elle avait commis un meurtre.

Un *meurtre*.

Plus ce mot lui trottait dans la tête, moins elle le comprenait.

— Il doit y avoir une erreur, murmura-t-elle.

— Ce que les policiers ont trouvé n'était pas une erreur, Felicity. Quelqu'un a placé ces indices dans ta cabane. Ça veut dire que quelqu'un veut qu'on t'arrête pour meurtre.

— Ça veut aussi dire que cette pauvre femme a été assassinée.

— Felicity...

285

Elle n'aima pas son ton, dans lequel elle entendit « pauvre idiote ».

— Il reste possible qu'elle soit tombée, que...

Oui, elle était idiote de vouloir encore croire qu'il s'agissait d'un accident tragique.

— C'est toi qui m'as dit que la botte était placée comme la dernière fois, lui rappela Gage. Tu sais que ce n'est pas un accident.

— Ne t'arrive-t-il jamais d'espérer quelque chose de déraisonnable ? demanda-t-elle. De te dire que, *peut-être*, la situation n'est pas aussi horrible qu'elle en a l'air ?

— Non, répondit-il d'une voix neutre.

Elle n'eut pas besoin de lui demander pourquoi. Le prénom « Ace » résonna dans la voiture comme si l'un d'eux l'avait prononcé.

Gage avait passé les premières années de sa vie avec les Fils des Badlands. Brady et lui avaient onze ans quand Jamison les avait tirés du gang pour les confier à grand-mère Pauline. Lorsque Gage s'était retrouvé dans une vraie maison, élevé par une adulte qui l'aimait, il avait sans doute déjà vu trop d'horreurs pour croire encore en l'espoir.

Elle était assez jeune quand son père l'avait battue pour n'en avoir que de vagues souvenirs. Parfois, elle ne savait même pas si c'étaient des souvenirs ou des cauchemars.

Dans le fond, c'était parce qu'elle avait été confiée aux Knight à l'âge de quatre ans qu'elle était certaine que c'était vrai.

Mais son passé ne l'empêchait pas d'espérer que les choses finissent bien. Elle devait ce trait de caractère à la sécurité et à l'amour que les Knight lui avaient donnés.

— Si c'est Ace qui m'a piégée, je ne comprends pas pourquoi, dit-elle. Je ne comprends pas.

— Tu l'as dit toi-même : tu t'es mêlée de ses affaires

en aidant Nina et Cody. Et tu devais déjà être dans le collimateur parce que tu es une Knight.

Elle savait que c'était logique, mais elle ne l'admettait pas pour autant. Elle avait imaginé qu'Ace s'en était pris à Liza et à Nina parce qu'elles sortaient avec ses fils et qu'elles avaient contrecarré ses plans.

Mais elle venait d'en faire autant.

— Quant au comment…, poursuivit Gage. Je ne sais pas comment Ace fait ce qu'il fait, et encore moins comment il arrive à faire passer son narcissisme et sa démence pour une loi sacrée aux yeux de centaines d'hommes. Malheureusement, c'est le cas, et tu as la malchance d'avoir un lien avec nous.

Gage s'arrêta au beau milieu de nulle part.

— Pourquoi t'arrêtes-tu ? demanda-t-elle.
— On va marcher à partir d'ici.
— Et abandonner la voiture ?
— Quelqu'un viendra la chercher.
— Mais si on a besoin de repartir ? Et s'il fait mauvais temps ? As-tu au moins pris une radio ? Des réserves d'eau ? On peut avoir affaire à des inondations, des tornades, des orages… On peut tomber sur des serpents. Tu sais que les bisons sont dangereux, j'espère ? Et les chiens de prairie transmettent des maladies.

Il esquissa un sourire sarcastique et sortit de la voiture sans répondre.

Elle en sortit aussi. Deux moitiés de son cerveau s'affrontaient. D'un côté elle comprenait que Gage faisait tout ce qu'il pouvait pour la protéger, de l'autre elle avait juré de veiller sur l'intégrité du parc et des créatures qui le peuplaient.

— Le camping sauvage est une affaire sérieuse, dit-elle de sa voix la plus professionnelle alors que Gage ouvrait le coffre.

— J'en ai déjà fait, répondit-il sans lui accorder un regard.
— Du camping sauvage ?
— Oui.
— Dans les Badlands ?

Il soupira, se tourna vers elle et croisa les bras. La posture mit ses muscles en valeur, ce qui déconcentra Felicity pendant quelques instants. Un frisson aussi inquiétant qu'agréable la parcourut.

Cela n'aurait pas dû avoir la moindre importance alors qu'il était en train de parler de faire du camping sauvage sans permis et sans avoir pris les précautions nécessaires.

— Chérie… Mon père m'a laissé tout seul dans les Badlands pendant sept jours quand j'avais sept ans, dit-il. Je m'en sortirai, et toi aussi.

Il reporta son attention sur le coffre et en sortit deux sacs à dos. Ils étaient bien plus gros que celui de Felicity – clairement conçus pour le camping sauvage.

— Mets tout ce que tu as emporté dans le vert, lui ordonna-t-il comme s'il ne venait pas de lui confier un détail horrible de son enfance.

Puisque Felicity ne savait pas quoi dire, elle se contenta d'obéir. Elle rangea tout ce dont elle pensait avoir besoin dans le sac que Gage lui avait donné : des vêtements de rechange, un pull, son couteau, une bouteille d'eau et des pastilles de purification de l'eau.

Gage mit son sac sur son dos, puis l'aida à endosser et à régler les bretelles du sien.

— Prête ? demanda-t-il.

Elle mentit en hochant la tête. Elle ne serait jamais prête à se faire accuser d'un meurtre et à camper dans les Badlands, illégalement et mal préparée, avec Gage Wyatt.

Mais c'était la situation dans laquelle elle se retrouvait et elle devait y faire face, qu'elle soit prête ou non.

Gage n'avait pas eu l'intention de parler à Felicity du souvenir d'enfance inconfortable qu'il venait de mentionner. Il ne parlait à personne des rituels de son père. Les initiations, les épreuves… Il n'en parlait même pas avec Brady, parce que même s'ils avaient subi la même chose - puisqu'ils avaient le même âge – Ace les avait toujours soigneusement séparés.

Aucun de ses frères n'en parlait. Ils évoquaient les faits, le plus généralement possible, quand c'était nécessaire, mais aucun d'eux n'avait envie d'exprimer ce qu'il avait ressenti en sautant à travers les cerceaux d'Ace.

— Pourquoi a-t-il fait ça ? demanda Felicity comme si elle avait lu dans ses pensées.

Gage haussa les épaules. S'il n'en parlait pas avec des gens qui étaient bien placés pour comprendre, il n'en parlerait pas avec Felicity. Mais le silence, tandis qu'ils progressaient en se servant d'une carte et d'un GPS, finit par avoir raison de sa détermination.

— Il appelait ça notre initiation, finit-il par grommeler avant de s'arrêter pour décider s'il valait mieux obliquer vers l'est ou escalader la colonne de rochers qui se dressait devant eux.

— Une initiation à quoi ?

— Aux Fils.

À la dynastie des Wyatt, aimait répéter son père.

La voix d'Ace résonna si clairement dans la tête de Gage qu'il déplia la carte pour ne pas être tenté de se boucher les oreilles.

— Alors, qu'en penses-tu ? demanda-t-il à Felicity. On escalade ou on contourne ?

Elle jeta un coup d'œil par-dessus son épaule. Elle avait mis une casquette et glissé ses cheveux dans le trou, à l'arrière. Elle avait noué son coupe-vent autour de sa taille, par-dessus un T-shirt rouge foncé. Elle avait toujours été un peu trop mince, mais elle était plus musclée depuis qu'elle travaillait dans le parc.

Cela lui allait bien, ce dont il n'aurait pas dû s'apercevoir – surtout dans ces circonstances.

— Je pense qu'on ferait mieux de faire le tour, répondit-elle en tapotant la carte. C'est par là qu'on trouvera les meilleurs endroits où camper.

Gage suivit son conseil en essayant d'ignorer le parfum de son shampooing ou de son déodorant, qui le troublait alors qu'il n'aurait pas dû.

Le soleil était écrasant. Gage avait envie de faire une pause pour se réhydrater, mais il lui semblait qu'il valait mieux qu'ils trouvent un bon endroit où camper d'abord.

Le plus loin possible de cette conversation.

— Voulais-tu faire partie des Fils ? demanda Felicity.

— Bien sûr que non ! s'écria-t-il en ayant l'impression de recevoir un coup de poignard.

— Quand tu étais petit, je veux dire, précisa Felicity. Quand tu ne connaissais rien d'autre.

— J'ai toujours su qu'il y avait mieux.

On savait instinctivement qu'il y avait mieux quand on regardait son père menacer sa mère – qui tombait enceinte encore et encore pour l'empêcher de mettre ses menaces à exécution. Finalement, elle avait tout perdu lorsque son corps n'avait plus été capable de porter un autre enfant.

Et l'on ne pouvait pas croire que c'était la bonne manière de vivre quand on avait un frère aîné comme Jamison, qui avait passé les cinq premières années de sa vie avec grand-mère Pauline et qui connaissait la différence entre le bien et mal.

— Je suis désolée, murmura Felicity.

Le vent faillit empêcher Gage de l'entendre. Malheureusement, pas tout à fait. Il ne voulait pas de sa pitié, ni des sentiments amers qui s'éveillaient en lui et menaçaient de le déconcentrer.

Il essaya d'ignorer la compassion de Felicity et ses propres souvenirs en se concentrant sur le fait de mettre un pied devant l'autre. C'était loin d'être la première fois qu'il comptait ses pas. Il croyait cette époque révolue.

Mais les mauvaises choses s'achevaient-elles jamais vraiment ? Même si Ace mourait, il aurait marqué des centaines – peut-être des milliers – de personnes.

À commencer par les six hommes qui portaient son nom et qui devaient assumer leurs origines.

— As-tu des informations sur…, commença Felicity. C'est juste que je n'ai pas connu ma mère. Je sais seulement qu'elle était déjà morte quand on m'a placée chez les Knight. Je ne sais pas comment elle est morte. Je croyais que je ne voulais pas le savoir. Non : je suis sûre de ne pas vouloir le savoir. Mais ça a un lien avec mon père. Et il y a cette demi-sœur dont j'ignorais l'existence… Qui était sa mère ? Mon père l'a-t-il battue, elle aussi ?

— Jamison fait des recherches, répondit Gage avec le plus de douceur possible, parce que c'étaient d'horribles questions.

— Je devrais interroger mon père. Il s'agit de ma famille, après tout.

— Tu pourras peut-être le faire à un moment.

— À un moment où je ne risquerai pas de me faire arrêter, tu veux dire ? grommela-t-elle.

— Oui, c'est ce que je veux dire.

Elle soupira profondément.

— À vrai dire, je n'ai aucune envie de lui parler, admit-elle.

Gage lui jeta un bref coup d'œil. Elle avait le regard dur et les mâchoires crispées.

— Alors laisse Jamison s'en occuper.

Elle pinça les lèvres.

— N'est-ce pas lâche de ma part ?

— Il n'y a rien de lâche à accepter l'aide de sa famille, Felicity. Que seraient devenus Cody et Jamison s'ils ne s'étaient pas entraidés ? Que seraient devenus Cody et Nina si tu ne les avais pas aidés ?

Elle fronça les sourcils, mais elle acquiesça.

— Faisons une pause, suggéra-t-elle.

Ils posèrent leurs sacs à dos, burent quelques gorgées d'eau et partagèrent un sachet de bœuf séché. Quand ils eurent terminé, Felicity rangea le sachet vide dans son sac à dos.

— Prête ? demanda-t-il.

Elle hocha la tête. Ils marchèrent en silence un long moment. Quand Felicity finit par lui poser une question, il comprit qu'elle l'avait ruminée pendant tout ce temps.

— Comment allons-nous prouver mon innocence en nous cachant dans la nature ? demanda-t-elle.

Gage hésita. Il avait promis à Felicity que les Wyatt ne la laisseraient pas en dehors du coup, mais cette stratégie avait au moins un avantage : elle empêchait les gens de prendre des initiatives qui compliquaient les choses.

Néanmoins, une promesse était une promesse.

— Ce n'est que la première étape, dit-il.

— La première étape ? répéta-t-elle.

— Quand ils voudront t'arrêter, on leur dira que tu es partie camper pour t'éclaircir les idées. Ils te chercheront sans doute, mais tu seras déjà partie, à ce moment-là.

— Partie où ?

— C'est la deuxième étape. Concentrons-nous sur la première.

— Partie où, Gage ?
Il soupira. Il fallait bien qu'il lui dévoile ses intentions à un moment ou à un autre.
— Tu seras retournée sur la scène du crime.

6

Il était très étrange de camper avec Gage. En tant que ranger, Felicity avait campé avec toutes sortes de gens – des amis, des collègues, des inconnus.

Mais jamais avec un Wyatt.

Ce qui n'aurait pas dû faire une différence ou lui sembler bizarre. Les frères Wyatt étaient ses amis. Ils avaient partagé de nombreux repas. Ils avaient partagé leur *vie*.

Les efforts qu'elle faisait pour se convaincre que tout était normal furent anéantis lorsqu'ils eurent tout déballé.

— Une minute, balbutia-t-elle. Il n'y a qu'une seule tente.

Elle regarda Gage en luttant contre la panique.

— Il est plus sûr qu'on dorme dans la même tente, répondit-il en haussant un sourcil.

Elle laissa échapper un petit gémissement.

— Il y a un problème ? demanda-t-il.

— Non. Évidemment qu'il n'y a pas de problème.

Un événement cataclysmique se déroulait en elle, mais il n'y avait pas de problème.

— As-tu peur que je tente quelque chose ?

Elle essaya de rire, mais le son qu'elle produisit ressembla à un nouveau gémissement.

— J'aime Brady, dit-elle comme si cela avait le moindre rapport avec quoi que ce soit.

— J'en ai bien conscience.
— Et tu aimes...

Elle laissa sa phrase en suspens pour réfléchir. Elle avait rarement vu Gage accompagné. Il n'amenait jamais de petite amie au ranch.

Néanmoins, il arrivait que les Wyatt et les Knight sortent en ville, pour des anniversaires ou d'autres occasions. Les femmes qui accompagnaient Gage étaient toujours...

— Tu aimes les seins, acheva-t-elle.

Il éclata de rire.

— Oui. C'est fou, non ? Je suis désolé de te l'apprendre, mais tu en as.

Elle baissa les yeux vers son torse alors qu'elle savait *évidemment* qu'elle en avait. Alors pourquoi les regardait-elle ? Elle devait être rouge comme une tomate, en plus.

Gage accordait-il de l'attention à ses seins ? Pourquoi cette idée ne l'horrifiait-elle pas ?

— Je peux dormir dehors, si ça te dérange qu'on partage la tente, proposa-t-il.

— Non, ça ne me dérange pas, s'empressa-t-elle de répondre.

Elle était à peu près sûre qu'elle aurait eu la même réaction avec Brady. Partager une tente était quelque chose d'intime et elle n'avait de relation intime avec personne.

Mais ils n'avaient qu'une tente et il était parfaitement rationnel qu'ils y dorment tous les deux. Tout se passerait bien, même si ses nerfs étaient sur le point de craquer. Elle leur avait survécu toute sa vie et il lui était même arrivé de réussir à les contrôler.

C'était plus difficile aujourd'hui parce qu'elle était soupçonnée d'avoir commis un meurtre – parce que quelqu'un avait fait en sorte qu'on la soupçonne d'avoir commis un meurtre. Cela perturbait son cerveau de bien des manières.

— As-tu faim ? Je peux préparer le dîner, proposa Gage comme si tout était normal.

— J'espère que tu sais que tu ne peux pas faire de feu. Seuls les réchauds portatifs sont autorisés. On ne peut pas violer toutes les règles du parc parce qu'on a des ennuis.

Au lieu de répondre, Gage esquissa un sourire narquois, haussa les sourcils et tira un réchaud portatif de son sac.

Brady ne haussait jamais les sourcils et ne souriait jamais de cette manière. Et son regard n'était jamais aussi intense...

Mais que lui arrivait-il ?

Elle campait avec Gage pour ne pas se retrouver en prison à cause d'un meurtre qu'elle n'avait pas commis.

— Les règles du parc sont importantes, insista-t-elle alors que Gage n'avait pas protesté. Tu n'imagines pas tout ce que les gens essayent de faire alors que ça menace l'intégrité du parc et leur sécurité.

— Crois-le ou non, mais j'ai une idée assez précise de tout ce que les gens essayent de faire d'illégal.

— J'imagine que tu penses que tes lois sont plus importantes que les miennes ?

— Et pourquoi imagines-tu ça ? demanda-t-il en versant de l'eau dans une casserole.

— Parce que...

Elle laissa sa phrase en suspens parce qu'elle n'avait pas de bonne réponse. Gage n'avait jamais sous-entendu que son travail lui semblait plus important que le sien. Aucune des personnes qui comptaient dans sa vie ne l'avait fait. Quelques visiteurs du parc l'avaient traitée avec mépris, mais...

— Assieds-toi, mange et arrête ça.

Elle cligna des yeux.

— Arrêter quoi ?

— De penser assez fort pour que je l'entende.

— Tu ne peux pas m'entendre penser.

— Presque. Si tu ne peux pas empêcher ton esprit de s'agiter, tu ferais mieux de te concentrer sur le problème du moment que de te dire que tu préférerais passer une nuit dans une tente avec Brady plutôt qu'avec moi.

— Ce n'est pas ce que…

Elle s'interrompit parce qu'elle ne pouvait pas lui fournir d'explication compréhensible.

Elle hocha la tête, s'assit et prit le bol qu'il lui tendait. Elle avait faim. Elle était fatiguée, aussi. Et, même si elle était sûre que Gage ne pouvait pas entendre son esprit s'agiter, son esprit le faisait effectivement sans qu'elle comprenne pourquoi.

Elle allait dormir dans la même tente que Gage Wyatt, et alors ?

Même si quelqu'un essayait de la faire accuser d'un meurtre, elle avait tout un groupe de gens qui ne demandaient qu'à l'aider à prouver son innocence, et Gage qui faisait de son mieux pour qu'elle ne passe pas une seule nuit en prison.

Ils mangèrent en silence en regardant le soleil se coucher. Alors que c'était une atmosphère paisible, Felicity ne ressentait que de la nervosité.

— Il ne te comprend pas, Felicity, finit par dire Gage sans quitter son bol des yeux. Je ne dis pas ça pour être cruel. Je pense juste que tu pourrais trouver un meilleur objet pour ton… Ça ne va nulle part.

Felicity eut besoin d'une minute pour comprendre qu'il parlait de Brady, puis d'une autre pour prendre la mesure de ce qu'il venait de dire.

Elle ne trouva rien à répondre.

— Il ne pourra jamais…, poursuivit Gage avant de marmonner un juron. Brady est trop noble pour te voir autrement que comme la fille adoptive de Duke.

Le coup aurait dû lui faire mal, songea Felicity. Mais elle ne sentait pas son cœur se briser et elle n'avait pas envie d'accuser Gage de ne pas savoir de quoi il parlait.

Elle savait bien que Brady ne la voyait pas vraiment quand il la regardait. Elle ne s'était même jamais demandé pourquoi elle l'appréciait ni pourquoi elle s'était convaincue qu'il finirait par en faire autant.

Néanmoins, il n'était pas confortable que ce soit Gage qui lui fasse remarquer que son béguin pour Brady n'avait pas beaucoup de sens. Ses joues étaient brûlantes et elle ne voyait pas comment surmonter son embarras.

Elle ne trouvait pas Gage cruel. Elle était même sûre qu'il essayait d'être gentil. Il voulait juste lui ouvrir les yeux.

Voilà qu'elle se retrouvait au milieu des Badlands, en compagnie du jumeau de l'homme pour lequel elle avait un faible, qui lui disait des choses qu'elle savait déjà.

Parce qu'elle le savait déjà. Elle avait beau s'agripper à l'espoir que Brady changerait d'attitude envers elle, elle était bien consciente que cela ne se produirait jamais.

La vérité était que Brady était sans danger, à la fois parce qu'il était posé et parce qu'il était exactement tel que Gage le décrivait. Il était trop noble pour jamais voir l'une des filles adoptives de Duke comme autre chose qu'une amie.

Si elle était honnête, elle n'aimait pas réellement Brady. Elle aimait l'idée qu'elle était amoureuse de lui. Cela lui permettait de se dire qu'elle avait des sentiments normaux en sachant qu'elle n'aurait jamais besoin d'y faire face.

Elle aimait Brady *parce que* c'était un amour sans espoir.

— Je n'ai peut-être pas besoin qu'il me comprenne, parvint-elle à répondre.

Elle prononça ces mots en songeant qu'elle voulait peut-être que *personne* ne la comprenne.

Gage haussa les épaules.

— Ça ne me regarde pas, grommela-t-il.

Ce qui était tout à fait exact.

Alors pourquoi avait-il abordé le sujet ?

Gage dormit très mal. La tente était petite et il y flottait le parfum d'une femme. Il n'avait jamais campé avec une femme.

Et il était fermement décidé à ne jamais recommencer.

C'était peut-être plaisant quand on était dans les bras de la femme en question, mais avec une amie pour laquelle on avait des sentiments un peu plus qu'amicaux c'était étouffant.

Il regarda Felicity, qui dormait profondément à quelques centimètres de lui.

Elle était trop pâle. Cela se voyait même à la faible lumière du petit matin à travers le nylon de la tente. Ses taches de rousseur étaient plus prononcées que d'habitude et il y avait des ombres sous ses yeux.

Cela l'inquiéta et éveilla sa culpabilité. Il avait pris une décision téméraire sans se soucier des conséquences. Il l'épuisait pour lui épargner quelques nuits en prison.

La prison… Non, elle y aurait eu encore plus mauvaise mine. Felicity était faite pour les grands espaces. Elle aurait bien plus souffert d'être enfermée qu'elle ne souffrait de marcher dans les Badlands.

Un coup de tonnerre résonna au loin.

Felicity ouvrit les yeux. Gage savait qu'il aurait dû

tourner la tête pour qu'elle ne le prenne pas pour un pervers qui la regardait dormir.

Il en fut incapable.

Pis : il la fixa pendant de longues secondes en retenant son souffle.

— Il pleut, finit-elle par dire d'une voix calme.
— Oui.

Ses cheveux cascadèrent dans son dos quand elle se redressa. L'élastique dont elle s'était servie la veille pour les attacher était tombé entre eux.

Gage le ramassa et le lui tendit. Elle le prit d'une main en tâtant ses cheveux emmêlés de l'autre.

Il la contempla un peu trop attentivement quand elle refit sa queue-de-cheval, puis il contempla un peu trop attentivement la manière dont son T-shirt mettait ses seins en valeur.

Il releva péniblement la tête, se força à fixer le toit de la tente et soupira. Alors il essaya d'évaluer l'intensité de la pluie et se demanda s'il était plus prudent qu'ils passent la journée à l'abri. Tout valait mieux que de penser au désir que lui inspirait la femme qui était follement amoureuse de son jumeau.

Oui, il était vraiment perturbé.

— On devra être très prudents si on se déplace aujourd'hui, dit Felicity d'un ton docte.

Il n'osa pas la regarder parce que son ton de ranger le troublait.

Il était *sérieusement* perturbé.

— Le sol des Badlands est constitué d'argile de bentonite et de cendres volcaniques, ce qui veut dire qu'il devient très glissant quand il…

Elle s'interrompit net et fronça les sourcils.

— Pourquoi souris-tu comme ça ? demanda-t-elle.

Il secoua la tête et lutta vainement contre son sourire.

— Pour rien.

— Tu ne souris pas pour rien, insista-t-elle.

— Tu ne veux pas l'entendre de ma bouche.

— Qu'est-ce que ça veut dire ? demanda-t-elle en plantant ses poings sur ses hanches.

Il savait qu'il devait se taire. Peut-être sortir sous la pluie, ce qui aurait été stupide – mais toujours moins que les mots qui lui échappèrent.

— Je me souviens de l'époque où tu ne pouvais pas aligner deux phrases, surtout en présence d'un Wyatt, sans devenir toute rouge et courir t'enfermer dans ta chambre. Je suis content que tu aies trouvé ta passion, même si c'est l'argile de bentite.

— Bentonite.

Il ne put s'empêcher de pouffer.

— Comme tu voudras. Tu t'en sors bien, Felicity. C'est tout ce que je dis.

— Pourquoi je ne voudrais pas l'entendre de ta bouche ? s'enquit-elle.

— Est-ce que quelqu'un d'autre s'en est aperçu ?

Elle carra les épaules comme si elle se préparait à se battre.

— Je n'ai pas besoin que qui que ce soit s'en aperçoive, répliqua-t-elle.

— Mais je l'ai fait, c'est tout ce que je dis. Et ça me plaît.

Il valait mieux qu'il dise cela que de lui avouer qu'il mourait d'envie de se jeter sur elle.

Ils se regardèrent un long moment. Felicity ouvrit la bouche, mais aucun son n'en sortit.

Il aurait dû dire quelque chose. Une plaisanterie. Il aurait dû faire une plaisanterie, mais c'était comme si tous ses mécanismes de défense s'étaient évaporés parce qu'il avait passé la nuit dans la même tente qu'elle.

Elle s'éclaircit la voix et détourna les yeux avant de demander :

— Quel est le plan ? On n'est pas en sécurité ici avec un orage. Tu n'as pas de radio, j'imagine ?

Il fouilla dans son sac, en tira une radio et la lui lança.

— Il n'est pas prudent non plus de marcher sous cet orage, répliqua-t-il.

Il ouvrit la porte de la tente pendant qu'elle réglait la radio. Il avait besoin d'air frais et il voulait jeter un coup d'œil au ciel.

Il entendit des grésillements, puis la voix monotone de quelqu'un qui fournissait des informations météorologiques.

— Gage.

— Quoi ? demanda-t-il en ramassant son arme, certain que la peur qu'il avait entendue dans la voix de Felicity était générée par une menace humaine.

Quand il se tourna vers elle, elle avait un doigt pointé vers le ciel.

Elle lui montrait un nuage qui avait clairement la forme d'un entonnoir.

7

Felicity resta figée pendant de précieuses secondes. Tout ce qu'elle avait appris sur ce qu'il fallait faire dans ces circonstances avait simplement disparu de son esprit.

Le nuage était loin, pour le moment, mais il se rapprocherait.

La terreur la gagna. C'était un sentiment familier – sa première réaction face à tout.

Mais elle avait appris à la surmonter pour passer à l'action.

— Nous devons démonter la tente et descendre de cette colline, mais pas trop pour ne pas risquer d'être emportés par une crue éclair ! cria-t-elle pour se faire entendre malgré le vent.

— Range les affaires ! Je m'occupe de la tente, répondit Gage.

Ce n'était pas un ordre. Ils étaient juste deux personnes qui collaboraient pour survivre.

La foudre tomba bien trop près. Un coup de tonnerre assourdissant résonna presque aussitôt.

Elle rangea la radio et roula les sacs de couchage avec des mains tremblantes. Gage démonta la tente en un temps record et ils se retrouvèrent exposés à la fureur des éléments.

Elle releva la capuche de son coupe-vent et jeta un coup d'œil au nuage. Il était toujours là – plus près.

— C'est bon signe qu'il pleuve, dit-elle en ayant bien conscience qu'elle voulait surtout se rassurer elle-même. Ça veut dire que la tornade est encore loin.

— Ah oui ? répondit Gage en rangeant la tente dans son sac. Rien de ce qui nous entoure ne me paraît un bon signe. Où allons-nous, ranger ?

Elle avait bien examiné la carte la veille au soir et le bulletin météo lui avait donné une idée de la trajectoire de la tempête.

— Suis-moi ! commanda-t-elle.

Ils marchèrent en silence sous l'orage. Les coups de tonnerre se succédaient et des éclairs zébraient le ciel. Felicity ne put s'empêcher de crier quand elle vit la foudre s'abattre quelques mètres devant elle.

— Du calme, dit Gage. La benzonite est glissante.

— Bentonite, le corrigea-t-elle alors que son cœur tambourinait dans sa poitrine.

La pluie se calma peu à peu. L'air devint immobile et le ciel se teinta d'un vert presque surnaturel.

— Ne te retourne pas, ordonna Gage.

Elle lui obéit parce qu'elle savait parfaitement ce qu'elle verrait – d'autant mieux qu'un rugissement sourd avait succédé au silence et s'amplifiait.

— On doit se mettre à couvert ! cria-t-elle, le visage fouetté par de la poussière et des débris végétaux. On ne peut pas continuer !

— On ne peut se mettre à couvert nulle part.

— Agenouille-toi et mets ton sac sur ta tête, comme on nous l'a enseigné à l'école !

— Je…

Felicity entendit un choc et un grognement. Elle fit volte-face et vit Gage trébucher et tomber lourdement.

Il jurait quand elle se précipita auprès de lui, ce qu'elle vit comme un bon signe. Pour jurer, il fallait respirer et être conscient.

— Ne bouge pas ! lui intima-t-elle.

Les nouveaux jurons de Gage furent engloutis par les hurlements du vent.

Il avait une vilaine entaille sur la tempe, mais elle ne semblait pas extrêmement grave.

— Peux-tu rouler sur le ventre ? demanda-t-elle.

Il lui obéit sans répondre.

— Desserre tes bretelles. Je vais me servir de ton sac pour te couvrir la tête.

Des graviers et de la poussière la fouettaient - heureusement, elle ne reçut aucun caillou aussi gros que celui qui avait blessé Gage. Dès qu'il eut dégagé ses bras des bretelles, elle plaça le sac à dos au-dessus de sa tête.

Alors elle s'allongea à côté de lui, se protégea la tête avec son propre sac, ferma les yeux et se concentra sur sa respiration.

Cela lui rappelait trop l'époque qu'elle s'efforçait d'oublier. Les quatre premières années de sa vie. Ses souvenirs étaient confus et elle se réjouissait qu'ils le soient. Mais la terreur qu'elle éprouvait à cet instant réveillait sa mémoire...

Elle se revit clairement dans un placard à balais qui sentait l'eau de Javel. Elle s'était cachée tout au fond, mais il l'avait trouvée. Elle se souvint que la porte s'était ouverte et qu'un triangle de lumière était apparu sur le sol.

Elle était encore dans l'ombre, mais il s'était penché, l'avait attrapée par son T-shirt et tirée hors du placard. Pendant quelques secondes, son souvenir l'engloutit entièrement et elle se débattit contre l'inévitable.

Alors une main se posa sur la sienne, dans le moment présent et les rugissements du vent. Elle ouvrit les yeux et rencontra le regard de Gage. Du sang lui coulait sur le visage. Il essayait de la réconforter.

— J'ai survécu à pire, cria-t-il dans la tornade.
— Tu crois ?
— La nature humaine est pire que Mère Nature.

Felicity secoua la tête autant que sa position le lui permettait.

— Alors tu ne connais pas Mère Nature, Gage, répondit-elle.

Elle ne sut pas s'il l'avait entendue. Ils continuèrent simplement à se tenir la main tandis que le monde tourbillonnait autour d'eux.

Elle ne sut pas non plus combien de temps s'écoula avant que le vent ne faiblisse et que la pluie ne se remette à tomber. Le tonnerre grondait au loin.

Elle finit par sentir son pantalon s'imprégner d'eau et comprit qu'ils devaient se lever. Elle pressa les doigts de Gage avant de se mettre à genoux pour balayer le paysage du regard.

La tornade n'avait pas changé les Badlands. Au loin, le soleil apparaissait entre les nuages.

Elle poussa un profond soupir. Ils avaient survécu.

— J'espère qu'elle est restée dans le coin, murmura Felicity pour elle-même.

Dans les Badlands, la nature suivait son cours et peu de choses étaient irrévocablement détruites. Les tornades et les orages faisaient partie du paysage.

Mais le comté de Pennington et la réserve étaient peut-être sur le chemin de la tornade. Là-bas, des choses et des gens pouvaient être irrévocablement détruits – y compris des choses et des gens qu'elle aimait.

Mais elle devait se soucier de Gage avant de se soucier de cela.

Elle écarta le sac de sa tête.

— Peux-tu t'asseoir ? demanda-t-elle.

Il se redressa sans lui répondre, grimaça et jura.

— N'essaye pas de te lever, lui ordonna-t-elle en l'aidant à s'adosser à un rocher. Reste là le temps que je nettoie ta plaie.

— Vous êtes belles toutes les deux, lança-t-il.

Elle mit quelques secondes à comprendre qu'il plaisantait malgré le sang qui lui coulait sur le visage. Elle secoua la tête.

— Tu as une sacrée entaille, répondit-elle.

— Au moins, si je vois double, c'est que je ne suis pas aveugle.

— Ce n'est pas une plaisanterie que je ferais dans cette situation, Gage, répliqua-t-elle.

— C'est mon boulot. Je fais les plaisanteries que personne ne ferait, pour détendre un peu l'atmosphère.

De fait, son humour déplacé la détendit un peu, mais la quantité de sang qu'il y avait sur son visage et la profondeur de l'entaille continuèrent à l'inquiéter.

Elle fouilla dans son sac et en tira la trousse de secours. Comme elle ne pouvait pas gaspiller de l'eau potable pour nettoyer sa blessure, elle espéra que les lingettes antiseptiques suffiraient.

Elle s'agenouilla devant lui et annonça :

— Je sais que c'est un cliché, mais ça va faire mal.

Cela fit mal. Gage serra les dents tandis que Felicity pressait une lingette contre sa blessure.

Il n'avait pas vu ce qui l'avait frappé. Un caillou, probablement. C'était dur et pointu et cela lui avait fait perdre l'équilibre. Il avait aussi mal au dos et au cou, sûrement à cause de la chute.

Et parce que tu ne rajeunis pas, ironisa-t-il intérieurement.

— Je suis désolée, murmura Felicity.

La lingette le piquait et le brûlait – mais Felicity le touchait, alors ce n'était pas si mal.

— Une jolie femme me soigne. Je survivrai.

Elle fronça les sourcils.

— Arrête de dire ça.

— Quoi.

— Belle et jolie... Tu n'as pas besoin de me flatter pour que je te soigne.

— Parce que tu ne te trouves pas belle et jolie ?

Elle le fixa quelques secondes avant de répondre :

— Je... La ferme et laisse-moi finir ça.

Il ne put s'empêcher de sourire. Agacer Felicity lui remontait le moral.

Malgré son agacement, elle pansa sa blessure le plus délicatement possible. Quand elle eut terminé, elle tâta son front et ses joues comme si elle cherchait d'autres plaies.

Il l'observa. Il était assez étourdi par le coup pour ne pas se soucier de l'intensité avec laquelle il la fixait.

Felicity finit par plonger son regard dans le sien. Elle ouvrit la bouche, mais aucun mot n'en sortit. Pendant un long moment, ils se contemplèrent en silence, comme si le temps avait suspendu son cours.

Quand avait-il ressenti cela pour la dernière fois ? Au collège, peut-être ? Le besoin désespéré de faire quelque chose parce qu'il avait l'impression qu'il cesserait tout bonnement d'exister s'il ne faisait rien. La terreur de ne pas être à la hauteur le paralysa.

Parce qu'il n'était pas Brady et que Brady était toujours la meilleure option. Gage était une sorte de renfort.

Felicity méritait le premier prix, même si le premier prix en question n'était pas capable d'apprécier la femme qu'elle était devenue.

Felicity se releva, recula et s'essuya les mains sur son pantalon. Elle balaya les environs du regard. La pluie était moins drue et le soleil apparaissait parfois entre les nuages qui filaient dans le ciel.

— On a besoin d'aide. On a besoin de trouver du réseau, dit-elle en hochant la tête entre chaque phrase comme si elle dressait une liste mentale.

— Ce ne sera pas facile.

— On doit mettre ce qui nous est indispensable dans un sac, poursuivit-elle. Si tu y vois mal, ton équilibre doit être affecté. Je porterai le sac. Le plus important, c'est l'eau. On marchera lentement, mais je sais où aller. Avec un peu de chance, on trouvera du réseau avant la tombée de la nuit.

— Je peux porter mon sac, protesta-t-il. J'y vois très bien.

Il cligna des yeux plusieurs fois. Il voyait toujours double, mais il était sûr de pouvoir marcher.

— Non, ce n'est pas malin. Et nous devons être malins.

Gage se leva, ignora un vertige et prit bien garde de ne s'appuyer à rien. Felicity l'observait attentivement et il devait lui prouver qu'elle n'avait pas de raison de s'inquiéter.

— Un sac, grommela-t-elle en s'accroupissant pour transvaser des choses d'un sac à l'autre. On marquera l'endroit sur la carte pour venir chercher le reste plus tard.

Il la regarda faire. Ses gestes étaient saccadés et sa voix... tendue. C'était comme si elle était mue par un ressort invisible de plus en plus serré.

Il finirait par lâcher. Sauf que Felicity ne s'autoriserait pas à craquer. Sa façon de parler de ce qu'ils devaient faire sans reprendre son souffle le prouvait. Elle garderait sa nervosité sous contrôle tout du long et craquerait de manière spectaculaire quand ce serait terminé.

Il la connaissait assez bien pour savoir qu'elle le

verrait comme un échec, surtout si elle craquait devant leur famille ou la personne qui viendrait les chercher.

Il voulait qu'elle craque maintenant. Cela l'embarrasserait aussi de craquer devant lui, mais cela valait toujours mieux que devant Duke, l'une de ses sœurs ou le clan des Wyatt réuni.

— Respire, Felicity, lui dit-il.

— Je respire, répliqua-t-elle comme il s'y attendait.

Il s'approcha d'elle et lui prit le sac alors qu'elle s'apprêtait à le mettre sur son dos.

— Eh ! protesta-t-elle. J'ai dit que j'allais…

Il posa le sac et fit un pas de plus vers elle. Elle faillit trébucher en reculant.

— Que fais-tu ? balbutia-t-elle.

Il ne répondit pas parce que l'effet de surprise augmentait ses chances de la faire craquer.

Il la prit doucement dans ses bras.

— On va bien, murmura-t-il en lui caressant le dos.

Il ignora la panique qu'il lut dans son regard et posa une main derrière sa tête pour l'attirer sur son épaule.

— On va bien, répéta-t-il.

— Je sais, répondit-elle.

Elle résista un peu, mais il ne fallut que quelques secondes pour qu'elle craque. Elle laissa échapper un petit sanglot, puis se détendit contre son torse.

— C'est bien, murmura-t-il en lui caressant les cheveux. Laisse sortir tout ça.

Elle le fit. En la tenant dans ses bras, Gage prit conscience qu'il la désirait avec une intensité insensée. Il s'efforça d'en faire abstraction pour ne lui offrir que du réconfort.

Même si le temps ne jouait pas en leur faveur, il ne la pressa pas. Elle avait besoin de ce moment.

Finalement, elle s'écarta en reniflant et s'essuya les joues.

— Je suis plus forte que ça, dit-elle.

— Pleurer n'est pas une faiblesse. Je veux dire... je sais que ça va à l'encontre du code de conduite de grand-mère Pauline, mais j'ai aidé trop de gens dans des situations difficiles pour ne pas savoir que c'est vital, parfois.

— C'est ce que disait Eva, surtout à Sarah.

— Sarah fait trop d'efforts pour se montrer invulnérable, lui accorda-t-il.

— Elle s'y sent obligée, entre son travail au ranch avec Duke et le fait d'aider Dev quand il en a besoin...

— On devrait peut-être les enfermer dans une pièce, Dev et elle, et leur dire qu'on ne les laissera pas sortir tant que l'un d'eux n'aura pas exprimé une autre émotion que la mauvaise humeur, suggéra-t-il.

Felicity pouffa, comme il l'espérait, puis elle inspira profondément.

— Très bien, dit-elle. On a une longue route à faire.

— C'est toi qui commandes.

Elle lui jeta un regard méfiant.

— Vraiment ?

— Tu sais où on va et, je serai honnête, tu es plus douée que moi avec ces cartes. Alors je te suis, ranger ! Emmène-nous où nous devons aller.

Elle soupira et hocha la tête.

— Très bien. Suis-moi et sois prudent. Une blessure suffit.

Elle avait raison sur ce point.

313

8

Le trajet fut brutal. Les rochers étaient glissants et il y avait peu d'endroits où ils pouvaient marcher sur de l'herbe. De plus, Gage n'était clairement pas à cent pour cent, même s'il prétendait le contraire. Il était lent et il avait arrêté d'exiger qu'ils portent le sac à tour de rôle.

Felicity devait admettre que pleurer l'avait calmée. Elle était fatiguée mais déterminée, inquiète mais pas paniquée. Ils atteindraient leur but même si Gage n'était pas au meilleur de sa forme.

Parce qu'elle l'était.

Elle jeta un coup d'œil au soleil, qui s'approchait rapidement de l'horizon. Il leur faudrait peut-être marcher un peu dans le noir. C'était dangereux, mais subir l'assaut d'une tornade dans les Badlands l'était aussi et ils y avaient survécu en n'ayant que des blessures sans gravité à déplorer.

— Tu tiens le coup ? demanda-t-elle à Gage.

Elle aurait aimé se retourner pour se faire une opinion par elle-même et y renonça parce qu'ils étaient dans une zone particulièrement glissante. Un faux pas pouvait mener à une mauvaise chute. Elle se contenta d'écouter attentivement la réponse de Gage pour savoir si sa voix trahissait de la souffrance.

— Je suis en pleine forme, beauté.

— Arrête ça, grommela-t-elle, les doigts crispés sur les lanières de son sac.

— Le problème, vois-tu, c'est que je ne pourrai plus m'arrêter, maintenant que je sais que ça t'agace.

Elle ne quitta pas la piste des yeux. Il ne devait pas aller trop mal, puisqu'il plaisantait.

— Ce n'est pas le moment de plaisanter, Gage.

— Ce n'est pas une blague. Je dis juste quelque chose de vrai, qui t'agace pour une raison que j'ignore, répondit-il d'un ton parfaitement raisonnable alors qu'il ne l'était pas du tout. Et c'est toujours le moment de plaisanter quand on est drôle.

Elle était sûre qu'il y avait une réponse à cela, mais elle ne la trouva pas. Elle ne réussit même pas à lui faire une leçon de morale sur les plaisanteries.

Leurs deux téléphones se mirent à tinter. Ils s'arrêtèrent.

— On devrait continuer à marcher pour atteindre le poste des rangers avant la nuit, dit-elle.

Même si elle avait envie de savoir qui avait essayé de la joindre, le temps pressait.

— Tout le monde s'inquiète pour nous, Felicity, répondit Gage.

Quand elle se retourna pour lui faire la morale, il avait déjà son téléphone à l'oreille. Elle jeta un nouveau coup d'œil au soleil, soupira et sortit le sien.

Elle avait cinquante textos, dix appels en absence et cinq messages sur son répondeur. Elle grimaça et se mit à rédiger un texto collectif pour rassurer tout le monde – quelque chose de court, pour qu'ils puissent vite se remettre en route.

Gage jura si grossièrement qu'elle s'interrompit.

— Que se passe-t-il ? demanda-t-elle.

Il secoua la tête, posa un doigt sur ses lèvres et colla son téléphone à son oreille.

— Jamison ! Dis-moi que ce message était une plaisanterie, grogna-t-il dans l'appareil, l'air furieux. Oui, on va bien. Mais est-ce que quelqu'un s'en occupe ?

Il se tut un si long moment que Felicity dut se mordre la langue pour ne pas exiger des réponses. Il était en train de les obtenir. Elle devait être patiente.

— Ne bougez pas et soyez prudents, finit-il par dire. On se débrouille de notre côté.

Il raccrocha et fourra son téléphone dans sa poche.

— Dis-moi ce qui se passe, Gage, intima-t-elle, parce qu'il ne lui fournissait pas immédiatement les explications qu'elle attendait.

Il secoua la tête, les mâchoires crispées, avant de répondre :

— La tornade a frappé la prison.

Felicity eut l'impression que le sol s'ouvrait sous ses pieds pour l'engloutir.

— Quoi ?
— Elle a frappé la prison de Pennington. Ace a disparu.
— « Disparu » au sens de « mort » ou…
— Il s'est échappé, précisa Gage en se passant la main dans les cheveux. Il n'est pas le seul, mais il est celui qui nous menace le plus directement.

— Très bien. On doit repartir, dit Felicity le plus calmement possible. On doit retourner aux ranchs et réfléchir à un plan avec les autres.

— Si c'est bien Ace qui essaye de te faire accuser de ce meurtre, il s'en prendra à *toi,* Felicity, répliqua Gage.

Le coup porta, mais elle refusa de le laisser paraître.

— Si c'est bien lui qui essaye de me faire accuser de ce meurtre, il s'en est déjà pris à moi, non ? répliqua-t-elle. Il ne gaspillera pas son énergie. C'est à l'un d'entre vous qu'il s'en prendra.

Gage la fixa un long moment, puis hocha la tête.

— Tu marques un point.

Elle eut l'impression de remporter une victoire alors que ce n'en était pas une. Ce n'était qu'une accumulation de problèmes de plus en plus inquiétants.

— Bon, on retourne aux ranchs, répéta-t-elle. Quelqu'un peut passer nous prendre au poste des rangers. Il vaut mieux qu'on soit tous là-bas pour protéger tout le monde d'Ace - surtout Brianna et Gigi.

La fille de Cody et de Nina et la demi-sœur de Liza avaient assez souffert comme cela.

— Si tu retournes aux ranchs, tu seras arrêtée, lui rappela Gage.

Elle réprima une grimace.

— Je... peux le supporter. Tu dois être auprès de ta famille.

Elle essaya vainement de sourire.

Elle pouvait supporter la prison. Elle pouvait la supporter parce qu'elle savait qu'elle était innocente. Tout allait bien. Soit : tout n'allait peut-être pas « bien », mais la situation était gérable. Elle tiendrait le coup parce que la vérité finirait par triompher.

À un moment ou à un autre.

— Je ne te laisserai pas aller en prison, Felicity, dit Gage avec assurance. Jamais.

Sa véhémence la fit tressaillir et elle sentit quelque chose se produire au creux de son ventre.

Elle ne savait pas ce que c'était – et elle ne voulait pas le savoir parce que cela la terrifiait. Quelque chose... vibrait. Bien trop intensément.

— Ce ne serait pas si horrible, balbutia-t-elle.

— Comprends-tu combien d'années tu pourrais y passer s'ils te condamnaient ? Combien d'années s'écouleraient avant que tu puisses revenir ici ? dit-il en écartant les bras pour embrasser le paysage. Réfléchis-y. Tu arriveras à la même conclusion que moi.

Elle contempla les Badlands autour d'elle, et son cœur qui y résidait.

— Je n'y survivrais pas, murmura-t-elle.

Elle n'avait pas besoin que quelqu'un la comprenne et voie la femme qu'elle était devenue parce qu'elle savait ce qu'elle avait fait d'elle-même. Parce qu'elle était une personne solitaire, elle n'avait pas besoin que les autres valident ses choix ou la félicitent en permanence.

Mais elle se rendait subitement compte qu'il était quand même bon que quelqu'un… la comprenne.

D'un autre côté, elle avait du mal à accepter que cette personne soit Gage, qui ne lui ressemblait en rien. Il était plein d'assurance et provocant, ce qui avait un *certain* charme, mais qui lui était complètement étranger.

Comment pouvait-il la comprendre aussi bien ?

Non, elle ne voulait pas le savoir. Elle ne voulait pas y songer, parce que cela amplifiait les vibrations inconfortables.

Une seule chose comptait pour le moment : elle était recherchée pour meurtre.

Du moins, elle essaya de se convaincre que rien d'autre n'avait d'importance.

Felicity le regardait comme si le fait qu'il la comprenne était une sorte de don du ciel, alors que son père était dans la nature et que tous ceux qu'il aimait étaient en danger.

Elle la première.

Bien sûr, Gage n'était pas *amoureux* d'elle. Apprécier une personne et la désirer étaient deux choses qui ne s'additionnaient pas pour former de l'amour.

De plus, être amoureux de quelqu'un tant qu'Ace existait

ne pouvait pas manquer de générer une inquiétude qu'il ne se sentait pas capable d'assumer. Il avait vu Jamison et Cody survivre – de justesse – et ils étaient peut-être plus heureux depuis qu'ils n'étaient plus célibataires, mais ils devaient être fous d'inquiétude.

Il faudrait qu'Ace meure pour que les gens cessent d'avoir peur de lui et Gage était à moitié convaincu que ce salaud était immortel.

— Très bien, finit par soupirer Felicity. Mais tu es blessé. Tu dois te faire soigner.

— J'y vois encore et je peux encore marcher, se défendit-il. Cody a fait bien plus dans un état bien pire que le mien.

— Parce qu'il n'avait pas le choix, lui rappela Felicity avec une douceur qui le troubla.

— Es-tu en train de suggérer que je te laisse toute seule dans les Badlands ? demanda-t-il sans réussir à contrôler parfaitement sa colère.

Celle-ci était dirigée contre Ace et contre lui-même, pas contre Felicity, mais elle ne demandait qu'à jaillir.

— Ce ne serait pas la première fois que je camperais et survivrais seule dans les Badlands, tu sais, lui fit-elle remarquer.

— Ce ne sera pas une fois de plus, grommela-t-il. Il n'est pas question qu'on se sépare. Personne ne se débrouillera seul. Ce n'est pas comme ça qu'on gagne contre Ace. Jamison et Cody ne l'ont-ils pas prouvé ? Nous devons collaborer et, que ça te plaise ou non, je suis ton partenaire dans cette affaire.

Elle se mordilla la lèvre. Comme le fait qu'elle ne réponde pas le contrariait, il poursuivit :

— Jamison et Cody protégeront Liza, Gigi, Nina et Brianna à Bonesteel. Mes autres frères seront aux ranchs avec grand-mère Pauline et ta famille. Il est logique qu'on s'en tienne à notre plan. Nous devons prouver que tu n'as pas tué cette femme.

Il fit un pas vers elle et se retint de justesse de prendre ses mains.

— Réfléchis, insista-t-il. Si on prouve ton innocence, on pourra rentrer. Le fait qu'Ace soit en liberté complique les choses, mais ça ne change pas notre objectif.

— Je ne veux pas t'empêcher d'aider tes frères.

Il ne comprenait pas ce qu'elle lui faisait. Il avait évité les vulnérabilités personnelles toute sa vie parce que la vie était trop dure pour se rajouter des soucis. Bien sûr, Felicity savait se défendre, mais une part d'elle était restée la petite fille apeurée qu'il avait connue.

Il ne le comprenait que trop bien.

— On est ensemble dans cette histoire, Felicity, insista-t-il. Combien de temps nous faut-il pour rejoindre ta cabane ?

— Des jours.

Il savait que ce serait long, mais il espérait que ce serait faisable. Sauf qu'ils ne pouvaient pas marcher pendant des jours – surtout pas après avoir abandonné l'un des sacs.

— L'un de mes collègues pourrait passer nous prendre si on allait au poste des rangers, suggéra-t-elle d'une voix hésitante.

— Y en a-t-il un en qui tu aies confiance. Je veux dire : assez confiance pour défier la police *et* Ace ?

Les épaules de Felicity s'affaissèrent.

— Non.

Il ne voulait pas que l'un de ses frères vienne les chercher, même si c'était ce qu'ils avaient prévu. Maintenant qu'Ace s'était échappé, ils devaient rester ensemble pour protéger Pauline et les Knight. Il était trop risqué que l'un d'eux fasse le trajet.

— Et le groupe de Cody ? demanda Felicity. Nina m'a dit qu'une femme les avait aidés et Brady a parlé d'un médecin qui lui avait donné des conseils par vidéo quand il avait soigné Cody. Le poste des rangers n'est pas très loin, si quelqu'un voulait bien nous servir de taxi…

— Si personne ne peut nous aider, Cody viendra lui-même, répondit Gage.

— Pas si tu lui rappelles qu'il doit protéger Nina et Brianna.

Ce n'était pas une mauvaise idée – et cela ne coûtait rien de poser la question.

— Mais nous devons nous mettre en route tout de suite, ajouta Felicity. Tout deviendra plus compliqué quand la nuit tombera. J'ai dû renoncer aux sacs de couchage et aux vêtements de rechange pour donner la priorité à l'eau. On a de quoi manger et de quoi boire, mais on ne pourra pas se protéger si un autre orage éclate.

Il observa le ciel. Cela n'avait rien d'improbable. Ils venaient de survivre à une tornade, mais les orages pouvaient être tout aussi dangereux.

— Très bien répondit-il en hochant la tête.

Le plan de Felicity tenait la route et c'était un compromis entre ce qu'ils voulaient l'un et l'autre.

— J'envoie un texto à Cody et on se met en route, conclut-il.

— Je vais changer ton pansement pendant que tu envoies le texto, dit-elle.

Tandis qu'il sortait son téléphone, elle chercha la trousse de secours dans le sac.

Elle retira son pansement le plus délicatement possible, mais le fait d'avoir sa poitrine sous les yeux empêcha Gage d'accorder beaucoup d'attention à la douleur.

— Ce n'est pas tellement l'entaille qui m'inquiète, mais j'ai peur qu'elle s'infecte, indiqua Felicity en nettoyant la plaie avec une lingette.

Il se mordit la langue pour n'émettre aucun son et soupira de soulagement lorsqu'elle mit un autre pansement sur sa tempe.

— Voilà, dit-elle en lui soulevant le menton pour examiner le pansement.

Elle hocha la tête, clairement satisfaite de son travail, puis effleura sa joue et son front.

Il était certain qu'elle chassait la poussière qui risquait de salir le bandage, mais cela ressemblait à une caresse. Cela lui donnait l'impression qu'elle se souciait de lui. Et sa libido était tout à fait incapable de faire la différence entre « essayer d'éviter une infection » et « se jeter sur lui ».

— Il faut que tu arrêtes de me toucher comme ça si tu veux que je marche droit, grommela-t-il.

Elle s'écarta de lui si brusquement qu'elle trébucha et partit à la renverse. Il s'empressa de la rattraper, mais elle heurta son torse et l'élan eut pour effet qu'*il* partit à la renverse.

Heureusement, il savait tomber sans se faire mal. Malheureusement, elle était maintenant couchée sur lui.

Elle avait le souffle court, les joues rouges et le regard affolé. Il songea qu'il risquait d'en mourir s'il ne l'embrassait pas.

Mais c'est Brady qu'elle veut.

— Je te tirerai de cette sale affaire, lui promit-il sans savoir pourquoi il éprouvait le besoin de lui faire un serment.

C'était sans doute parce que cela valait mieux que de l'embrasser.

Elle le fixa, toujours couchée sur lui, chaude, douce et merveilleusement belle.

— Je te crois, répondit-elle calmement.

Alors son sort fut scellé. Il releva la tête et pressa ses lèvres contre les siennes.

9

Felicity n'était jamais entrée dans un brasier, mais elle était à peu près sûre que c'était l'effet que cela faisait. Elle était complètement enveloppée par ses sensations.

Certes, elle n'était pas réduite en cendres de manière douloureuse et fatale, mais il lui semblait qu'elle se fondait entièrement dans quelqu'un d'autre. Et, si c'était fatal, elle ne pouvait pas s'empêcher de s'y abandonner. Elle ne s'était jamais sentie aussi libre. C'était comme si elle se tenait au milieu des herbes et des rochers avec personne autour, juste le vent et le ciel.

Sauf que c'était Gage. Gage Wyatt. Qui l'embrassait, *elle*.

Elle ouvrit les yeux et essaya de se redresser. Gage arrêta de l'embrasser, mais il enroula les doigts autour de son bras pour la retenir.

— Nous devons…, gémit-elle. Il commence à faire sombre.

Il haussa les sourcils. Elle n'aspirait qu'à le fuir, sauf qu'il la tenait toujours. Il était très… musclé, chaud et… Il fallait qu'elle se lève.

— Marcher, balbutia-t-elle. Avant la nuit. On doit se mettre en route.

— Tu m'as rendu mon baiser.

— Je…

Elle ne savait pas quoi dire. Elle ne comprenait rien à cette journée.

— Lâche-moi, demanda-t-elle.

Il le fit aussitôt. Elle se releva maladroitement. Elle tremblait et elle avait l'esprit complètement embrouillé.

Gage l'avait embrassée. Volontairement et… sérieusement. De manière dévastatrice. Comme s'il avait attendu la moitié de sa vie de pouvoir le faire.

Mon Dieu.

Elle serait arrêtée pour un meurtre qu'elle n'avait pas commis si elle rentrait chez elle et Gage Wyatt l'avait embrassée.

Elle savait qu'elle n'avait tué personne. Même si elle savait aussi que le monde n'était pas parfait, elle voulait croire que quelqu'un serait capable de le prouver.

En revanche, elle ne savait absolument pas comment gérer ce baiser.

Elle avait laissé Asher Kinfield l'embrasser quand elle avait travaillé à la Caverne des mammouths un été. Cela n'avait pas ressemblé à cela. Il était crispé et maladroit… Il l'avait mise mal à l'aise.

Cela n'avait rien à voir avec des feux d'artifice. Non, ce qui venait de se produire ressemblait davantage à une éruption volcanique. C'était destructeur et cela altérait complètement l'environnement.

À cause de Gage Wyatt.

Elle le regarda se relever. Elle s'était laissé entièrement absorber par le fait de le toucher. Elle en avait oublié qu'elle était censée le soigner, pas caresser sa blessure. Elle l'avait bel et bien touché comme une amante et elle ne comprenait pas quelle mouche l'avait piquée.

Gage soutint son regard avec une expression indéchiffrable.

— Je ne suis pas Brady, dit-il.

Cela prit la panique de Felicity de court. Insultée, peut-être même blessée, elle le fusilla du regard.

— Je ne m'étais pas trompée sur ce point, Gage, répliqua-t-elle.

— Tu en es sûre ?

— Oui.

Elle mit le sac sur son dos avec des gestes brusques. Elle n'allait pas se disputer avec Gage à propos de Brady. Elle n'avait même pas *songé* à Brady avant que Gage n'en parle.

— N… nous devons p… partir, déclara-t-elle.

Elle décida d'ignorer son bégaiement et n'attendit pas de voir s'il la suivait. Elle se mit en route en évitant soigneusement les flaques d'eau. Le terrain lui était plus familier, maintenant qu'ils approchaient du poste des rangers.

Elle fit un léger détour pour éviter la piste principale. Elle était épuisée, affamée et assoiffée, mais elle ne voulait pas s'arrêter. La nuit était sur le point de tomber. Ils n'avaient pas le temps.

Et puis elle ne se sentait pas capable de gérer ce qui risquait de se passer s'ils faisaient une pause.

Elle s'arrêta net quand elle repéra la silhouette d'une femme au loin. Elle crut d'abord que c'était l'une de ses collègues qui faisait une ronde, mais la femme ne portait pas l'uniforme du parc.

— Continuons, dit Gage. C'est peut-être notre chauffeur. Si ce n'est pas le cas et qu'elle nous aborde, comportons-nous comme de simples randonneurs.

Felicity essaya de reprendre le contrôle de ses nerfs, acquiesça et se remit en route. La silhouette obliqua de manière à ce que leurs chemins se croisent.

La femme était habillée tout en noir et n'avait pas

de sac. Felicity pria pour qu'elle fasse partie du groupe secret pour lequel Cody avait travaillé l'année précédente.

Parce qu'il pouvait s'agir d'une très mauvaise rencontre si ce n'était pas le cas.

— Salut ! leur lança la femme quand ils ne furent plus qu'à quelques pas d'elle. Belle soirée pour une promenade, non ?

— Il se fait un peu tard, répondit Felicity en faisant de gros efforts pour ne pas bégayer.

— C'est vrai, admit la femme en retirant ses lunettes de soleil parfaitement superflues. Vous voulez que je vous emmène quelque part ? J'ai une camionnette pas très loin.

Felicity interrogea Gage du regard.

— Avec plaisir, Shay, répondit celui-ci.

La femme sourit et lui décocha un clin d'œil.

— Suis-moi, Wyatt !

Felicity soupira de soulagement. C'était bien leur chauffeur. Elle suivit Gage et cette femme avec une migraine grandissante. Elle n'avait pas la moindre idée de ce que Gage voulait faire dans sa cabane. Ils avaient survécu à une tornade et fait des kilomètres de marche. Elle n'aspirait qu'à dormir.

Shay les entraîna vers une grosse camionnette noire aux vitres teintées. Gage prit place à côté de Shay et Felicity monta à l'arrière. Elle essaya d'écouter ce que Gage et Shay se disaient, mais elle s'endormit presque aussitôt.

Elle se réveilla en sursaut et s'aperçut que la voiture était arrêtée. Shay et Gage se parlaient à quelques pas du véhicule. Felicity balaya les environs des yeux. Ils étaient garés dans un bosquet, pas très loin de sa cabane.

Gage et Shay se turent dès qu'elle sortit de la voiture. Elle fronça les sourcils.

Gage se pencha pour chuchoter quelque chose à l'oreille de Shay. Celle-ci acquiesça.

— Merci. Bonne chance, dit-elle avant de se tourner vers Felicity. Bonne chance à toi, surtout.

Felicity ne sut pas quoi dire, mais Shay monta dans sa camionnette sans attendre de réponse et démarra.

— De quoi parlez-vous ? demanda Felicity à Gage.
— Ne t'inquiète pas de ça.
— Que je ne m'inquiète pas ? Est-ce que tu... Tu ne peux pas...
— Calme-toi, la rouquine.
— J'ai envie de te donner un coup de poing.
— J'adorerais te voir essayer.

Elle était tentée. Elle avait convaincu Tucker de lui enseigner à se défendre avant de partir pour son premier poste de ranger dans le Kentucky, mais elle était presque sûre que Gage était capable de parer tous les coups qu'elle tenterait de lui donner.

— Allons dans ta cabane, dit-il.

Il faisait nuit et froid, à présent. Tout semblait inquiétant à Felicity et l'image de la femme qu'elle avait trouvée morte dans le canyon lui revint à l'esprit.

Une femme qui était censée être sa sœur.

Elle frissonna. La tornade n'était clairement pas passée par là, mais quelques branches cassées indiquaient qu'il y avait eu de l'orage. Elle espéra que sa cabane n'avait subi aucun dégât.

Lorsqu'elle l'aperçut entre les arbres au clair de lune, son estomac se noua – mais pas à cause des dégâts.

— La police a placé un cordon, murmura-t-elle.
— Heureusement pour toi, j'appartiens à la police, répondit Gage.
— Gage...

Il se dirigea vers la porte de derrière et décolla la bande qui avait été placée entre les poteaux du perron. Felicity écarquilla les yeux.

— Tu ne peux pas...

— Viens ! la coupa-t-il. Ça fait déjà quelque temps qu'on ne suit plus les règles à la lettre.

Felicity le fixa comme si elle avait l'intention de protester, mais Gage était sûr de lui. Même s'ils ne trouvaient pas d'indice dans la cabane, elle leur fournirait un endroit où dormir – un endroit où personne ne songerait à les chercher.

Felicity s'approcha enfin.

— Tu as tes clés ? demanda-t-il.

Elle fronça davantage les sourcils et tira les clés de sa poche. Après avoir ouvert la porte, elle entra d'un pas hésitant. Gage recolla la bande au poteau et la suivit.

Felicity observa sa petite cuisine avec un air malheureux.

— Ils ont touché à tout, dit-elle. Ils ont fouillé ma maison et...

Elle secoua la tête.

Il posa la main sur son épaule, ce qui la fit sursauter. La tristesse qu'il lisait sur son visage lui brisait le cœur. Il savait à quel point il était difficile de tenir le coup dans certaines situations...

Mais elle devait tenir le coup.

— Ne sois pas triste : sois furieuse, lui dit-il. Quelqu'un est venu ici pour placer de fausses preuves contre toi. Les policiers ont fait leur travail, c'est tout. Tu dois te concentrer sur la personne qui essaye de te faire passer pour une meurtrière.

Elle resta silencieuse un long moment, puis se dirigea vers le réfrigérateur.

— J'ai faim, déclara-t-elle.

Elle examina ce que contenait le réfrigérateur, puis elle secoua la tête et le ferma avant de tirer un pot de glace du congélateur.

Elle se munit d'une cuiller, s'assit à la table minuscule et s'attaqua au pot.

— On a besoin de quelque chose d'un peu plus nourrissant, lui fit-il remarquer.

Elle le fusilla du regard.

— Moi, du moins, se corrigea-t-il.

— Sers-toi, répondit-elle.

Gage farfouilla et se décida pour une bière et des cacahuètes. Ce n'était pas particulièrement nourrissant, mais Felicity avait peut-être raison : ils devaient avoir plus besoin de réconfort que de calories. Il s'assit en face d'elle, se demanda si elle avait jamais invité quelqu'un, ce qui aurait justifié l'existence de cette chaise, et garda sa question pour lui.

— Ça t'arrive souvent de boire une bière toute seule ? demanda-t-il à la place.

— C'est pour les limaces. Ça les tue.

Il pouffa. Il n'eut aucun mal à l'imaginer posant des soucoupes de bière autour de sa cabane, comme grand-mère Pauline l'avait toujours fait.

— Je m'accorde cinq minutes pour m'apitoyer sur mon sort, dit-elle entre deux bouchées de glace. J'ai survécu à une tornade. Je suis recherchée pour un meurtre que je n'ai pas commis. Tu…

Elle laissa sa phrase en suspens et baissa les yeux.

— J'ai bien droit à cinq minutes, conclut-elle.

— Et ensuite ?

— Je ne sais pas.

Il consulta son téléphone.

— Je te propose de t'apitoyer sur ton sort pendant dix minutes, puis de prendre cinq heures de sommeil.

Elle lui renvoya sa question :

— Et ensuite ?

— Demain matin, j'appellerai mes frères pour savoir

s'ils ont progressé ou s'ils ont la moindre idée de l'endroit où Ace peut se trouver. Et on inspectera ta cabane. Après ça… j'aimerais aller jeter un coup d'œil là où tu as trouvé le corps.

Elle ferma brusquement le pot de glace et alla le ranger.

— Felici…

— Raconte-moi l'une de tes histoires, le coupa-t-elle en faisant volte-face.

— Quoi ?

— L'une de ces histoires idiotes que tu racontes pour remonter le moral des gens, précisa-t-elle. Je suis déprimée. Remonte-moi le moral. Fais-moi rire.

— Je ne peux pas le faire sur commande, protesta-t-il.

— Pourquoi ?

— Eh bien… pour commencer, ce n'est pas ce dont tu as besoin dans l'immédiat.

— Ah oui ? Et de quoi ai-je besoin ?

Il se leva. Il pouvait se passer de la bière. Il s'approcha de Felicity. Le fait qu'elle écarquille les yeux et fixe sa bouche lui procura un grand plaisir, mais il ne fit pas ce à quoi elle s'attendait visiblement.

Il se contenta de la prendre dans ses bras.

— On a besoin de dormir, dit-il, même si ce n'était pas ce qui lui faisait le plus envie.

Felicity cligna des yeux quand il s'écarta.

— Je sais que tu as raison. J'ai une deuxième couverture pour le canapé.

Il pouffa, puis s'empressa de retrouver son sérieux parce qu'elle le fusillait du regard.

— Mauvaise nouvelle, lui dit-il. Nous devons être prudents. Ça veut dire qu'il n'est pas question qu'on fasse chambre à part.

— Qu'es-tu en train de suggérer ?

— Je ne suggère rien du tout. Nous devons dormir au

même endroit, que ce soit ton lit ou ton canapé. À toi de choisir, mais je parie qu'il y a plus de place dans ton lit.

— Il n'est pas question que tu dormes dans *mon* lit ! cria-t-elle. Avec *moi !*

Comme il était certain qu'une dispute ne les mènerait nulle part, il haussa les épaules et se dirigea vers ce qui devait être la chambre de Felicity. Elle lui courut après en fulminant.

Il ouvrit la porte, s'assit au bord du lit et retira ses bottes. Après lui avoir jeté un regard qui signifiait « Essaye donc de m'arrêter », il s'allongea.

Elle resta plantée dans l'embrasure de la porte et le fixa, bouche bée.

Il était trop fatigué pour gérer sa fureur.

— Tu n'as qu'à m'attacher, si ça peut te mettre à l'aise, suggéra-t-il. Ça risque de me donner des idées… mais je me prêterai à tout ce qui peut te faciliter les choses.

Elle le fusilla du regard.

— Je n'ai pas peur de toi, déclara-t-elle.

Elle en avait pourtant l'air. Non : ce n'était pas vraiment de la peur. Elle était nerveuse et elle prenait bien soin de rester le plus loin de lui possible.

— Veux-tu qu'on parle de ce qui s'est passé tout à l'heure d'abord ? proposa-t-il.

Il n'avait pas particulièrement envie de parler de ce baiser, mais il devait avouer qu'il encombrait son esprit alors qu'il avait besoin d'avoir les idées claires pour trouver un moyen de prouver l'innocence de Felicity.

— Non ! cria-t-elle d'une voix aiguë.

Gage trouva son cri amusant en sachant qu'il n'aurait pas dû.

— Comme tu voudras.

— Très bien, dit-elle. C'est moi qui dormirai sur le canapé.

— Certainement pas. Tu dormiras ici, avec moi, même si *je* dois t'attacher pour obtenir ce résultat.

Il aurait pu en tirer une plaisanterie grivoise, mais il était mortellement sérieux, et Felicity parut le comprendre.

Elle soupira et croisa les bras pendant quelques secondes avant de les écarter brusquement et de s'approcher du lit. Elle retira ses bottes sans cesser de grommeler et s'allongea.

Son lit n'était pas bien grand, mais elle se coucha si près du bord que Gage eut l'impression qu'il était gigantesque.

Le parfum de Felicity flottait dans la pièce. Il était ironique que la situation la contrarie... Elle n'avait pas la moindre idée de ce qu'il acceptait de subir.

— Tu m'as embrassée, dit-elle d'un ton accusateur alors qu'il était presque endormi.

— C'est vrai.

Et il ne le regrettait absolument pas, même si elle devait le détester pour cela. Elle lui avait rendu son baiser.

Et c'était *lui* qu'elle avait embrassé. Pas Brady. Il y avait peut-être un peu de rivalité fraternelle là-dedans, mais cela lui faisait plaisir. Et elle avait eu l'air si choquée quand il avait parlé de Brady qu'il croyait sincèrement qu'elle n'avait pas pensé à lui pendant le baiser.

— Pourquoi l'as-tu fait ? demanda-t-elle d'une voix qu'il aurait trouvée timide s'il ne savait pas à quel point Felicity était forte.

— Parce que j'en avais envie.

— Ce n'est pas une réponse.

— Pourquoi ?

— Parce qu'on n'a pas subitement envie d'embrasser quelqu'un quand on n'en a jamais eu envie avant.

— Qu'est-ce qui te dit que je n'en ai jamais eu envie ?

Comme elle ne répondait pas, il roula sur le côté avec un bâillement exagéré.

— Bonne nuit, Felicity.

Elle ne répondit pas non plus à cela et il s'endormit.

Il fut réveillé par une vibration sur sa cuisse et comprit que c'était son téléphone.

Il réprima un juron quand il s'aperçut qu'il était 4 heures du matin, mais c'était un texto de Jamison :

Appelle-moi le plus vite possible.

Gage se leva en s'interdisant de prendre quelques secondes pour contempler Felicity à la lumière de son téléphone. Elle dormait profondément, le visage détendu et les cheveux étalés sur l'oreiller.

C'était sans doute la plus belle femme qu'il ait jamais vue et il n'avait pas le temps de s'interroger sur ce qui se passait en lui.

Il alla dans le salon pour appeler Jamison.

— As-tu trouvé quelque chose ? lui demanda-t-il sans préambule.

— On vient de récupérer les analyses des empreintes, répondit Jamison. Un ami de Tuck lui a envoyé un mail et Tuck m'a appelé tout de suite. Ils ont trouvé les empreintes du père biologique de Felicity sur les indices et dans sa cabane. Tucker parlera aux policiers chargés de l'enquête dans la matinée pour leur dire que c'est très étrange, parce que Felicity n'a aucun contact avec son père. Felicity n'est plus une priorité pour eux à cause de la tornade, ce qui est à la fois une bonne et une mauvaise nouvelle. C'est une bonne nouvelle parce que vous devriez être tranquilles ces prochains temps, et c'en est une mauvaise parce que la police ne s'empressera pas d'annuler le mandat d'arrêt.

— Son père a quelque chose à voir avec ça ? s'écria Gage.

— On dirait bien. Et ce n'est pas tout. Il a disparu depuis la tornade, et ça m'étonnerait qu'elle l'ait tué.

— Pourquoi ?

— On a fait des recherches sur lui. Notre problème est plus grave qu'on ne le croyait.

— Plus grave que le fait que quelqu'un essaye de faire condamner Felicity pour meurtre ? s'étonna Gage.

— Plus grave ou plus compliqué, comme tu préfères. Michael Harrison a rendu visite à Ace en prison juste avant le meurtre.

— Comment ? On surveillait les visites d'Ace.

— Il a rempli un formulaire pour parler à un autre détenu, mais on s'est rendu compte qu'un gardien véreux avait opéré une substitution.

Gage prit quelques instants pour intégrer l'information. Le père biologique de Felicity avait rendu visite à Ace. Leurs deux pères étaient de mèche.

Et Gage était certain qu'Ace tirait les ficelles.

10

Felicity n'avait jamais très bien dormi. Elle avait des terreurs nocturnes, quand elle était petite. Celles-ci se faisaient de plus en plus rares, mais elle faisait souvent des rêves d'une intensité perturbante.

Elle ouvrit les yeux, le cœur affolé, le front trempé de sueur, et tout à fait embarrassée par ce à quoi s'amusait son imagination. Elle essaya de se ressaisir et tourna la tête. Gage n'était plus là.

Elle se dit aussitôt qu'elle en était soulagée, et elle soupira même pour tenter de s'en convaincre. Mais les échos de son rêve occupaient encore son esprit et ceux-ci n'étaient pas du tout soulagés.

Alors elle entendit Gage jurer dans le salon. Son ton était d'un sérieux inhabituel. Il avait reçu de mauvaises nouvelles.

Le problème auquel ils étaient confrontés ne leur laissait pas de répit, mais les mots qui résonnèrent dans la tête de Felicity quand elle se leva n'avaient aucun rapport avec le meurtre ni avec l'évasion d'Ace.

C'était la réponse de Gage à sa question : « Parce que j'en avais envie. »

Cette voix se tut dès qu'elle entra dans le salon et que Gage se tourna vers elle. La gentillesse qu'elle lut dans son regard l'aurait fait fondre si elle ne l'avait pas terrifiée.

— Que se passe-t-il ? demanda-t-elle.
— Et si tu t'asseyais ?
— Que se passe-t-il ? répéta-t-elle en fronçant les sourcils.

Elle avait l'impression que Gage ne respirait même pas, ce qui lui rendait très difficile de le faire.

— Jamison et Tucker ont été très occupés, finit-il par répondre d'une voix hésitante, ce qui ne lui ressemblait pas du tout et la rendit encore plus nerveuse. Ils ont fait des recherches et... il y avait des choses à trouver.

— Pourrais-tu être plus précis, s'il te plaît ?
— On a relevé les empreintes de ton père dans ta cabane et sur les indices.

Felicity regretta de ne pas s'être assise quand Gage l'y avait invitée.

— Je ne comprends pas.
— Personne ne comprend, pour le moment. Mais je présume que tu n'as pas invité ton père ici ?
— Ici ? Invité ? Je n'ai eu aucun contact avec lui depuis que les services de la protection de l'enfance m'ont prise en charge.

Elle croisa les bras et s'efforça de garder le contrôle de ses émotions.

— C'était bien ce qu'il me semblait, répondit Gage. Eh bien, ton père s'est trouvé dans ta cabane à un moment ou à un autre.

— C'est... S'il est venu, c'était pour placer les indices.

Ce qui signifiait qu'il pouvait être le meurtrier. Pourquoi aurait-il tué sa propre fille ? Même s'il l'avait battue quand elle était petite, elle n'arrivait pas à envisager la possibilité qu'il soit allé jusqu'à tuer son propre enfant.

— C'était bien pour placer les indices, n'est-ce pas ? demanda-t-elle parce que Gage ne répondait pas.
— C'est ce que Tucker suggérera aux policiers

chargés de l'enquête. Quoi qu'il en soit, il n'y a pas de bonne raison pour qu'il ait laissé ses empreintes ici. Malheureusement, tout le monde est occupé depuis la tornade. Cette enquête n'est plus une priorité.

— Mon père était ici...

Pourquoi chercherait-il à lui nuire après tout ce temps ? Elle enroula les bras autour de son torse et essaya de trouver un peu de détermination en elle-même, alors qu'elle se sentait juste horriblement triste.

Puis elle s'aperçut que Gage était parfaitement immobile et la regardait d'un air désolé.

— Ce n'est pas tout, dit-elle.

Ce n'était pas une question. Elle en était certaine.

L'épuisement la gagna alors qu'elle venait de dormir. Elle était épuisée par la vie. Combien de coups pouvait-on encaisser sans cesser d'avancer pour autant ?

Elle connaissait la réponse : autant que la vie vous en réservait – mais elle détestait cette réponse de tout son être, à cet instant.

Gage s'éclaircit la voix.

— Jamison a découvert que Michael Harrison avait rendu visite à Ace peu de temps avant que tu ne trouves le corps.

Felicity ne s'était jamais évanouie de sa vie, mais la pièce se mit à tourner et ses jambes cessèrent de la soutenir. Gage accourut avant qu'elle ne s'effondre. Il enroula un bras autour de sa taille et l'entraîna vers le canapé.

Son père et Ace ? Cela faisait sens d'une manière horrible et terrifiante. Tout était lié. Mais pourquoi son père et Ace agissaient-ils ensemble ?

Gage s'agenouilla devant elle. Elle ne trouva rien à lui dire. Elle avait juste envie de cacher son visage dans ses mains et de pleurer.

Mais elle avait assez pleuré. Elle s'était assez lamentée sur son sort.

Sauf qu'elle ne savait pas comment tenir le coup en sachant qu'Ace n'était pas son seul ennemi, que son père était aussi contre elle. En sachant que la vie d'une femme - une sœur qu'elle n'avait jamais rencontrée – s'était achevée à cause d'elle, d'une manière tordue et incompréhensible.

— Tu n'as pas le droit de t'en vouloir, dit Gage comme s'il pouvait lire dans ses pensées.

— Tu ne sais pas ce que c'est que d'avoir un père qui...

Elle laissa sa phrase en suspens et se gifla mentalement.

— Je ne sais pas ce que c'est que d'avoir un meurtrier pour père ? demanda-t-il avant de faire semblant de réfléchir en se tapotant le menton. Il se trouve que j'en ai une petite idée.

— Pas moi, soupira-t-elle. Je n'avais jamais pensé que mon père était aussi dangereux.

Elle n'avait passé que quatre ans avec lui et n'avait que des souvenirs flous de cette période.

— Il t'a battue, lui rappela Gage d'une voix neutre.

— Je sais, mais...

Elle ne comprit pas son envie soudaine de s'ouvrir. Elle était en face de Gage, pas de l'une de ses sœurs ou de sa psychologue. Pourtant, tout ce qu'elle avait sur le cœur sortit d'un coup.

— Parfois il faut... Je me suis convaincue qu'il avait juste des accès de colère. Je me suis dit que c'était de la malchance, que des circonstances extraordinaires lui faisaient perdre son sang-froid... Je n'arrivais pas à me dire qu'il était mauvais par nature, parce que alors j'aurais eu peur d'hériter...

L'air désolé de Gage lui fit comprendre qu'elle venait de commettre une autre boulette.

Parce qu'il savait. Il comprenait tous les sentiments qu'elle n'avait jamais réussi à pleinement verbaliser dans la thérapie qu'Eva lui avait fait suivre quand elle était arrivée dans la famille, ni dans ses discussions avec ses sœurs. Il n'était même pas nécessaire qu'elle les verbalise pour qu'ils aient du sens pour Gage.

Subitement, elle éprouva le besoin de comprendre l'ampleur des dégâts commis par Ace Wyatt.

— Ace vous a-t-il tous battus ?

— Oui.

— A-t-il fait pire ?

— Je ne sais pas comment quantifier le pire, Felicity, répondit-il en se passant la main dans les cheveux, l'air mal à l'aise. Ça n'a duré que onze ans.

— Il t'a abandonné dans la nature quand tu n'avais que sept ans pour te faire subir une sorte d'initiation, lui rappela-t-elle.

— Oui, mais je n'y ai eu droit que pendant cinq ans, dit-il. Jamison en a fait treize. C'était une de plus par année.

— Une quoi ?

Elle sentait bien qu'il n'avait pas envie d'en dire davantage, mais elle avait besoin de comprendre – dans leur intérêt à tous les deux.

— S'il te plaît, Gage, insista-t-elle.

— Une nuit, répondit-il. On restait dans les Badlands une nuit par année de vie. Ce n'était pas si mal. Ça faisait un peu plus d'une semaine sans Ace. Il était peut-être difficile de trouver de l'eau et de la nourriture, mais…

Il laissa sa phrase en suspens et secoua la tête.

— C'était horrible, reprit-il. Mais tout était horrible. Les coups de poing, les coups de fouet, les initiations… Il a essayé de nous monter les uns contre les autres. C'est un homme terrifiant. C'est un sociopathe extrêmement doué pour manipuler les gens, les inspirer et les déformer.

Elle ne savait pas comment elle le comprenait. Ce dont il parlait était bien plus long et plus horrible que les quatre années qu'elle avait passées avec son père. Mais elle comprenait qu'il avait peur des conséquences que ce traitement pouvait avoir eues sur son tempérament.

— Il n'a pas déformé ses fils, lui assura-t-elle en lui effleurant la joue.

L'incertitude qu'elle lut dans ses yeux lui brisa le cœur.

— Vous êtes des gens bien, insista-t-elle. Le fait que nos pères soient des sociopathes et des meurtriers n'y change rien. On est des gens bien. Je le sais.

Elle prit sa main et la pressa pour lui communiquer son assurance.

Gage baissa les yeux vers leurs mains, puis la regarda comme s'il était la cause de tous les malheurs du monde.

— Je suis désolé qu'il t'ait dans le collimateur, dit-il. Ça fera mal. On gagnera, mais ça fera mal.

Felicity sentit l'espoir germer dans son cœur et sourit.

— On gagnera ?

— On ne perdra pas, je te le jure. Je ferai tout ce qu'il faudra pour qu'on gagne.

Elle n'en doutait pas. Ils avaient survécu jusque-là, après tout. Mais cette promesse lui permit de comprendre que Gage s'était engagé sur le plan personnel. Il ne s'agissait pas que de battre Ace. Il se souciait d'elle.

Elle se pencha vers lui et pressa ses lèvres contre les siennes. Ce baiser ne ressembla en rien à celui des Badlands. Elle était trop timide pour cela. Elle ne savait pas comment exprimer autant d'intensité. Mais elle embrassa quand même Gage comme elle le put. Et il la laissa faire. Au lieu d'essayer de transformer ce baiser en autre chose, il le lui rendit avec autant de prudence et de délicatesse.

Quand elle s'écarta, il se contenta de la regarder, ce qui la fit douter du fait qu'il ait eu envie de l'embrasser depuis longtemps, alors qu'elle n'y songeait même pas.

— Tu as dit que tu avais envie de m'embrasser, lui rappela-t-elle.

— Oui, répondit-il en prenant l'une de ses mèches entre ses doigts.

Il esquissa un sourire et plongea son regard dans le sien.

— J'aime t'embrasser, dit-il si sérieusement et si simplement qu'elle fut bien obligée de le croire.

— Je crois que moi aussi.

Cela lui rappelait qu'elle avait une vraie vie, quelque part hors de cette situation terrifiante. Qu'elle était une femme - peut-être même une femme qui finirait par embrasser Gage Wyatt autant qu'elle le voudrait. Mais elle devait d'abord se battre pour rendre cela possible.

Elle était prête. Du moins, elle devait trouver un moyen d'être prête.

— Très bien, dit-elle. Quel est le plan ?

Gage supposa qu'emmener Felicity dans la chambre n'était pas une excellente idée alors que leurs deux pères étaient dans la nature et qu'elle était leur cible.

Mais c'était tentant.

Malheureusement, le temps ne jouait pas en leur faveur.

— Pour commencer, il fera bientôt jour et nous devons sortir d'ici, au cas où des policiers viendraient faire un tour, répondit-il. Et j'aimerais jeter un coup d'œil à l'endroit où tu as trouvé le corps de cette femme. Si on a de la chance, on trouvera des indices qui auront échappé à la police.

Felicity grimaça, mais elle hocha la tête.

— Il n'est pas nécessaire…, commença-t-il.

— Je t'accompagne, le coupa-t-elle. Il vaut mieux être deux pour chercher des indices. C'est juste que je n'arrive pas à me faire à l'idée que la victime était ma sœur. Je ne comprends pas, quand j'y pense, je n'arrive pas à ne pas y penser… Je ne sais pas ce que je ressens.

— Tu ne savais même pas qu'elle existait, Felicity, lui rappela-t-il. Il est normal que ça te perturbe. Et je t'assure qu'il n'est pas nécessaire que tu m'accompagnes.

Elle secoua la tête. Elle tenait toujours ses mains, ce qui faisait plaisir à Gage.

— On ne devrait pas se séparer alors qu'on ne sait pas où est Ace, dit-elle. Ce serait dangereux, non ?

Cela le contraria profondément, mais elle avait raison.

— Il ne doit pas savoir qu'on est là, je ne vois pas comment il le pourrait, mais tu as raison, lui accorda-t-il. Il vaut mieux qu'on reste ensemble pour veiller l'un sur l'autre tant qu'on n'en sait pas plus.

S'il était honnête, il n'avait aucune envie de la perdre de vue.

— Alors c'est une promesse ? demanda-t-elle. On reste ensemble quoi qu'il arrive ?

Il acquiesça.

— C'est une promesse.

Elle pressa ses doigts, puis les lâcha. Son visage n'exprimait plus que de la détermination, à présent. Elle se leva et se frappa les cuisses.

— Je vais prendre mon propre sac, annonça-t-elle. Tu porteras l'autre. Il faudrait vraiment qu'on charge quelqu'un d'aller récupérer celui qu'on a abandonné.

Sans qu'il sache pourquoi, le fait qu'elle tienne autant à respecter le protocole du parc lui réchauffait le cœur.

— Y a-t-il un moyen de prévenir tes collègues de manière anonyme ? Ça pourrait même inciter Ace à penser qu'on est morts. On pourrait avoir été emportés par la tornade et ce sac pourrait être tout ce qu'il reste de nous.

— C'est une idée horrible, répondit-elle en frissonnant. Ce sac peut rester là où il est pour quelques jours. Prépare l'autre sac. Cherche ce qui peut se conserver dans mes placards et prends beaucoup d'eau. C'est le plus important. Je mettrai du matériel de camping, des bandages et du désinfectant dans le mien. Ça devrait nous permettre de tenir encore quelques jours, si c'est nécessaire.

— Tu ne m'as pas demandé ce qu'on ferait après avoir inspecté le lieu du crime, dit-il en se levant lentement.

Elle le regarda droit dans les yeux.

— Nous irons sur le territoire des Fils, bien sûr. Ace a dû y aller. Si mon père travaille pour lui, il y est peut-être aussi. Ou peut-être pas. Je ne les connais pas, je ne les comprends pas, mais nous devons aller là où leur pouvoir se trouve. Au minimum, quelqu'un sait quelque chose chez les Fils. C'est là que nous devons enquêter.

— Et ça ne te fait pas peur ?

— Ça me terrifie, avoua-t-elle. Mais la prison aussi et je veux agir. Je ne veux pas que quelqu'un mène mon combat à ma place. Et est-ce que j'ai vraiment le choix ?

Il songea un instant à l'enfermer quelque part pour garantir sa sécurité, mais il savait qu'elle ne l'accepterait pas.

— On pourrait se cacher jusqu'à ce que Jamison et Cody aient réglé le problème, suggéra-t-il quand même.

Elle leva les yeux au ciel.

— Comme si tu pouvais rester sain d'esprit en attendant que tes frères s'occupent de tout... Et puis c'est mon problème. Je suis contente que tu sois là pour m'aider et je sais que je n'aurais pas pu m'en sortir seule, mais c'est mon problème.

— Un problème qui t'est tombé dessus parce que tu as aidé Cody, lui rappela-t-il.

— Mon père…

— Allons-nous vraiment nous disputer pour savoir lequel de nous est le plus responsable d'un problème créé par nos pères ? la coupa-t-il.

— Non. Tu marques un point. Va t'occuper du sac.

Ils partirent dans des directions opposées, elle vers sa chambre, lui dans la cuisine. Il s'occupa de l'approvisionnement tandis qu'elle gérait le couchage.

Il ne put s'empêcher d'être séduit par l'idée de passer une nouvelle nuit dans une tente avec elle… et il estima qu'il avait bien le droit de fantasmer pour compenser un peu tous leurs ennuis.

Felicity entra dans la cuisine, son sac déjà sur le dos. Elle portait un pantalon kaki et un haut beige, qui se fondraient souvent avec le paysage.

Elle tenait un pull d'une couleur approchante.

— Je ne peux rien faire pour ton jean, mais ce pull devrait être assez grand pour toi, dit-elle. Tu n'as pas besoin de le porter tout de suite. C'est juste qu'il peut être utile. Tu n'as qu'à le nouer autour de ta taille.

— Les hommes ne nouent pas des pulls autour de leur taille ! protesta-t-il.

Elle haussa un sourcil et lui lança le pull.

— Même si ta virilité doit en souffrir, fais-le pour… je ne sais pas… survivre, peut-être ? ironisa-t-elle.

Il grimaça et noua le pull autour de sa taille.

— Contente ? demanda-t-il.

— Extatique, répliqua-t-elle. Maintenant, allons inspecter une scène de crime !

Il esquissa un sourire.

— Tu te sens prête ?

Elle hocha la tête. Il voyait bien qu'elle était nerveuse, mais elle était aussi déterminée.

— Oh ! Une dernière chose, dit-elle avant de s'approcher de lui.

Elle se planta devant lui et le regarda comme s'il était censé savoir ce qu'elle avait en tête.

Comme il ne réagissait pas, elle posa les mains sur ses épaules, se hissa sur la pointe des pieds et pressa ses lèvres contre les siennes. Elle l'embrassa aussi timidement que dans le salon, mais il trouva cela délicieux.

Quand elle s'écarta de lui, ses joues avaient pris des couleurs. Elle arborait un sourire satisfait.

Si Ace ne le tuait pas, elle risquait de le faire, songea-t-il.

Il avait envie de tout lui dire. Il voulait lui expliquer que la regarder changer et trouver sa force avait fait bouger quelque chose en lui, que cela avait éveillé un sentiment qu'il ne comprenait pas, mais qui était plus puissant que sa peur de ressembler à son père.

Sauf qu'il ne se sentait pas capable de trouver les bons mots. Il se contenta de lui sourire et se dirigea vers la porte. Il sortit, l'esprit encore envahi de sentiments informulables.

Il entendit un bruit, mais le canon d'une arme se posa sur sa tempe avant qu'il n'ait réagi.

— Bonjour, fiston, dit la voix railleuse de son père. Comme c'est amusant de tomber sur toi ici…

11

Felicity essaya de s'enfuir. Ace fut plus rapide qu'elle et l'attrapa par le T-shirt.

— Pas si vite ! s'écria-t-il avant d'éclater de rire.

Le son lui donna la nausée.

Elle avait envie de se défendre, mais le revolver qu'Ace pointait sur la tête de Gage la pétrifiait. Même s'il n'avait pas l'intention de tuer son fils, le moindre des gestes qu'elle ferait pourrait l'inciter à presser la détente.

Il y avait aussi son propre père, quelques mètres plus loin, armé d'un fusil. Elle ne l'avait pas vu depuis de nombreuses années et elle ne le reconnaissait pas vraiment, mais elle était sûre que c'était lui.

Ace la poussa dans sa direction. Le poids du sac à dos acheva de la déséquilibrer et elle tomba lourdement. Elle essaya de se relever. Elle pouvait peut-être s'enfuir pour trouver de l'aide... Sauf que cela revenait à laisser Gage seul avec ces deux brutes.

Son propre père s'approcha et pointa son fusil sur elle.

— Tu te rends compte, fiston ? dit Ace à Gage avec un grand sourire. Une tornade m'a permis de m'évader. Une *tornade*. Comprends-tu le sens profond de cette intervention divine ?

— Je suis sûr que tu m'éclaireras sur ce point, que je le veuille ou non.

— Quand mes parents m'ont abandonné, c'est la terre qui m'a protégé, qui m'a construit. Et voilà que c'est la terre, la grande puissance de cette terre, qui m'a rendu ma liberté alors que mes fils étaient trop faibles pour faire ce qu'ils étaient censés faire.

Un frisson parcourut Felicity parce que ce discours ne lui semblait pas complètement insensé. Elle comprenait comment on pouvait avoir le sentiment d'avoir été construit par cette terre. Et le ton de prédicateur d'Ace avait quelque chose d'hypnotique.

Elle frissonna de plus belle. Elle avait quelque chose en commun avec Ace Wyatt. C'était une idée vraiment horrible.

— Tu crois que c'est une faiblesse de ne pas être toi, Ace, répondit Gage. Mais nous sommes plus nombreux dans le monde à considérer que c'est une force de ne pas céder à nos plus bas instincts, de ne pas être à la fois des juges, des jurys et des bourreaux.

Ace observa Gage en inclinant la tête sur le côté.

— C'est une belle histoire que vous vous êtes racontée, tous les six, mais il faudra bien que l'un d'entre vous reprenne le flambeau.

— Personne ne reprendra ton flambeau, riposta Gage. Et ton histoire s'achèvera de manière très poétique : tu pourriras dans une cellule jusqu'à la fin de tes jours.

— La terre protège. Elle protège ceux qui sont déterminés et qui le méritent. Elle m'a rendu ma liberté.

Ace était si calme et si sûr de lui que Felicity dut se répéter qu'il était fou. Fou et cruel. Il avait tué des gens et martyrisé ses fils.

— La terre m'a sacré une fois de plus, poursuivit-il. Et voilà que j'ai la chance de tomber sur ceux que je cherchais.

— Je pensais que tu ne croyais pas en la chance,

répondit Gage d'une voix neutre, comme s'il n'avait pas une arme sur la tempe.

Ace pouffa.

— Oh si, j'y crois ! Je crois aussi qu'elle favorise ceux qui sont sacrés et bien préparés. Je suis les deux. Et toi, qu'es-tu ?

Gage laissa échapper un grognement. Comme il regardait droit devant lui, il ne pouvait pas voir l'éclat dément des yeux d'Ace.

Il était vraiment fou... Felicity en eut la chair de poule et la part d'elle qui trouvait presque son discours raisonnable se rendit à l'évidence.

Felicity se concentra sur sa respiration pour résister à la panique. Elle devait trouver un moyen de survivre à cela. Elle devait trouver un moyen pour qu'ils survivent tous les deux à leurs pères.

Mais il n'y avait pas grand-chose à faire tant qu'ils avaient l'un et l'autre une arme pointée sur eux.

Ne panique pas. Réfléchis.

Les frères Wyatt avaient toujours dit que, si leur père avait voulu les tuer, ils seraient déjà morts. Ils avaient différentes théories concernant leur survie. La plus populaire était qu'Ace voulait se venger d'eux longuement et douloureusement avant de les tuer.

Elle estimait assez peu probable qu'Ace appuie sur la détente. Puisque personne n'avait tiré sur elle jusque-là, ils ne voulaient peut-être pas la tuer non plus.

Mais il lui était si facile d'imaginer Ace tirant une balle dans la tête de son fils qu'elle n'osait ni bouger ni espérer.

À deux contre deux, Gage et elle auraient eu leurs chances s'ils avaient été armés, eux aussi. Mais elle n'avait qu'un couteau suisse dans son sac à dos. Pouvait-elle l'atteindre sans attirer l'attention sur elle ? Même si elle y parvenait, que pourrait-elle faire avec un couteau suisse contre deux armes à feu ?

— Je ne sais pas quelle nouvelle révélation tu as eue, grommela Gage, mais...

Ace le frappa si rapidement que Felicity ne vit pas où le coup avait atterri. Un instant plus tard, Gage était plié en deux, le souffle coupé.

— Tu n'étais pas le prochain sur ma liste, Gage, dit Ace. Pourquoi a-t-il fallu que tu t'acoquines avec cette idiote et que tu perturbes mes plans ? Tu sais ce que ça me fait quand on perturbe mes plans...

Pour toute réponse, Gage produisit des sons affreux en essayant de respirer.

Elle rampa vers lui sans l'avoir vraiment décidé, mais une douleur fulgurante dans la main l'arrêta. Elle tourna la tête et découvrit que l'une des bottes de son père lui écrasait les doigts.

— Ne bouge pas, ordonna-t-il.

Elle s'interdit d'émettre le moindre son malgré la douleur. Il appuyait si fort qu'il lui aurait cassé les doigts si le sol n'avait pas été assoupli par la pluie.

— C'est bien compris ? demanda-t-il en lui enfonçant le canon de son fusil dans les côtes.

Elle acquiesça, les joues inondées de larmes, mais toujours silencieuse.

Il lui fut encore plus difficile de réprimer un sanglot de soulagement quand il écarta son pied.

— Felicity, je veux que tu rompes la promesse que tu m'as faite, dit Gage, ce qui lui valut un nouveau coup de poing d'Ace, dans la gorge, cette fois.

Sa promesse ? La promesse de rester ensemble quoi qu'il arrive... Non, elle ne pouvait pas la briser. Elle ne pouvait pas l'abandonner.

Mais, en entendant Gage essayer de reprendre son

souffle, elle se rendit compte que c'était leur seule chance de s'en tirer. Ace devait avoir prévu de les emmener quelque part pour les torturer.

Si elle réussissait à s'échapper, elle pourrait rameuter les Wyatt. Elle pourrait sauver Gage. Elle n'avait aucune envie de le laisser seul avec Ace, même pour une seconde, mais ils n'étaient pas pris au piège quand ils s'étaient fait cette promesse.

Si elle ne pouvait pas sauver Gage en employant la force, elle pouvait peut-être le sauver autrement.

Elle plongea son regard dans le sien et acquiesça.

Gage s'interdit de laisser paraître qu'il avait peur, mais il savait que cela ferait mal.

Ce qui comptait, c'était que Felicity s'en sortirait peut-être et que c'était la seule chance qu'il avait de survivre. Même s'il ne survivait pas, le fait que Felicity s'en sorte lui suffisait.

Par conséquent, il devait faire suffisamment mal à Ace pour que Michael vole à son secours. Il devait offrir à Felicity le temps dont elle avait besoin pour s'échapper.

Ces deux fous avaient sûrement l'intention de la tuer. Ils avaient prévu de le tuer aussi, c'était certain, mais Ace voulait sans doute le faire souffrir d'abord. Il voulait peut-être aussi torturer Felicity parce qu'elle avait aidé Nina et Cody. Dans tous les cas, il fallait qu'elle s'enfuie.

— C'est bon ? ricana Ace. Tu as eu ton moment drama...

Gage lui coupa la parole en lui donnant le coup de tête le plus puissant qu'il put.

Il s'assomma presque lui-même et la douleur résonna dans tout son corps, mais l'arme d'Ace quitta sa tempe. Gage en profita pour se pencher vers l'avant en priant pour que ses jambes le soutiennent.

Il avait encore ce maudit sac sur le dos. Quand Michael

fonça vers lui, Gage avait réussi à dégager l'un de ses bras et il tourna sur lui-même en tenant l'autre lanière pour frapper le père de Felicity avec le sac. Celui-ci lâcha son fusil.

Gage n'eut pas le temps de vérifier que Felicity s'enfuyait. Il se contenta d'espérer qu'elle avait hoché la tête parce qu'elle avait compris ce qu'il attendait d'elle.

Michael jura et attaqua encore.

Le père de Felicity ne semblait pas être l'homme le plus intelligent du monde. Malheureusement, il avait des poings énormes et il était tout en muscles. Comme il avait perdu son arme, il poursuivit le combat à mains nues. Gage reçut deux coups de poing dans l'estomac qu'il fut incapable de parer.

Il n'était pas petit, mais il en eut l'impression pendant une seconde. Cela lui rappela que Felicity, elle, était petite quand cet homme l'avait frappée – assez pour que les services sociaux s'en mêlent, ce qui ne se produisait pas souvent dans les zones rurales isolées, qui ne recevaient pas assez de subventions du gouvernement.

Gage employa la rage que cela lui inspira à asséner à Michael un coup qui le fit reculer de deux pas.

Une détonation résonna. Aucune douleur fulgurante ne l'accompagna. Ce devait être un coup de semonce…

Gage redoubla d'ardeur et réussit à donner un coup de genou dans les parties génitales de son adversaire. Michael tomba. Quand Gage fit volte-face, il se retrouva nez à nez avec le canon de l'arme d'Ace.

— Vas-y : tire, grogna-t-il.

Il avait un goût de sang dans la bouche et mal partout. Tout cela n'avait aucun sens.

Si, cela en avait : Felicity était partie. Il n'osa pas tourner la tête pour s'en assurer. Il se contenta de le vouloir.

Du sang coulait de l'un des sourcils d'Ace, ce qui procura une satisfaction morbide à Gage.

Ace jeta un coup d'œil au fusil qui était tombé par terre et au sac à dos de Gage, qui gisait à côté.

— Tu l'as laissée s'enfuir ? grogna-t-il.

Michael se releva péniblement.

— Il a bien failli t'assommer ! se défendit-il. Il fallait que...

— Crétin inutile ! rugit Ace. Rattrape-la !

Gage ne put s'empêcher de sourire. Il n'avait jamais entendu une telle fureur dans la voix d'Ace. En général, sa colère était d'un calme terrifiant. Cette fois, il était évident que Gage avait magistralement perturbé ses plans.

C'était une excellente raison de sourire. Michael s'empressa de ramasser son arme et de disparaître. Il ne semblait même pas avoir pris le temps de se demander de quel côté Felicity était partie.

Elle était sûrement plus rapide que son père et elle connaissait bien mieux le terrain. Elle était partie chercher de l'aide.

— Qu'est-ce qui te fait sourire ? grogna Ace, les traits déformés par un mélange de rage et de dégoût.

— Tu vas retourner en prison, papa, répondit Gage.

— Tu te soucies d'elle, cracha Ace. Quel est votre problème, à vous tous ? Comment ai-je pu me planter à ce point-là ? Vous êtes faibles. Stupides. Vous perdez tous vos moyens dès qu'une femme ouvre ses cuisses.

Gage sentit son sourire s'élargir, mais il se mordit la langue pour ne pas répondre. La moindre parole pouvait être un faux pas mortel.

— Tu as commis une grave erreur, ajouta Ace.

Gage n'avait lu autant de fureur dans les yeux de son père qu'une seule fois : le jour où Cody s'était échappé.

Jamison s'était donné beaucoup de mal pour que Cody,

le plus jeune d'entre eux, quitte les Fils avant le rituel auquel ils étaient tous soumis le jour de leur septième anniversaire. Jamison s'y était si bien pris qu'Ace ne l'avait pas suspecté sur le coup et avait cru que grand-mère Pauline avait payé l'un de ses hommes pour le trahir.

À l'instant où Ace avait appris que Cody était en sécurité, Gage avait vu ce même regard – et il avait eu de la chance d'y survivre.

Mais, puisqu'il y avait survécu à l'époque, pourquoi pas maintenant ?

Ce fut sa dernière pensée avant qu'une douleur n'explose dans sa tête et qu'il ne sombre dans les ténèbres.

12

Felicity essayait de faire abstraction de sa soif. Dès qu'elle pourrait appeler quelqu'un, elle aurait de l'aide et de l'eau.

Son cœur battait à tout rompre. Elle savait qu'elle courait plus vite que son père, mais il avait une arme. Il ne fallait pas seulement qu'elle coure plus vite que lui : il fallait qu'elle lui échappe tout à fait.

Contrairement à Ace, qui aurait sans doute pu la rattraper s'il l'avait poursuivie, Michael avait visiblement plus de force que d'endurance.

Ace, pour sa part, était grand, mince et fou. Le pire était qu'il semblait presque normal, par moments. Elle s'était surprise à l'écouter trop attentivement.

« Charismatique » n'était pas le bon mot. Il avait une connotation trop positive. Ace était hypnotique. Même en sachant ce qu'elle savait sur lui – ce qui n'était sans doute qu'une petite partie des crimes qu'il avait commis – elle s'était presque laissé hypnotiser par ses paroles.

Cette idée lui donna la nausée – ou bien c'était la déshydratation.

Elle s'autorisa à ralentir, puis à s'arrêter, et observa attentivement les environs.

Elle avait foncé vers la zone des canyons. Ce n'était peut-être pas une excellente idée sans eau, mais cela valait mieux que les plaines où l'on voyait à des kilomètres à la ronde. Ici, il y avait des milliers de rochers, de grottes et de crevasses qui pouvaient servir de cachettes.

Elle se trouvait dans une longue crevasse profonde. Le sol avait presque entièrement séché depuis la pluie de la veille. Il n'y avait plus que quelques flaques par endroits. Alors qu'elle savait que cette eau n'était pas potable, elle envisagea d'en boire pendant quelques instants.

Elle devait peut-être faire demi-tour, son couteau à la main. Gage et elle n'étaient pas censés se séparer. Ce n'était sans doute pas une bonne idée.

Elle escalada l'une des parois de la crevasse pour observer l'horizon en se découvrant le moins possible. Elle scruta le paysage rocheux. Le ciel était parfaitement bleu. On n'aurait jamais imaginé qu'une tornade était passée par là moins de vingt-quatre heures plus tôt.

L'air était chaud, mais c'était l'air des *Badlands*. Elle était chez elle. Elle s'en sortirait.

La terre protège.

Cette pensée la réconforta pendant quelques secondes, puis elle prit conscience que c'était la voix d'Ace, et les mots d'Ace.

Elle inspira profondément pour refouler une nouvelle vague de nausée. Comment les paroles d'un fou pouvaient-elles être réconfortantes ? Était-elle folle elle-même ? Était-elle faible ?

Elle secoua la tête. Même si c'était le cas, elle pouvait lutter contre. C'était comme sa timidité et son bégaiement. Ces choses existaient en elle, mais elle leur résistait.

Elle lutterait contre l'idée terrifiante qu'elle avait quelque chose en commun avec Ace Wyatt, comme elle avait lutté pendant des années contre l'idée terrifiante que son propre père l'avait battue.

Son propre père, qui la poursuivait certainement.

Elle crut deviner un mouvement à l'est et plissa les yeux. Comme elle avait du temps, elle sortit ses jumelles de son sac et les braqua du côté où elle croyait avoir vu quelque chose bouger.

Il y avait une silhouette entre deux colonnes de roche rouge. Il était trop loin pour qu'elle le reconnaisse, même avec des jumelles, mais c'était sûrement son père.

Il ne semblait pas très doué pour se déplacer sur ce terrain. Elle n'aurait aucun mal à rester hors de sa portée si elle se remettait à courir.

Sauf que la déshydratation finirait par avoir raison d'elle.

Quelles étaient ses options ? Il avait un fusil et il était clairement plus fort qu'elle. Elle ne pouvait pas le battre. Elle n'avait pas d'arme pour le tenir à distance. Elle n'avait que son couteau suisse.

Elle envisagea d'attendre que son père s'approche et de lancer le couteau, sauf qu'elle n'avait jamais lancé un couteau de sa vie et qu'il semblait risqué de perdre sa seule arme.

Les cailloux pouvaient marcher. Elle était assez forte et elle visait bien. Malheureusement, elle devait le laisser beaucoup s'approcher pour avoir une chance de le blesser.

Elle continua à l'observer et songea qu'elle n'aurait peut-être pas besoin de faire quoi que ce soit. Une bonne chute pouvait le mettre hors d'état de nuire.

Une bonne chute… Et si elle *créait* la chute ? Elle n'avait pas besoin d'une arme, juste de le pousser au bon moment. Ou de lui tendre un piège. Une blessure le handicaperait… Pour plus de sécurité, elle pouvait même choisir une crevasse d'où il ne réussirait pas à sortir.

Ce serait délicat et dangereux, mais cela valait mieux que d'essayer de trouver du réseau dans les canyons sans réserve d'eau. Si elle neutralisait son père, elle pourrait retourner à sa cabane. Il suffisait qu'elle s'en approche assez pour atteindre le wi-fi et envoyer un texto.

Si elle était discrète, elle pouvait le faire sans qu'Ace s'aperçoive qu'elle était revenue. Il devait encore y être. Il n'emmènerait sûrement pas Gage ailleurs avant le retour de Michael.

Elle l'espérait, du moins.

Pour commencer, elle devait neutraliser son père.

La douleur venait par vagues. Il arrivait qu'elle se calme et devienne presque tolérable. Dans ces moments-là, Gage trouvait quasiment raisonnable l'idée d'ouvrir les yeux et de comprendre ce qui se passait.

Alors une nouvelle vague l'emportait.

Mais quelque chose se produisit. Un son familier le fit paniquer. Il lutta pour revenir à lui et ouvrit les yeux. Il fallut plusieurs secondes pour qu'il cesse de voir trouble.

Et il vit Ace.

Avec le fouet.

Gage essaya de se souvenir qu'il n'avait plus sept ans. Il était un adulte. Il pouvait supporter les mauvais traitements de son père.

Mais ce fouet était le cauchemar auquel il croyait avoir échappé. Il ne devait pas laisser ses vieux souvenirs envahir son esprit. Il devait se concentrer sur le présent. Il devait comprendre où il était et savoir si Michael était là – parce qu'il courait toujours après Felicity, s'il n'était pas là.

Felicity. Il devait se concentrer sur elle pour faire abstraction des claquements du fouet.

— Bonjour, fiston, dit Ace. Bon après-midi, plutôt.

Il ne dit pas un mot. Il s'interdit de demander combien de temps il était resté évanoui. Il y avait des centaines de questions qu'il avait envie de poser, mais il savait que ce serait une erreur.

Ace fit passer le fouet d'une main à l'autre.

— Pensais-tu que j'avais oublié ? demanda-t-il. On n'oublie jamais les faiblesses de ses fils.

Ace lui décocha un sourire de dément, sauf qu'il savait ce qu'il faisait. Il était peut-être simplement maléfique. Peut-être que tous ses grands discours ne servaient qu'à justifier son aspiration naturelle à commettre des horreurs.

Gage n'avait jamais vraiment voulu le savoir – surtout en présence du fouet.

Il n'était plus un enfant, se répéta-t-il. Le fouet ferait mal, mais il ne pouvait pas le briser. Gage ne se laisserait pas briser. C'était ce que son père voulait, alors il ne le lui donnerait pas.

Malheureusement, son corps ne comprit pas le message. Il avait la nausée – ce qu'il pouvait mettre sur le compte du coup qu'il avait reçu sur la tête. Mais il avait aussi les mains moites, les membres en coton et le cœur affolé. Cela, c'était le fouet.

Ce n'est qu'une arme comme les autres.

Sauf que ce n'était pas vrai. Pas pour lui.

— Pourquoi as-tu droit au fouet, Gage ? demanda Ace.

Gage ne répondit pas. Il ne *répondrait* pas. Il n'avait plus à céder. Il n'avait pas à respecter les règles du jeu que son père avait inventé quand il n'était qu'un enfant sans défense.

Il était attaché dans… ce qui ressemblait à une grotte. C'étaient toujours des grottes. Mais il avait trente et un ans, maintenant. Il était un adulte qui avait arrêté des dealers, des voleurs et des brutes, qui avait fait tout ce qu'il pouvait pour réparer les torts qui avaient été commis autour de lui.

Il devait survivre. Il l'avait déjà fait – avec l'aide de ses frères.

Ses frères l'aideraient peut-être encore si Felicity avait réussi à s'échapper.

À condition que Felicity et ses frères le trouvent.

Ace s'approcha en continuant à faire passer son fouet d'une main dans l'autre.

— Les règles n'ont pas changé, fiston, dit-il.

Gage trembla comme si les années n'avaient rien modifié. Ace avait le fouet en main et Gage n'était rien en face de cette arme.

Non ! se révolta-t-il contre lui-même.

— Je pose une question, tu y réponds, dit Ace. Pourquoi as-tu droit au fouet ?

— Parce que mon père est un psychopathe ?

Le fouet claqua et la douleur fulgurante jaillit dans sa cuisse. Gage laissa échapper un gémissement, même s'il savait que c'était exactement ce que son père voulait.

Ce n'était que le début. Le fouet de son père était lesté. Un coup bien placé pouvait briser un os.

Gage se répéta qu'il était capable d'y survivre. Pour cela, il devait céder comme il le faisait quand il était enfant.

— Pourquoi as-tu droit au fouet, Gage ? demanda encore Ace. Pourquoi toi et pas les autres ?

Le fouet claqua encore, mais Gage ne ressentit rien, cette fois.

C'était de la guerre psychologique. Ace ne voulait pas seulement faire du mal à ses fils : il voulait les briser. Et la douleur cessait quand on était brisé.

Pour un temps. Ace serait toujours en guerre contre ses fils parce qu'ils avaient osé choisir le camp du bien au lieu de capituler face au mal.

Gage s'était juré de ne plus jamais être faible face à son

père. Mais donner à Ace ce qu'il voulait sans vraiment y croire n'était pas de la faiblesse : c'était de la survie.

— J'ai droit au fouet parce que je suis le plus malin, répondit Gage d'une voix éteinte.

— Très bien, dit Ace sur le ton d'un professeur s'adressant à un élève qui aurait enfin résolu un problème compliqué.

Gage se dégoûtait tant que sa nausée empira, mais il ne devait surtout pas vomir. Il savait ce que cela lui vaudrait.

Il devait être fort. Assez fort pour survivre. Assez fort pour qu'Ace le laisse tranquille et torture quelqu'un d'autre - n'importe qui.

C'était sa faute. S'il pouvait faire plus d'erreurs, plus décevoir Ace, celui-ci n'essayerait pas de le modeler à son image. Tout cela ne lui arriverait pas s'il était moins malin.

Il lui arrivait de le croire, même s'il savait que ce n'était qu'un mensonge.

Tu n'es plus un enfant, se répéta-t-il.

Mais ces vieux sentiments et ces vieilles idées l'envahissaient comme s'il était possédé par un démon. Malgré tous ses efforts, il ne pouvait pas les chasser de son esprit.

— Tu as tellement de potentiel, Gage…, dit Ace. Pourquoi a-t-il fallu que tu gâches tout ? Tu as échoué. Comme Jamison et Cody. Sais-tu qu'ils auraient pu me tuer ? Tout serait terminé, à présent. Ils auraient pu me tuer, mais je suis là.

— Veux-tu voir si *je* peux te tuer ? demanda Gage en tirant sur ses liens. Je serais ravi de me prêter à cette petite expérience.

Ace éclata de rire.

— On y viendra, répondit-il. Je vous donnerai à tous une chance de me tuer parce que celui qui me tuera prendra ma place.

— On ne veut pas de ta place.

— L'un d'entre vous la prendra. J'ai été choisi pour une bonne raison, Gage, et l'un d'entre vous me succédera. Vous êtes mon plus grand défi, tous les six. Ma croix. Tous les grands dirigeants doivent en porter une.

— Je ne sais pas si tu es fou ou juste mauvais, mais tu ne diriges presque plus ton propre gang, le provoqua Gage. Tu n'es plus un dirigeant. La prison ne t'a-t-elle pas enseigné que les Fils n'ont plus besoin de toi ?

Le coup suivant fut si rapide et si douloureux que Gage hurla. Le sourire d'Ace s'élargit.

— Ça peut s'arrêter, dit-il. Tu sais ce que tu dois faire pour que ça s'arrête.

— Je me moque de…

Un nouveau coup de fouet l'empêcha de finir sa phrase, même s'il ne fut pas aussi douloureux que le précédent. Gage inspira entre ses dents et sentit du sang couler sur sa jambe.

Vu la réaction de son père, les Fils devaient battre de l'aile depuis son incarcération.

À moins que…

Et si les Fils s'en sortaient très bien sans le dirigeant qu'ils avaient suivi aveuglément pendant toutes ces années ? Ce serait sûrement ce qui ferait le plus enrager Ace.

Cette idée faillit faire rire Gage. Elle lui rappela que tout avait une fin. Il n'aurait peut-être pas le plaisir d'assister à celle de son père, mais ses frères si.

Et Felicity.

Elle n'était pas là et Michael non plus. Malheureusement, Gage ne pouvait rien en déduire.

Pour être sûr que Felicity survive, il devait survivre lui-même, au moins un peu.

Alors il fit ce qu'il s'était juré de ne plus jamais faire.

Parce qu'il était parfois nécessaire de violer une

promesse faite à soi-même pour en respecter une plus importante faite à quelqu'un d'autre.

— J'ai droit au fouet parce que je suis le plus fort et le plus malin, dit-il. Parce que je suis le mieux placé pour te succéder, mais tu dois me débarrasser de la faiblesse de ma mère.

Il reçut un autre coup, auquel il s'attendait. S'il avait été aussi simple de satisfaire Ace, leurs vies à tous auraient été bien différentes.

— N'est-ce pas ce que tu voulais entendre ? demanda Gage.

— Essaye encore, répliqua Ace. Et essaye d'avoir l'air de le penser. Sens la vérité. Je te débarrasserai de ta faiblesse, Gage. Ou bien tu mourras. Jamison ne te sauvera pas, cette fois. Brady ne te sauvera pas. Ta petite idiote rousse ne te sauvera pas non plus. Il n'y a que toi et moi, fiston.

— Et l'un d'entre nous mourra.

— Ah, fiston ! On parle enfin la même langue.

13

Felicity n'avait vécu que quatre ans avec son père, mais elle se rendit compte, tandis qu'elle l'attendait, qu'elle avait appris certaines choses durant cette période.

Le silence et l'immobilité, notamment. On risquait moins de devenir une cible quand on était immobile et silencieux, et elle était toujours une cible quand elle vivait chez lui.

Mais il fallait d'abord qu'il la trouve.

Elle avait appris à se fondre dans son environnement, à se cacher derrière n'importe quoi. Elle avait appris cela avant d'apprendre à parler et à marcher. Elle le croyait, du moins. Elle le *sentait*.

En vivant avec les Knight et en mûrissant – très lentement - elle avait désappris ces réflexes. Elle avait compris comment parler, vivre et rêver sans se cacher.

Sauf qu'on ne désapprenait jamais complètement des réflexes de ce type. Alors que son père s'approchait d'elle en respirant bruyamment, elle lutta pour rester dans le présent. Ce n'était pas facile en se cachant comme elle le faisait quand elle était petite.

Mais elle avait un plan, cette fois. Son père n'était plus en position de la terroriser.

Elle bougeait en même temps que lui derrière le grand rocher qui la cachait afin de le garder dans son champ de vision. Elle faisait bien attention où elle mettait les pieds. Le moindre caillou qui aurait roulé aurait pu attirer l'attention de son père sur elle.

Ou pas. Il respirait si fort qu'il ne se serait peut-être aperçu de rien.

Elle-même retint son souffle lorsqu'il passa devant le rocher et quand elle contourna celui-ci pour attaquer son père par-derrière.

Elle n'eut même pas besoin de le pousser. Quand elle surgit en poussant un grand cri, il trébucha et tomba dans le ravin profond qui bordait le sentier.

Il atterrit lourdement et gémit de douleur. Quand elle le regarda se tortiller au fond du ravin, Felicity se sentit inexplicablement furieuse.

Elle avait gagné – pour le moment. Elle avait fait ce qu'elle voulait faire, mais une fureur incontrôlable l'envahit.

— Te sens-tu grand et fort, maintenant ? lui lança-t-elle.

Elle eut envie de donner des coups de pied dans des cailloux pour les lui faire pleuvoir sur la tête – ou de jeter le plus gros qu'elle trouverait. Elle voulait le torturer. Elle voulait lui faire autant de mal qu'il lui en avait fait. Elle voulait…

Elle se ressaisit brusquement et sa fureur la quitta. Elle n'était pas comme lui. Elle ne voulait pas l'être. Elle n'avait pas besoin de le terroriser parce qu'il l'avait terrorisée. Cela ne résoudrait ni n'effacerait rien.

— Felicity, dit-il d'un ton dont elle se souvenait bien.

Un ton suppliant et désolé. Sa thérapie lui avait permis de comprendre que c'était l'arme la plus puissante des gens violents. Ils étaient doués pour faire croire qu'ils étaient capables d'empathie.

— Contente-toi de répondre à la question, répliqua-t-elle. Te sens-tu grand et fort ?

— Je n'ai fait qu'obéir aux ordres, Liss. Ace est un homme puissant. Je dois faire ce qu'il dit. S'il te plaît. Ne me laisse pas... Je suis désolé.

Il la suppliait, assis par terre en se tenant la jambe. Sans la thérapie qu'elle avait suivie, elle aurait eu pitié de lui.

— Tu n'étais obligé à rien, répondit-elle. Ace ne te possède pas. Tu...

Une idée lui vint subitement.

— Tu fais partie des Fils, n'est-ce pas ? demanda-t-elle.

Pourquoi n'avait-elle jamais envisagé cette possibilité ? Avait-il toujours été un membre du gang ou venait-il d'y entrer ?

Cela avait-il la moindre importance ?

Non. Ce qui comptait, c'était qu'il avait tué sa fille – une sœur qu'elle ne connaissait pas – et essayé de la faire accuser du meurtre. Quelle que soit la part de l'influence d'Ace sur ses actions, son père avait fait ces choses. Elle en était certaine.

— Tu l'as tuée, dit-elle avec plus d'émotion qu'elle ne le voulait.

Son père prit un air horrifié.

— Qui ? Je n'ai tué personne !

Elle le crut stupidement pendant quelques secondes et se laissa envahir par le soulagement et l'espoir. Elle ne demandait qu'à croire que son père n'était pas capable de tuer sa propre fille alors que tout prouvait le contraire.

Mais c'était si stupide qu'elle s'en voulut pour cette faiblesse, même si elle n'avait duré que quelques secondes.

Son père essaya de se relever et hurla de douleur. Il semblait s'être fait très mal à la jambe.

— Ace prétend-il que j'ai tué quelqu'un ? s'écria-t-il. Je n'ai tué personne !

— Et pourtant tes empreintes étaient dans ma cabane

et sur les indices, répliqua-t-elle. Et c'est toi qui as identifié son corps.

— Sûrement pas ! Le corps de qui ? De quoi parles-tu ?

Felicity hésita. Michael semblait sincèrement perdu et Ace avait le bras long. Mais comment l'un de ses sbires aurait-il pu se faire passer pour son père afin d'identifier un corps ? Ou placer des empreintes chez elle ?

— Et ta fille ? lança-t-elle à son père.

— C'est toi ma fille, Felicity.

Il réussit à se lever en ne s'appuyant que sur une jambe et joignit les mains…

— Tu m'as battue alors que je n'étais qu'une petite fille sans défense, lui rappela-t-elle.

Il eut la décence de laisser retomber les bras le long de son corps.

— C'est vrai, admit-il. Je sais que ça fait de moi un monstre. J'avais un problème. Je l'ai toujours. J'en ai conscience. Mais je n'ai tué personne.

Il s'abrita les yeux du soleil et lui jeta un regard suppliant. C'était peut-être vrai. Peut-être pas. Elle n'en savait rien. Elle n'était pas sûre de s'en soucier.

— Tu mérites ce qui t'arrive, murmura-t-elle, bien consciente qu'elle n'avait pas parlé assez fort pour qu'il l'entende.

Mais il était possible que son père ne soit qu'un pion manipulé par Ace. Cela ne faisait pas de lui un innocent. Il devait faire partie des Fils. Il méritait ce qui lui arrivait. Surtout, il ne méritait pas qu'elle l'aide ni qu'elle se soucie de lui.

— Je n'ai tué personne, répéta-t-il d'une voix tremblante, comme s'il était au bord des larmes.

— Peut-être, répondit-elle, se sentant complètement détachée.

C'était comme si elle flottait au-dessus d'elle-même ou que son corps était rempli de coton.

— Ça n'a pas d'importance, ajouta-t-elle.

Il n'y avait plus aucune émotion dans sa voix. Elle sentait bien qu'elles existaient encore, sous le coton, mais elle n'essayerait pas de les atteindre. Elle avait bien trop peur des conséquences que cela pouvait avoir.

Elle recula d'un pas.

— Felicity ? s'écria son père. Où vas-tu ? Tu ne peux pas me laisser là !

Elle recula encore.

— S'il te plaît ! Je suis blessé. Je mourrai si tu me laisses là... S'il te plaît !

— Je me souviens que j'ai supplié.

Malgré le soleil, elle se sentait glacée. Elle devait échapper à cet état.

Elle devait s'éloigner de son père.

— Oui, tu mourras sûrement, ajouta-t-elle.

— Alors tu auras commis un meurtre, Felicity ! cria-t-il alors qu'elle tournait les talons.

— Tant pis, murmura-t-elle.

Gage reprenait conscience de temps à autre. Les coups pleuvaient toujours et cela continuerait jusqu'à ce que son père soit prêt à se battre.

Quand Gage n'aurait presque plus de force. Mais c'était quand un garçon n'avait presque plus de force qu'il se battait le mieux.

D'après Ace.

Quand il aurait atteint ce point, son père lui donnerait une arme – plus petite et moins utile que celle d'Ace, mais une arme quand même.

Gage avait déjà survécu à cela de nombreuses fois.

C'était son enfer personnel. C'était sa punition parce qu'il avait l'esprit vif et un grand corps musclé.

Gage savait très bien qu'il n'avait rien de spécial. Ace avait traité tous ses fils différemment pour des raisons qui n'appartenaient qu'à lui.

Gage n'avait jamais expliqué à ses frères ce que leur père lui disait pour se justifier. Il s'était contenté d'essayer de devenir le contraire de ce qu'Ace attendait de lui.

Quand il était enfin allé à l'école, il avait échoué répétitivement. Après le lycée, il était entré sans brio à l'école de police. Il ne s'était jamais autorisé à exceller. Comme Brady s'en chargeait, personne ne s'était jamais intéressé de trop près à son jumeau médiocre.

Et voilà qu'il se retrouvait dans la position à laquelle il avait échappé après s'être donné tant de mal pour prouver à tout le monde qu'il ne la méritait pas.

Il ne devait pas penser à cela. Il ne devait pas se dire que c'était injuste.

Ace avait peut-être raison depuis le début. Gage était peut-être spécial… Parce que Ace obtenait toujours ce qu'il voulait, même si cela prenait des années.

Non. Non ! C'était faux. Jamison était en vie et s'apprêtait à épouser Liza. Cody reconstruisait sa vie avec Nina et leur fille Brianna à Bonesteel.

Ace n'obtenait pas toujours ce qu'il voulait.

Gage lutta contre la nausée et essaya de ne plus s'évanouir, ce qui ne ferait que retarder l'inévitable.

Leur combat était nécessaire.

Il l'avait toujours été.

Si Gage le gagnait, il deviendrait peut-être ce qu'Ace voulait, mais ce serait pour ses frères. Serait-ce une si mauvaise chose ? Ne pouvait-il pas tout supporter pour sauver ses frères ?

— Je crois que tu es prêt, Gage.

Gage éclata de rire. C'était ridicule. Il était couvert de sang.

C'était le langage et la monnaie d'Ace : le sang et la douleur.

Cela deviendrait le langage de Gage s'il tuait Ace par miracle.

Il ne le voulait pas. Il préférait mourir. S'il avait été sûr que Felicity était en sécurité, il aurait préféré mourir. Mais il n'en était pas sûr, alors il devait se battre.

Il était fatigué de se battre contre la démence de son propre père. Il était fatigué de se battre tout court. Il voulait simplement vivre... Il avait été assez bête pour croire que les années de tranquillité dont il avait joui après avoir échappé à Ace dureraient.

Gage regarda l'homme qui lui avait donné la vie, l'avait torturé et avait sans doute tué sa mère. Il n'y comprenait rien.

— Pourquoi ne t'es-tu pas contenté de nous tuer, Ace ? demanda-t-il. Tu aurais pu le faire à n'importe quel moment.

Ace s'approcha en regardant Gage comme si quelque chose de très simple lui avait échappé.

— À quoi sert la vie si on ne court aucun risque ? répondit-il. Vous m'avez tous vu comme un monstre. Aucun de vous n'a essayé de me comprendre. Je ne veux pas votre mort. Je veux que vous renaissiez en m'appartenant entièrement.

C'était dément. Comme s'il était possible d'effacer toute trace de sa mère en lui, même s'il l'avait voulu. Il avait des raisons de le vouloir, après tout. Elle avait été assez faible pour aimer un monstre et lui faire six enfants dans l'espoir de rester en vie – ce qui n'avait servi à rien, puisqu'elle était morte quand même.

À cet instant, Gage n'avait pas beaucoup d'affection

pour la femme qui avait rendu tout cela possible, mais elle n'était pas un monstre, au moins.

— Elle valait mieux que toi, tu sais, dit-il en s'attendant à recevoir un nouveau coup.

Il ne vint pas – pas encore. Ace s'était figé.

— Elle était faible et tu l'es aussi.

— Ce n'est pas être faible que de te survivre.

— Sauf qu'elle n'a pas survécu, n'est-ce pas ?

— Si. Elle savait ce que tu étais. Elle nous disait qu'après sa mort, quand *tu* l'aurais tuée, tu essayerais de nous modeler à ton image. Elle disait que rien ne nous obligeait à te satisfaire. Elle était plus forte que toi là où ça compte. On ne s'est pas échappés avant sa mort. Pourquoi, à ton avis ?

— Tu veux vraiment jouer à ça ? demanda Ace avec un sourire qui raviva la nausée de Gage.

Comme Ace ne se servait pas de son fouet quand il parlait, Gage acquiesça.

— Oui, jouons.

— Pourquoi ta mère ne s'est-elle pas enfuie ? demanda Ace. Pourquoi ne s'est-elle pas réfugiée chez ta précieuse grand-mère ? Elle aurait pu.

— Bien sûr. Elle n'était pas ta prisonnière, ironisa Gage.

— Vous vous êtes échappés tous les six. Pourquoi ne l'a-t-elle pas fait ?

Gage ouvrit la bouche pour répondre qu'Ace lui avait fait perdre la tête au point qu'elle n'avait plus vu comment s'échapper. Cela voulait peut-être dire qu'elle était faible. Au moins, elle avait convaincu ses fils que la vie était meilleure ailleurs.

C'était peut-être Jamison qui l'avait prouvé à Gage, finalement, mais c'était sa mère qui l'avait incité à y croire.

À présent, Gage était fatigué et sa mère était morte.

À quoi bon répondre ? Pourquoi ne baissait-il pas les bras, tout simplement ?

Mais il connaissait la réponse : parce qu'il ne savait pas ce qui était arrivé à Felicity et parce que ses frères s'en voudraient s'il mourait. Ils essayeraient de le venger.

— Elle ne voulait peut-être pas apporter ta démence dans la maison de sa mère, répondit-il.

Ace pouffa.

— Ta mère se moquait autant de Pauline que moi.

— Pauline est en vie, rappela-t-il à son père. Elle va bien. Elle nous a élevés et tu l'as laissée faire. Pourquoi ?

L'expression d'Ace s'assombrit. Il était furieux et Gage savait qu'il aurait tort d'insister, mais il ne put s'en empêcher parce qu'il était furieux aussi.

Il esquissa un sourire aussi mauvais que ceux de son père.

— Tu as vraiment peur qu'elle t'ait jeté un sort, pouffa-t-il. Comme c'est triste !

La lame d'un couteau sorti de nulle part se posa sur la gorge de Gage.

— J'avais tort, grogna Ace. C'est rare, mais tout le monde commet des erreurs, même moi. Alors que je te prenais pour le plus malin, tu es le plus faible et tu vas mourir. Prononce tes dernières paroles, fiston. Parce que j'en ai assez d'essayer de faire quelque chose de toi.

14

Felicity se lécha les lèvres en sachant parfaitement que cela n'arrangerait rien. Cela ne ferait pas apparaître de l'eau par miracle et cela ne dissiperait pas son vertige.

Elle était près de sa cabane. Elle y trouverait de l'eau. C'était tout ce qui comptait.

Quand elle l'aperçut au loin, elle plissa les yeux et s'arrêta net en découvrant qu'une voiture de police était garée devant.

Pendant quelques instants, elle éprouva un tel soulagement que ses yeux s'emplirent de larmes... Puis elle se souvint qu'elle était recherchée pour meurtre.

Même si la police avait sauvé Gage, la situation n'était pas forcément aplanie.

Elle pouvait aussi l'être. Et n'était-il pas devenu plus important de trouver de l'eau que d'échapper à une arrestation ? Gage expliquerait tout à la police et les choses finiraient par s'arranger.

Peut-être.

Je n'ai tué personne.

Son père avait semblé si désespéré et si surpris. Était-ce la raison qui la faisait douter de sa culpabilité ou son désir qu'il soit innocent ?

Je n'ai tué personne.

Ace devait l'avoir piégé. Mais comment pouvait-elle

prouver qu'Ace avait tout orchestré alors qu'il était en prison ? Et pourquoi le ferait-elle, d'abord ? Son père méritait son sort.

Il mérite de mourir de soif ?

Elle chassa cette idée de son esprit, mais la vague de nausée qui l'avait accompagnée perdura.

Elle s'approcha lentement de sa cabane. Ace et Gage n'étaient pas dans les environs. Elle essaya de se glisser discrètement de rocher en rocher jusqu'au petit bosquet qui avait été planté à côté.

Elle se cacha derrière un tronc et tendit l'oreille pour essayer de comprendre ce que la police faisait là. Avait-on trouvé Gage ? Ace ? Est-ce que tout allait bien ?

Ou la situation était-elle catastrophique ?

Comme c'était une voiture de la police du comté de Pennington, il n'y avait aucune chance pour qu'elle ait affaire à l'un des frères Wyatt, qui travaillaient tous pour le comté de Valiant.

Elle ne se rendit compte qu'il y avait deux hommes dans la voiture que lorsqu'ils en sortirent.

Ils n'étaient clairement pas pressés. Ils devaient être arrivés depuis peu de temps – ce qui signifiait qu'Ace avait emmené Gage ailleurs avant.

Elle ferma les yeux pour refouler la panique qui la gagnait. Elle devait comprendre ce qui se passait.

— On dirait que la tornade n'a pas fait de dégâts par ici, dit le plus grand des deux policiers alors qu'ils approchaient lentement de la cabane.

— Tant mieux pour nous, répondit l'autre.

— Je ne vois pas l'intérêt de fouiller cette cabane une deuxième fois.

Le plus petit des deux se gratta la tête.

— Ce sergent du comté de Valiant a beaucoup insisté, indiqua-t-il. On peut le comprendre. Tout ça paraît bizarre s'il est vrai que la suspecte n'avait aucun contact avec son père.

— Sauf que le sergent en question est un ami de la suspecte, répliqua l'autre policier, avant de s'arrêter net. Quelqu'un est venu ici. Le ruban a été décollé.

— C'est peut-être le vent, répondit l'autre.

Mais il était déjà en train d'enfiler des gants en caoutchouc pour rattraper le ruban qui flottait dans la brise.

Le sergent du comté de Valiant dont ils parlaient devait être Tucker. Apparemment, ils n'étaient là que pour fouiller sa cabane une deuxième fois à la recherche de nouveaux indices.

Découvriraient-ils quelque chose ?

Peu importait. Elle devait trouver Gage. Rien n'indiquait qu'Ace et lui étaient passés par là.

Avant de se lancer sur la piste de Gage, elle avait besoin de renforts. Elle devait oublier sa soif et trouver un moyen d'atteindre la portée du wi-fi.

Pour cela, elle devait sortir du couvert des arbres sans se faire prendre. Elle pouvait attendre que les policiers s'en aillent, mais combien de temps cela représentait-il ? Et combien de temps Gage pouvait-il supporter ce qu'Ace lui faisait subir ?

Il avait peut-être réussi à battre son père, mais…

Mais elle ne pouvait pas se contenter d'un peut-être. Elle devait envoyer un message aux Wyatt et découvrir ce qui s'était passé.

En échappant à la police.

Après avoir fermé les yeux quelques instants pour rassembler son courage, elle sortit son téléphone et s'approcha lentement de la cabane en fixant l'écran.

— Allez, murmura-t-elle en espérant voir apparaître le symbole indiquant qu'elle avait du réseau.

— Quelqu'un est venu ici, c'est évident.

Felicity sursauta et s'empressa de s'adosser à un tronc. Elle ferma les yeux et retint son souffle. Son cœur battait si fort qu'elle craignit de s'évanouir.

Alors elle entendit la voiture démarrer.

Elle osa jeter un coup d'œil de l'autre côté de l'arbre et vit le véhicule de police s'éloigner.

Elle faillit pleurer de soulagement. Par précaution, elle attendit de longues secondes avant de s'élancer vers la cabane. Elle dut s'arrêter pour chercher ses clés dans son sac, puis elle se glissa sous le ruban.

Ses mains tremblaient tant qu'elle eut du mal à introduire la clé dans la serrure. Quand elle ouvrit enfin la porte, elle courut vers l'évier. Elle tourna le robinet, passa la tête sous le jet et but à grands traits.

Dès qu'elle se fut un peu rafraîchie, elle se souvint que ce n'était pas la seule urgence.

Elle commença à rédiger un message collectif pour l'envoyer à tous les Wyatt et tous les Knight.

Ace est venu à ma cabane. Il a emmené Gage. Je ne sais pas où. Je vais suivre leurs traces. J'ai besoin d'aide.

Elle s'interrompit, hésita, puis prit le temps d'expliquer où elle avait laissé son père, qui avait besoin de soins.

Elle ne devait pas se laisser gouverner par son désir de vengeance.

« Il t'a battue », lui avait rappelé Gage d'une voix parfaitement neutre.

Elle secoua la tête. Ce qui était fait était fait. Elle envoya le message. Maintenant, elle devait trouver Gage.

Elle mit les quelques bouteilles d'eau qu'il lui restait dans son sac, sortit, verrouilla la porte et examina le sol.

Il y avait une myriade d'empreintes. Les policiers les avaient-ils seulement vues ? Elle les observa attentivement en se remémorant la scène de la matinée.

Ace l'avait poussée. Elle repéra facilement la zone d'herbe écrasée où elle était tombée. Il y avait une empreinte de botte – qui avait sans doute été laissée par l'un des policiers – en plein milieu.

Elle s'en approcha, puis se tourna vers la maison. Ace avait pointé cet horrible revolver sur la tempe de Gage à cet endroit et…

Revolver.

Elle se précipita dans la cabane en sachant qu'elle perdait du temps, mais que c'était indispensable. Elle récupéra son revolver et son étui, puis retourna à l'endroit où Ace avait menacé Gage.

Elle essaya de déterminer quelles empreintes appartenaient à qui. Parce que Gage s'était battu, il y en avait dans tous les sens, mais elle trouva une piste d'un côté de la zone piétinée : une seule série d'empreintes et deux sillons.

Comme si quelqu'un avait traîné quelqu'un d'autre.

Elle refoula la terreur qui la gagna et suivit la piste.

Elle atteignit une zone herbeuse. Heureusement, le sol était encore assez meuble pour que la piste soit visible.

Puis elle tomba sur de la roche. Devant elle s'étendaient des kilomètres de roche érodée par le vent et la pluie.

Son cœur se serra. C'était le pire terrain possible pour pister quelqu'un. À partir de là, rien ne lui indiquait la direction qu'ils avaient prise.

Alors elle vit un morceau de tissu sous un caillou. Il était noir, comme le T-shirt que portait Gage.

S'il se faisait traîner, comment avait-il réussi à déchirer un morceau de son T-shirt pour le coincer sous ce caillou ?

Ou était-ce lui qui traînait Ace ? Non, cela n'avait aucun sens. Il aurait demandé de l'aide, s'il avait réussi à neutraliser Ace.

Cela pouvait aussi être un morceau d'objet cérémonial

emporté par le vent. On en trouvait davantage dans la partie sud du parc, plus proche de la réserve, mais ce n'était pas impossible.

Sauf que ce bout de tissu noir donnait vraiment l'impression d'avoir été coincé là exprès.

Si elle partait dans cette direction, elle retournerait dans la zone des canyons et des colonnes de roche.

Cela ne l'effrayait pas. Elle était une ranger. Elle avait de l'eau et un bon sens de l'orientation. Elle saurait revenir sur ses pas si ce n'était pas la bonne direction.

Elle jeta un coup d'œil inquiet au ciel. Elle avait de quoi camper en cas de besoin. Et elle avait une arme, maintenant. Tout irait bien.

Elle partit du côté du morceau de tissu et elle faillit sangloter de soulagement quand elle trouva l'assurance de Gage quelques centaines de mètres plus loin. Il avait vraiment joué au Petit Poucet tandis qu'Ace le traînait.

Était-il gravement blessé pour ne pas s'être défendu contre Ace ?

Elle persévéra en essayant de chasser cette pensée de son esprit. Elle fut obligée de faire demi-tour plusieurs fois parce qu'elle ne trouvait plus d'indices. C'était épuisant et elle aurait sans doute dû faire une pause pour boire, mais chaque nouvel indice qu'elle découvrait la poussait à continuer.

Elle les laissa tous où ils étaient pour que les frères Wyatt les trouvent. Si elle pouvait suivre cette piste, ils le pouvaient aussi. Elle en était certaine.

Elle faillit faire demi-tour lorsqu'elle atteignit une sorte de clairière bordée par une falaise. Alors elle aperçut quelque chose de noir et s'en approcha.

C'était un portefeuille en cuir. Comme il n'était pas coincé sous un caillou, il pouvait très bien avoir été porté jusque-là par le vent.

Mais il y avait l'entrée d'une grotte un peu au-dessus.

Elle posa son sac sans faire de bruit, dégaina et s'approcha de la grotte la gorge serrée.

Gage attendit la douleur en fixant son père. Ace se contenterait-il de lui trancher la gorge ou opterait-il pour une mort plus lente et plus cruelle ?

Pour le moment, Ace attendait ses derniers mots.

— Tu as perdu ta langue ? ricana son père. Et si je commençais par te la couper ?

Alors que Gage haussait les épaules, Ace fronça les sourcils. Des cailloux venaient de rouler près de l'entrée de la grotte. Ce n'était peut-être qu'un animal, mais cela avait attiré l'attention d'Ace.

Même s'il était à bout de forces, Gage savait reconnaître un moment opportun quand il en voyait un. Il ne pouvait pas s'échapper mais, en s'y prenant bien, il pouvait se débarrasser du couteau qu'il avait sur la gorge. Il s'appuya sur ses mains attachées pour reculer les jambes le plus silencieusement possible.

Il fit du bruit en les détendant pour frapper, ce qui était inévitable. Ace essaya d'esquiver, comme Gage l'avait prévu. Il pivota suffisamment pour l'atteindre et le faire tomber – grâce à l'aide d'un caillou sur lequel celui-ci trébucha.

— Tu crois pouvoir gagner avec les mains attachées ? lui lança Ace, furieux.

Il se releva et chercha le couteau.

Comme il ne le trouvait pas, il voulut dégainer le revolver qu'il avait à la ceinture.

— Il ne peut peut-être pas, mais moi si.

Gage fut certain qu'il hallucinait. Le soleil qui entourait

Felicity d'un halo la faisait ressembler à un ange gardien armé d'un revolver.

Il ne voyait pas comment c'était possible, mais Felicity était là et elle pointait une arme sur Ace.

Elle ne tremblait pas. Elle ne jeta même pas un coup d'œil à Gage. Elle se contentait de menacer Ace avec un parfait sang-froid.

Le sourire d'Ace s'élargit.

— Tu ne tireras pas, dit-il.

— J'ai tiré sur l'un de tes hommes le mois dernier, répliqua Felicity. N'est-ce pas pour cette raison que tu essayes de me faire condamner pour un meurtre que je n'ai pas commis ?

Ace éclata de rire.

— Ne te surestime pas. Tu n'es qu'un insecte.

— Un insecte que tu ne peux pas écraser, répondit Felicity.

Le calme de sa voix fit frémir Gage. Il n'était pas sûr de connaître *cette* Felicity.

— Felicity..., commença-t-il.

Elle secoua la tête et continua à s'adresser à Ace sans regarder Gage.

— Tu vas détacher ton ceinturon et le laisser tomber par terre, puis tu vas sortir de cette grotte, Ace, dit-elle. Les mains en l'air et lentement. Je serai derrière toi. Ensuite, nous attendrons.

— Tu dois me confondre avec l'un de mes fils, grogna Ace. Il n'est pas question que je t'obéisse. Tu crois que ce revolver ridicule me fait peur ? Comprends-tu à quoi j'ai survécu ? Sais-tu qui je suis ?

— Je m'en moque parce que j'ai le doigt sur la détente. Si tu n'as pas laissé tomber ton arme dans cinq secondes, je te tire une balle dans le ventre.

— On va voir ce que tu vaux, chérie, répliqua Ace

en approchant la main de son arme – sûrement pas pour la laisser tomber. Je serai ton pire cauchе…

Une détonation retentit et Ace s'effondra.

Gage poussa un cri d'horreur, de surprise et de soulagement mêlés.

— Felicity, répéta-t-il.

Elle recula d'un pas. Elle ne semblait plus avoir autant d'assurance, maintenant qu'Ace se tordait de douleur par terre. Il avait les deux mains posées sur son estomac et du sang lui coulait entre les doigts. Felicity avait toujours son arme pointée sur lui.

— Récupère son arme, Felicity, dit Gage le plus calmement possible.

Ace semblait vouloir dégainer, mais chaque geste le faisait grogner de douleur. Il pâlissait à vue d'œil.

Felicity s'approcha de lui et lui prit son revolver sans qu'il réagisse.

— Bien, dit Gage. Viens me détacher, maintenant.

Elle ne bougea pas. Elle continua à fixer Ace, qui gémissait, comme si elle était en transe.

Gage ne savait pas si elle avait l'intention de l'achever – il savait encore moins s'il avait envie qu'elle le fasse –, mais la pâleur et l'air égaré de Felicity lui fendaient le cœur.

— Regarde-moi, Felicity, la supplia-t-il.

Elle se tourna enfin vers lui. Elle était bien trop pâle et elle avait le souffle court, à présent.

Le fait de ne pas pouvoir se précipiter auprès d'elle désespérait Gage.

— Je n'ai pas eu le choix, dit-elle en jetant un coup d'œil à Ace.

— Tu as fait ce qu'il fallait, assura Gage. Ramasse son couteau et détache-moi, d'accord ? On débrouillera la situation. Chaque chose en son temps.

Elle hocha la tête de manière exagérée, ce qui ne le rassura pas sur son état mental.

— Le couteau est là-bas, insista-t-il. Près de ce gros rocher.

— C'est un empilement sédimentaire.

— Comme tu voudras, répondit-il, soulagé de l'entendre employer le terme technique. Tu vas ramasser le couteau ?

Elle hocha encore la tête et passa à l'action, cette fois. Gage regarda Ace, qui gémissait toujours.

Felicity lui avait tiré une balle dans le ventre, comme elle l'en avait menacé.

Elle rengaina son arme, garda celle d'Ace dans l'autre main et ramassa le couteau. Elle tremblait comme une feuille, à présent.

— Viens me détacher, maintenant, dit Gage. Felicity ?

— Oui, fit-elle comme si elle était hypnotisée.

Quand elle s'approcha de lui, le couteau à la main, leurs regards se rencontrèrent enfin.

— Mon Dieu, Gage ! s'écria-t-elle, les yeux remplis de larmes. Tu es…

— Je vais bien, affirma-t-il. Je m'en sortirai, je veux dire. En tout cas, je vais mieux que toi, pour le moment.

— Tu es couvert de sang…

— Ce n'est pas grave. Ne pleure pas, chérie. Détache-moi, s'il te plaît.

— Je suis désolée, balbutia-t-elle avant de s'attaquer enfin à la corde. C'est le brouillard dans ma tête. Je n'arrive plus à penser.

— Ça va s'arranger, lui promit-il. Tu m'as sauvé. Tout va bien.

— Sauvé… Je… Est-ce que je l'ai tué ?

Ils tournèrent la tête vers Ace. Il ne bougeait plus, mais il les fusillait du regard.

— Détache-moi, insista Gage.

— J'essaye ! répondit Felicity, qui tremblait de plus en plus.

Ace ouvrit la bouche comme s'il voulait dire quelque chose. Seul un gémissement franchit ses lèvres.

Alors que Gage avait rêvé de la mort d'Ace d'innombrables fois, il ne comprenait pas ce qu'il ressentait au moment où il y assistait peut-être.

En revanche, il éprouva clairement du soulagement quand Felicity réussit enfin à le détacher.

— J'ai envoyé un message à tes frères, dit-elle en fixant Ace avec angoisse. J'ai suivi ta piste. Je suis sûre qu'ils le feront aussi. Mais on devrait aller à leur rencontre, si on peut. Je ne sais pas quoi faire de…

Elle laissa sa phrase en suspens et tourna la tête vers lui.

— Tu es tellement blessé…

Il prit son visage entre ses mains et le scruta. Elle était en état de choc. Son regard était fuyant et elle tremblait sous ses doigts.

Il déposa un baiser sur son front.

— Je suis là, Felicity, lui dit-il.

Elle inspira profondément et laissa échapper une sorte de sanglot.

— J'ai laissé mon père mourir, balbutia-t-elle. J'ai tiré sur Ace. Tu es gravement blessé. Je ne sais pas quoi faire…

Gage eut envie de la prendre dans ses bras pour l'emporter hors de cette grotte, mais il aurait de la chance s'il parvenait à en sortir sans son soutien.

— Il faut juste qu'on sorte d'ici, lui dit-il. Tu as prévenu mes frères. Ils seront bientôt là. Tu as juste besoin d'un peu d'air frais. Viens.

Il lâcha ses joues et s'en voulut parce qu'il y avait laissé des traces de sang.

Il souffrait horriblement et s'interdit de le montrer à Felicity. Il fit un pas vers l'entrée de la grotte. Malheureusement, sa jambe fléchit et il tomba. Il réprima un juron et jeta un regard mauvais à Ace. Celui-ci émit un gargouillis qui était presque un rire.

Il souriait, mais il ne bougeait plus. Il était livide.

— Tu vas mourir, lui dit Gage. D'une mort lente et douloureuse.

Le sourire d'Ace s'élargit.

— N'est-ce pas amusant ? répondit-il d'une voix rauque. Cette petite fille a plus de cran que vous tous. Elle a réussi là où vous avez échoué.

Gage se releva avec l'aide de Felicity. Elle le soutint sans dire un mot jusqu'à l'entrée de la grotte.

Il réussit à l'atteindre sans tomber une deuxième fois, même s'il fallait escalader plusieurs rochers sur la fin. En revanche, il ne parvint pas à accomplir cette prouesse en silence. Lorsqu'ils arrivèrent à l'endroit où il avait laissé son portefeuille, les joues de Felicity étaient inondées de larmes.

Il n'en pouvait plus et se laissa tomber. Quand Felicity se pencha vers lui, sans doute pour l'aider à se relever, il l'attira dans ses bras.

Alors elle se mit à sangloter. Il la serra plus fort et la laissa pleurer dans ses bras en surveillant l'entrée de la grotte.

Il était à peu près sûr qu'Ace était neutralisé, mais une part de lui croyait presque son père capable de guérir par miracle pour jaillir de la grotte, prêt à se battre.

— On devrait se mettre en route, dit Felicity d'une voix tremblante.

— Je ne suis pas sûr d'en être capable. Attendons.

— Il commence à faire sombre. Ils ne verront peut-être pas la piste.

— Ils la verront, lui assura Gage. Reposons-nous un peu.

Il caressa le dos de Felicity en luttant contre la tentation de s'évanouir.

Ils n'eurent pas à attendre trop longtemps. Alors que le soleil commençait à se coucher, ils devinèrent une silhouette à l'horizon.

Felicity se leva.

— Ils devraient être plusieurs, dit-elle d'une voix inquiète. Je ne vois qu'une personne.

— Ils se sont peut-être séparés pour nous chercher, suggéra Gage.

— J'ai abandonné mon père, ajouta-t-elle. Il était blessé, mais ça pourrait être lui. Il a dit qu'il n'avait tué personne. Il ne semblait même pas au courant du meurtre.

— Tuck a dit qu'il avait identifié le corps, lui rappela-t-il.

— Je sais… Je n'y comprends rien. Et nous ne saurons peut-être jamais ce qui s'est passé si Ace meurt.

— Si Ace meurt, tout ira bien, déclara Gage. Ça, je peux te le promettre.

15

Brady les trouva le premier et appela les secours. Malgré ses protestations, Felicity fut emmenée à l'hôpital avec Ace et Gage.

Elle eut le droit d'en sortir bien plus vite qu'eux et on la conduisit au ranch des Knight, où Duke et Rachel la forcèrent à aller se coucher.

Elle ne dormit pas. Elle essaya. Elle ferma les yeux et vida complètement son esprit, mais cela ne lui procura pas le soulagement du sommeil.

Elle resta quand même dans son lit pendant huit heures. Réveillée. Après cet exercice absurde, elle se leva, prête à faire… n'importe quoi d'autre.

Sarah frappa à sa porte alors qu'elle s'apprêtait à quitter sa chambre.

— Tu ne devrais pas être debout, lui dit sa sœur.

— Je suis restée couchée huit heures, répondit Felicity sur un ton de petite fille pleurnicheuse qui la fit grimacer.

Sarah prit un air réprobateur, mais elle n'essaya pas de la forcer à se recoucher. C'était déjà cela.

— Gage est-il rentré ? demanda Felicity.

Sarah acquiesça.

— Je viens de parler à Dev. L'hôpital l'a laissé partir ce matin. Brady l'a ramené au ranch et grand-mère Pauline lui a ordonné de se coucher. Tuck est resté à l'hôpital pour être sûr qu'Ace ne soit pas sans surveillance un seul instant.

— Alors Ace est en vie, murmura Felicity, en proie à des sentiments contradictoires.

Sarah hocha la tête, les sourcils froncés.

— Il a été opéré. Le pronostic n'est pas bon, mais les médecins disent que plus il survit, plus il a de chances de survivre.

— Je veux voir Gage.

— Duke…

— J'y vais, la coupa Felicity.

Elle ne savait pas ce que cela changerait – on ne s'agiterait pas moins autour d'elle dans l'autre ranch. Cela lui semblait juste indispensable.

Sarah réussit à la convaincre de prendre une douche avant de sortir, même si Felicity savait parfaitement que sa sœur emploierait ce temps à informer Duke de ses projets.

Après sa douche, Felicity trouva Sarah dans la cuisine.

— J'espère que tu ne prends pas du retard dans ton travail à cause de moi, lui lança-t-elle.

— Les retards se rattrapent. Et puis je ne ferai que te conduire là-bas. J'irai te chercher plus tard, ou Duke.

— Vous savez tous les deux que le médecin a dit que j'allais bien, protesta Felicity.

Sarah se contenta de pincer les lèvres et de secouer la tête.

— Allez, viens ! dit-elle.

Quand ils arrivèrent au ranch des Reaves, Felicity insista pour que Sarah ne l'accompagne pas jusqu'à la porte.

— Felicity ? fit Sarah.

Felicity tourna la tête vers elle alors qu'elle avait la main sur la poignée.

— J'espère que tu sais que tu n'as pas besoin de

surmonter tout ça toute seule, déclara sa sœur d'un air grave.

Comme cela donna envie de pleurer à Felicity, elle serra les dents et secoua la tête.

— Ne t'en fais pas : le pire est derrière moi, répondit-elle avant de sortir de la voiture.

C'était un mensonge qui lui semblait nécessaire. Elle traversa la cour et entra dans la cuisine sans frapper – Pauline se serait sentie offensée si une amie avait frappé à sa porte.

— Bonjour, gamine ! lui lança Pauline depuis sa place habituelle aux fourneaux. Tu as l'air en forme.

Felicity se força à lui sourire.

— Je vais bien. Où est Gage ?

— À l'étage, répondit Brady, qui était assis à la table avec un café et son téléphone posés devant lui. Il dort, ou il devrait.

— Est-ce que je peux le voir ?

— Laissons-lui un peu de temps pour se reposer, dit grand-mère Pauline en forçant Felicity à s'asseoir.

Un petit déjeuner copieux apparut sous son nez deux secondes plus tard.

Felicity entendit des rires de petites filles dans le salon. Gigi et Brianna étaient là, ce qui signifiait que Liza et Nina aussi.

Felicity baissa les yeux vers l'assiette. Elle savait qu'elle aurait dû manger pour faire plaisir à grand-mère Pauline, mais c'était au-dessus de ses forces.

La porte de derrière s'ouvrit et Dev entra.

— Des nouvelles ? demanda-t-il en s'essuyant les pieds sur le paillasson.

Brady secoua la tête.

— Pas depuis les dernières, répondit-il.

— Pourquoi essayent-ils de sauver ce salaud ? grommela Dev. C'est du gaspillage.

— Les médecins ont prêté le serment de soigner tout le monde, lui rappela Brady.

Felicity se sentait complètement engourdie sans savoir pourquoi. Elle avait été obligée de faire tout ce qu'elle avait fait. Laisser mourir son père. Tirer sur Ace. Il le fallait. Et ne serait-elle pas un héros si les deux monstres mouraient ?

Mais elle ne se sentait pas bien. Elle ne se sentait même pas mal. Elle se sentait vide, et se trouver dans cette cuisine n'arrangeait rien.

Elle voulait juste voir Gage et s'assurer qu'il allait bien. Les choses redeviendraient peut-être normales après cela. Elle arrêterait peut-être d'avoir l'impression de marcher dans le brouillard.

Dev s'assit pour prendre son petit déjeuner. Brady but son café en pianotant sur son téléphone.

Personne n'essaya de briser le silence. On n'entendait que les bruits de la vaisselle que faisait grand-mère Pauline et les rires des fillettes dans la pièce voisine.

Brady finit par poser son portable et s'éclaircit la voix.

— Jamison et Cody viennent se reposer un peu avant d'y retourner, annonça-t-il.

— Ont-ils trouvé mon père ? demanda Felicity.

Elle ne put s'empêcher de poser la question même si la réponse était évidente. Pourquoi reprendraient-ils les recherches s'ils l'avaient trouvé ?

— Non, pas encore, indiqua Brady. Mais d'autres agents fouillent la zone.

— Il devrait être là où je l'ai laissé, murmura-t-elle.

Quand on lui avait dit la veille au soir, à l'hôpital, que son père n'avait pas été trouvé, elle pensait qu'il serait localisé dès qu'il ferait jour.

Son engourdissement se dissiperait peut-être quand elle saurait ce qui lui était arrivé.

— Je ne comprends pas pourquoi il n'est pas là, ajouta-t-elle.

— Il peut avoir essayé de se mettre à l'abri, répondit Brady. Il y a des tas de possibilités... Tu as dit que ton père n'avait pas tué cette femme ?

— C'est ce qu'il a prétendu.

Elle n'avait aucune raison ni de le croire ni de ne pas le croire. Néanmoins, il semblait évident qu'Ace l'avait piégé d'une manière ou d'une autre.

— On continuera à le chercher, promit Brady.

Elle hocha la tête, l'estomac noué.

— Tu peux rester ici, si tu es inquiète ou si tu ne te sens pas en sécurité, ajouta Brady. On peut...

— Je ne suis pas inquiète, le coupa-t-elle. Je n'ai aucune raison de l'être.

Elle se leva si brusquement que tout le monde la regarda, ce qui la mit mal à l'aise.

— Il faut que je parle à Gage, reprit-elle. Je peux monter le voir ?

Brady fronça les sourcils, puis acquiesça.

— Oui.

Elle n'attendit pas qu'on lui fournisse des instructions. Elle ne savait pas dans quelle chambre était Gage, mais elle trouverait. Bien sûr, Liza et Nina l'arrêtèrent dans le salon.

Liza la prit immédiatement dans ses bras.

— On est si contents que tu ailles bien, dit-elle quand elle la lâcha. Tu as besoin de dormir.

Felicity se força à lui sourire et n'essaya pas de lui mentir, ce qui ne marchait jamais.

— J'ai essayé, répondit-elle.

Il avait été difficile de perdre Liza quand elle était

retournée chez les Fils pour sauver sa demi-sœur. Il avait aussi été difficile d'accepter son retour – Felicity avait continué à se sentir blessée et trahie un long moment. Mais elle n'éprouvait pas la moindre amertume, à cet instant.

Elle se réjouissait juste que quelqu'un la comprenne. Si c'était le cas, elle finirait peut-être par se comprendre elle-même.

— Tante Felicity ne va pas bien ? s'inquiéta Brianna, qui était venue s'accrocher à la jambe de sa mère. Est-ce que grand-mère Pauline lui a fait un chocolat magique ?

Felicity caressa les cheveux blonds de la fillette. Elle n'en revenait pas de la facilité avec laquelle Brianna s'était intégrée à la famille. Alors qu'elle avait presque sept ans quand elle avait rencontré Cody, elle avait tout de suite accepté l'idée qu'il était son père – et tous les oncles et tantes qui allaient avec.

Se souvenir de ce dont la famille et l'amour étaient capables réchauffa le cœur de Felicity.

— Pas encore, répondit-elle à Brianna. Je vais d'abord voir comment va Gage.

— Il s'est fait écraser la tête, dit gravement Gigi.

— Pas exactement, la corrigea Liza avec un soupir de mère désabusée. Les Wyatt devraient faire plus attention à ce qu'ils disent en présence des petits.

— Est-ce qu'on peut aller voir oncle Gage ? demanda Brianna. Je lui offrirai mon collier magique.

— Pour le moment, oncle Gage a des pilules magiques qui lui donnent envie de dormir, répliqua Nina. Vas-y, Felicity. Je suis sûre qu'il sera content de te voir.

— Je vais t'indiquer sa chambre, dit Liza en prenant le bras de Felicity.

Comme son ton signifiait qu'elle avait l'intention de lui arracher tous ses secrets, Felicity hésita.

— Je peux trouver la chambre toute seule. Je…

— Allez, viens ! la coupa Liza avant de l'entraîner vers l'escalier.

Felicity fut bien obligée d'obéir.

— Tu sais que Brady a dû le forcer à prendre des somnifères, ce matin, pour l'empêcher de foncer au ranch des Knight pour te voir.

Felicity ressentit *quelque chose* à travers le brouillard pour la première fois depuis douze heures.

— Oh ! dit-elle.

— Oh ? répéta Liza. Felicity... Parce que j'ai été l'objet de l'inquiétude d'un Wyatt, je peux t'assurer qu'il ne s'agit pas d'une inquiétude amicale.

— De quoi s'agit-il, alors ?

Liza croisa les bras et plissa les yeux.

— D'amour, lâcha-t-elle.

Felicity se sentit rougir. Elle n'avait pas particulièrement envie de se sentir embarrassée, mais cela valait sans doute mieux que de ne rien sentir du tout.

— C'est ridicule, balbutia-t-elle.

— Ah oui ?

— Oui. On s'est embrassés, c'est tout.

Liza posa les mains sur ses épaules pour la forcer à s'arrêter et lui faire face.

— C'est tout ? répéta-t-elle encore. Je croyais que tu avais toujours eu un faible pour Brady.

— Je... je ne connaissais même pas vraiment Brady, se défendit Felicity. C'était juste un béguin sans risque.

— Rien n'est sans risque avec les Wyatt, répliqua Liza.

Felicity dut avoir l'air vraiment désemparée, parce que Liza éclata de rire, puis la serra dans ses bras.

— Tu as tiré sur Ace, chérie, reprit-elle. Tu n'es pas sans risque non plus. Et tu as sauvé la vie de Gage. Mais ce n'est pas une raison pour...

— Ce n'est pas ce que tu crois, la coupa Felicity.

Est-ce que tu vois... ce que ça fait d'avoir l'impression que personne ne te comprend ? Je pense qu'on aurait pu se comprendre les unes les autres, mais on n'était pas assez mûres, même si on s'aimait.

Liza hocha la tête d'un air triste.

— Il est dur de voir plus loin que le bout de son nez quand on est aussi jeune et aussi blessé.

Felicity acquiesça. Elle regrettait de ne pas l'avoir compris plus tôt, mais elle avait fini par le comprendre, au moins.

— Gage est le seul qui me permet d'échapper à cette impression, poursuivit-elle. Je sens qu'il me voit vraiment telle que je suis, et pas une version tronquée. Je ne transfère pas des sentiments que j'aurais eus pour Brady sur lui. Il me comprend, c'est tout. Et ça compte. Est-ce que tu vois ce que je veux dire ?

Liza hocha la tête, les larmes aux yeux.

— Absolument, répondit-elle.

Gage s'efforça de se réveiller. Quelque chose avait changé. Dans l'air. En lui... Il devait se réveiller pour comprendre quoi.

Quand il réussit enfin à ouvrir les yeux, la pièce tangua. Il était au ranch. Il n'avait que de vagues souvenirs de la nuit qu'il avait passée à l'hôpital, mais il savait que Brady l'avait ramené au petit matin et lui avait ordonné de se reposer.

Cela ne semblait pas une si mauvaise idée. Il avait la migraine et la bouche sèche. Il avait mal partout.

Alors une main fraîche lui effleura le front. Il soupira, à moitié convaincu que c'était un ange gardien.

Sauf qu'il était sûr de ne pas en avoir.

Il réussit à tourner la tête et découvrit Felicity assise

par terre à côté de son lit. Il ne voyait que ses cheveux roux et le bras qu'elle tendait vers son front.

— Suis-je en train de rêver ? demanda-t-il.

Elle leva la tête vers lui et haussa un sourcil.

— Je ne crois pas, répondit-elle.

— Que fais-tu par terre ? Je te vois à peine.

Elle se leva.

L'évidence le frappa, maintenant qu'il était en sécurité dans le lit de son enfance.

— Tu m'as sauvé la vie.

Alors qu'il était prêt à mourir si elle s'en sortait, c'était elle qui l'avait sauvé.

Il en était sidéré. Étrangement, cela ne semblait pas la ravir.

— Tout le monde me dit ça, déclara-t-elle en baissant les yeux. Je ne me souviens pas de grand-chose, pour être honnête. Ça s'est passé, c'est tout.

Elle était trop pâle, comme dans la grotte. Elle s'était un peu ressaisie, mais elle n'était toujours pas... Felicity.

— Si tu t'asseyais ? suggéra-t-il.

Elle ne le fit pas. Elle continua à le regarder comme si elle essayait de percer un grand mystère.

— Liza a dit que tu voulais venir me voir et qu'il a fallu te donner des somnifères pour t'en empêcher.

— Liza exagère. Que tu sens bon ! Allez, viens ici, insista-t-il en tapotant le lit.

Elle fronça les sourcils avant de s'asseoir prudemment à côté de lui.

— Tu peux recommencer à me caresser le front ou pleurer un peu sur mon malheur, dit-il. Je ne m'y opposerai pas.

Il réussit à la faire pouffer. Encore mieux : elle recommença à lui caresser le front.

Ils se turent tous les deux pendant quelques minutes.

Comme elle l'aidait à se détendre et qu'il était bien trop fatigué pour lutter contre son instinct, il attrapa son T-shirt, l'attira vers lui et l'embrassa.

Elle lui rendit son baiser et parut se détendre un peu.

Quelques secondes plus tard, elle s'écarta et l'observa avec un sérieux qui aurait dû le faire fuir. Sauf qu'il ne pouvait pas. Il était coincé là et elle lui faisait ressentir…

Elle éveillait des sentiments en lui, ce qui signifiait que le moment était venu de faire une plaisanterie.

— Ça te plaît toujours, même si on n'est plus en danger de mort ?

Elle esquissa un sourire triste.

— Oui, affirma-t-elle.

— Qu'est-ce qui ne va pas, chérie ?

Elle soupira.

— Je ne sais pas. Ils ne trouvent pas mon père.

— Est-ce si grave que ça ?

— Je n'en sais rien… Il est peut-être mort à cause de moi.

— Tu aurais pu mourir à cause de lui, lui rappela-t-il. Quoi qu'il lui soit arrivé, il en est entièrement responsable.

Elle resta parfaitement immobile pendant quelques instants. Elle semblait même avoir arrêté de respirer. Finalement, elle hocha la tête presque imperceptiblement.

— Tu devrais te reposer, dit-elle.

— J'ai l'impression que toi aussi, répondit-il.

— J'ai essayé, dit-elle en haussant les épaules. Je n'ai pas réussi.

Il l'attira contre lui et la couvrit.

— Essaye encore, murmura-t-il.

Alors ils s'endormirent tous les deux.

16

Tout le monde s'agita dans les jours suivants.

Ace était retourné en prison et de nouveaux chefs d'accusation pesaient contre lui. Il lui serait plus difficile de nuire. Même si personne ne le croyait parfaitement inoffensif derrière des barreaux, cela valait toujours mieux que l'hôpital, et les Wyatt faisaient tout ce qu'ils pouvaient pour qu'il soit transféré dans une prison plus sécurisée.

Pendant ce temps, Gage guérissait. Ses frères insistaient pour qu'il reste au ranch, même si tout le monde savait qu'il ne tarderait plus à retourner dans son appartement en ville.

La police avait annulé le mandat d'arrêt lancé contre Felicity, ce qui l'avait profondément soulagée. Mieux encore : elle avait été autorisée à reprendre le travail le lundi suivant.

Non seulement la vie reprenait son cours, mais elle sortait de cette épreuve avec quelque chose qui ressemblait à un petit ami – même si Gage et elle n'avaient encore parlé de leur relation à personne.

Ce qui ne les avait pas empêchés, pendant qu'elle séjournait chez les Knight et que Gage guérissait chez les Reaves, de se promener, d'échanger des baisers et même de faire un pique-nique.

Les Wyatt la traitaient comme un héros depuis qu'elle avait tiré sur Ace et tout le monde semblait avoir compris qu'elle n'était plus la Felicity timide et bégayante qu'elle avait été.

Tout allait bien – et même mieux qu'avant ce cauchemar.

Sauf que son père restait introuvable alors qu'il était recherché par la police, à la fois comme personne disparue et comme suspect, et que Jamison, Cody et Brady avaient passé beaucoup de temps à passer les Badlands au peigne fin.

Felicity avait l'impression d'être coincée dans les limbes. Avait-elle tué son père sans le faire exprès ? Était-il encore en vie ? Dans ce cas, était-il dangereux ?

Elle n'avait pas de réponse. Comme cela ne semblait pas beaucoup inquiéter les autres, elle se sentait obligée de faire semblant que tout allait bien.

Ace était retourné en prison dans la matinée et les Wyatt étaient franchement joviaux, aujourd'hui, au point qu'un grand dîner familial avait été organisé avec les Knight.

Il était délicieux et bruyant, comme toujours. Felicity avait espéré qu'il l'aiderait à se sentir mieux, mais l'atmosphère joyeuse lui donnait juste l'impression qu'elle avait perdu la tête quelque part dans cette grotte.

Elle se força à sourire, et même à manger alors que son estomac se rebellait.

Elle ne savait pas pourquoi elle ne pouvait pas se détendre et fêter l'incarcération d'Ace avec les autres.

À ceci près que, si le père des Wyatt était en prison, le sien s'était volatilisé.

Il devait être en vie, sinon on aurait fini par le retrouver. Alors pourquoi se cachait-il ? Parce qu'il avait peur d'être accusé du meurtre ? Ou parce qu'il lui avait menti et qu'il avait bien tué sa propre fille ?

Quand grand-mère Pauline posa le dessert sur la

table, Felicity s'excusa en prétendant qu'elle avait besoin d'aller aux toilettes.

Elle quitta la salle à manger et dépassa les toilettes en direction de la porte d'entrée, qui ne servait presque jamais. Il y avait une vieille balancelle sur le perron. Il arrivait que grand-mère Pauline y fasse son reprisage quand elle n'avait pas assez de gens à nourrir.

Felicity s'y assit. Elle devait se ressaisir et elle ne savait pas comment.

Elle aurait dû être heureuse. Il était peut-être normal qu'elle s'inquiète, mais…

C'était juste qu'elle connaissait les Badlands. Elle savait qu'il était difficile d'y survivre quand on était blessé. Son père était à peine capable de se tenir debout quand elle l'avait abandonné.

Quand elle l'avait laissé mourir.

Ace était en vie et son père, qui n'avait peut-être pas tué cette femme – sa sœur –, était mort à cause d'elle.

Elle n'était même pas sûre que la victime soit sa sœur. Son père lui avait dit qu'il n'avait pas identifié de corps. Tucker était allé interroger les employés de la morgue, qui ne pouvaient rien prouver. C'était peut-être lui ou peut-être quelqu'un qui s'était fait passer pour lui.

Elle ferma les yeux. Quand les chiens s'approchèrent, elle les caressa en espérant y trouver un peu de réconfort.

Il fallait que quelque chose change. Elle ne pouvait pas faire semblant d'aller bien éternellement. Elle finirait par exploser.

Mais ses sentiments ne voulaient pas écouter sa raison et elle était torturée par…

La culpabilité.

Elle tourna la tête quand elle entendit la porte s'ouvrir. Gage ne parut pas surpris de la trouver là.

— Y a-t-il de la place pour moi sur cette balancelle ? demanda-t-il.

Felicity se força à lui sourire.

— Bien sûr.

Gage s'assit à côté d'elle, passa un bras autour de ses épaules et caressa l'un des chiens, qui avait posé sa tête sur sa cuisse.

— Ce sourire a l'air un peu douloureux, chérie, lui dit-il. Tu devrais peut-être y renoncer.

Elle cessa de sourire et posa la tête sur son épaule. Elle n'aurait pas su lui expliquer ce qui se passait en elle, mais cela ne semblait pas nécessaire.

— Je sais que le fait qu'on n'ait pas trouvé ton père t'inquiète, dit-il.

— Ce n'est pas grave.

— Si ce n'était pas grave, tu serais en train de t'amuser avec les autres, lui fit-il remarquer. As-tu peur qu'il s'en prenne à toi ?

Cela rendrait-il les choses plus faciles ? se demanda-t-elle. Ce serait plus compréhensible que de se sentir coupable, au moins.

— Peut-être, répondit-elle.

— Ah.

Elle releva la tête.

— Ah quoi ?

— Ce qui t'inquiète, ce n'est pas la possibilité qu'il soit en vie : c'est la possibilité qu'il soit mort, parce que tu t'en voudrais.

— Aucune des deux options n'est vraiment positive, tu sais.

— C'est vrai, admit-il. Mais j'ai du mal à comprendre comment tu peux te sentir coupable de t'être défendue contre quelqu'un qui a fait de ton enfance un enfer. Il aurait pu faire bien pire, si les services sociaux n'étaient pas intervenus.

Gage devait avoir raison. Elle n'avait que de vagues souvenirs de l'époque où elle vivait avec son père. Elle les avait si bien refoulés qu'elle avait du mal à y accéder, à présent.

Elle se souvenait de la douleur et de la peur, mais elles n'étaient pas reliées à un visage précis.

Le monstre de son enfance était presque anonyme. L'homme qu'elle avait laissé mourir était bien réel. Même si cela ne tenait pas vraiment debout, c'était ce qu'elle ressentait.

Elle inspira profondément, comme sa thérapeute le lui avait enseigné.

— Je n… n'aime pas m'être servie des Badlands contre lui, confia-t-elle à Gage. Je sais que c'est stupide.

— Oh ! Felicity ! répondit-il en la serrant plus fort. Non, ce n'est pas stupide. Je comprends. Ace nous a fait vivre un enfer, mais je ne ressentirais sans doute pas que du soulagement s'il mourait.

Ce qui procura du soulagement à Felicity, ce fut que Gage soit capable de mettre des mots sur ce qui la tourmentait.

— Je n'aime pas ce que je ressens et je ne sais pas comment m'en délivrer, dit-elle. J'ai besoin d'une certitude. Tout le monde s'attend à ce que je sois heureuse et je…

— Tu n'as pas à faire semblant d'être heureuse parce que c'est ce que les gens attendent de toi, la coupa-t-il. Et soyons clairs : Dev n'attend de personne qu'il soit heureux.

Cela la fit sourire sans se forcer pour la première fois depuis longtemps.

— Je devrais être heureuse, reprit-elle.

— Si ce n'est pas le cas, prends le temps de mettre de l'ordre dans ta tête. Les derniers jours ont été difficiles. Personne ne peut te reprocher de ne pas réussir à reprendre immédiatement une vie normale.

— Tu n'es pas ma vie normale, lui fit-elle remarquer.

Elle appréciait ce qu'ils vivaient ensemble, mais elle n'avait pas l'habitude qu'un homme séduisant ait envie de passer du temps avec elle et de l'embrasser.

— J'en fais partie, maintenant, déclara-t-il avec assurance.

Même si cela ne résolvait pas tous ses problèmes, cela lui offrait une certitude bienvenue. Il faudrait toujours qu'elle gère ce qu'elle ressentirait quand on retrouverait son père, mais elle pouvait compter sur quelqu'un qui comprenait la complexité de ses sentiments.

— Tu as l'air bien sûr de toi, lança-t-elle.

— Je le suis, répondit-il en posant un doigt sur son menton.

Elle pressa ses lèvres contre les siennes. Il lui rendit son baiser en la laissant mener la danse. Il semblait savoir instinctivement quand elle avait envie qu'on lui fasse perdre la tête et quand elle avait besoin de contrôler les choses.

Et elle avait l'impression de le comprendre aussi.

Elle l'embrassa plus intensément. Elle était passive depuis trop longtemps. Elle devait agir et reprendre sa vie en main. Pourquoi fallait-il que ce soient les méchants qui la gouvernent ?

C'était terminé.

— Rentres-tu chez toi, ce soir ? demanda-t-elle quand elle s'écarta.

Gage s'éclaircit la voix.

— Ce n'était pas mon intention…

— On devrait peut-être, dit-elle.

Elle l'embrassa encore sans lui laisser le temps de

répondre. Elle prit le fait qu'il lui rende son baiser avec passion pour un oui.

Felicity essaya de s'écarter quand la porte s'ouvrit, mais Gage la retint et leva les yeux vers Brady, qui les regardait d'un air abasourdi.

— On peut faire quelque chose pour toi ? demanda Gage.

— Grand-mère Pauline m'a chargé de…

Brady laissa sa phrase en suspens et enfonça les mains dans ses poches. Il semblait terriblement embarrassé, ce qui était assez amusant.

Felicity ne se rappelait pas avoir jamais vu Brady embarrassé. Elle ne se rappelait pas l'avoir vu exprimer la moindre émotion aussi intensément. Cela la conforta dans la certitude qu'elle avait trouvé quelque chose avec Gage.

Brady était gentil et facile à vivre. Mais Gage était… réel. À ses yeux, du moins. Brady finirait sans doute par trouver quelqu'un qui serait réel pour lui. Elle savait désormais qu'elle n'était pas cette personne.

— Grand-mère Pauline veut nous forcer à manger son dessert, dit-elle à sa place.

— Oui, répondit Brady en évitant son regard.

— Prête, chérie ? demanda Gage en pressant son bras.

Oui elle était prête. Elle était prête à arrêter de se torturer et à faire quelque chose – plusieurs choses, même. Elle se leva.

— Absolument !

Brady retint Gage alors qu'il allait suivre Felicity à l'intérieur.

L'air réprobateur de son frère ne fut pas une grande surprise pour Gage. Il y avait beaucoup de règles dans la tête de Brady – et elles ne concernaient pas que lui.

— On dirait que je reste un moment pour parler à mon frère, chérie, dit Gage. Vas-y, je te rejoins.

Felicity fronça les sourcils.

— Tu n'as pas à faire ça, répliqua-t-elle, avant de se tourner vers Brady. Et, toi non plus, tu n'as pas à faire ça.

— Si tu veux bien nous excuser, Felicity, insista Brady, parfaitement impassible.

Felicity leva les yeux au ciel avant d'entrer dans la maison.

Gage enfonça les mains dans ses poches.

— C'est une bonne soirée, dit-il à son frère d'une voix neutre.

— À quoi joues-tu ? demanda Brady.

— Je sais que tu as fait la même chose avec un certain nombre de jolies femmes, alors je ne crois pas avoir besoin de t'expliquer.

— Tu ne devrais pas...

— Tu n'es pas responsable d'elle, le coupa Gage, qui sentait qu'il n'aurait pas la patience de subir une leçon de morale. Et elle n'a pas besoin que tu la protèges de moi.

— Tu n'es pas responsable d'elle non plus, rétorqua Brady.

— Qu'est-ce que ça veut dire ?

— C'est à moi de te poser cette question, répondit Brady en écartant les bras. Qu'est-ce que ça veut dire ? Felicity ?

— Oui, Felicity.

Il était sûr de ce qu'il ressentait pour elle, même s'il n'était pas sûr d'être prêt à vivre cela. En tout cas, Felicity avait trop d'importance à ses yeux pour qu'il se laisse convaincre qu'il ferait mieux de renoncer.

— Tu ne peux pas t'amuser avec une des filles Knight, lui lança Brady. Je pensais que je n'avais pas besoin de te le dire. Duke ne tolère Cody que parce qu'il est le père de Brianna. Je suis sûr qu'il ne tolérera pas que tu t'amuses avec Felicity.

Alors qu'il était sur le point de faire une plaisanterie, Gage se rendit compte qu'il valait peut-être mieux qu'il dise la vérité, même si elle était inconfortable. C'était son jumeau, après tout. Ils avaient survécu ensemble. Ils étaient les deux côtés d'une même pièce. Gage aimait tous ses frères tels qu'ils étaient, mais ce qu'il partageait avec Brady était unique.

Il savait que c'était l'inquiétude qui poussait Brady à lui faire une leçon de morale.

— Alors c'est une bonne chose que je ne m'*amuse* pas avec Felicity, grommela-t-il.

— Quoi ? Tu es amoureux d'elle ? pouffa Brady avant d'écarquiller les yeux. Gage...

— Écoute...

— Felicity ? le coupa Brady.

— Et pourquoi pas ?

— Je sais qu'il t'arrive d'être impulsif et ce n'est pas une fille avec laquelle on peut être impulsif, dit Brady en indiquant la porte du pouce.

Gage secoua la tête. Il n'avait jamais plaint Brady. C'était le plus intelligent et le plus équilibré d'eux tous. Tout le monde l'appréciait.

Mais, si Brady ne comprenait pas que l'amour était impulsif, rarement commode, simplement *là* et impossible à ignorer, alors il était à plaindre. Gage lui souhaita sincèrement de le découvrir un jour.

— Ce n'est pas une fille, Brady, dit-il.

— Je sais ça.

— Non, je pense que tu ne le sais pas, malgré tout ce qu'elle a fait ; me sauver la vie, par exemple. Mais ce n'est pas grave. Il n'est pas nécessaire que tu comprennes. Nous n'avons pas besoin de ton avis.

Gage secoua la tête quand Brady ouvrit la bouche pour répondre.

— Nous n'avons pas besoin de ton avis, répéta-t-il.

— Très bien, grommela Brady. On devrait aller manger ce dessert, alors… et attendre que Duke te botte les fesses.

Cela se produirait peut-être, mais c'était un risque que Gage était prêt à courir.

— Avait-il une arme rien que pour toi ? demanda Gage alors que Brady ouvrait la porte.

Brady se retourna lentement, le visage parfaitement impassible.

— Il lançait des couteaux, répondit-il en évitant le regard de Gage. Pour que j'apprenne à m'attendre à tout.

— T'a-t-il dit que tu étais spécial et que c'était pour ça qu'il devait être plus dur avec toi ?

Brady poussa un long soupir.

— Il disait que j'étais stupide et sans valeur, que c'était pour ça qu'il se donnait du mal pour faire de moi un homme.

Gage regarda son frère sans savoir quoi répondre. Il ne l'aurait jamais imaginé. Brady, le plus intelligent, celui qui faisait le plus d'efforts… Il aurait pu devenir médecin si grand-mère Pauline avait eu plus d'argent ou une meilleure connaissance du système.

Mais cela faisait sens, à la manière tordue d'Ace. En les torturant avec des méthodes opposées, il avait tenté de les dresser l'un contre l'autre.

Brady haussa les épaules.

— On n'en parle jamais, dit-il. À quoi bon ?

— Je pensais que ça ne servait à rien jusqu'à la semaine dernière, mais je crois maintenant qu'on devrait en parler, expliqua Gage. Tous ensemble. Ça nous rendrait plus forts contre lui. Ça nous aiderait à nous comprendre et à *le* comprendre.

Brady soutint son regard pour la première fois depuis le début de cette conversation.

— Peut-être, mais tu auras du mal à en convaincre Dev.

— On y travaillera, répondit Gage, certain que c'était nécessaire. On doit aussi travailler sur autre chose : il faut retrouver le père de Felicity. Elle ne se détendra pas tant que ce ne sera pas fait.

— On le cherche.

— Je veux dire toi et moi, pour de vrai, précisa Gage.

— Tu n'es pas prêt, répliqua Brady en se tapotant le front. Ta commotion cérébrale était grave. Tu ne dois pas prendre de risques avec ton cerveau.

— Très bien, soupira Gage. On s'y mettra dans quelques jours, mais…

— Mais tu veux permettre à Felicity de tourner la page, le coupa Brady.

— C'est ça.

Elle lui avait sauvé la vie. Il l'aimait, même si c'était une vérité inconfortable. Il avait une dette envers elle et il ferait tout ce qui était en son pouvoir pour s'en acquitter.

17

Ils finirent par réussir à convaincre tout le monde que Gage était en état de retourner chez lui et elle dans sa cabane – même s'ils n'avaient pas l'intention de rester chacun de son côté.

Felicity n'avait jamais été aussi nerveuse, mais elle appréciait de ressentir quelque chose, même de la tension. Elle sortit du ranch avec Gage tandis que grand-mère Pauline et Brady maugréaient contre l'entêtement de celui-ci dans la cuisine.

Gage devait la déposer au ranch des Knight, où elle avait laissé sa voiture, pour sauver les apparences.

— On ne trompera pas Brady, lui fit remarquer Gage.

— Ni Liza, révéla Felicity.

Liza, Jamison, Gigi, Cody, Nina et Brianna étaient tous retournés à Bonesteel un peu plus tôt. Felicity avait demandé à Liza de garder pour elle ce qu'elle lui avait dit quelques jours auparavant. Elle ne savait pas combien de temps sa sœur tiendrait.

— Alors..., dit Gage, qui lui prit la main tandis qu'ils se dirigeaient vers sa camionnette.

Elle baissa les yeux vers leurs mains jointes. Elle devait être honnête envers lui.

— C'est juste que je ne suis pas prête à le dire à Duke, avoua-t-elle.

— Ah.

— Il a beaucoup souffert quand Nina a disparu alors qu'il venait juste de perdre Eva, se justifia-t-elle. Je sais qu'il n'a pas encore complètement pardonné à Cody le rôle qu'il a joué dans son départ. Je ne veux pas lui faire de mal.

Elle devait tant à Duke… Elle en avait une conscience encore plus aiguë depuis qu'elle avait revu son père biologique.

— Je ne pense pas que le fait que tu sois heureuse lui fasse du mal, même s'il se sent obligé de me fusiller du regard pendant un certain temps, répondit Gage.

— Peut-être, lui accorda-t-elle. Mais il y a un certain nombre de choses que j'ai besoin de faire seule, pour le moment.

— J'espère que tu sais qu'on ne fait pas seul ce que tu suggères en proposant de passer la nuit chez moi ? plaisanta Gage.

Elle pouffa et lui donna une petite tape sur le bras.

— Oui, je le sais.

Il la força à s'arrêter et lui caressa les bras.

— Es-tu sûre de vouloir faire ça maintenant ? lui demanda-t-il.

— Oui, j'en suis sûre, dit-elle sans hésiter, parce que Gage était la seule partie de sa vie qui avait du sens pour le moment.

— Brady pense que je suis impulsif et que je ne devrais pas… être avec toi.

— Alors c'est une bonne chose que Brady n'ait pas son mot à dire.

Elle le sentit hésitant et elle comprit que cette hésitation venait d'ailleurs, qu'on avait essayé de le convaincre qu'il devait être prudent.

Quoi qu'on lui ait dit, elle était bien décidée à ne

laisser personne la renvoyer au rôle de la fille qu'on devait prendre avec des gants parce qu'elle était timide et qu'elle avait eu une enfance difficile.

— Je sais ce que je ressens quand tu m'embrasses. Et je sais que tu me comprends. Je te comprends aussi. Nous savons tous les deux à quel point c'est rare.

Il la fixa un long moment, puis il hocha la tête.

— J'ai une idée. Tu me fais confiance ?

Elle acquiesça.

— Monte dans la camionnette, ordonna-t-il.

Gage démarra et elle regarda défiler le paysage. Elle avait un lien spirituel avec les Badlands sans savoir pourquoi, mais elle avait été élevée et aimée entre ces deux ranchs. Si les Badlands étaient son âme, les pâturages qui s'étendaient au sud-est du parc étaient son cœur.

Au lieu de prendre la route qui menait chez les Knight, Gage s'enfonça dans les profondeurs du ranch, en direction d'une rangée d'arbres qui bordait un ruisseau presque toujours asséché. Celui-ci marquait la frontière entre les deux propriétés.

C'était un endroit où l'on n'allait que lorsqu'une vache s'égarait. Gage se gara près du ruisseau et écarta les bras.

Felicity écarquilla les yeux.

— Dehors ? s'écria-t-elle.

— Ça me paraît... adéquat, répondit Gage.

Il avait raison. Elle préférait être là que n'importe où ailleurs – et avec lui plutôt qu'avec n'importe qui d'autre.

Il sortit de la camionnette et prit une couverture sur la banquette. Elle le suivit. La nuit était douce et l'air sentait l'été.

Gage étala la couverture dans l'herbe. Il ressemblait à un fantôme au clair de lune, mais il n'était ni un fantôme ni un rêve. Gage Wyatt était bien réel et tout à elle.

Même si ce n'était pas ce qu'elle avait prévu, c'était absolument parfait.

Le brouillard qui encombrait son esprit depuis plusieurs jours se dissipa d'un seul coup. Elle avait toujours des craintes, des inquiétudes et des émotions compliquées, mais ce que Gage lui offrait était simple et vrai.

Elle se hissa sur la pointe des pieds et l'embrassa. Alors elle ne perçut plus que lui et la brise qui les caressait.

Il l'allongea sur la couverture. Elle n'était pas nerveuse. Pourquoi l'aurait-elle été ? Gage et cet instant étaient ses seules certitudes dans la vie.

Il la caressa avec révérence et murmura des choses merveilleuses contre sa peau. Grâce à lui, elle se sentit belle, entière et forte. Il ne lui *donnait* pas de la force : il lui faisait découvrir celle qu'elle possédait.

Elle l'embrassa et effleura les cicatrices qu'il devait à Ace en essayant d'insuffler un pouvoir magique de guérison à ses caresses. Lorsqu'elle s'ouvrit à lui, elle comprit ce qu'était vraiment la guérison.

L'acceptation, la compréhension, un espoir commun…

Elle se laissa emporter par l'immensité de son plaisir et de cet espoir.

Elle avait traversé trop d'épreuves, ces derniers temps, pour que ses propres sentiments l'effrayent. Il n'y avait aucune place pour la peur dans son esprit tandis qu'il allait et venait en elle et l'entraînait vers une jouissance inimaginable.

Après, il les enveloppa dans la couverture et la serra dans ses bras.

Elle se blottit contre lui et inspira profondément les parfums de Gage et de la nature. C'était la première étape vers son avenir.

Elle savait ce qu'était la suivante, mais elle n'avait pas envie d'y penser alors qu'elle était pleinement heureuse.

Cela ne plairait pas à Gage et elle n'avait pas l'intention de lui en parler pour le moment.

Même s'il était merveilleux d'être ensemble, il y avait certaines choses qu'on devait faire seul.

Gage avait ramené Felicity à sa voiture pour qu'elle le suive jusqu'à son appartement. Elle avait insisté pour qu'ils rentrent parce qu'elle s'inquiétait pour sa blessure à la tête.

Il ne voyait pas quel risque lui faisait courir le fait de dormir à la belle étoile, mais il ne voulait pas qu'elle s'inquiète – même si une part de lui s'en réjouissait, parce que cela signifiait qu'elle se souciait de lui comme il se souciait d'elle.

Non, ce n'était pas seulement du souci, songea-t-il en la regardant dormir, ses cheveux roux étalés sur l'oreiller. C'était de l'amour.

Felicity avait passé la nuit dans son lit, blottie contre lui comme si c'était sa place – comme si *elle pensait* que c'était sa place.

Mais il sentait bien qu'il y avait encore une part d'anxiété en elle. Peut-être parce qu'on n'avait pas retrouvé son père, ou parce que Ace constituait encore une menace, même en prison…

Il était aussi possible que cette anxiété soit la sienne, songea-t-il. Parce qu'il avait l'impression de toucher la perfection du doigt et que la perfection l'effrayait.

Il ne se croyait pas capable de tomber amoureux – et encore moins de quelqu'un qui soupirait après son frère peu de temps auparavant. À présent, il rêvait d'un avenir dans lequel il ferait de son mieux pour être heureux tout en protégeant sa famille d'Ace.

Il effleura le bandage de son front. Il savait qu'on ne

l'autoriserait pas à retourner sur le terrain avant un bon moment. On le mettrait peut-être derrière un bureau à la fin de la semaine, mais cela ne lui inspirait aucune impatience.

Alors le mieux qu'il avait à faire était de jouir du présent.

Felicity s'étira, ouvrit les yeux et lui sourit.

— Bonjour, dit-elle d'une voix pâteuse.

— Bonjour, répondit-il.

Elle déposa un baiser sur une cicatrice de son bras. Elle traitait les blessures qu'Ace lui avait faites avec une révérence qui le rendait vulnérable, mais pas de la même manière que lorsqu'il était enfant. Ce n'était pas de la faiblesse ni de la peur, c'était de l'espoir et de l'amour.

— Il faut que j'y aille, annonça-t-elle entre deux bâillements.

— Pourquoi si vite ? demanda-t-il.

— Je veux nettoyer ma cabane et mon uniforme pour demain.

Elle se leva, ramassa son T-shirt par terre et l'enfila, ce qui le navra.

— Es-tu sûre qu'il soit prudent que tu sortes seule ? s'inquiéta-t-il alors qu'elle glissait les doigts dans ses cheveux pour les démêler.

Elle entreprit de se faire deux tresses et soupira.

— Non. Je pense seulement que c'est nécessaire. Je ne peux pas vivre continuellement dans la peur qu'Ace tente quelque chose...

Elle se figea et plongea son regard dans le sien.

— Je ne l'ai dit à personne, mais je pense que mon père n'a pas pu survivre, Gage, reprit-elle. On ne le retrouvera peut-être jamais, à cause des charognards. Les Badlands sont si vastes... Je dois apprendre à vivre avec le doute, je suppose. J'en suis quand même presque certaine.

La culpabilité de Felicity fendit le cœur de Gage. Il se leva et enfila un boxer.

— Très bien, mais je veux que tu prennes l'un de ces boutons d'alarme que Cody fabrique. Je ne veux pas que tu te retrouves seule dans des zones où il n'y a pas de réseau.

— J'aurai ma radio quand je serai en patrouille, répondit-elle.

— Tu ne seras pas toujours en patrouille, bébé, et ta cabane est loin d'ici.

— Je n'aime pas « bébé », dit-elle en finissant de se tresser les cheveux.

— Chérie ? suggéra-t-il.

Elle esquissa un sourire.

— Ça me va.

Alors quelque chose en lui bascula irrévocablement.

— Je t'aime, Felicity, dit-il.

Il n'avait pas eu l'intention de le lui dire maintenant. Elle n'était pas dans la même situation que lui. Il était à moitié amoureux d'elle depuis au moins deux ans alors qu'elle n'avait d'yeux que pour son frère.

— Ne te sens pas obligée de répondre, s'empressa-t-il d'ajouter. J'ai eu plus de temps que toi pour y réfléchir.

Elle le fixa un long moment sans rien dire.

— Mais la ré... réflexion n'a pas grand-chose à voir avec l'amour, finit-elle par lâcher, les sourcils froncés. Le fait de l'accepter, peut-être, mais l'amour est là tout seul.

— Je ne sais pas, murmura-t-il.

— Tu n'as pas choisi de m'aimer, Gage.

— Pourquoi pas ? Tu es belle, gentille, intelligente et redoutable, si tu ne t'en étais pas aperçue.

Elle pouffa.

— Toi aussi, affirma-t-elle.

Elle inspira profondément et prit ses mains.

— Moi aussi, je t'aime, ajouta-t-elle. J'ai sans doute besoin d'un peu de temps pour m'y habituer, mais je le ressens.

Gage sentit son cœur se gonfler de joie.

— Tu sais, l'été où j'ai fait mon premier stage dans le service des parcs nationaux, je ne me suis pas autorisée à espérer que je finirais par avoir un poste ici, à la maison, lui confia-t-elle. Quand ça s'est produit, j'ai commencé à croire que mes rêves pouvaient se réaliser si je m'y investissais pleinement.

— Sauf que tu te retrouves avec le mauvais jumeau, plaisanta-t-il.

Elle secoua la tête.

— C'est faux. Avoir un faible pour Brady me rassurait. Je ne l'aimais pas vraiment. Je voulais quelqu'un de gentil qui me comprendrait et qui me ferait ressentir… ça. Il se trouve que c'est toi.

Elle lui décocha un grand sourire et l'embrassa.

— Allez, viens ! conclut-elle. Je vais te préparer un petit déjeuner avant de partir.

Il enroula un bras autour de sa taille et l'attira contre lui.

— J'ai une autre idée.

— J'ai faim ! insista-t-elle en le repoussant. Mais peut-être après…

18

Il fallut quelques jours à Felicity pour s'organiser, parce qu'elle ne devait pas éveiller les soupçons des Wyatt, qui l'auraient empêchée d'agir.

Il fallait aussi que cela tombe sur son jour de congé.

Elle avait apprécié de se remettre au travail et d'avoir l'esprit occupé. La routine lui faisait du bien. Avoir un plan lui en faisait encore plus.

Et le moment était venu de le mettre à exécution. Cela la rendait terriblement nerveuse, mais c'était nécessaire. Elle en parlerait peut-être à Gage quand ce serait terminé, même si cela devait le mettre en colère.

Elle ne pouvait pas lui en parler avant. Il ferait tout ce qu'il pourrait pour l'en empêcher.

Par chance, Gage avait repris le travail – derrière un bureau jusqu'à sa prochaine visite chez le médecin. Cela le mettait de très mauvaise humeur. Elle l'avait laissé grommeler pendant tout le petit déjeuner, puis elle l'avait mis à la porte.

Parce qu'elle se réveillait toujours dans ses bras, soit chez lui, soit dans sa cabane, elle avait un peu l'impression qu'ils vivaient ensemble.

Elle sortit de sa voiture en secouant la tête. Ce n'était pas le moment de penser à cela. C'était le moment de clore un chapitre pour se libérer d'un poids.

Elle traversa le parking de la prison en essayant de ne pas penser à Gage. Il détesterait son initiative et il serait furieux quand il apprendrait ce qu'elle avait fait.

À vrai dire, il y était pour quelque chose. C'était lui qui lui avait dit qu'elle n'était pas obligée d'être heureuse parce que tout le monde voulait qu'elle le soit. C'était grâce à lui qu'elle avait trouvé le courage de faire cela.

Cela l'énerverait encore plus.

Mais elle était là, maintenant, et elle était prête. Elle n'aurait plus l'impression de vivre dans les limbes quand ce chapitre serait clos.

Felicity entra dans la prison et fut conduite dans une pièce coupée en deux par une cloison en plexiglas. Elle s'assit et attendit en se concentrant sur sa respiration pour contrôler ses nerfs.

Elle était folle d'anxiété, mais l'important était qu'Ace ne s'en aperçoive pas.

Elle n'attendit que quelques minutes avant qu'Ace ne soit escorté de l'autre côté de la cloison. Il portait un uniforme de prisonnier et il était menotté. Il était pâle et il avait maigri. La prison n'était pas l'endroit qui se prêtait le mieux à une convalescence.

Tant mieux, songea-t-elle.

Quand leurs regards se rencontrèrent, il lui sourit comme il l'avait fait devant sa cabane – comme s'il était tout-puissant.

Il n'était pas question qu'elle se laisse ébranler. C'était elle qui avait les cartes en main, à présent. Elle resta aussi impassible et détendue qu'elle en était capable.

— Bonjour, Ace.

— Felicity Harrison, répondit-il. Quelle surprise ! Celle qui a failli être ma meurtrière veut me parler. Ça pique ma curiosité.

— Tu veux dire que ça t'offre une occasion d'essayer de jouer avec mon esprit ?

Le sourire d'Ace s'élargit et perdit sa cruauté. Subitement, il eut l'air d'être un homme parfaitement heureux.

Felicity réprima un frisson.

— Devines-tu pourquoi je suis là ? demanda-t-elle.

Elle s'était entraînée. Elle s'était longuement demandé comment aborder le sujet. Elle était certaine qu'elle lui fournirait des munitions si elle se montrait trop directe. Elle ne voyait pas ce qu'Ace pouvait lui faire alors qu'il était sur le point d'être transféré dans une prison de haute sécurité, mais elle ne voulait courir aucun risque.

— Tu peux avoir de nombreuses raisons, répondit-il. Mais je remarque que tu es seule, ce qui veut dire que ni mes fils ni tes sœurs ne savent que tu es là. Ils ne t'auraient pas laissée faire.

— Je n'ai pas peur de faire les choses seule, déclara-t-elle.

Ce n'était pas tout à fait vrai. Elle avait prévenu Cecilia au cas où il y aurait un problème, même si elle ne voyait pas lequel. Cecilia était la seule à qui elle pouvait se fier pour n'en parler à personne si ce n'était pas absolument nécessaire.

Mais Ace n'avait pas besoin de le savoir.

— Je t'ai tiré dessus sans l'aide de personne, ajouta-t-elle.

— Je t'aime bien, Felicity. Ça ne plairait pas à Gage, n'est-ce pas ?

Le sang de Felicity se glaça dans ses veines. Elle se força à pouffer.

— Évidemment : ton fils est assez influençable pour me quitter parce que tu m'aimes bien, ironisa-t-elle. Et je suis venue pour qu'on parle de lui parce que j'ai du temps à perdre.

423

— Tu te crois forte, maintenant ? lui lança Ace. Tu m'as tiré dessus, mais je suis encore là.

— Sauf que tu n'as pas l'air très en forme, répliqua Felicity en essayant d'imiter son sourire. On verra comment tu t'en sors dans une prison de haute sécurité.

— Je prendrai un grand plaisir à vous traîner dans un procès interminable, Gage et toi. Je vous gâcherai la vie pendant des années. Je tordrai la loi dans tous les sens jusqu'à ce qu'on me libère, et alors…

— Il est vrai que la justice ne fait pas toujours son travail, le coupa-t-elle.

— Et alors…, répéta-t-il.

— Mais nous ne la laisserons pas se tromper sur ton cas, tu peux nous faire confiance, le coupa-t-elle encore.

Ace bâilla et se leva.

— Si c'est tout ce que tu voulais me dire…

Elle savait qu'elle aurait dû le laisser partir et revenir une autre fois. Elle avait bien conscience qu'elle ne devait surtout pas entrer dans son jeu.

Mais elle avait besoin de savoir.

— Mon père n'était pas au courant du meurtre, dit-elle.

Ace lui sourit comme s'il venait d'être couronné roi d'Angleterre.

Felicity déglutit péniblement. Elle avait perdu. Elle aurait dû partir immédiatement.

Mais, qu'elle soit le jouet d'Ace ou non, elle devait savoir.

Celui-ci se rassit, posa les coudes sur la tablette qui se trouvait devant lui et prit un air songeur.

— Avez-vous bavardé, tous les deux ? demanda-t-il.

Elle ne répondit pas.

— Était-ce émouvant ? demanda-t-il encore. Ton petit cœur s'est-il gonflé de joie ?

Elle sentait bien qu'elle le fusillait du regard. Elle

ne pouvait plus être impassible, mais elle pouvait au moins se taire.

— Tu penses que les services sociaux n'auraient pas dû s'en mêler, n'est-ce pas ? insista-t-il. Que c'était un malentendu. Qu'il t'aimait, au fond, malgré tous ses problèmes…

Le coup porta parce qu'il était arrivé à Felicity de s'en convaincre.

Mais elle se souvenait, maintenant. Depuis qu'elle avait fui son père à travers les Badlands, elle n'avait plus aucun doute sur ce qu'il était.

Elle avait juste besoin de savoir ce qu'il avait fait.

— Il a dit que tu l'avais forcé à t'aider et qu'il n'était pas au courant du meurtre, lança-t-elle. Il ne savait pas de quoi je parlais.

Ace se cala sur sa chaise, le sourire aux lèvres. Elle lui avait tiré dessus et c'était quand même lui qui détenait toutes les cartes.

— Alors tu es venue chercher la vérité, dit-il d'un air pensif. Sans mon fils.

— C'est ma vérité, répliqua-t-elle.

Et elle ne le laisserait pas s'en servir contre elle.

— Il ne le verra pas de cette manière, tu le sais aussi bien que moi. Plus rien n'appartient en propre à personne quand un Wyatt s'en mêle. Ils se croient meilleurs que moi, mais ils se trompent. Toutes les femmes qui sont entrées dans leur cercle se sont retrouvées plongées dans le drame familial. Ai-je tort ? Liza et Nina, tes *sœurs,* ont été bannies parce qu'elles sont sorties avec des Wyatt.

Ce n'était pas vrai. Il ne le croyait que parce que l'amour et le devoir n'avaient aucun sens dans son esprit malade.

— Mon père est venu te rendre visite, reprit-elle de la voix la plus neutre possible. Avant que vous ne débarquiez à ma cabane. Vous avez une relation.

Ace inclina la tête sur le côté.

— Il est venu, c'est vrai. C'est même lui qui m'a aidé à m'enfuir quand la tornade, mon intervention divine, m'a libéré. Michael est un bon ami.

— Si la tornade était une intervention divine, comment interprètes-tu la balle que je t'ai mise dans le ventre ? demanda-t-elle en arrêtant d'essayer de cacher son dégoût.

— Le prix à payer, déclara-t-il, le sourire aux lèvres. Ce n'est que parce que j'ai souffert et failli mourir que je suis devenu ce que je suis. Je te dois ma seconde naissance, Felicity... J'espère que tu es prête.

Elle secoua la tête. Elle n'était pas venue là pour se faire laver le cerveau et menacer. Elle était venue chercher des réponses et c'était une idée stupide. Ace ne lui en donnerait pas. Elle se sentit épuisée, tout à coup.

— Peu importe, dit-elle en se levant.

Alors Ace s'empressa de parler, comme si la situation s'était brusquement renversée.

— Il y a deux possibilités, dit-il. Soit ton père est l'idiot pour lequel il s'est fait passer et je me suis servi de lui pour t'atteindre. Alors il n'a pas tué sa propre fille. Je vous ai piégés tous les deux. C'est une belle histoire. Je sais que tu as envie d'y croire. Mais je pense que tu sais qu'il y a une autre histoire... une autre vérité.

Elle aurait dû quitter la pièce. Il mentait forcément.

— Un jour, un homme est venu me rendre visite, poursuivit Ace. Je lui devais un service depuis longtemps. Ton père n'est pas vraiment un membre des Fils. C'est plutôt un associé, qui m'a tiré d'un mauvais pas il y a des années. Il se trouve que je connaissais ta mère.

Felicity ne put s'empêcher de tressaillir. Elle ne savait rien sur sa mère, à part qu'elle était morte. Ce monstre l'avait connue ?

— Je connaissais même très bien ta mère, ajouta-t-il.

Elle en eut un haut-le-cœur.

— Mais je perds le fil, dit Ace. Ton père... pardon, *cet homme* est venu me rendre visite il y a quelques semaines pour me demander le service que je lui devais. Il avait tué sa fille par accident, apparemment. Il avait besoin d'un alibi. Il n'avait pas envie d'aller en prison et il voulait que je me serve de mon influence pour m'assurer que ça n'arriverait pas.

Felicity ne voulait pas que cette histoire soit vraie et cela pouvait très bien être un mensonge. Ace était un menteur.

Malheureusement, ce scénario était plus vraisemblable que l'autre.

— Je l'ai laissé mourir, dit-elle d'une voix moins assurée qu'elle ne l'aurait voulu. Alors ça n'a plus d'importance.

— Les cauchemars ne meurent jamais, fillette, objecta Ace. J'en suis la preuve. Ton père est doué pour jouer les imbéciles, mais ce n'en est pas un. La vérité, c'est que je ne connais pas la vérité. Je n'ai pas tué cette fille. Michael et mes collaborateurs ont essayé de te faire porter le chapeau, je l'admets. Avoue que tu méritais d'être punie parce que tu t'étais mêlée de mes affaires... Quant au meurtre...

Il écarta les bras.

— Puisque je n'ai rien à t'apprendre, tu devras interroger ton père une nouvelle fois, conclut-il. Oh ! j'oubliais... Il a disparu. C'est très pratique.

— Il est mort, dit-elle.

Elle le croyait réellement – jusqu'à cet instant, du moins.

— N'est-ce pas un peu trop simple ? ricana Ace.

Felicity comprit tout de suite que ces mots la hanteraient. Il était vraiment temps qu'elle s'en aille. Elle avait obtenu ce qu'elle était venue chercher.

Elle savait au moins que son père n'était pas un simple

pion manipulé par Ace. Mais il était mort. Il ne pouvait pas en être autrement.

Gage tira une bouteille d'eau de son sac et but à grands traits. Il n'était pas question qu'il avoue à Brady qu'il avait une migraine atroce et qu'il regrettait qu'ils n'aient pas fait demi-tour trois kilomètres plus tôt, au moment où il avait insisté pour qu'ils continuent.

Leur recherche de Michael Harrison ne donnait rien. Au moins, il pouvait se réjouir de ne pas avoir annoncé ses intentions à Felicity. Il ne lui avait pas donné d'espoirs destinés à être déçus.

— Tu as besoin d'une pause ? demanda Brady.

— Non. Faisons demi-tour et reposons-nous un peu. On réessayera demain.

— Je ne suis pas libre, demain, répondit Brady. Et on ne te laissera pas faire ça tout seul tant que le médecin ne t'aura pas déclaré guéri.

— Je demanderai à Tuck ou à Cody de m'accompagner.

— Bonne idée. Commence donc par survivre au trajet de retour.

— Il faut bien qu'il soit quelque part, grommela Gage en s'essuyant le front. Même s'il est mort, il ne s'est pas évaporé.

— Il y a les animaux, des dizaines de grottes…, répondit Brady. Plein de gens disparaissent sans laisser de traces, surtout s'ils sont morts.

— Merci pour ta positivité, ironisa Gage.

— La réalité n'est pas toujours positive. Tu le sais bien.

Gage emboîta le pas à son frère. Il n'y avait aucune trace de Michael Harrison là où Felicity l'avait laissé ni à des kilomètres à la ronde. Le pire, c'était que Brady avait raison.

Il y avait d'innombrables manières de disparaître, mort ou vivant.

Gage voulait aider Felicity à tourner la page pour que le doute ne la ronge pas jusqu'à la fin de ses jours.

Il soupira. La vie était une chienne, parfois. Il avait accepté cette idée depuis longtemps, mais il découvrait qu'il était plus difficile de le faire quand cela concernait les gens qu'on aimait.

Comme il croyait faisable de retrouver Michael pour Felicity, l'échec le rendait malade.

À l'instant où ils captèrent du réseau, le téléphone de Brady et le sien se mirent à tinter follement.

— Ça ne peut pas être bon, dit Brady.

Gage consulta son téléphone. Il avait dix textos, cinq appels en absence et trois messages.

— Non, ce n'est pas bon, renchérit-il.

Il lut les textos et écouta les messages. Ils avaient tous la même teneur : « Appelle-moi. »

Ce qui était étrange, c'était qu'ils étaient tous de Cecilia. Elle travaillait pour la police tribale de la réserve. De toutes les filles Knight, c'était celle qu'il connaissait le moins bien, mais il leur arrivait d'avoir des contacts professionnels.

Il y avait peut-être eu un problème à la réserve.

— Je la rappelle, si tes messages sont aussi de Cecilia, annonça-t-il à Brady.

— Oui, ils sont d'elle.

Cecilia décrocha dès la première sonnerie.

— Gage !

— Salut, Cecilia. Que se passe-t-il ?

— Ne te mets pas en colère, s'il te plaît.

Elle semblait inquiète, ce qui ne lui ressemblait pas. Cecilia était toujours parfaitement calme ou folle de rage. Elle ne connaissait pas les états intermédiaires.

— En t'y prenant comme ça, tu peux être sûre que je vais me mettre en colère, répondit-il.

— Felicity a disparu, annonça-t-elle.

Le sang de Gage se glaça dans ses veines.

— Quoi ?

— Elle est allée rendre visite à Ace. Je...

Il serra son téléphone si fort qu'il craignit de le casser.

— Elle a fait *quoi* ?

— Je n'arriverai pas à te l'expliquer si tu n'arrêtes pas de m'interrompre. Elle est allée voir Ace en prison. Tout s'est bien passé, mais elle était censée m'appeler en sortant et elle ne l'a pas fait. J'ai déjà prévenu Tuck et Jamison. On gère la situation. Je pensais juste que tu voulais être tenu au courant.

— Vous gérez la situation ? rugit-il. Vous ne gérez rien si vous ne savez pas où elle est !

— Gage...

— Tu étais au courant. Tu étais au courant et...

— On n'a pas le temps pour ça, le coupa Cecilia. Elle avait besoin de le faire. Seule. Et elle savait que j'étais la seule qui...

— ... ne se soucierait pas de sa sécurité ? la coupat-il à son tour.

Cecilia soupira avant de raccrocher. Gage jura et pressa le pas. Ils étaient encore à presque un kilomètre de la camionnette de Brady.

— Felicity est sûrement retournée chez elle, dit son frère en se calant sur son pas. Rendre visite à Ace est perturbant. Elle a dû oublier d'appeler Cecilia. Elle est peut-être sous la douche...

— Non, grommela Gage.

Si Felicity avait prévenu quelqu'un, elle n'aurait pas oublié de lui dire qu'elle allait bien.

Pourquoi Cecilia ?

— On devrait vérifier, insista Brady.

— On n'a pas le temps, répondit Gage avec agacement.

— Tu ne crois pas qu'on devrait envisager toutes les possibilités avant de sortir l'artillerie lourde ?

Gage eut envie d'abattre son poing dans la figure de son frère pour lui faire acquérir un peu de bon sens, mais le temps manquait. À la place, il se mit à courir.

— Qu'est-il arrivé à Nina et Cody après leur visite à Ace ? lança-t-il à Brady. Ils ont failli se faire tuer. Mais ils étaient ensemble, au moins. Felicity est seule et elle a tiré sur Ace.

Gage jura encore. Il n'avait pas mesuré à quel point Felicity était en danger.

À cause de lui.

Il atteignit la camionnette et tendit la main.

— Je pense que ce n'est pas une bonne idée que tu conduises, dit son frère.

— Ne me rends pas les choses plus difficiles, grommela Gage.

Brady hésita encore quelques secondes, puis il lui tendit les clés.

— Où allons-nous ? demanda-t-il.

— À la prison.

Brady grimaça.

— C'est bien ce que je craignais.

Il monta quand même dans la camionnette et eut l'élégance de ne faire aucun commentaire sur les excès de vitesse de Gage.

Celui-ci s'engouffra dans le parking de la prison et se gara à cheval sur deux places. Cela lui valut un regard réprobateur de Brady.

— Gare-toi mieux, si tu y tiens, dit Gage en lui lançant les clés. Je veux faire ça tout seul.

— Faire quoi.

— Je le tuerai, cette fois-ci.

Brady le retint par le bras.

— Dans la prison ? Réfléchis un peu avant d'agir. On n'a pas le temps de gérer un désastre de plus.

— Je réfléchirai quand on saura où elle est, répliqua Gage en repoussant la main de son frère.

— On sait qu'elle n'est pas *ici,* lui rappela Brady.

Mais Ace devait savoir où elle était et ce qui s'était passé. Pourquoi avait-elle fait ça ? Pourquoi Cecilia l'avait-elle laissée faire ?

Gage fonça vers la porte de la prison, prêt à l'enfoncer si nécessaire. Il était sur le point de l'atteindre quand Tucker sortit du bâtiment.

Celui-ci s'arrêta net et regarda Gage, puis Brady.

— Vous êtes arrivés vite, fit-il.

Gage se contenta de grogner.

— Nous avons une piste, s'empressa d'ajouter Tucker. Puisque sa voiture est encore sur le parking, nous savons qu'elle est partie avec quelqu'un.

— Comment Ace s'y est-il pris ? demanda Brady, qui semblait plus abasourdi que furieux.

— Ce n'est pas lui, répondit Tucker. Ça paraît peu probable, du moins. Grâce aux caméras de sécurité, on a repéré un fourgon sans plaques d'immatriculation.

— Et pourquoi ce ne serait pas Ace ? grogna Gage.

Tucker soupira.

— Parce que... ce fourgon est resté sur le parking pendant les heures de visite ces quatre derniers jours. Personne n'en est jamais sorti. Il ne s'est déplacé qu'une fois : aujourd'hui, après l'arrivée de Felicity. La caméra a brièvement filmé le chauffeur. L'image est floue... On n'en est pas sûrs à cent pour cent, mais il semblerait que ce soit Michael Harrison.

19

Felicity avait passé les dix premières minutes dans le fourgon à maudire sa stupidité. Elle était si ébranlée en sortant de la prison qu'elle s'était retournée au lieu de s'enfuir quand on l'avait appelée.

Elle avait été poussée à l'arrière du fourgon et les portières s'étaient refermées avant qu'elle n'ait le temps de crier ou de se défendre.

Elle était stupide.

Il faisait complètement noir. Depuis qu'elle s'était ressaisie, elle cherchait une poignée à tâtons. Elle savait que le fourgon roulait vite, parce qu'elle perdait l'équilibre à chaque virage.

Elle sauterait quand même si elle réussissait à ouvrir la portière. Tout valait mieux que d'être à la merci de son père.

Il était en vie. Et en bonne santé, apparemment. Il n'avait pas passé les derniers jours perdu dans les Badlands.

Elle se cogna contre Dieu seul sait quoi quand le fourgon s'arrêta.

Elle fit abstraction de la douleur et s'accroupit, prête à bondir. Il fallait bien qu'il ouvre les portières et il ne l'avait pas attachée.

Il avait peut-être une arme, mais elle ne se laisserait pas prendre au dépourvu, comme sur le parking.

Elle se défendrait, quoi qu'il arrive.

Il avait pris son sac à main, ce qui était un coup dur, parce qu'elle y avait mis le bouton d'alarme de Cody. Il avait insisté pour qu'elle le garde toujours sur elle et elle l'avait fait, sauf quand elle s'était rendue à la prison, pour que cela ne risque pas de poser problème pendant la fouille.

Ce qui lui arrivait était le fruit de choix stupides qu'elle avait faits par arrogance ou ignorance. Par désespoir ? Pourquoi n'avait-elle pas réussi à tourner la page ?

Ces pensées n'étaient pas productives, songea-t-elle aussitôt. L'autorécrimination devait attendre.

Quand les portières s'ouvrirent, la lumière l'aveugla. Felicity recula par réflexe, mais elle garda les poings serrés.

Après avoir cligné plusieurs fois des yeux, elle distingua son père.

— Tu aurais dû laisser tomber, Felicity, lui dit-il. Reprendre le cours de ta vie. Pourquoi a-t-il fallu que tu insistes ?

— C'est toi qui m'as traînée dans cette histoire, répondit-elle. Tu l'as tuée et tu as essayé de me faire porter le chapeau.

Il soupira.

— C'est Ace qui t'a dit ça ? C'est typique.

— Tu l'as tuée, répéta Felicity.

Si elle avait été assez stupide pour se retrouver dans cette situation, elle en tirerait au moins des réponses.

— C'est vrai, mais elle l'avait mérité. Tu m'as cru, alors ? *Je n'ai tué personne... J'ai si mal... Ne me laisse pas mourir ici...*

Il pouffa, l'air plus dégoûté de lui-même qu'amusé.

— Je te donne un point pour m'avoir abandonné, reprit-il. Mais tu aurais dû finir le travail si tu voulais vraiment ma mort.

Il lui avait donc menti sur tout.

— Tu n'étais pas blessé, murmura-t-elle.

— Que tu es stupide ! Maintenant, sors !

C'était lui qui était stupide s'il s'attendait à ce qu'elle lui obéisse.

Elle resta immobile, prête à se défendre.

— Tu veux me rendre les choses plus difficiles ? grommela-t-il. Très bien. Tu devrais pourtant savoir que j'aime plus la brutalité que toi.

— Il faudra que tu me traînes hors d'ici, répliqua-t-elle.

Il était plus fort qu'elle, c'était certain, mais elle lui résisterait autant qu'elle le pourrait.

Il haussa les épaules.

— Ça ne me dérange pas.

Il se pencha à l'intérieur et lui saisit un bras. Elle lui donna des coups de pied, le griffa et le mordit... Il ne parut même pas s'en apercevoir.

Il la tira si fort qu'elle crut qu'il lui avait déboîté l'épaule. Elle atterrit sur du gravier, aveuglée par la douleur.

Elle essaya aussitôt de se relever et réussit à se mettre à genoux. Il s'approcha d'elle et leva la main pour la gifler.

Il n'était pas question qu'elle attende le coup sans réagir.

Elle se projeta contre ses jambes de toutes ses forces. À sa grande surprise, cela suffit à le renverser.

Elle se retrouva sur lui et il tenta aussitôt de rouler pour la plaquer au sol. Il était plus fort, mais elle était plus rapide. Alors qu'elle lui échappait, il la rattrapa par la cheville.

Il se mit à la traîner vers une vieille caravane. Elle calcula bien son coup et plaça son autre jambe entre les siennes pour le faire trébucher. Cela fonctionna.

Elle se releva d'un bond dès qu'il la lâcha et se mit à courir. Malheureusement, elle n'avait fait que quelques pas quand il la retint par le T-shirt.

Même si elle ne s'était jamais battue contre personne, cela ne la découragea pas. Elle savait au moins qu'elle devait donner le plus de coups possible.

L'un de ses coups de poing atteignit le nez de son père, qui se mit à saigner. Elle eut à peine le temps de s'en réjouir. Deux secondes plus tard, il abattit son énorme poing sur sa tempe et elle s'effondra.

Relève-toi ! lui cria son instinct de survie.

Mais sa vue était brouillée et ses membres refusaient de coopérer.

Bats-toi !

Elle se releva péniblement. Elle le ferait autant de fois qu'il le faudrait ou qu'elle le pourrait. Comment fuir ? Derrière elle, il n'y avait que la caravane et une paroi rocheuse. Il devait bien y avoir un moyen de contourner son père…

Sauf que Michael abandonna le combat. Au lieu de la frapper, il ramassa une arme sur le tableau de bord du fourgon.

— Tu aurais pu échapper à ça, soupira-t-il. Je ne voulais pas te tuer, pas de cette manière, du moins. Mais tu es blessée, maintenant, et tu as mon ADN sur toi. Tu as perdu le droit d'errer dans les Badlands.

— Je ne serais pas morte dans les Badlands, répondit-elle par réflexe.

— Je m'en serais assuré, répliqua-t-il en pointant l'arme sur elle.

Comme elle n'était pas plus rapide qu'une balle, elle s'élança vers lui. S'il la tuait, elle se serait au moins défendue jusqu'au bout.

Elle le percuta au moment où le coup partit. Elle ne fut pas touchée, mais la détonation lui donna l'impression que sa tête avait explosé. Elle pressa les mains contre ses oreilles pour essayer d'atténuer le son horrible qui l'empêchait de penser. Elle regarda autour d'elle pour essayer de comprendre...

Alors la peur l'envahit et il gagna.

Il lui tordit les bras derrière le dos et la força à s'agenouiller. Elle sentit qu'il lui attachait les mains. La détonation ne devait pas avoir perturbé que son ouïe, parce qu'elle ne songea même pas à se défendre.

Elle se contenta de prier.

Gage refoula sa panique. Heureusement, il avait beaucoup d'entraînement dans ce domaine. Il avait survécu onze ans avec Ace et son métier lui avait appris à compartimenter. Pour atteindre un but, il fallait se concentrer sur chaque étape l'une après l'autre.

Il pouvait trouver Felicity.

Il devait la trouver.

Le fourgon avait été repéré à différents endroits, ce qui leur fournissait plusieurs directions possibles. Tuck avait envoyé des hommes à la dernière adresse connue de Michael, même si personne ne s'attendait à l'y trouver.

Il n'y était pas.

Gage n'avait pas voulu les accompagner parce que ce n'étaient pas des indices qu'il cherchait : c'était Felicity. Mais il lui fallait une piste, un maudit plan !

— On pourrait retourner là où elle l'a abandonné dans les Badlands, suggéra-t-il à Brady alors qu'ils empruntaient l'une des routes sur lesquelles le fourgon avait été repéré. C'est là qu'Ace irait.

— Sauf qu'on n'a pas affaire à Ace, répondit Brady. As-tu lu le dossier de Michael ?

Gage secoua la tête. Il ne s'était intéressé à Michael Harrison que lorsqu'il avait cherché son corps pour permettre à Felicity de tourner la page.

— Menaces, coups et blessures… D'innombrables fois, reprit Brady. Il ne sait pas se contrôler. Grâce à de bons avocats, il n'est jamais resté très longtemps derrière des barreaux. Ce n'est pas forcément une bonne nouvelle, mais je pense qu'il n'a pas le goût d'Ace pour la justice poétique. Il veut juste se venger.

— Se venger ? s'écria Gage. Pourquoi ?

— Parce que Felicity l'a abandonné dans les Badlands, j'imagine, répondit son frère. Et elle voulait interroger Ace sur le rôle de Michael dans le meurtre, d'après ce que Cecilia m'a dit. Je pense que c'est lui le coupable.

— Alors Ace serait innocent ? demanda Gage, incrédule.

— Ça m'étonnerait, mais je crois qu'il n'est impliqué que de manière indirecte. On en saura plus quand on aura retrouvé Felicity.

— C'est tout ce qui m'intéresse, grommela Gage.

Il regardait attentivement les conducteurs de chacune des rares voitures qu'ils croisaient. Cette méthode allait le rendre fou.

— Tu es sûr de vouloir faire équipe avec moi ? demanda Brady.

Gage jeta un regard surpris à son frère.

— Pourquoi voudrais-je faire équipe avec quelqu'un d'autre ?

Brady haussa les épaules.

— Parce que mon calme te tape sur les nerfs, répondit-il.

— N'importe lequel d'entre vous serait calme.

Et une part de Gage l'appréciait, même si cela le mettait de mauvaise humeur. Il aurait déjà fait des dizaines de choses stupides si ses frères n'avaient pas été calmes.

— Pas Dev, dit Brady.

— Je n'ai pas besoin que Dev encourage mes mauvais réflexes, grommela Gage. J'ai besoin de toi, Brady. Et j'ai besoin de ton calme, même s'il me tape sur les nerfs.

— Il est à ta disposition.

Gage soupira. Il était toujours fou d'inquiétude, mais ils étaient les jumeaux Wyatt et toute une armée de Wyatt cherchait Felicity.

Ils la trouveraient. Avec un peu de chance, elle s'était peut-être même déjà tirée d'affaire. Puisqu'elle avait vaincu Ace, elle pouvait vaincre Michael.

Son téléphone sonna. Il s'empressa de décrocher.

— Ne t'emballe pas, dit Cody sans préambule. Mais je crois avoir une piste.

Gage n'avait pas eu de nouvelles de Cody jusque-là, ce qui lui semblait normal, puisque Cody était à Bonesteel et n'appartenait pas aux forces de l'ordre.

En revanche, Cody était doué en matière de technologie.

— Explique-toi, aboya Gage.

— Tu te souviens du bouton que je lui ai donné... Même si elle n'a pas appuyé dessus, je peux le localiser. Si elle l'a sur elle, je peux te dire où elle se trouve.

— Alors fais-le !

Gage lança le téléphone à Brady et suivit les instructions de son frère.

Le bouton se trouvait à une trentaine de kilomètres de la prison. L'estomac de Gage se noua. Felicity avait disparu depuis un bon moment et son trajet n'avait pas été long.

Il mobilisa toute sa volonté pour contrôler sa colère. Il ne fallait pas que Felicity meure à cause de lui.

— On ne peut pas foncer dans le tas, dit-il.

Brady prit un air surpris.

— On ne doit pas faire courir de risques inutiles à Felicity, expliqua Gage. On va s'arrêter ici et faire le reste du trajet à pied.

Brady hocha la tête.

— Idéalement, les renforts arriveront avant qu'on n'ait

besoin d'intervenir, mais je ne peux pas te promettre d'attendre si elle est blessée, précisa Gage. Elle est trop importante pour moi. Il faut que tu le comprennes.

Brady ne protesta pas.

— Essaye d'être malin pour vous deux, pas seulement pour elle, répondit-il.

— On verra bien.

Gage ne pouvait pas promettre qu'il ne risquerait pas sa vie pour sauver celle de Felicity.

Ils coupèrent le son de leurs téléphones, sortirent de la voiture et dégainèrent leurs armes. Le bouton se trouvait environ un kilomètre plus au nord. Ils avancèrent prudemment.

La caravane apparut lentement dans leur champ de vision. Elle était adossée à une paroi rocheuse et perdue entre des arbres.

C'était une bonne cachette, et un bon piège. Il y avait peu d'issues. Le fourgon était garé devant, toutes portières ouvertes.

Il régnait un silence inquiétant.

Brady lui indiqua d'un signe de tête qu'il partait vers la droite et Gage obliqua vers la gauche. Si Michael et Felicity étaient là, ils étaient dans la caravane.

Les vitres étaient couvertes de poussière et les rideaux étaient fermés. Il était impossible de voir l'intérieur. Gage contourna lentement la caravane en tendant l'oreille.

Quand il atteignit l'arrière, Brady apparut de l'autre côté. Il y avait peu d'espace entre la caravane et la falaise. S'ils réussissaient à faire sortir Michael de ce côté, il leur serait facile de le coincer.

Gage observa l'arrière de la caravane. Tout était calme, ce qui lui rendait encore plus difficile de contrôler ses nerfs. Le silence avait trop d'explications horribles possibles. Il s'interdit d'y penser.

Brady et lui s'approchèrent de la porte, l'arme au poing.

Alors des cris résonnèrent à l'intérieur. Gage jeta un coup d'œil à Brady, qui hocha la tête. Gage ouvrit la moustiquaire de la porte, grimaça parce qu'elle grinçait et espéra que les cris avaient couvert le bruit.

Il compta jusqu'à trois dans sa tête et défonça la porte d'un coup de pied. L'intérieur de la caravane était plongé dans l'obscurité et une odeur métallique flottait dans l'air. Felicity était agenouillée dans un coin, les mains attachées dans le dos. Elle le regarda comme s'il était un fantôme. Gage tourna aussitôt la tête vers Michael, qui avait un revolver à la main.

Celui-ci haussa les épaules. Gage s'était retrouvé dans assez de situations similaires pour savoir ce que cela signifiait. Il n'essayerait pas de s'échapper. Il baissait les bras, mais il voulait tuer le plus de gens possible avant de mourir.

Gage tira sans hésiter. C'était la seule chose à faire pour sauver Felicity. Une tache de sang apparut sur le T-shirt de Michael, qui tomba contre le mur. Ses traits se durcirent et il tira aussi avant que son arme ne lui échappe.

Gage entendit un choc derrière lui.

— Brady ! s'écria-t-il en faisant volte-face.

Brady était tombé, mais il se relevait en jurant et en se tenant l'épaule.

— Sors-la d'ici, nom de Dieu ! lui lança-t-il.

Gage se précipita auprès de Felicity.

— Viens, chérie ! Tu peux te lever ?

Elle eut du mal à le faire, même avec son aide. Gage ravala sa fureur impuissante.

— Je te détacherai quand on sera dehors, dit-il. Viens, chérie. Allons-nous-en.

Elle secoua la tête et cria :

— Je n'entends rien !

Les coups de feu avaient dû l'assourdir. Il réprima un juron et hocha la tête.

— Ce n'est pas grave, ça passera, dit-il en l'entraînant vers la porte.

Il jeta un coup d'œil à Michael, qui ne respirait plus. Bon débarras.

20

Quand les médecins laissèrent Felicity tranquille, elle n'entendait plus tout à fait rien. Elle pouvait comprendre ce qu'on lui disait s'il n'y avait aucun bruit dans la pièce et si on lui parlait très lentement de près. On lui avait donné un cachet qui avait un peu calmé sa migraine.

Elle n'avait pas encore bien intégré que son père était mort – et, pis, qu'elle serait morte si Gage n'était pas intervenu.

Brady se trouvait toujours aux urgences, où l'on soignait sa blessure à l'épaule.

Tout cela parce qu'elle avait été stupide. Elle soupira. Même si elle s'en voulait, elle savait qu'elle referait la même chose au cas où. Elle se défendrait sans doute un peu plus sur le parking de la prison, mais ce serait la seule différence.

Et – la blessure de Brady mise à part – le résultat de ses décisions ne la contrarierait pas vraiment.

Elle voulait rentrer chez elle. Elle voulait aussi voir Gage. Toute sa vie, quand elle avait eu affaire à des tragédies, elle avait voulu être seule pour ne pas craindre d'avoir l'air faible ou idiote.

Mais Gage lui avait prouvé qu'on n'avait rien à craindre de quelqu'un qui nous comprenait. Il comprendrait les sentiments contradictoires que lui inspirait la mort de son père.

Elle était moins sûre qu'il comprenne sa décision de rendre visite à Ace sans le dire à personne ou presque.

Elle se dirigea lentement vers les urgences. Ses oreilles bourdonnaient encore. Les médecins lui avaient dit que cela passerait. Elle devait quand même revenir se faire ausculter la semaine suivante. Elle avait été soulagée d'apprendre qu'elle ne resterait pas sourde, mais elle aurait accepté cette nouvelle. Tout valait mieux que d'être morte.

Elle trouva Gage dans la salle d'attente des urgences. Lui en voulait-il assez pour mettre fin à leur relation ?

Elle déglutit péniblement. Il avait l'air triste et perdu. Il essaya de le cacher quand il tourna la tête et rencontra son regard.

— Comment va Brady ? demanda-t-elle.

Il parla trop doucement pour qu'elle comprenne sa réponse.

— Je suis désolée, dit-elle en se tapotant une oreille. Je n'ai pas entendu.

Il l'invita à s'asseoir à côté de lui, lui offrit un sourire triste et lui caressa la joue.

— Il va bien, déclara-t-il lentement. Tu vas bien. Tout va bien.

Elle passa un bras autour de ses épaules.

— Alors pourquoi as-tu l'air si triste ?

Il secoua la tête et fixa ses mains si longtemps qu'elle lui souleva le menton pour le forcer à soutenir son regard.

— Ça aurait dû être moi, dit-il.
— Pourquoi ?
— C'est ma faute s'il était là.
— Et c'est ma faute si vous étiez là, répliqua-t-elle. Il

faut être cohérent et blâmer soit les vrais responsables, soit moi.

— Pourquoi ne m'as-tu rien dit ? demanda-t-il.

— J'aurais dû, répondit-elle avec le plus d'assurance possible. Je ne te l'ai pas dit parce que je savais que tu t'y opposerais. Je croyais avoir besoin de gérer ça toute seule. Mais puisque j'étais si déterminée… je n'aurais pas dû avoir peur de t'en parler. Ça t'aurait sûrement rendu furieux, mais j'aurais dû l'assumer. Tout se serait passé différemment si je l'avais fait.

— Il est vraiment difficile d'être furieux contre toi, tu sais, fit-il tristement.

Il essaya de tourner la tête. Elle l'en empêcha parce qu'elle n'avait pas dit tout ce qu'elle voulait dire.

— Tu m'as sauvé la vie, Gage. Il allait me tuer. S'il a autant tardé, c'est parce qu'il cherchait un moyen de ne pas être inquiété par la police. Ça n'aurait plus duré très longtemps. Il perdait patience.

Gage soupira profondément.

— Alors on est quittes, j'imagine.

— Je suis désolée qu'Ace ne soit pas mort…

— Pas moi. Je n'aimerais pas que ça pèse sur ta conscience.

Il la força à lâcher son menton et l'attira dans ses bras. Elle se blottit contre lui en se demandant si la mort d'Ace aurait pesé très lourd.

— Alors tu n'es pas…

Elle laissa sa phrase en suspens. Elle ne savait pas quels mots mettre sur leur relation. Elle avait besoin d'être sûre, néanmoins.

— Tout va bien entre nous ? demanda-t-elle.

Ce fut au tour de Gage de soulever son menton. Il pressa ses lèvres contre les siennes.

— Ça ira toujours bien entre nous, répondit-il. D'une manière ou d'une autre.

Elle eut subitement envie de pleurer.

— Où sont tous les autres ? demanda-t-elle en réprimant ses larmes.

— Brady m'a ordonné de n'appeler personne. Il a dit qu'il allait bien et…

Elle écarquilla les yeux.

— Quoi ? Ils vont l'apprendre par des rumeurs ? Sûrement pas ! Si tu ne les appelles pas, je le ferai.

— Tu n'entends pas assez bien pour téléphoner.

— On verra bien.

En voulant prendre son téléphone, elle se rendit compte que son sac était toujours dans le fourgon de son père. De son père mort. Un frisson la parcourut. Elle savait à la fois que Gage avait eu raison de tirer et qu'elle n'oublierait pas la scène de sitôt.

— Tiens ! dit Gage en lui tendant son portable.

Elle le prit et rédigea un texto parce que Gage avait raison : elle n'était pas capable d'avoir quelqu'un au bout du fil.

Quand elle lui rendit l'appareil, Gage la regardait avec un air terriblement sérieux.

— Je t'aime. Et je ne peux pas te promettre qu'Ace n'essayera pas de te faire du mal. Pire : je pense qu'il prendra le fait qu'on soit ensemble comme un défi et qu'il essayera de nous faire du mal. Je ne sais pas comment vivre avec ça.

— Il faudra bien que tu trouves un moyen parce que je t'aime aussi, répondit-elle en lui caressant la joue. Tu ne te débarrasseras pas de moi si facilement. Ace peut tenter ce qu'il veut.

— Felicity…

— Non. Tu n'as pas le choix. Parce que je refuse de

vivre en ayant peur d'Ace. S'il essaye de nous faire du mal, nous nous défendrons. Ensemble. Alors la ferme.

Il pouffa.

— D'accord. C'est un bon plan.

— Tant mieux, conclut-elle en posant la tête sur son épaule. Il faudra sans doute que tu m'épouses, aussi, mais on pourra en parler plus tard.

Elle le sentit se raidir, ce qui la fit sourire. Elle venait de lui offrir une autre raison de s'inquiéter que l'état de son frère et les menaces qui pesaient sur elle.

Une infirmière s'approcha et leur sourit aimablement.

— Vous pouvez aller voir votre frère, Gage, annonça-t-elle.

Felicity se leva aussi.

— J'ai peur que vous ne deviez rester ici, madame, ajouta l'infirmière.

Gage se tourna vers elle et lui pressa le bras.

— Je lui dirai que c'est toi qui as appelé tout le monde, la prévint-il.

— J'assume, répondit-elle.

Comme il avait toujours l'air inquiet, elle se hissa sur la pointe des pieds et l'embrassa.

— C'est fini et tout va bien, lui assura-t-elle.

Pour sa part, elle était prête à le croire.

Brady était pâle, mais il avait l'air de mauvaise humeur. C'était bon signe. Il fallait de l'énergie pour être de mauvaise humeur.

— Comment ça va ? demanda timidement Gage en restant près de la porte.

— Je suis secouriste, grommela Brady. J'ai quelques connaissances médicales. Mais tu crois que ces médecins et ces infirmières m'écouteraient ?

— Il est donc vrai que les professionnels de la médecine sont les pires patients, répondit Gage.

Brady lui jeta un regard courroucé.

— Il n'est pas question que je crie pour qu'on se parle d'aussi loin et tu peux laisser ta culpabilité à la porte, dit-il. Je vais bien.

— Tu ne pourras pas reprendre le travail avant plusieurs semaines.

— Ça arrive. C'est un risque qu'on court tous les jours, non ?

— Tu ne travaillais pas. Tu n'avais pas à être là.

Brady secoua la tête.

— Où voulais-tu que je sois ? Où aurais-tu été, à ma place ?

Même si ça le contrarierait de l'admettre, Gage aurait été aux côtés de son frère dans la situation inverse.

— Je crois que tu ne te rends pas compte de ce que tu as fait, dit Brady alors que Gage s'approchait du lit.

— Laisser quelqu'un te tirer dessus ?

— Tu t'es placé devant moi, Gage. C'était stupide de ta part, mais c'est ce que tu as fait. C'est pour ça que je n'ai pas pu tirer et je n'ai vraiment pas eu de chance d'être touché dans ces conditions.

— Je ne me suis pas…

— Tu ne t'en souviens peut-être pas parce que tu avais peur pour Felicity, mais tu l'as fait, insista Brady. Et ce n'est pas ton genre de jouer les martyrs…

— Je n'ai pas…

— Si tu me disais plutôt ce qui te tracasse, le coupa Brady.

Il baissa les yeux. À quoi bon faire semblant que tout allait bien devant son jumeau ?

— Maintenant, je sais ce qu'elle a ressenti après avoir abandonné Michael, lui confia-t-il. Je croyais le savoir avant, mais je me trompais. Bien sûr, je sais que j'ai fait ce qu'il fallait...

— Je suis certain qu'il l'aurait tuée, affirma son frère.

— Moi aussi. Pour être honnête, ce n'est pas la seule chose qui m'ennuie. Si c'est Michael qui a commis le meurtre, on ne pourra pas ajouter ça au dossier d'Ace.

— Ace a essayé de te tuer, lui rappela Brady. On peut au moins l'accuser de tentative de meurtre. Je te promets qu'on fera tout ce qu'on pourra pour l'envoyer dans une prison de haute sécurité.

— Si on échoue, il risque de s'en prendre encore à Felicity.

— On commence à comprendre comment il fonctionne, répondit Brady. Il a attaqué Jamison, puis Cody. Comme ça n'a pas marché, il a changé de cible. S'il s'en prend encore à l'un d'entre nous, ce ne sera sans doute pas Felicity.

Gage regarda l'épaule bandée de son frère. Ils ne le dirent pas, mais ils savaient l'un et l'autre que Brady avait de grandes chances d'être la prochaine cible. Il était affaibli.

— Il a dit qu'il avait une liste, reprit Gage. Que je n'étais pas censé être le suivant. Du coup, on pourrait peut-être...

Brady secoua la tête.

— N'essayons pas d'être plus malins que lui, le coupa-t-il. On ne le battra pas en employant ses méthodes.

Gage soupira.

— Quand j'étais petit, Ace m'a dit que j'étais intelligent et que je pourrais lui succéder, alors j'ai tout fait pour prouver que c'était faux. Il t'a dit que tu étais stupide et tu as tout fait pour prouver que tu ne l'étais pas. Crois-tu qu'il nous ait modelés comme il le voulait ?

— Dirigeons-nous les Fils ? demanda Brady. Allons,

Gage. S'il nous a modelés, il a fait de nous ce que nous sommes. Nous aidons les gens. Tu as sauvé Felicity. Ses tactiques n'ont pas marché. Nous sommes du côté des gentils.

Gage esquissa un sourire.

— Felicity m'a sauvé d'abord, rappela-t-il à son frère.

Brady pouffa et répliqua :

— Ton ego s'en remettra.

— Merci pour ton aide, dit Gage.

— De rien. Maintenant, laisse-moi tranquille.

Gage hocha la tête. Avant de franchir la porte, il ajouta :

— Au fait… Felicity a appelé la cavalerie. Attends-toi à de la visite.

Brady jura, ce qui fit rire Gage. Celui-ci apprécia cet instant de détente, mais son sourire disparut lorsqu'il découvrit Cecilia dans le couloir.

Elle portait encore son uniforme de policière tribale. Dès qu'elle le vit, elle se redressa et leva le menton, comme si elle était prête à se battre.

— Je suis venue m'excuser, dit-elle en grimaçant comme si ces mots avaient un goût amer.

— C'est inutile, répondit Gage.

Cecilia fronça les sourcils et jeta un coup d'œil à Felicity.

— C'est aussi ce qu'elle a dit, indiqua-t-elle.

Gage sourit à Felicity, heureux qu'ils se comprennent, avant de reporter son attention sur Cecilia.

— Nous savons tous que les choses se seraient passées différemment si elle ne t'avait pas mise dans la confidence et si tu ne nous avais pas prévenus immédiatement quand elle a disparu. On ne peut pas changer le passé. On peut juste…

Felicity l'interrompit en glissant sa main dans la sienne.

— On peut juste veiller les uns sur les autres, acheva-t-elle à sa place. Et on s'est promis de ne plus rien faire seuls, pas en ce qui concerne Ace, en tout cas.

Cecilia ne répondit rien.

— Tu veux aller le voir ? demanda Gage en indiquant la chambre de Brady d'un signe de tête.

— Euh… Oui. Je suppose, dit Cecilia avec un manque d'assurance qui ne lui ressemblait pas.

— Je vais ramener Felicity chez elle, annonça Gage. Elle a besoin de se reposer.

Cecilia acquiesça.

— Vous en avez besoin tous les deux, déclara-t-elle.

Alors qu'ils se dirigeaient vers la sortie, Felicity jeta un coup d'œil à Cecilia par-dessus son épaule. Celle-ci semblait se préparer à mener une bataille.

— Qu'y a-t-il ? demanda Gage.

— Je ne sais pas…, répondit Felicity, le sourire aux lèvres. Mais ça devrait être intéressant.

— Qu'est-ce qui devrait être intéressant ?

Elle pouffa et poussa la porte de l'hôpital.

— Tu verras bien.

Épilogue

Les procès n'avaient rien d'amusant, même quand on les gagnait. La journée avait été une longue succession de témoignages, dont ceux de Felicity et de Gage. Felicity avait dû revivre à la barre le moment où elle avait tiré sur Ace, ce qui l'avait profondément perturbée.

D'autant plus qu'elle avait d'autres raisons d'être nerveuse.

Mais c'était fini, maintenant. Ace avait été jugé coupable d'innombrables crimes et serait transféré dans une prison de haute sécurité.

C'était un soulagement. Ils sortirent du tribunal – les quatre Wyatt et les trois Knight qui avaient survécu à Ace. Sentir le soleil sur sa peau fit un bien fou à Felicity.

Gage lui prit la main. Maintenant que le procès était derrière eux, elle devait lui faire part de ses soupçons.

D'abord, elle sourit à ses sœurs, les prit dans ses bras et leur dit au revoir. Elles partageaient une chose de plus, à présent, et Felicity comprenait mieux ce qui avait incité Liza et Nina à partir. Désormais, elle se réjouissait simplement qu'elles soient revenues.

Gage dit au revoir à tout le monde et serra prudemment Brady dans ses bras. Sa blessure s'était infectée, ce qui l'avait condamné à travailler derrière un bureau bien plus longtemps que prévu.

Alors Gage et elle montèrent dans la camionnette de Gage. Il la ramenait chez elle. Il passerait la nuit dans sa cabane, mais il serait parti travailler avant qu'elle ne se réveille.

Le malaise de Felicity s'accrut. Ils devraient s'organiser différemment, trouver une manière de vivre qui conviendrait à tout le monde.

— Rien ne vaut le fait de témoigner ensemble, n'est-ce pas ? plaisanta Gage.

Elle se força à sourire.

— Ça vaut toujours mieux que de témoigner seul.

— C'est vrai, dit Gage en posant une main sur sa cuisse.

Il fut très volubile pendant le trajet. Elle essaya de participer à la conversation malgré ses inquiétudes.

Quand Gage se gara devant sa cabane, elle s'empressa de sortir de la camionnette parce qu'elle craignait de cracher le morceau sans le vouloir.

Cela requérait davantage de finesse.

Mais Gage enroula un bras autour de sa taille et la retint alors qu'elle se dirigeait vers la porte.

— Bon, dit-il. Qu'est-ce qui t'inquiète, chérie ? Je sais que ce n'est pas le procès.

— Je crois que je suis enceinte, répondit-elle sans aucune finesse.

Elle ferma les yeux et retint son souffle.

Elle avait réfléchi à la manière de lui annoncer la nouvelle. Elle avait cherché les bons mots, mais son esprit s'était paralysé chaque fois.

— Alors j'ai bien fait de me porter candidat pour le poste qui est disponible à Rapid City, finit-il par répondre.

Elle ouvrit les yeux pour les écarquiller.

— Quoi ?

— J'en avais assez de faire le trajet et je ne pouvais

pas te demander de renoncer au poste de tes rêves, expliqua-t-il.

— Mais tu travaillais avec tes frères et…

— … et je travaillerai dans le même comté que toi, si j'obtiens le poste, la coupa-t-il. Es-tu sûre d'être enceinte ?

— Non, dit-elle en secouant la tête. J'ai acheté un test, mais je ne voulais pas le faire avant la fin du procès.

— Alors va le faire tout de suite !

Elle acquiesça et ouvrit la porte d'une main tremblante. Après avoir fait le test, elle programma le minuteur de son téléphone.

— On doit attendre trois minutes, expliqua-t-elle à Gage.

— D'accord.

L'inquiétude qu'elle lisait dans ses yeux se transforma en autre chose, puis il pressa ses lèvres contre les siennes.

— Je t'aime, Felicity, déclara-t-il d'une voix calme.

— Je sais. Je ne veux pas que tu te sentes obligé pour autant à… Duke risque de te menacer avec un fusil, mais…

— Je me suis porté candidat à ce poste pour une bonne raison, Felicity. Je veux qu'on commence à penser à l'avenir. Je suis prêt.

— Ça va quand même très vite…

— Oui, mais je sais qu'on peut l'assumer, assura-t-il avant de déposer un baiser sur ses doigts. Et tu le sais aussi.

La sonnerie du téléphone les fit sursauter tous les deux.

Felicity inspira profondément et regarda le test.

— Peux-tu le traduire pour moi ? demanda Gage d'une voix un peu étranglée.

— Je suis enceinte, annonça-t-elle en fixant les deux lignes parfaitement distinctes.

— Tu es enceinte, répéta-t-il.

Alors il éclata de rire et la prit dans ses bras.

— Tu es heureux, murmura-t-elle, un peu surprise.

Même si elle était sûre qu'il assumerait ses responsabilités, elle n'avait pas osé espérer qu'il soit heureux sur-le-champ.

— Bien sûr ! répondit-il. Et toi ? Es-tu heureuse ?

Comme elle avait la gorge serrée, elle se contenta d'acquiescer et posa la tête sur son torse. « Heureuse » ne lui semblait pas assez fort pour décrire ce qu'elle ressentait.

— Ace risque d'être libéré un jour, dit-elle. On sait très bien qu'il fera appel. Ce n'est peut-être pas terminé.

— Peut-être pas, lui accorda-t-il.

C'était encore plus effrayant maintenant qu'une vie se développait en elle. Elle releva la tête et plongea son regard dans celui de Gage.

— Mais nous avons une raison de plus de nous battre, n'est-ce pas ? ajouta-t-elle en posant une main sur son ventre.

Gage posa la main sur la sienne.

— Nous avons toutes les raisons du monde de nous battre, répondit-il. Bon, vas-tu m'épouser ? Avant la naissance du bébé, au cas où Duke aurait envie de me faire disparaître ?

Elle hocha la tête, le cœur empli d'espoir et de joie.

Alors il l'embrassa à lui faire perdre le souffle.

— Nous aurons une bonne vie, promit-il lorsqu'il s'écarta.

— J'en suis certaine.

Retrouvez prochainement, dans votre collection
BLACK ROSE

Menaces sur un bébé, de Carol Ericson - N°647

PATROUILLEURS EN MISSION - 2/4

Prudemment, Nash s'approche du « paquet » posé devant sa porte et se retrouve face à un… bébé. Près du petit garçon, il trouve une note signée Jaycee, son amie d'enfance, qui le supplie de protéger son fils pendant quelques jours… Désemparé, il se rend au supermarché pour acheter des couches et du lait et là, curieux hasard, il est abordé par une séduisante inconnue qui prétend être nounou et lui propose de s'occuper du bébé…

Un refuge dans la tempête, de Karen Whiddon

Tremblante, l'inconnue fixe Jason et murmure : « je ne sais pas qui je suis ». Pour ne pas la paniquer d'avantage, Jason décide de l'héberger et la prénomme Lucy. Mais dans sa tête, mille questions se bousculent : qui est cette jolie jeune femme qui semble avoir été maltraitée ? Comment est-elle arrivée dans son chalet perdu en pleine montagne ? Et quelle aide peut-il lui apporter alors qu'il ne sait rien d'elle et qu'au dehors la tempête fait rage ?

Secrète protection, de Lisa Childs - N°648

Avec ses boucles blondes et ses yeux bleus, la fillette ressemble à une poupée de porcelaine. « Comment tu t'appelles ? » demande-t-elle à Wendy. Troublée, celle-ci se force à sourire. Ainsi Hart Fischer est papa… Hart, son ancien collègue, qui va la protéger le temps du procès où elle témoignera contre un baron de la drogue. Hart dont elle est secrètement amoureuse, mais dont le cœur, peut-être, appartient à une autre…

Le passé dévoilé, de Rita Herron

Qui est réellement Ginny Bagwell ? Pour Griff Maverick, expert en incendies criminels, il n'y a aucun doute : la jolie journaliste arrivée depuis peu à Whistler n'est pas celle qu'elle prétend être. D'autant plus que depuis son arrivée, la petite ville des Appalaches est devenue le théâtre d'évènements tragiques : incendies, meurtres… Persuadé qu'un terrible danger menace Ginny et la force à mentir, Griff commence à enquêter sur son passé…

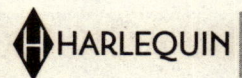

HARLEQUIN — BLACK ROSE

Retrouvez prochainement, dans votre collection
BLACK ROSE

Un garde du corps inespéré, de Cassie Miles - N°649

À La Nouvelle Orléans, on fête Halloween. Dans la parade, Alyssa se laisse charmer par un séduisant pirate avant de s'éloigner dans les ruelles désertes. Là, elle est attaquée par trois inconnus et ne doit son salut qu'à l'intervention du mystérieux pirate qui la conduit chez lui. Méfiante d'abord, Alyssa décide de faire confiance à son sauveur inespéré et lui révèle qu'un danger permanent plane sur elle car elle a été témoin d'un meurtre...

Captive du silence, de Carla Cassidy

« Maddy, que fais-tu ici ? » Stupéfait, Flint se penche vers la jeune femme blottie dans la grange et l'aide à se lever. Pourquoi se cache-t-elle ainsi ? Et comment expliquer son expression d'animal traqué et les larmes qui voilent son regard ? Bientôt, il apprend que sa voiture est tombée en panne alors qu'elle quittait la ville. Pour fuir quoi ? Ou qui ? Bien décidé à le découvrir, il lui propose alors de l'héberger dans son chalet...

En quête de vérité, d'Amanda Stevens- N°650

Le jour de son mariage, la vie de Penelope bascule : Simon, son fiancé, est victime d'un accident qui le plonge dans le coma. Mais un soir, alors qu'elle est venue lui rendre visite à l'hôpital, elle le trouve conscient et debout. Soulagée de voir l'homme qu'elle aime hors de danger mais bouleversée d'avoir été dupe, elle accepte d'écouter ses explications. Il lui confie alors qu'un secret l'oblige à feindre le coma...

Dans l'ombre du désir, de Marilyn Pappano

AJ a enfin trouvé la tranquillité, loin de Dallas qu'il ne supportait plus. Pourtant, tout bascule le jour où Masiela Leal réapparaît dans sa vie. Masiela, son ancienne coéquipière qu'il a aimée en secret sans que cet amour soit partagé.... Aujourd'hui, elle est en danger de mort et il faut qu'il la cache. Il accepte mais se jure que, cette fois, il ne la laissera pas se frayer un chemin jusqu'à son cœur...

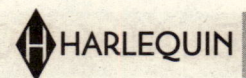

HARLEQUIN | **BLACK ROSE**

Retrouvez prochainement, dans votre collection
BLACK ROSE

Un ange en danger, de Julie Miller - N°651

En apprenant qu'elle doit protéger Fiona, la fille de Quinn Gallagher, magnat du pétrole, Miranda est furieuse. Elle est tireur d'élite, pas baby-sitter ! Pourtant, lorsqu'elle croise la fillette âgée de trois ans, sa colère s'évanouit et elle se lance à la recherche du lâche qui la menace. Une mission périlleuse pour Miranda, car non seulement Fiona la prend pour sa mère, mais Quinn exerce sur elle une étrange attirance...

Le mystère de Culpepper, de Tyler Anne Snell

En entrant dans le commissariat de Culpepper, Sophia espère bien obtenir de l'aide pour retrouver sa sœur Lisa dont elle est sans nouvelles. Un espoir qui se renforce lorsque Braydon Thatcher, un séduisant inspecteur, la reçoit dans son bureau. Mais bientôt il énonce une liste de prénoms et Sophia comprend que Lisa fait partie des jeunes femmes récemment disparues dans la région...

SAGAS

SECRETS. HÉRITAGE. PASSION.

Villa luxueuse en Grèce,
palais somptueux en Italie,
manoir mystérieux en Louisiane, chalet
enneigé en Alaska…
Voyagez aux quatre coins du monde et
vivez des histoires d'amour
à rebondissements grâce aux intégrales
de votre collection Sagas.

4 sagas à découvrir tous les deux mois.

DIVERTIR • INSPIRER • ÉMOUVOIR

Harlequin
www.harlequin

OFFRE DE BIENVENUE !

Vous êtes fan de la collection Black Rose ?
Pour prolonger le plaisir, recevez gratuitement

1 livre Black Rose gratuit et 1 cadeau surprise !

Une fois votre colis de bienvenue reçu, si vous souhaitez continuer à recevoir nos romans Black Rose, cela se fera automatiquement. Vous recevrez alors chaque mois 3 volumes doubles inédits de cette collection au tarif unitaire de 7,70€ (Frais de port France : 2,49€).

➡ **ET AUSSI DES AVANTAGES EXCLUSIFS :**

➡ **LES BONNES RAISONS DE S'ABONNER :**

Aucun engagement de durée ni de minimum d'achat.
◆
Aucune adhésion à un club.
Vos romans en avant-première.
◆
La livraison à domicile.

Des cadeaux tout au long de l'année.
◆
Des réductions sur vos romans par le biais de nombreuses promotions.
◆
Des romans exclusivement réédités notamment des sagas à succès.
◆
Des points fidélité échangeables contre des livres ou des cadeaux.

REJOIGNEZ-NOUS VITE EN COMPLÉTANT ET EN NOUS RENVOYANT LE BULLETIN !

N° d'abonnée (si vous en avez un)   I1ZEA3

Mme ☐ Mlle ☐ Nom :   Prénom :

Adresse :

CP :   Ville :

Pays :   Téléphone :

E-mail :

Date de naissance :

☐ Oui, je souhaite être tenue informée par e-mail de l'actualité d'Harlequin.
☐ Oui, je souhaite bénéficier par e-mail des offres promotionnelles des partenaires d'Harlequin.

Renvoyez cette page à : Service Lectrices Harlequin – CS 20008 – 59718 Lille Cedex 9 - France

Date limite : **31 décembre 2021**. Vous recevrez votre colis environ 20 jours après réception de ce bon. Offre soumise à acceptation et réservée aux personnes majeures, résidant en France métropolitaine. Prix susceptibles de modification en cours d'année. Vous pouvez demander à accéder à vos données personnelles, à les rectifier ou à les effacer. Il vous suffit de nous écrire en nous indiquant vos nom, prénom et adresse à : Service Lectrices Harlequin - CS 20008 - 59718 LILLE Cedex 9. Harlequin® est une marque déposée du groupe HarperCollins France – 83/85, Bd Vincent Auriol – 75646 Paris cedex 13. Tél : 01 45 82 47 47. SA au capital de 3 120 000€ - R.C. Paris. Siret 31867159100069/APE5811Z.

RESTEZ CONNECTÉ AVEC HARLEQUIN

Harlequin vous offre un large choix de littérature sentimentale !

Sélectionnez votre style parmi toutes les idées de lecture proposées !

www.harlequin.fr

L'application Harlequin

- **Découvrez** toutes nos actualités, exclusivités, promotions, parutions à venir...

- **Partagez** vos avis sur vos dernières lectures...

- **Lisez** gratuitement en ligne

- **Retrouvez** vos abonnements, vos romans dédicacés, vos livres et vos ebooks en précommande...

- Des **ebooks gratuits** inclus dans l'application

- **50 nouveautés tous les mois** et + de 7 000 ebooks en téléchargement

- Des **petits prix** toute l'année

- Une **facilité de lecture** en un clic hors connexion

- Et plein d'autres avantages...

Téléchargez notre application gratuitement

Télécharger dans l'App Store   DISPONIBLE SUR Google Play

SUIVEZ-NOUS ! facebook.com/HarlequinFrance
twitter.com/harlequinfrance

OFFRE DÉCOUVERTE !

Vous souhaitez découvrir nos collections ? Recevez **votre 1er colis gratuit*** avec **1 cadeau surprise** ! Une fois votre colis de bienvenue reçu, si vous souhaitez continuer à recevoir nos livres, cela se fera automatiquement. Vous recevrez alors vos livres inédits** en avant-première.

Vous n'avez aucune obligation d'achat et cette offre est sans engagement de durée

*1 livre offert + 1 cadeau / 2 livres offerts pour la collection Azur + 1 cadeau.
**Les livres Ispahan, Sagas, Gentlemen et Hors-Série sont des réédités.

☛ **COCHEZ la collection choisie et renvoyez cette page au**
Service Lectrices Harlequin – CS 20008 – 59718 Lille Cedex 9 – France

Collections	Références	Prix colis*
❑ AZUR	Z1ZFA6	6 livres par mois 29,39€
❑ BLANCHE	B1ZFA3	3 livres par mois 24,15€
❑ LES HISTORIQUES	H1ZFA2	2 livres par mois 16,89€
❑ ISPAHAN	Y1ZFA3	3 livres tous les 2 mois 23,85€
❑ PASSIONS	R1ZFA3	3 livres par mois 25,59€
❑ SAGAS	N1ZFA3	3 livres tous les 2 mois 28,26€
❑ BLACK ROSE	I1ZFA3	3 livres par mois 25,59€
❑ VICTORIA	V1ZFA3	3 livres tous les 2 mois 26,19€
❑ GENTLEMEN	G1ZFA2	2 livres tous les 2 mois 17,35€
❑ HARMONY	O1ZFA3	3 livres tous les mois 20,16€
❑ ALIÉNOR	A1ZFA2	2 livres tous les 2 mois 17,35€
❑ HORS-SÉRIE	C1ZFA2	2 livres tous les 2 mois 17,85€

N° d'abonnée Harlequin (si vous en avez un) ⎵⎵⎵⎵⎵⎵⎵⎵

Mme ❑ Mlle ❑   Nom : _____

Prénom : _____   Adresse : _____

Code Postal : ⎵⎵⎵⎵⎵   Ville : _____

Pays : _____   Tél. : ⎵⎵⎵⎵⎵⎵⎵⎵⎵⎵

E-mail : _____

Date de naissance : _____

❑ Oui, je souhaite recevoir par e-mail les offres promotionnelles des éditions Harlequin.
❑ Oui, je souhaite recevoir par e-mail les offres promotionnelles des partenaires des éditions Harlequin.

Date limite : 31 décembre 2021. Vous recevrez votre colis environ 20 jours après réception de ce bon. Offre soumise à acceptation et réservée aux personnes majeures, résidant en France métropolitaine, dans la limite des stocks disponibles. Prix susceptibles de modification en cours d'année. Vous pouvez demander à accéder à vos données personnelles, les rectifier ou les effacer. Il vous suffit de nous écrire en nous indiquant vos nom, prénom et adresse à : Service Lectrices Harlequin CS 20008 59718 LILLE Cedex 9. Service Lectrices disponible du lundi au vendredi de 9h à 17h : 01 45 82 47 47.